我会永远爱你直到生命尽头

【英】威廉·萨默塞特·毛姆 著
鲍冷艳 译

江苏凤凰文艺出版社
JIANGSU PHOENIX LITERATURE AND ART PUBLISHING, LTD

图书在版编目（CIP）数据

我会永远爱你，直到生命尽头 / (英) 威廉 · 萨默塞特 · 毛姆著；鲍冷艳译 . -- 南京：江苏凤凰文艺出版社，2020.3
ISBN 978-7-5594-4485-1

Ⅰ . ①我… Ⅱ . ①威… ②鲍… Ⅲ . ①剧本 – 作品综合集 – 英国 – 现代 Ⅳ . ① I561.35

中国版本图书馆 CIP 数据核字 (2020) 第 012799 号

我会永远爱你，直到生命尽头

(英) 威廉 · 萨默塞特 · 毛姆 著　　鲍冷艳 译

出　　品	九志天达　豆瓣阅读
责任编辑	白　涵　刘洲原
责任印制	刘　巍
出版发行	江苏凤凰文艺出版社
	南京市中央路 165 号，邮编：210009
网　　址	http://www.jswenyi.com
印　　刷	三河市金泰源印务有限公司
开　　本	880mm × 1230mm　1/32
印　　张	13
字　　数	291 千字
版　　次	2020 年 3 月第 1 版　2020 年 3 月第 1 次印刷
书　　号	ISBN 978 - 7 - 5594 - 4485 - 1
定　　价	48.00 元

目 录

序言

总括

毛姆是英国近现代文学史上非常重要的一位剧作家。只不过，在我们国家，他的剧作似乎不是很有名。但事实上，毛姆走红英伦三岛，剧本起的作用不亚于小说，尤其是喜剧，其幽默的对话委实令人莞尔。在这点上，中外有点文化差异。比如，我国的古典戏剧讲究唱念做打，唱排在首位，所以文字上更注重抒情，不像欧洲戏剧那样偏重对话。因此，当初将西洋舞台剧翻译成“话剧”实是真知灼见！当然，两种风格不同的戏剧要能有机地糅合，那肯定更有趣。

本书由四部剧作组成，分别是《圈》《多特太太》《弗雷德里克夫人》《凯撒的妻子》，这四部剧作都是比较典型的爱情故事，虽然具体的情节不同，但是都能让人感受爱情的复杂，爱情的酸甜苦辣，从而对爱情有更多的理解。

一、《圈》

《圈》是一部三幕喜剧，结构简单，情节紧凑，出场人物也不多。剧本的内容很常见，涉及爱情、家庭、婚姻、女性独立等常见元素。毛姆眼光如炬，如手术刀般精确地剖析了不少问题的要点，然而，这种直抵问题核心的坦率和真诚未必招人喜欢。尤其是作者借深谙人情世故的老尚皮翁-切尼之口说出的某些台词，简直就是破坏玫瑰色梦想的终极杀手。

纸醉金迷、鬓香钗影、觥筹交错——虽然上流生活对于绝大多数人来说，有着强大的诱惑力，可在某些人眼里，却似雕金镂银的监狱。至于说本剧的女主角向往的“爱情”，到头来是某种救赎呢？还只是无聊生活中泛起的一丝涟漪，终究春梦了无痕呢？我想读者心中自有答案。

二、《多特太太》

本剧也是一部喜剧，属于爱情、婚姻、家庭类的题材。不过侧重不同，《圈》多戏谑英国上流社会旧式婚姻本身的痼疾，《多特太太》以如何争取心仪对象为重点。

说明一点，女主角的昵称在英语中是Dot，该词原意另有“小不点”的意思。女主角身材娇小玲珑，用该词非常贴切。原本想译成“点太太”，但觉得容易引起歧义，因此还是根据习惯，音译其名为“多特太太”。

希望这部有趣的喜剧能陪大家度过一段有趣的阅读时光。想想看，一个娇滴滴的俏寡妇一手拿着菜刀、一手抄着拨火棍，费劲地拆解一辆汽车，这画面该有多美啊！

三、《弗雷德里克夫人》

《弗雷德里克夫人》创作于1903年，是毛姆戏剧创作巅峰期的代表作之一，颇受好评。据说曾经在伦敦的戏剧舞台连续上演一年多的时间，在商业上也非常成功。本剧主要讲述了一个历经人情冷暖、在情海中几番沉浮的女子终于找到幸福的故事。

在译完作品后，我忽然觉得在某种意义上，《弗雷德里克夫人》和《多特太太》可谓姐妹篇。用简单的话来讲，《弗雷德里克夫人》是“破产的贵族寡妇找到幸福”，《多特太太》是“守寡的有钱老板娘追求幸福”，而且两剧中都有一个叫“吉罗德”的男性角色（我私下怀疑毛姆挺喜欢“吉罗德”这名字的，在其他作品中也会出现），当然人物设置完全不同。读者如果有兴趣，将两剧对照阅读，就更能体会毛姆对世态人情的细致观察，自然也少不了俏皮幽默、令人捧腹的对白。

不过，《弗雷德里克夫人》的内涵要稍微苦涩一些，尤其是第三幕前半部分，弗雷德里克夫人和年轻的梅瑞诗顿侯爵那场戏——韶华渐逝的中年贵夫人看着镜中的自己，那番台词既像戏谑人生的言辞，又像哀叹逝水流年的内心独白，大有温庭筠笔下“衰桃一树近浅池，似惜红颜镜中老”的意境（语出《古韵春晓》，又称《玉楼春》《春晓曲》等）。

本剧巧合或者传奇的元素更淡一些，因此人物性格显得更加突出，语言更具特色。

只是毛姆终究心地厚道，还是让剧中那些慷慨仁慈、真挚温良的人历经生活的波折后，依然找到了自己的幸福。因此，也希望大家能在甜蜜的故事中找到继续努力、继续前进的力量！

四、《凯撒的妻子》

在毛姆众多作品中，本剧的名气并不是很大，不过由于其创作于一战后，所以应该属于作者思想波动较大时期的作品。个人感觉，本作品有些类似《应许之地》，更适合有一定阅历的读者。尤其其故事背景是在埃及，西亚、北非的历史本来就复杂，男主角偏偏又是殖民政府的负责人，因此剧中价值观的冲突就更厉害了，而且这种冲突还不是作者后期作品《刀锋》里的那种——《刀锋》虽说是各种思潮一锅炖，但还是有一条“逐一幻灭”的主线。为了有助于读者理解作品内涵，下面从两个层面稍微说说一些个人的看法。

第一个是故事层面，从这个角度来说，毛姆的创作水平确实厉害，两条明线，一条暗线，故事脉络清晰流畅，几无赘笔。两条明线互相纠缠，毫不拖沓：一条是女主角的爱情经历，另一条是争夺埃及总督身边的好差事——可以将本剧视作“一个涉及职场宫斗的爱情故事”或者“一个具备爱情元素的职场宫斗戏”。一条暗线：埃及民众反抗殖民政府的斗争，或者以作者的立场来说，“针对英国政界人士的阴谋诡计”。

第二个是思想层面。我原本一直犹豫要不要译介该作品，因为其价值观实在不好评述，但后来想起来前几年有一部挺受欢迎的美国电影《金蝉脱壳》，其间的莫名囫囵之处跟本剧有些像，所以觉得译出来应该也是挺有意思的。

回到本剧，类似的情况在于：在毛姆笔下，埃及透露出某种野蛮的异域色彩，上至总督到中间阶层的官员，下至平民，为人处世既奸诈凶狠，又颟顸愚昧，与之相对照，英国人勇敢睿智，宅心仁厚，同时作者在字里行间有意无意贬低对方的文明；然而，毛姆终究是一位优秀作家，还是道出了某种实情——英国是殖民者，是侵略者，在埃及，仇恨英国人的土壤是非常肥沃的。考虑到本剧的创作年代，经过一战，英国虽然是战胜国，但终究是强弩之末，昔日帝国的光辉渐渐黯淡，毛姆作为精英阶层的成员，对此自然心知肚明。于是，本剧一方面塑造出亚瑟爵士这样带有理想化色彩的角色，坚强隐忍、长袖善舞，为英国的利益殚精竭虑，另一方面作品中弥漫着某种悲凉的情绪，最终花园里飘荡着的是哀伤的贝都因歌谣——我倒不觉得毛姆有意为之，应该是下意识流露出的无可奈何之意。另外还有一些背景得留个心眼，比如英国人对死刑的看法（女主角对凶手的同情着实莫名其妙，不过稍微关注国际新闻的读者应该会发现如今欧美社会这种倾向越来越厉害，看来还是颇有历史渊源的），比如埃及社会或明或暗流露出对亚美尼亚人的歧视……

总之强调一点，在阅读作品的时候，要留意作者本身的立场，对于某些纷繁芜杂的信息要“透过现象看本质”。最后，希望本剧能给大家带去有趣的阅读时光。

圈

登场人物和场景

克莱夫·尚皮翁-切尼

阿诺德·尚皮翁-切尼：下议院议员，克莱夫的儿子

波蒂厄斯勋爵：昵称休吉

爱德华·鲁顿：昵称特迪

凯瑟琳·尚皮翁-切尼夫人：凯瑟琳的昵称是凯蒂，剧中大部分都用凯蒂夫人一词

伊丽莎白：阿诺德·尚皮翁-切尼的妻子

安娜·申斯通太太

地点：阿诺德·尚皮翁-切尼在多赛特郡的宅子，名为阿斯顿-阿迪庄园

第一幕

场景：阿斯顿-阿迪庄园的一间客厅，装饰得富丽堂皇，墙上挂着几幅名家丹青，家具是乔治亚王朝风格。《乡村生活》杂志介绍过阿斯顿-阿迪庄园，还配上很多插画。与其说这是一所宅子，还不如说是一座宫殿。业主为此非常自豪，屋里所有一切都是时下最时髦的。屋子的尽头是法式落地窗。透过窗户，能看见姹紫嫣红的美丽花园。这是一个怡人的夏日清晨。

（阿诺德进屋。他大概三十五岁，身材高大，长相英俊帅气，胡子刮得干干净净，神情显得很机灵敏锐。他有一张知书达理的面容，但多少有些无精打采。他的衣着考究。）

阿诺德（大声叫道）：伊丽莎白！（他走到窗边，又叫一声）伊丽莎白！（他打铃。趁等待的时候，他环顾屋里。有几把椅子，他稍微挪动了其中一把。他拿下壁炉架上的某件装饰品，掸掸它上面的灰尘。此时，一个仆人进来）哦，乔治！你去瞧瞧，能不能找到切尼夫人。要是见到她，问问看，她现在能不能抽空过来一下。

仆人：好的，先生。（转身，正要离开。）

阿诺德：谁负责打理这间屋子？

仆人：先生，我不知道。

阿诺德（示意他离开）：好吧。

（仆人退场。）

阿诺德（又走到窗边，叫道）：伊丽莎白！（他看见申斯通太太）哦，安娜，你知道伊丽莎白在哪里吗？

（申斯通太太从花园走进来。她四十岁的模样，和蔼可亲，仪容娴雅。）

安娜：她不是正在打网球吗？

阿诺德：没有，我刚去过网球场。出了点非常棘手的事情。

安娜：哦？

阿诺德：我真不明白，她到底去哪里了！？

安娜：你觉得波蒂厄斯勋爵和凯蒂夫人什么时候会到？

阿诺德：他们坐汽车，准时过来用午餐。

安娜：你真的想让我留在这里？你知道的，现在还不是太迟。我可以收拾行李，然后坐上一列火车，随便去哪里都无所谓。

阿诺德：是的，我们当然需要你。如果有外人在这里，事情会容易很多。你能来，真是太仗义了。

安娜：哦，真能说！

阿诺德：而且我觉得，带着特迪·鲁顿来这里，实在有见地。

安娜：他真是活泼好动，对吗？

阿诺德：是的，活泼好动是他的巨大财富。我觉得他的脑子不是很灵光，但是你晓得的，在瓷器铺子里，人们有时候需要一头横冲直撞的公牛……能打破尴尬的沉默气氛。我已经打发仆人去找伊丽莎白了。

安娜：我敢说她正在穿鞋子。她和特迪都去换鞋了。

阿诺德：换鞋用不了这么长时间吧。

安娜（微笑道）**：**你知道的，女人不能只换鞋，还得扑扑粉补补妆。

（伊丽莎白进来了。她二十岁出头，长得如花似玉，穿着浅色的夏日连衣裙。）

阿诺德：亲爱的，我到处找你。你干什么去了？

伊丽莎白：没干什么！我一直在倒立呢。

阿诺德：我父亲在这。

伊丽莎白（惊讶地说）：哪里？

阿诺德：在小别墅那边。他昨晚到的。

伊丽莎白：见鬼！

阿诺德（温和地说）：伊丽莎白，我希望你别说这样的话。

伊丽莎白：如果碰上某件事情可以用“见鬼”来形容，但是你不说“见鬼”，那么打算什么时候说“见鬼”一词呢？

阿诺德：我原以为你会说“哦，讨厌”，或者类似的话。

伊丽莎白：可是那类词汇无法表达我的情绪。况且，那天在授奖典礼上，你颁发奖项的时候说——“在英语中，找不到同义词来形容。”

安娜（微笑道）：哦，伊丽莎白！要求一个政客在私底下说的话，跟他在公开场合讲的要一致，那就太不公平了。

阿诺德：我说过的话，我永远愿意忍受。在英语中，没有同义词。

伊丽莎白：若是如此，那就很遗憾了——不管什么时候，我觉得想说“见鬼”，那就有动力迫使我继续说这个词。

（爱德华·鲁顿的身影出现在窗外。他是一个非常有魅力的年轻人，穿着法兰绒裤子。）

特迪：我说，网球怎么办？

伊丽莎白：进来。我们出状况了。

特迪（进屋）：太好了！什么事啊？

伊丽莎白：英格兰的语言问题。

特迪：别跟我说，你把动词原形给拆了！

阿诺德（微微皱眉道）：伊丽莎白，我希望你能正经点。这情况并不令人很开心。

安娜：我觉得，特迪和我最好先退下吧。

伊丽莎白：胡扯！这件事，你们两个都脱不了身。如果将要发生令人不快的事情，我们需要你们在道德上的支持。这就是我们要你们来的原因。

特迪：可是我原以为自己受邀是因为我有一双蓝眼睛。

伊丽莎白：自负的野人！你的眼睛碰巧是棕色的。

特迪：出什么事了？

伊丽莎白：阿诺德的父亲昨晚到了。

特迪：他来了，上帝啊！我还以为他在巴黎呢。

阿诺德：我们都这样想的。他本来跟我说，接下来一个月，他都要待在巴黎。

安娜：你见过他了？

阿诺德：没有！他给我打电话的。谢天谢地，他在小别墅里有电话。如果他愣头愣脑地直接闯到这里，那可就真是鸡飞狗跳了。

伊丽莎白：你跟他说了凯瑟琳夫人要来的事情吗？

阿诺德：当然没说。我得知他到这儿后，就被吓得目瞪口呆了。于是，我寻思着我们最好先通通气。

伊丽莎白：他还要到我们这里来吗？

阿诺德：是的。他话里话外有这意思，而且我想不出有什么借口可以拒绝他。

特迪：难道你不能拦下另一批人吗？

阿诺德：他们都坐汽车过来，随时可能抵达。想取消来访已经太迟了。

伊丽莎白：而且取消的话，可真叫鲁莽了……跟野人似的。

阿诺德：我就知道让他们来这里是一件蠢事。是伊丽莎白坚持叫他们来的。

伊丽莎白：阿诺德，说到底，她是你的母亲。

阿诺德：这就意味着她的珍贵程度了——有她不多，没她不少。现在，你无法想象这给我的压力有多大。

伊丽莎白：都是三十年前的事情了。从那以后，你一直心怀怨恨……似乎太冒傻气了吧。

阿诺德：我心里没有怨恨，但事实是她给我造成了不可弥补的伤害。我无法找理由帮她开脱。

伊丽莎白：你尝试过帮她开脱吗？

阿诺德：亲爱的伊丽莎白，再一次追根究底毫无用处。可怜又可叹，事情很简单。当时，她有一个痴情的丈夫，而且她的地位显赫，不用操心钱……要多少有多少，还有一个五岁的孩子。然后，她跟一个已婚男人跑了。

伊丽莎白：波蒂厄斯夫人并非一个非常有魅力的女人，阿诺德。（*对安娜说*）你认识她吗？

安娜（*微笑道*）**：**我觉得，可以用“望而生畏”形容那位夫人。

阿诺德：如果你打算拿这个来取笑，那我就没什么好说的了。

安娜：阿诺德，对不起。

伊丽莎白：可能你母亲根本情不自禁啊——如果她坠入爱河，就无法自拔了，对吗？

阿诺德：然后完全不顾忌荣誉、责任和尊重吗？哦，是的，当时那种情况下，“爱情”这借口还挺管用的。

伊丽莎白：这样说你的母亲，实在不是很上道。

阿诺德：我无法将她视作自己的母亲。

伊丽莎白：你的心结无法打开，是因为她没有替你考虑。我们女人当中，有些人母性更强，而有些人更具女性特质。当我想到她如此深爱那个男人，心中就稍稍一紧。为他，她牺牲了名誉、地位和孩子。

阿诺德：我们提及的那个孩子，当他被自己的母亲如此对待，那么你真的无法指望他对她会有多少浓情厚谊。

伊丽莎白：是的，我觉得自己不会指望这个。但是我觉得，都过去这么多年了，你们还不能当朋友……这挺遗憾的。

阿诺德：一个人在流言蜚语的阴影下成长，这过程有多可怕……我怀疑你根本理解不了。在中小学，在牛津，后来在伦敦，随时随地，我永远都是“凯蒂·切尼夫人”的儿子。哦，残酷啊，太残酷了！

伊丽莎白：是的，我知道，阿诺德。对你来说，那确实很野蛮。

阿诺德：如果只是寻常人家，这已经够糟糕了，可是大家的社会地位让事情尤为雪上加霜——十倍的糟糕程度。那时候，我父亲已经是议员了，波蒂厄斯——当时他还没弄到爵位——也是议员——是外交部的副部长，而且他经常在公众面前抛头露面。

安娜：我父亲过去常说他是党内最能干的人。大家都希望他能当上首相。

阿诺德：对英国大众来说，你可以想象这是多大的八卦盛宴啊！接下来有一代人的时间……大概二三十年吧，都没有这样的款待了。那时候，最流行的歌谣是关于我母亲的。你听过吗？“淘气的凯蒂夫人。细思量，真遗憾……”

伊丽莎白（打断他道）：哦，阿诺德，别唱了！

阿诺德：还有，他们并没有隐姓埋名。如果他们静静地生活在佛罗伦萨，不要闹腾，那么丑闻应该会平息下来。可是后来，波蒂厄斯勋爵和他夫人闹出的一连串事情，一直令大众记得他们。

特迪：他们后来干什么了？

阿诺德：我父亲当然跟妻子离婚了。但是波蒂厄斯夫人拒绝跟波蒂厄斯离婚。他试图用不给赡养费、将她赶出门……老天爷知道……还有什么花招，逼她离婚。那时候，他们经常在法院吵得不可开交。

安娜：我觉得波蒂厄斯夫人太不可理喻了。

阿诺德：她知道他想娶我母亲，她恨我母亲。你不能怪她。

安娜：他们的日子肯定非常不好过。

阿诺德：这就是他们一直住在佛罗伦萨的原因。波蒂厄斯有钱。他们发现那里的人们对这种情形无所谓，愿意接纳他们。

伊丽莎白：从那以后，这是他们第一次回英格兰。

阿诺德：伊丽莎白，这事情必须告诉我父亲。

伊丽莎白：是的。

安娜（*对伊丽莎白说*）：他跟你提过凯蒂夫人的事情吗？

伊丽莎白：从来没有。

阿诺德：自从三十年前，她逃离这所房子开始，我觉得他一次都没有提过她的名字。

特迪：哦，他们当时住在这里？

阿诺德：当然住这里。那时候正举办一场数日不停的流水席。有一天晚上，波蒂厄斯和我母亲都没有下来用晚餐。其他人都等在那里。他们都不知道是怎么回事。我父亲派人去我母亲的房间，然后发现在针垫上别着一张小纸条。

伊丽莎白（*带着隐隐一丝笑意说*）：在黑暗的中世纪，私奔的人都用这种方式。

阿诺德：我觉得，从那个可怕的夜晚开始，他对这所房子就心生厌恶了。他没有再来这里住过，而且我结婚的时候，他就把这房子转到我名下了。他手里只留着小别墅的产业，当他想来的时候，就去那里住。

伊丽莎白：对于我们来说，这样的安排真是太好了。

阿诺德：我拥有的一切都是父亲给的。我邀请这些人来这里……我觉得他永远不会宽恕我的。

伊丽莎白：阿诺德，所有的怪罪和责备，我会一力承担的。

阿诺德（暴躁地说）**：**无论如何，现在的状况真是够尴尬了。我都不知道如何应对他们。

伊丽莎白：船到桥头自然直，等你见到他们，自有办法，你觉得呢？

阿诺德：归根到底，他们是我的客人。我尽量表现得像一位温和的绅士。

伊丽莎白：我没指望这个。我们没有装暖气，很难温和。

阿诺德（没理睬她的插科打诨）**：**她会希望我亲吻她吗？

伊丽莎白（微笑道）**：**当然了。

阿诺德：看到别人流露出强烈的感情，我总觉得浑身不自在。

安娜：不过我没弄明白，为什么你以前没跟她见面呢？

阿诺德：我相信自己小时候，她试着来看我，但是我父亲觉得她不要见我，会更好一些。

安娜：是的，不过你长大后，为什么也没见她呢？

阿诺德：她一直在意大利。我从来没去过意大利。

伊丽莎白：如果在街上，你们看见彼此，但互不认识——在我看来，这似乎太可悲了。

阿诺德：是我的错吗？

伊丽莎白：你刚刚答应过，要表现得非常温和、非常和善。

阿诺德：错误还在于——还邀请了波蒂厄斯先生。好像我们已经宽恕整件事了。另外，我该如何待他呢？跟他握手？拍拍他的背？他毫无疑问地毁掉了我父亲的生活。

伊丽莎白（微笑道）：那就制造一场巧妙的车祸，拦下他们……为这样的车祸，你愿意出多少钱？

阿诺德：本来，我自己的主意更好一些，可是我被你说服了——我心里一直后悔不迭。

伊丽莎白（好脾气地说）：如今安娜和特迪都在这里，我觉得实在幸运。我料想这场相聚不会太成功。

阿诺德：我会尽力的。我答应过你，而且我会信守诺言。但是我无法替我父亲保证什么。

安娜：你父亲来了。

（在一扇落地窗的外面，尚皮翁-切尼先生现身了。）

克莱夫：我能直接从窗户跨进屋里吗？还是我得让某个不可一世的奴才来通报？

伊丽莎白：进来吧。我们正盼着你呢。

克莱夫：我希望是不耐烦地盼着我，亲爱的孩子。

（克莱夫·尚皮翁-切尼先生的年纪大概六十出头，身材高大，相貌堂堂，头发灰白，有一张洞晓世事的面容，带着几分禁欲色彩。他衣着考究。他非常注重生活品质。多年来，他过得逍遥潇洒。他亲了亲伊丽莎白，然后朝阿诺德伸出手，跟儿子握手。）

伊丽莎白：我们本以为你在巴黎还得待上一个月。

克莱夫：阿诺德，你好吗？我一直给自己保留“随时改变念头”的特权。有点年纪的绅士跟漂亮女人唯一的共同点就是……随时改变念头。

伊丽莎白：你认识安娜吗？

克莱夫（跟安娜握手）**：**我当然认识。在这里见到你，真是太好了！你会待很长时间吗？

安娜：只要我还受欢迎，就会一直待在这里。

伊丽莎白：这位是鲁顿先生。

克莱夫：你好？你会打桥牌吗？

鲁顿：我会的。

克莱夫：没有好牌，你也叫牌吗？

鲁顿：从来不叫。

克莱夫：英国是上天眷顾的王国，你居然还如此谨慎。我看得出来，你是一个年轻的好男人。

鲁顿：可是，就像普通的好男人，我很穷。

克莱夫：别放在心上。只要你有正确的原则，你可以玩十先令一百分的牌，而且毫无危险。我向来玩牌都是这个注，不多不少。

阿诺德：父亲，你——你打算待很长时间吗？

克莱夫：待到用完午餐，如果你有我的饭。

（阿诺德用生不如死的眼神看了伊丽莎白一眼。）

伊丽莎白：那敢情好。

阿诺德：我不是那个意思。你当然会留下用午餐。我的意思是，你在这边打算住多久？

克莱夫：一个星期。

（有片刻工夫，大家都沉默了。除了尚皮翁-切尼，其他人都微微有点局促不安。）

特迪：我想我们最好去收拾网球。

伊丽莎白：是的。我想听我公公讲讲，这个星期的巴黎都流行什么款式的衣服呢。

特迪：我要去放好球拍。（特迪退场。）

阿诺德：伊丽莎白，现在快一点钟了。

伊丽莎白：我不知道都已经这么迟了。

安娜（对阿诺德说）：我觉得自己是否可以劝你——在午餐前，到花园来一趟。

阿诺德（为这个主意大加赞赏）：我非常乐意。（安娜从窗户走出去，他跟在她身后，然后又犹豫不决地停下脚步说）我刚搞到这把古董椅，我想让你瞧瞧。我觉得很不错。

克莱夫：挺有味道的。

阿诺德：我得说，大概是1750年的作品。设计得不错，对吧？它还从未被修修补补过呢。

克莱夫：很漂亮。

阿诺德：我觉得这次买到好货了，不是吗？

克莱夫：哦，亲爱的儿子！你晓得的，对这些东西，我向来都不曾留意啊。

阿诺德：千真万确，轮到我的时代了……那么，我们午餐时候见吧。

（他跟在安娜后面，从落地窗走出去。）

克莱夫：那个年轻人是谁啊？

伊丽莎白：鲁顿先生。他刚刚退伍。现在，他是马来邦的橡胶园经理。

克莱夫：没听懂，什么马来邦？

伊丽莎白：马来亚联合邦。战争一开始，他就参军了。他马上要回那边。

克莱夫：还有，我们为什么要受如此怠慢？其他人居然全跑光了！

伊丽莎白：我们受到怠慢了吗？我没注意到。

克莱夫：我觉得对于年轻人来说，认识到有一点挺困难的——某人可能变老，但没有变傻。

伊丽莎白：我从来没觉得你会变傻。人人都知道你充满智慧。

克莱夫：到目前为止，他们当然都应该知道。我经常告诫他们这点。你有点紧张？

伊丽莎白：让我搭搭自己的脉。（她将手指按在手腕上）非常正常。

克莱夫：刚才我说要留下用午餐，阿诺德的表情就跟喝了一瓶蓖麻油似的……那难受劲太明显了。

伊丽莎白：我想你还是坐下吧。

克莱夫：我坐下会让你自在点吗？（他坐到椅子上）显而易见，你有非常棘手的事情要跟我说。

伊丽莎白：你不会生我的气吧？

尚皮翁-切尼：你多大了？

伊丽莎白：二十五岁。

尚皮翁-切尼：我从来不会跟三十岁以下的女士生气。

伊丽莎白：哦，这样的话，我要减掉十岁。

克莱夫：岁数上？

伊丽莎白：不是，用化妆术。

克莱夫：嗯哼？

伊丽莎白（察言观色地说）：如果我坐到你的膝盖上，我觉得说话会更容易一些。

克莱夫：你的品位令人非常愉悦，但是你必须留心……别太重了。

（她坐到他的膝盖上）

伊丽莎白：我瘦吗？

克莱夫：刚好相反……我正在听你说话。

伊丽莎白：凯瑟琳夫人要来这里。

克莱夫：凯瑟琳夫人是谁?

伊丽莎白：你的——阿诺德的母亲。

克莱夫：是她?

（他稍稍靠后一点，伊丽莎白起身。）

伊丽莎白：你绝不能责备阿诺德。是我的错。我坚持要她来。他反对的。我一直烦他，直到他让步为止。然后，我写信请她来的。

克莱夫：我不知道你认识她。

伊丽莎白：我不认识。但是我听说她在伦敦。她住在克拉里奇酒店。如果完全对她不闻不问，那显得太冷酷无情了。

克莱夫：她什么时候到?

伊丽莎白：我们想她会准时抵达，来用午餐。

克莱夫：如此仓促?我明白这件尴尬事了。

伊丽莎白：你瞧，我们根本没想到你会来这里。你说过自己在巴黎还得待上一个月。

克莱夫：亲爱的孩子，这是你的房子。你喜欢谁，就邀请谁过来啊——你完全有理由这样做。

伊丽莎白：说到底，无论她有怎样的错误，她毕竟是阿诺德的母亲。如果老死不相往来，那似乎太不近人情了。一想到那个孤独寂寞的苦女人，我的心就好痛。

克莱夫：我从来没听说她过得孤独寂寞，另外她的日子肯定不会苦。

伊丽莎白：另外还有件事。我不能只邀请她一个人。那会显得很——很无礼莽撞。我也邀请了波蒂厄斯勋爵。

克莱夫：我懂了。

伊丽莎白：我料想你不会乐意见到他们的。

克莱夫：我料想他们不会乐意见到我的。看情形，我得回小别墅，吃一顿正儿八经的午餐。我向来留意到，如果作为不速之客突然到访，那么永远都能吃到最美味的食物；同样，临时起意，跑到用人的食堂，也能尝到美味。

伊丽莎白：从来没人跟我谈过凯蒂夫人。一直以来，大家都回避这个话题。她的照片，我连一张都没见过呢。

克莱夫：她刚离开的时候，这房子里到处都是她的照片。我想我叫管家把它们都丢进垃圾桶里了。她非常上相。

伊丽莎白：你不跟我讲讲她是怎样的人吗?

克莱夫：伊丽莎白，她跟你很像，只不过她的头发不是红色，而是黑色。

伊丽莎白：乖乖啊！那如今肯定白得厉害了。

克莱夫：我也料想如此。她以前是一个漂亮的小可人。

伊丽莎白：当年，她可属于顶级美女之一啊。大家都说她可爱迷人。

克莱夫：她像你一样，有着小小的鼻子，极为玲珑秀巧……

伊丽莎白：你喜欢我的鼻子?

克莱夫：还有，她婀娜曼妙、娇小秀丽……脚步轻盈。她就像老式法国喜剧中的侯爵夫人。是的，她可爱迷人。

伊丽莎白：我相信她现在依旧可爱迷人。

克莱夫：你知道的，她年纪不小，不再年轻了。

伊丽莎白：你不能指望我对此事的看法，会跟你和阿诺德一样。如果像她那样去爱，那么人虽然也会变老，但会优雅地衰老。

克莱夫：你的想法非常浪漫。

伊丽莎白：我好好思量过，才有这番感触，否则，我不敢说自己看得如此透彻。我知道她很是亏待你和阿诺德。我愿意承认这点。

克莱夫：我肯定，你心地非常善良。

伊丽莎白：可是她爱了，而且她敢爱。浪漫爱情使人如此神魂颠倒。在书里，人们阅读过浪漫的爱情，但是很难实实在在地见过这东西。浪漫令我悸动……我情不自禁。

克莱夫：我非常痛苦地得知——在这类事件中，做丈夫的都不是浪漫的玩意儿。

伊丽莎白：她当时拥有一切，整个世界都匍匐在她脚下。你有钱。她在社交界有头有脸。可是为爱情，她放弃了一切。

克莱夫（淡淡地说）：我开始怀疑，邀请她来这里不仅仅为了她和阿诺德。

伊丽莎白：我似乎已经认识她了。我想象中，她的面容带着一缕忧伤，因为那场爱情让人变得严肃忧郁，不再开心欢愉……不过我觉得她苍白的脸上没有皱纹，红颜依旧。

克莱夫：亲爱的，你怎能让自己的想象力如脱缰野马似的到处狂奔啊！

伊丽莎白：我想象中的她轻盈纤弱、楚楚可怜。

克莱夫：当然，楚楚可怜。

伊丽莎白：一双细长的纤纤玉手，还有红颜白发。我经常在脑海里描绘他们住的那间文艺复兴风格的宫殿，墙壁上挂着宫殿原先主人的画像，四周散落着各种可爱的雕像，她身穿黑丝绸连衣裙，脖子上围着老式蕾丝花边，还戴着旧式风格的钻石珠宝。你瞧，我对自己母亲一点印象都没有；我还在襁褓中的时候，她就过世了。那些姨妈姑妈自己都有一大家子，因此不能跟她们说悄悄话。我想让阿诺德的母亲也成为我的母亲。我真的有很多话想跟她说。

克莱夫：你和阿诺德过得幸福吗？

伊丽莎白：我为什么会不幸福呢？

克莱夫：那你们干吗还不生孩子？

伊丽莎白：给我们一点时间吧。我们结婚才三年呀。

克莱夫：我都不知道休吉现在长什么样子了！

伊丽莎白：你是说波蒂厄斯勋爵吗？

克莱夫：在伦敦的男人当中，当时就数他穿得最考究了。你知道，如果他一直留在政坛，到现在应该会成为首相了。

伊丽莎白：那时候的他是什么样呢？

克莱夫：他是一个帅小伙。优秀的骑手。我猜想，他有某些特别吸引人的特质。你瞧，金发碧眼。他身材很棒。我喜欢他。我那时候是他的政务次长。他是阿诺德的教父。

伊丽莎白：我知道。

克莱夫：我不知道他是否后悔过！

伊丽莎白：如果是我，我不会后悔。

克莱夫：嗯，我得慢慢散步，走回自己的小别墅。

伊丽莎白：你没有生我的气吧？

克莱夫：丝毫没生气。

（她仰起脸让他亲。他吻过她的双颊，便出去了。很快，特迪的身影就出现落地窗旁。）

特迪：我看见老头子走了。

伊丽莎白：进来。

特迪：一切都好吧？

伊丽莎白：哦，差不多，他这关算是过了。他打算回避。

特迪：刚才很难堪吗？

伊丽莎白：没有，他根本没有为难我。他是善良的老头子。

特迪：你刚才真被吓到了吧。

伊丽莎白：有点。我现在还有点害怕。我也不晓得为什么。

特迪：我原先就猜到你会害怕。我觉得自己该过来，在道义上给你提供一些支持。很不错，对吗？

伊丽莎白：真是太好了。

特迪：等我回马来邦后，回想起这一切，肯定很开心的。

伊丽莎白：难道你不会想家吗？

特迪：哦，你晓得的，人人都会时不时地想家。

伊丽莎白：如果你想的话，你应该能在英格兰找到工作，对吗？

特迪：哦，但是我喜爱国外的工作。回英格兰一趟是极好的，但是如今，我没法在此生活。这就像面对一个女人，一日不见如隔三秋，爱得死去活来，可真等到两厢厮守的时候，她会把你逼疯……你对她简直忍无可忍。

伊丽莎白（微笑道）**：**英格兰有什么毛病吗？

特迪：我觉得英格兰没毛病。我认为有毛病的人是我。我离开得太久了。在我看来，英格兰这片土地上，似乎到处都是别扭的人……他们做着自己不想做的事情，只因为别人希望他们做这些事。

伊丽莎白：所谓的高度文明社会不就是这样吗？

特迪：在我眼里，人们太虚情假意了。在伦敦，如果你参加宴会，大家都一个劲地吧啦吧啦艺术，而你感觉在他们内心深处，艺术不值两便士。他们读那些大家都在谈论的书，因为人人都不想脱离谈话圈子。我们在马来邦没有多少书，因此我们反复阅读。对我们来说，那些书意义重大。我觉得那里的人跟国内的人比起来，前者连后者一半的机灵程度都没有……但是在那里，大家互相之间更了解。你瞧这里，我们很少能真正地了解彼此。

伊丽莎白：我想在马来邦，装腔作势还不多见。这肯定令人心情舒畅。

特迪：在一个地方，如果人人对你知根知底，都晓得你的收入有多少，那么自命不凡实在没意思。

伊丽莎白：在社交场合，我觉得你没必要指望有多少真心真意。那样的话，好比在一间纸牌搭建的屋子里，插入一根钢梁。

特迪：那么，你懂的，这里是极好。等你适应了那里的蓝天，于是就开始怀念英格兰的点点滴滴了。

伊丽莎白：一直以来，你都干些什么事情呢？

特迪：哦，我干活很卖力的。要想成为种植园主，你必须是健硕强悍的汉子。还有，那里洗澡非常爽。你知道的，沿着海滩都是棕榈树，非常可爱怡人。另外就是打猎了。再加上，我们经常靠一台留声机就能跳上一会儿舞蹈。

伊丽莎白（佯装拿他打趣道）**：**特迪，我觉得你在那里有了一个年轻的女人。

特迪（急忙说）**：**哦，没有！

（他否认得如此斩钉截铁、如此声嘶力竭，多少吓了她一跳。有一会儿，大家都没作声，随即他恢复常态。）

伊丽莎白：你知道的，总有一天，你必须结婚，然后安定下来啊。

特迪：我想这样，可是这不是容易的事情。

伊丽莎白：我就不明白，为什么在国内成家要比在其他地方困难呢？

特迪：在英格兰，人们如果走自己的路，就会走投无路，那么只好跟着流行趋势的后头亦步亦趋。像这样一个地方，人靠衣装马靠鞍，很多资源都花在穿戴上了。

伊丽莎白：当然。

特迪：很多姑娘外出是因为觉得能好好享受好时光。可是如果她们的脑袋空无一物，那么外面的世界对她们来说，同样一片空虚，然后她们被别人接手了。如果做丈夫的有能力负担，那么她们就待在家里，接着独守空闺……就像盯着草坪的寡妇一样。

伊丽莎白：我见过这类女子。她们似乎找到了非常惬意的人生位置。

特迪：但是对她们的丈夫来说，这样子真的很讨厌。

伊丽莎白：如果丈夫养不起呢？

特迪：哦，那么她们就酗酒。

伊丽莎白：如此前景实在不是很吸引人。

特迪：可是如果是一个正道上的女人，那么她不会拿自己的生活去交换世间其他任何一种生活方式。无论世人如何评说，无论世事如何变迁，塑造帝国的就是这样的人。

伊丽莎白：什么叫正道上的女人？

特迪：具备勇气的女人，有耐力，为人真诚。当然，除非她爱着自己的丈夫，否则生活就毫无希望了。（他真挚地看着她，而她抬起双眸，长长地注视着她。两人都沉默了。）

特迪：我的房子位于一座小山的山坡上，周围的椰子树一路蜿蜒，直至海滩。我的花园里有杜鹃花、山茶花，还有各种各样烂漫盛开的花朵。站在屋前，我能看到曲折无垠的海岸线，再往外眺望，就是蔚蓝的大海。（顿了一下）我非常爱你，你知道吗？

伊丽莎白（严肃地说）：我本来不是很肯定。我疑心过。

特迪：那你爱我吗？（她缓缓点了点头）我还从未吻过你呢。

伊丽莎白：我不想你吻我。

（他们专注地看着对方。两人都很严肃。此时，阿诺德匆忙进来。）

阿诺德：伊丽莎白，他们正要过来了。

伊丽莎白（好像从遥远的世界里刚刚回过神来）：谁？

阿诺德（不耐烦地说）：亲爱的！当然是我母亲。汽车刚刚开进庄园的车道。

特迪：你们想让我离开吗？

阿诺德：哦，不！看在上帝的分上，留在这。

伊丽莎白：阿诺德，我们最好出去迎接他们。

阿诺德：别，别，我觉得他们最好被引见进来。坦白讲，我紧张得都想吐了。

（安娜从花园里进屋。）

安娜：你们的客人已经到了。

伊丽莎白：是的，我知道。

阿诺德：我已经指示他们，马上安排午餐。

伊丽莎白：为什么呢？现在还没到一点半，对吗？

阿诺德：我觉得这样有好处。当人们不知道到底该说什么的时候，总是可以吃东西的。

管家（进来，并宣布）：凯瑟琳·尚皮翁–切尼夫人到！波蒂厄斯勋爵到！

（凯蒂夫人进来，波蒂厄斯跟在后面，然后管家退场。凯蒂夫人娇小活泼，染成红色的头发，双颊涂着胭脂。她的衣着多少有些浮夸。她永远不会忘记自己天生丽质，而且她的举止还停留在二十五岁似的。波蒂厄斯勋爵是一位稍显年纪的绅士，头秃得非常厉害，衣服松松垮垮，式样非常古怪。他的样子嚣张跋扈，说话咋咋呼呼。伊丽莎白根本没料到对方是这样一对儿，她很是瞠视他们一会儿，惊讶的双眼瞪得圆溜溜的。凯蒂夫人伸开双手朝她走来。）

凯蒂夫人：伊丽莎白！伊丽莎白！（她热情过火地吻了吻她）真是一个惹人爱的小东西啊！（转头对波蒂厄斯说）休吉，她不可爱吗？

波蒂厄斯（嘟囔一声）**：**嗯哼！

（伊丽莎白此时露出笑意，转向他，并伸出手。）

伊丽莎白：你好吗？

波蒂厄斯：你们在这里搞出遭雷劈的公路。亲爱的，你好吗？为什么在英格兰，你们要弄这些遭雷劈的公路呢？

（凯蒂夫人的视线落在特迪身上，然后她甩开双臂朝他走去，打算拥抱他。）

凯蒂夫人：我的儿子，我的儿子！无论在哪里，我都能认出你来啊！

伊丽莎白（踌躇道）**：**那才是阿诺德！

凯蒂夫人（毫不犹豫地转变方向）**：**跟他父亲真是一模一样啊！无论在哪里，我都能认出你来啊！（她双臂抱紧他的脖子说）我的儿子，我的儿子！

波蒂厄斯（嘟囔一声）**：**嗯哼！

凯蒂夫人：跟我说说，你是不是还认得我？我变化大吗？

阿诺德：你晓得的，我那时候只有五岁，当——当你……

凯蒂夫人（充满感情地说）**：**我记得一切，宛如昨天刚刚发生。我朝你的房间走去。（神情突然来了一百八十度转弯）顺便说一句，我一直疑心保姆喝酒。你是否查清楚她到底喝了没有？

波蒂厄斯：凯蒂，真是活见鬼，你怎么能指望他知道呢？

凯蒂夫人：休吉，你从来没有养过孩子。你怎么能明白他们知道什么，不知道什么呢？

伊丽莎白（打圆场道）：波蒂厄斯勋爵，这是阿诺德。

波蒂厄斯（跟他握手）：你好吗？我认识你父亲。

阿诺德：是的。

波蒂厄斯：他还活着？

阿诺德：是的。

波蒂厄斯：他一定要好好活着。他身体好吗？

阿诺德：很好。

波蒂厄斯：嗯哼！我猜，他肯定将自己照顾得很好。我的身体可一点都不好。见鬼的天气总跟我过不去。

伊丽莎白（对凯蒂夫人说）：这位是申斯通太太。这位是鲁顿先生。这是一场非常小型的聚会，我希望你们别介意。

凯蒂夫人（跟安娜和特迪握手）：哦，不介意，我肯定会很开心的。以前，我在这里经常举办大型宴会。你晓得的，政治圈的。你把这房间布置得太漂亮了！

伊丽莎白：哦，这是阿诺德布置的。

阿诺德（紧张兮兮地说）：你喜欢这把椅子吗？我刚买的。如今极为难得的真品古董椅。

波蒂厄斯（毫不客气地说）：是仿冒品。

阿诺德（愤愤不平地说）：我觉得绝不是仿冒品。

波蒂厄斯：椅子腿错了。

阿诺德：我不知道你怎能说这样的话。如果说它有正宗的地方，那就是椅子腿。

凯蒂夫人：我肯定它们都是对的。

波蒂厄斯：凯蒂，你对此一无所知。

凯蒂夫人：那是你的想法。我觉得这是一把漂亮的椅子。这属于赫伯怀特风格吧？

阿诺德：不是，是谢拉顿风格。

凯蒂夫人：哦，我知道的。《谣言学堂》的作者。

波蒂厄斯：谢拉顿，亲爱的。是谢拉顿。

凯蒂夫人：是的，我说的就是这个。在佛罗伦萨的业余戏剧表演中，我出演了那场屏风戏。埃尔梅托·诺威利——就是那个著名的意大利悲剧作家——跟我说，他从来没见过像我这样的提泽尔夫人。

波蒂厄斯：嗯哼！

凯蒂夫人（*问伊丽莎白*）**：**你表演吗？

伊丽莎白：哦，我不行。我太容易紧张，上不了台。

凯蒂夫人：我就从来不紧张。我是天生的女演员。当然，如果时光都能倒流，那我就要从事舞台事业。你知道的，她们都能青春永驻，真是太神奇了。我说的是女演员。我觉得原因就是她们一直扮演着不同的角色。休吉，你觉得阿诺德像我还是像他父亲？当然，我觉得他简直是我的复刻版。阿诺德，我觉得自己应该跟你讲讲去年冬天，我被天主教会接纳的事情。很多年来，我心里一直记挂着这事。我们上次去蒙特卡洛的时候，我遇见了一位非常善良的主教。我将自己的麻烦跟他和盘托出，他非常通情理。我知道休吉不会赞成的，因此我将这个秘密放在心里。（*对伊丽莎白说*）你对宗教感兴趣吗？我觉得宗教很有意思。我们一定得找时间好好谈谈这个话题。（*指着她的连衣裙说*）卡洛家做的？

伊丽莎白：不是，沃斯家做的。

凯蒂夫人：我就知道，不是沃斯就是卡洛。当然，真正重要的是裁剪技术。我亲自去沃斯家，永远跟他说这句话："裁剪，亲爱的沃斯，裁剪。”休吉，有什么问题吗？

波蒂厄斯：我新镶的这几颗牙真不舒服。

凯蒂夫人：男人实在不可思议。他们连一丁点的不舒服都忍不了。哎哟喂，从清晨起床开始，一直到入夜就寝，一个女人的生活就没有舒服过。另外，晚上睡觉的时候，脸上还盖着面膜，你觉得舒服吗？

波蒂厄斯：这些牙齿似乎没有放正位置。

凯蒂夫人：好了，你的牙齿没有问题。你的牙龈有毛病。

波蒂厄斯：遭雷劈的牙医下地狱吧。就是这么回事。

凯蒂夫人：我觉得他是一位非常好的牙医。他跟我说，我的牙齿到五十岁之前都不会有问题。他有一间中式的屋子。非常有趣。当他在你的牙齿上刮来刮去的时候，他会跟你大讲特讲那位亲爱的皇太后的事情。你对中国有兴趣吗？我觉得真的非常有意思。你知道他们已经剪掉辫子了吗？我觉得太遗憾了。辫子真是一道风景啊。

管家（上场，进屋）：先生，午餐准备就绪。

伊丽莎白：你想看看你们的房间吗？

波蒂厄斯：我们可以用过午餐后再去看房间。

凯蒂夫人：休吉，我必须补补妆。

波蒂厄斯：就在这里好好拍拍粉吧。

凯蒂夫人：我从来没见过如此不通情理的人。

波蒂厄斯：你会让我们等上半小时。我知道你的。

凯蒂夫人（在手袋里乱摸一通说）：哦，好吧，不管付出怎样的代价，最重要的是息事宁人……就像贝肯斯菲尔德大人说的那样。

波蒂厄斯：他说过很多天杀的蠢话，凯蒂，但是他从未说过这句话。

凯蒂夫人（她的脸色瞬息万变。先是困惑不解，然后是灰心丧气，再接着变成惊慌失措）：哦！

伊丽莎白：怎么了？

凯蒂夫人（痛苦地说）：我的唇膏！

伊丽莎白：你找不着了吗？

凯蒂夫人：我在车上的时候还用过的。休吉，你记得的，我在车上用过的。

波蒂厄斯：我一点都不记得。

凯蒂夫人：休吉，别这么傻乎乎的。喏，我们穿过那一道道门的时候，我说："我的家，我的家！"然后我拿出唇膏，在嘴唇上涂了几下。

伊丽莎白：你可能落在车上了。

凯蒂夫人：老天爷，快派人去找啊。

阿诺德：我去打电话。

凯蒂夫人：我要是没有唇膏，就绝对无所适从了。亲爱的，把你的借给我用用，好吗？

伊丽莎白：我很抱歉。我恐怕得说自己一支都没有。

凯蒂夫人：你的意思是说你不用唇膏？

伊丽莎白：从来没用。

波蒂厄斯：瞧瞧她的嘴唇。活见鬼，你觉得她有必要涂那些泥巴吗？

凯蒂夫人：哦，亲爱的，你真是大错特错了！你必须用唇膏。那样对嘴唇好。你知道的，男人喜欢。如果没有唇膏，我就没法活了。

（克莱夫·尚皮翁-切尼出现在落地窗外，高举着一只手，手里拿着一只小小的金色匣子。）

克莱夫（一边走进来，一边说）：这里有人弄丢了一件微型器具箱吧？如果我没有弄错，应该是某人心仪的化妆品？

（阿诺德和伊丽莎白看到他，犹如五雷轰顶般地瞠目结舌，甚至特迪和安娜也大受惊吓。可是凯蒂夫人喜出望外。）

凯蒂夫人：我的唇膏！

克莱夫：我在车道上找到的，于是就冒昧地拿进来了。

凯蒂夫人：圣安东尼显灵了！我刚才在手袋里翻找的时候，心里默默向他祷告了几句。

波蒂厄斯：去他的圣安东尼！看在上帝的分上，他是克莱夫。

凯蒂夫人（大吃一惊，她的注意力突然不再关注唇膏了）：克莱夫！

克莱夫：你刚才没认出我。我们很多年没见面了。

凯蒂夫人：可怜的克莱夫，你的头发白得好厉害啊！

克莱夫（伸出手）：我希望你们从伦敦过来的这趟旅程能愉快。

凯蒂夫人（将脸朝向他说）：克莱夫，你可以亲亲我。

克莱夫（亲亲她说）：休吉，你不介意吧？

波蒂厄斯（嘟囔一声）：嗯哼！

克莱夫（友善地朝他走去）：亲爱的休吉，你好吗？

波蒂厄斯：如果你想知道的话，我得了风湿病。在这个国家，你们都是什么龌龊破烂的气候啊。

克莱夫：休吉，你不打算跟我握手吗？

波蒂厄斯：我不反对跟你握手。

克莱夫：可怜的休吉，你老了很多。

波蒂厄斯：以前，别人向我打听过，问你到底多大岁数了。

克莱夫：你跟他们说的时候，大家是不是很惊讶？

波蒂厄斯：惊讶！他们都奇怪你怎么还没死。

管家（进来）：先生，你刚才打铃了？

阿诺德：没有。哦，是的，我打过。现在没事了。

克莱夫（他说话的时候，管家正要退下）：等一下。亲爱的伊丽莎白，我来这里就指望你大发善心了。我的用人们都忙着自己的事情。我在小别墅里没有吃的东西。

伊丽莎白：哦，如果你和我们一起用午餐，那我们只会很开心。

克莱夫：这就意味着我要么在这里用午餐，要么马上饿死。阿诺德，你不会介意吧？

阿诺德：亲爱的父亲！

伊丽莎白（对管家说）：切尼先生将在这里用午餐。

管家：非常明白，夫人。

克莱夫（对凯蒂夫人说）：你觉得阿诺德怎么样？

凯蒂夫人：我很喜爱他。

克莱夫：他已经长大成人了，对吧？可是那时候你看着他，还觉得是三十年后的事情呢。

阿诺德：看在上帝的分上，伊丽莎白，我们都去用午餐吧！

第二幕

场景：同第一幕。

（下午。大幕拉开，波蒂厄斯、凯蒂夫人、安娜和特迪正在打桥牌。伊丽莎白和克莱夫·尚皮翁-切尼在一旁观战。波蒂厄斯和凯蒂夫人是搭档。）

克莱夫：伊丽莎白，阿诺德什么时候回来？

伊丽莎白：我想，很快吧。

克莱夫：他正在集会上发表演说吗？

伊丽莎白：不是，只是开一个小会……跟他的代理人，还有一两个党员。

波蒂厄斯（怒气冲冲地说）**：**周围的人都扯着嗓子乱吼乱叫，这还让人怎么打牌啊……比如，我就无法弄明白。

伊丽莎白（微笑道）**：**我很抱歉。

安娜：波蒂厄斯勋爵，我都能看见你手里的牌了。

波蒂厄斯：这或许能帮你打好牌。

凯蒂夫人：我再三跟你说，得拿好自己的牌。如果有人忍不住去偷看对手的牌，那打牌就没意思了。

波蒂厄斯：可没有规定说，一定得偷看。

凯蒂夫人：最近一次选举，阿诺德赢了多数票吗？

伊丽莎白：七百多票吧。

克莱夫：如果他要在下一届保住自己的职位，就得花大力气去争取。

波蒂厄斯：我们是打牌，还是谈论政治？

凯蒂夫人：我打牌的时候，从来没觉得这样的谈话会干扰牌局。

波蒂厄斯：当然，你边说话边打牌的水平不会比你闭嘴打牌的时候更臭。

凯蒂夫人：休吉，我觉得你这样说话很唐突无礼。就因为我的打牌方式跟你不一样，你就觉得我不会打牌了。

波蒂厄斯：我很高兴你承认这不是我的打牌方式。但是，看在上帝的分上，你为什么管这个叫“桥牌”呢？

克莱夫：我赞同凯蒂的意见。我也讨厌人们打牌的时候好像参加葬礼一样……气氛冰冷阴沉，凉气从脚底往上冒。

波蒂厄斯：你当然站在凯蒂一边。

凯蒂夫人：他至少能做到……站在我这边。

克莱夫：我天生乐观。

波蒂厄斯：你从来没有遭遇过改变性格的事情……令“乐观”变成“尖酸”。

凯蒂夫人：休吉，我不明白你这话什么意思。

波蒂厄斯（努力克制自己）：你必须吃我的A吗？

凯蒂夫人（懵懂地说）：哦，亲爱的，那是你的A吗？

波蒂厄斯（火冒三丈地说）：是的，是我的A。

凯蒂夫人：哦，好吧，这是我唯一能吃的牌。我无论如何不能让这牌过。

波蒂厄斯：你没必要跟他们说这个。现在她对我的牌一清二楚了。

凯蒂夫人：她本来就知道。

波蒂厄斯：她怎么能知道？

凯蒂夫人：她刚才说看了你手里的牌。

安娜：哦，我没看。我说我能看见。

凯蒂夫人：嗯，她如果能看见，那她就看了……我自然这样认为的。

波蒂厄斯：说真的，凯蒂，你的想法真够超凡脱俗了。

克莱夫：毫不超凡脱俗。如果有人真笨到让我看他手里的牌，我当然会看的。

波蒂厄斯（气得七窍生烟）：如果你研究打桥牌的礼节问题，那么你就会发现围观的人不应该搅和牌局……这很失礼。

克莱夫：亲爱的休吉，这是伦理问题，不是桥牌问题。

安娜：无论如何，我理解这游戏了。另外，还懂得转动脖子的问题。

特迪：我声明有人藏牌。

波蒂厄斯：谁藏牌了？

特迪：你呀。

波蒂厄斯：胡扯。我这辈子没有藏过牌。

特迪：我弄给你看。（他翻过牌，给大家看牌面）四张牌里有三张红桃和一张黑桃，你打出一张黑桃，然后又吃进一张红桃。

波蒂厄斯：我的红桃一直没有超过两张啊。

特迪：哦，是的，你有。瞧这。倒数第二次，你打的是这张牌。

凯蒂夫人（见他出糗，开心地说）：休吉，毫无疑问。你藏牌了。

波蒂厄斯：我跟你说，我没有藏牌。我从来不藏牌。

克莱夫：你藏了，休吉。我都不知道你到底怎么打牌的。

波蒂厄斯：旁边的人围成一圈，老是嗡嗡嗡地说话，没完没了……这样的情况，还想不发生藏牌的事情？——我觉得那才叫奇怪呢。

特迪：好吧，你又输给我们一百了。

波蒂厄斯（对克莱夫说）：我希望你别朝我的脖子吹气。打桥牌的时候，如果我觉得有人在脖子旁边呼吸，那就永远没法打好牌了。

（众人都从牌桌旁起身，然后在屋内四散开来。）

安娜：嗯，我要去拿本书，接着躺在吊床上，等到换衣服的时候再起来。

特迪（一直在算账）：我将这些记到账本上，对吧？

波蒂厄斯（没有动，从牌里挑出几张，组成一副同花顺）：是的，是的，放下吧。我从来不藏牌。

（安娜退场。）

凯蒂夫人：休吉，你想稍稍散散步吗？

波蒂厄斯：为什么？

凯蒂夫人：为了锻炼身体。

波蒂厄斯：我讨厌锻炼身体。

克莱夫（看着那副同花顺牌说）：七连八。

（波蒂厄斯没理他。）

凯蒂夫人：休吉，七连八。

波蒂厄斯：我没想凑七连八。

克莱夫：王后连国王。

波蒂厄斯：我没瞎，自己能看，谢谢。

凯蒂夫人：三连四。

克莱夫：这是所有的选项了……没别的路。

波蒂厄斯（暴跳如雷地说）：是我凑这副同花顺，还是你在玩？

凯蒂夫人：可是对的牌，你都没凑啊。

波蒂厄斯：那是我的事情。

克莱夫：休吉，实在没必要为此大发雷霆啊。

波蒂厄斯：你们俩，走开。你们让我上火。

凯蒂夫人：我们只是想帮你呀，休吉。

波蒂厄斯：我不想别人帮忙。我只想自己弄。

凯蒂夫人：休吉，我觉得你这样子真的很讨人厌。

波蒂厄斯：人家正在玩同花顺，旁边的人却一直指指点点，简直让人发疯啊。

克莱夫：我们不会再说一个词了。

波蒂厄斯：这就三张牌了。我觉得很快就能明朗。要是吃了那张七，我还不能让他们投降，那我真是傻瓜中的极品。

（他打出了几张牌，与此同时，另外两人一言不发地看着他。）

凯蒂夫人和克莱夫（异口同声地说）：四连五。

波蒂厄斯（怒不可遏地扔下牌说）：去你的！你为什么不走开……别管我？真是令人忍无可忍。

克莱夫：亲爱的兄弟，嘴比脑子快，不好意思。

波蒂厄斯：我知道你是嘴比脑子快。你们真讨厌！

凯蒂夫人：你真小心眼，休吉！

波蒂厄斯：小心眼，见鬼了！我跟你说过很多次了，当我玩同花顺的时候，别烦我。

凯蒂夫人：休吉，不要用这种态度跟我说话。

波蒂厄斯：我爱用什么态度跟你说话，就用什么态度。

凯蒂夫人（开始哭道）：哦，你这畜生！你这畜生！（她愤然离开屋子。）

波蒂厄斯：哦，要死了！她现在开始哭了。

（他脚步蹒跚地朝花园走去。现在只剩下克莱夫·尚皮翁-切尼、伊丽莎白和特迪。有一小会儿，大家都没有吭声。克莱夫·尚皮翁-切尼看看特迪，又瞧瞧伊丽莎白，脸上带着讥诮的微笑。）

克莱夫：我拿自己的灵魂起誓，他们可能会结婚。他们闹得太凶，除了结婚，无路可走。

伊丽莎白（冷冷地说）：自从他们到这里后，你来得真勤呀……你真是太好了。如此一来，真是帮大忙，事情顺当多了。

克莱夫：讽刺？在这场神圣的活剧里，在这尘世中，在这片疆域上，在英格兰这个国度里，讽刺并不是很受欢迎的修辞方式。

伊丽莎白：你到底有何目的？

克莱夫：如今，年轻女人说话可真俚俗！说真的，我觉得因为阿诺德说话太斯文高雅，所以你跑到另一个极端了。

伊丽莎白：反正你知道我是什么意思。

克莱夫（微笑道）：我隐隐约约有所怀疑，但还需要继续追查。

伊丽莎白：你本来答应要置身事外的。那为什么他们刚到，你就返回了？

克莱夫：好奇心，亲爱的孩子。我这颗好奇心肯定值得谅解的。

伊丽莎白：还有，从他们抵达的时候开始，你就一直待在这里。我们去你的小别墅，一般来说，你向来不大待见我们。

克莱夫：在这里，我觉得很开心啊。

伊丽莎白：不管他们什么时候闹口角，你都煽风点火，怂恿他们继续闹下去……一种邪恶的乐趣，真令我吃惊。

克莱夫：我觉得他们之间的爱情没剩多少了，对吗？

（特迪动了一下，似乎想离开。）

伊丽莎白：别走，特迪。

克莱夫：别，请别走。我再待一分钟。在凯蒂夫人抵达之前，我们谈论过她。（对伊丽莎白说）你还记得吗？脸色苍白的贵妇，穿着黑丝绸衣服……装饰着老式蕾丝花边，楚楚可怜的样子。

伊丽莎白（窃笑一声道）：你晓得的，你真是一个魔鬼。

克莱夫：啊，好吧，一直以来，魔鬼一直有幽默大师和绅士的美誉。

伊丽莎白：亲爱的坏人，你原先料到她会变成这样吗？

克莱夫：亲爱的孩子，完全始料未及。你以前问过我，当年她离家的时候是什么样子。我只说了一丁点。那时候的她快乐活泼、自然不做作。谁能想到活泼的人儿会变得如此尖酸呢？谁能想到带着柔情蜜意，满怀激情地一路走来，会变得如此荒诞造作呢？

伊丽莎白：听你用这样的口吻谈论她，我真是心里发毛。

克莱夫：是真相让你心里发毛，而不是我。

伊丽莎白：你曾经爱过她。难道你对她一点感觉都没有吗？

克莱夫：没有。我为什么要有呢？

伊丽莎白：她是你儿子的母亲呀。

克莱夫：亲爱的孩子，你天性迷人，跟她以前一样……思维简单、说话坦率，性格朴实。不要让理论上的谎言蒙蔽了你的常识。

伊丽莎白：我们没有论断的权力。她来这里只待了两天。我们对她一无所知。

克莱夫：亲爱的，她的灵魂跟她的脸一样，油彩都涂得太厚了。如今，她的内心毫无真诚可言。她变得浮华庸俗了。你觉得我是一个冷酷无情、愤世嫉俗的老男人。唉，当我想起她以前的模样，再看看她如今的样子，如果我不纵声大笑，那就只能放声大哭了。

伊丽莎白：你又凭什么说，如果她一直做你的妻子，就不会变成如今的样子呢？你觉得你有本事给她施加健康有益的影响，令她潇洒依旧吗？

克莱夫（心情愉快地说）**：**每当你变得伶牙俐齿、尖酸刻薄的时候，我着实喜欢。

伊丽莎白：你想用这样的话来打发我的问题吗？

克莱夫：她离家出走的时候只有二十七岁。她有可能变成任何一种样子。她有可能变成你期盼的那种类型。我们当中，极少有人能让环境适应自己。我们都是环境的产物。因为她过着一种傻头傻脑、毫无价值的生活，所以她就是一个傻头傻脑、毫无价值的女人。

伊丽莎白（*心烦意乱地说*）：你今天真是太可怕了。

克莱夫：漂亮女人随着年华老去……我并没有说我能阻止她变得荒诞可笑。可是生活能。在这里，她会有适合她社会地位的朋友，会有体面的社交活动，还有值得尝试的兴趣爱好。你去问问她，这些年来，跟她来往的都是一些什么人啊？离婚的女人、被包养的女人，还有那些跟她们厮混的男人。一门心思地寻欢作乐，最值得哀叹的就是这种生活追求了。

伊丽莎白：无论如何，她爱过，而且爱得强烈。我对她只有怜惜之情。

克莱夫：如果她曾经爱过，那么当她看到自己已经毁掉休吉，你觉得她心里是什么滋味？瞧瞧他。昨晚，用过晚餐后，他发火了；前天晚上也失态过。

伊丽莎白：我知道。

克莱夫：而且她觉得习以为常。他这样每晚发火，你觉得已经有多久了？你以为三十年前的他是这个样子吗？他曾经是一个意气风发的青年才俊，那时候人人都觉得他能成为首相，你能想象得到吗？瞧瞧他现在的样子。一个满腹牢骚、糊里糊涂的老家伙，还有几颗牙坏了。

伊丽莎白：你也有几颗牙坏了。

克莱夫：是的，但无论如何，它们都补得正。她已经毁了他，而且她也知道自己毁掉他了。

伊丽莎白（*疑心重重地看着他*）：你为什么要跟我说这些话？

克莱夫：我刺痛你的心了？

伊丽莎白：我觉得眼下，我真是受够了。

克莱夫：我得走了，得去瞧瞧那些金鱼。等下阿诺德回来，我得见见他。（*彬彬有礼地说*）我恐怕我们让鲁顿先生感到很无聊了。

特迪：一点都不无聊。

克莱夫：你什么时候回马来邦？

特迪：大概还要过一个月。

克莱夫：我明白了。（*他退场。*）

伊丽莎白：我都不知道他的脑子怎么长的。

特迪：你觉得他刚才的话含沙射影，是说给你听的？

伊丽莎白：他脑筋转得快，跟个猴精似的。

（*两人沉默一会儿。特迪稍稍犹豫，然后换了一种口气说话。他现在神情严肃，多少还有些紧张。*）

特迪：要想单独跟你待上几分钟，似乎非常困难。我怀疑你是否故意设下如此的难关？

伊丽莎白：我得好好想想。

特迪：我已经决定明天就离开这里。

伊丽莎白：为什么？

特迪：我要和你在一起，或者完全离开你。

伊丽莎白：你太霸道了。

特迪：你说过的——你说你喜欢我。

伊丽莎白：我说过。

特迪：我们现在就好好谈谈，你介意吗？

伊丽莎白：不介意。

特迪（*皱眉道*）**：**这让我心里很没底，也很尴尬。我想对你说的那些话，我一次次地在心中反复念叨，可是如今看来，我所有的准备根本就是浪费时间。

伊丽莎白：我怕自己要哭了。

特迪：我觉得整件事情真是太严重了，因此我觉得我们应该摆脱各种情绪的干扰。你非常情绪化，对吗？

伊丽莎白（半是微笑半是流泪）：说到这个，你也一样。

特迪：我决定将自己的真心话用简单明了、平淡无味的方式来跟你说，原因就在于此。我觉得如果我对你诉说爱情或者其他绵绵情话，你会被带偏的。我本来都写下来，并且打算给你寄信。

伊丽莎白：那你为什么没有这么做呢？

特迪：我害怕了。一封信似乎太——太冷冰冰了。你瞧，我真的、真的很爱你。

伊丽莎白：看在上帝的分上，别说这话。

特迪：你一定不要哭。请别哭……你一哭，我就要崩溃了。

伊丽莎白（努力挤出微笑）：我很抱歉。我哭，真没有什么特别的含义。只是眼中流出的泪水罢了。

特迪：我们摆脱这一切的唯一机会需要非常实事求是的心态，不要掺杂感情色彩。

（他稍稍顿一下。他发觉很难控制住自己的情绪。他清清嗓子。他对自己感到恼火，便皱起眉头。）

伊丽莎白：怎么了？

特迪：我喉咙里堵得慌。真是蠢透了。我觉得自己得抽根烟。（她静静地看着他点了一根香烟）你瞧，我以前从来没有爱过任何人，没有真心真意地爱上谁。因此，我爱上你，简直就是给自己的一记闷棍。现在，如果没有你，我都不知道该怎么活下去……那个老傻瓜知道我爱上你了吗？

伊丽莎白：我想是的。

特迪：他刚才说到凯蒂夫人摧毁了波蒂厄斯勋爵的事业，我觉得他话里有话。

伊丽莎白：我觉得他想劝我，不要毁掉你的事业。

特迪：我肯定他考虑得非常周详，但凑巧的是，我根本没有什么事业能拿去毁灭的。我还真希望自己有。今生今世，这是我唯一一次希望自己能是一个大人物的时候……如果我是叱咤天下的风云人物，那么我就抛开一切，让你瞧瞧，你在我心里有多重要……对我来说，你比世间任何事物都更宝贵。

伊丽莎白（深情地说）：特迪，你真是亲爱的老朋友。

特迪：你瞧，我真不懂如何谈情说爱。只是即便我知道，我现在也不能做，因为我只想脚踏实地，要绝对从实际出发。

伊丽莎白（戏谑道）：你不懂如何谈情说爱，我对此很开心。不然的话，凭你现在的言辞，我实在听不下去了。

特迪：你瞧，我根本不是什么浪漫深情的人。我只是一个普通得不能再普通的男人。目前的一切都太严肃，我觉得我们应该懂道理、明事理。

伊丽莎白（忍不住脱口而出）：你个煞风景的猫头鹰！

特迪：别，伊丽莎白，别跟我说这样的话。我要你考虑所有的利弊……我的心跳得非常厉害，而且你知道我爱你，我爱你，我爱你。

伊丽莎白（满含深情地轻叹道）：哦，我的宝贝！

特迪（变得非常不耐烦，但是针对自己，而不是对伊丽莎白）：伊丽莎白，别冒傻气了。我没打算跟你说——没有你，我没法活，或者诸如此类的废话。你懂的，对我来说，你就是世间的一切。

（事与愿违，他差点失控）哦，上帝啊！

伊丽莎白（支支吾吾地说）：你可以跟我说一些我还不知道的事情，难道不成吗？

特迪（绝望地说）：可是我想说的话，我连一个字都还没说。我是生意人，我想在商言商地阐述所有事情……如果你懂我的意思。

伊丽莎白（微笑道）：我觉得你不是一个非常好的商人。

特迪（急切地说）：你不知道自己在说什么啊。我是一流的商人，只是眼下情况多少不一样。（走投无路的口气）我都不明白为什么事情不能走上正轨啊。

伊丽莎白：我们对此要做什么呢？

特迪：你瞧，我爱你，并不仅仅因为你稀世的容颜。即使你又老又丑，我同样爱你。我爱的是你，而不是你的外表。这不仅仅是爱情，爱情有可能凋零；而是我太喜欢你了。我就觉得你好，好得无与伦比。我只要和你在一起。单单想到你在身边，我就如此欢欣雀跃。我真的非常、非常喜爱你。

伊丽莎白（带泪笑道）：我不知道这是否就是你所谓介绍商业计划的方式。

特迪：去你的，是你不让我用商业方式的。

伊丽莎白：你刚说“去你的”。

特迪：我就这意思。

伊丽莎白：你的声音听上去好像就这意思……你这最招人疼的宝贝！

特迪：说真的，伊丽莎白，你实在令人无法忍受。

伊丽莎白：我什么都没做呀。

特迪：才怪，你做了，你让我乱套了。我想说的话非常简单。我是一个非常普通的生意人。

伊丽莎白：你开头已经说过这话。

特迪（恼火地说）：闭嘴。除了自己挣的钱外，我一点外快都没有。我没有一官半职。我一无所有。你有钱，你有社会地位，别人有的你都有。无论我跟你说什么，我的脸皮都够厚……真够唐突无礼。可是在这世上，真正值得在乎的只有一样东西，那就是爱。我爱你。伊丽莎白，接受这一切吧，到我身边来。

伊丽莎白：你生我的气了吗？

特迪：非常生气。

伊丽莎白：亲爱的！

特迪：如果你不要我，那就马上告诉我……让我赶快脱身。

伊丽莎白：特迪，对我来说，除了你，这世上其他一切都无关紧要。海角天涯，我都跟你走。我爱你。

特迪（完全神魂颠倒）：哦，上帝啊！

伊丽莎白：这对你的意义如此重大吗？哦，特迪！

特迪（努力控制自己）：别傻了，伊丽莎白。

伊丽莎白：傻的人是你。你都弄哭我了。

特迪：你真情绪化得要命。

伊丽莎白：你自己才情绪化得要命。我肯定你是一个差劲到极点的生意人。

特迪：我才不管你怎么想的。你令我实在太开心了。我得说，生活像百灵鸟的歌声般美好啊！

伊丽莎白：特迪，你是天使！

特迪：那我们摆脱这一切吧。浪费时间真的毫无意义。伊丽莎白。

伊丽莎白：什么？

特迪：没事。我只想叫“伊丽莎白”这个名字。

伊丽莎白：你个傻瓜！

特迪：我说，你会射击吗？

伊丽莎白：不会。

特迪：以后我教你。拂晓时分，你从营地出发，然后穿过丛林……你还不明白这美妙的滋味。到晚上，你累得够呛……这时的天空，星河灿烂，美不胜收。当然，在你决定之前，我不会说什么的。我已经下定决心，一定要非常客观现实，绝对就事论事。

伊丽莎白（打趣他道）**：**你说的唯一一句现实的话就是——爱情是唯一真正有意义的事情。

特迪（开心地说）**：**给以后留点机会，好吗？以后，我应该能说出比这句话长一些的至理名言。

伊丽莎白：你爱着某人，某人也爱着你，这难道不是很有意思吗？

特迪：我说，我觉得我最好马上离开，你不这样认为吗？待在——待在这幢房子里，似乎很不应该啊。

伊丽莎白：你今晚走不了。火车都停了。

特迪：我明天走。我在伦敦等你……等你准备好，跟我一起走。

伊丽莎白：你知道的，我不会像凯蒂夫人那样——留下一张别在针垫上的字条。我要当面跟阿诺德说。

特迪：你要吗？你不觉得那样会弄得鸡飞狗跳吗？

伊丽莎白：我必须面对。我讨厌偷偷摸摸，讨厌骗人。

特迪：嗯，那好吧，就让我们一起面对。

伊丽莎白：不，我要跟阿诺德单独谈谈。

特迪：你不会让任何人动摇你吧？

伊丽莎白：不会的。

（他伸出一只手，她握住他的手。他们深深地注视着对方的眼睛，这种深情几乎含有庄严的意味。外面传来车辆驶近的声音。）

伊丽莎白：车来了。阿诺德回来了。我必须离开……得用水冲冲眼睛。我不想让别人看出我哭过。

特迪：好的。（她正要离开）伊丽莎白。

伊丽莎白（驻足）**：**什么事？

特迪：上帝保佑你。

伊丽莎白（甜蜜地嗔道）**：**傻瓜！

（她走出房门。特迪从落地窗朝花园走去。有一小会儿，房间里空无一人。阿诺德进来。他坐下，从公文包里拿出几份文件。凯蒂夫人进来。他起身。）

凯蒂夫人：我看见你进屋的。哦，亲爱的，不用站起来。你对我太讲礼貌了，简直可怕……这样做完全没理由啊。

阿诺德：我刚打铃，叫他们端茶上来。

凯蒂夫人：或许该利用这个机会，我们谈几句吧。我们单独待在一起的时间，好像连五分钟都没有。你知道的，我想了解你。

阿诺德：我想让你知道，父亲待在这里并非我的本意。

凯蒂夫人：但是见到他，我觉得挺有意思的。

阿诺德：我还担心……你和波蒂厄斯勋爵一定觉得尴尬吧。

凯蒂夫人：哦，不会的。休吉以前是他最好的朋友。他们一起在伊顿公学和牛津大学读书。我觉得自从上次分别后，你父亲有了很大的提升。年轻的时候，他长得并不怎么好看，如今倒挺英俊潇洒的。

（仆人端着茶盘进来。茶盘上放着各种茶具。）

凯蒂夫人：我能给你倒茶吗？

阿诺德：非常感谢。

凯蒂夫人：要加糖吗？

阿诺德：不用。我参军的时候，就放弃这个习惯了。

凯蒂夫人：你真是太明智了。糖对保持身材很不利。当然，而且不吃糖也是爱国。我居然要问自己儿子要不要糖，这不是太傻了吧？生活真是古怪得有趣。忧伤，当然，但古怪！深夜，我经常躺在床上，想到生活古怪如斯，不免暗自发笑。

阿诺德：我恐怕自己是非常严肃的人，无法体会这点。

凯蒂夫人：阿诺德，你现在多大年纪？

阿诺德：三十五。

凯蒂夫人：你真有三十五了？当然，我嫁给你父亲的时候，简直还是一个孩子……我那时候太年轻了。

阿诺德：还真是的。他一直跟我说，你那时候才二十二岁。

凯蒂夫人：哦，真胡扯！哎呀，我就比你大几岁……我幼儿园毕业就结婚了。结婚那天，我才第一次扎辫子呢。

阿诺德：波蒂厄斯勋爵在哪里啊？

凯蒂夫人：亲爱的，你管他叫“波蒂厄斯勋爵”，这听起来傻得离谱。你为什么不叫他——“休吉叔叔”呢？

阿诺德：他不会刚好是我的叔叔吧！

凯蒂夫人：不是，但他是你的教父。你知道的，我确信当你更了解他后，你会喜欢他的。我真想你和伊丽莎白都去佛罗伦萨，跟我们一起住。我可喜爱伊丽莎白了。她长得真是花容月貌。

阿诺德：她的头发很漂亮。

凯蒂夫人：没有染过色，对吧？

阿诺德：哦，没有。

凯蒂夫人：我刚刚有些奇怪。她的发色跟我的一模一样，真是太巧了。我猜想，这表明你父亲和你都心仪相同的类型。太有趣了，遗传，是不是啊？

阿诺德：遗传得很厉害。

凯蒂夫人：当然，自从我加入天主教后，我就不再相信这些了。达尔文学说，还有诸如此类的东西，都不信了。太可怕了。你知道的，那些都是邪恶堕落的东西！……另外，发型不是很好，对吗？

（克莱夫·尚皮翁-切尼从花园走进屋里。）

克莱夫：我打扰了吗？

凯蒂夫人：进来，克莱夫。阿诺德和我正谈心呢……聊得真开心。

克莱夫：很好。

阿诺德：父亲，我在回家的路上，顺便去哈维家待了一会儿。他们如今对那所房子做的事情，简直就是犯罪。

克莱夫：他们做什么了？

阿诺德：那房子几乎完全是乔治亚风格，可是他们弄来一大堆维多利亚风格的家具。我为此向他们提出自己的看法，但于事无补。他们说自己喜欢那些家具。

克莱夫：阿诺德应该从事室内装饰才对。

凯蒂夫人：他的品位很好。他这点随我。

阿诺德：我觉得自己有几分天赋。对装饰房屋，我充满激情。

凯蒂夫人：你把这屋子就装饰得美轮美奂。

克莱夫：凯蒂，以前我们住在这里的时候，就只有一些印花棉布，还有几把舒适的椅子……你还记得吗？

凯蒂夫人：那真是太惊悚了，是不是呀？

克莱夫：那时候，没人指望绅士淑女能有什么品位。

阿诺德：你知道，我又开始寻觅这种椅子了。自从波蒂厄斯勋爵说那些椅子腿不对劲，我就非常不自在。

凯蒂夫人：他只是因为发脾气才说这话的。

克莱夫：凯蒂，在我看来，他如今动不动就暴跳如雷。

凯蒂夫人：哦，是的。

阿诺德：你懂他到底在说什么啊！为那把椅子，我花了七十五英镑。我几乎从未走眼过。我向来觉得如果是正品，你会有感觉的。

克莱夫：嗯，别让那件事扰乱你夜晚的休闲时光。

阿诺德：可是，亲爱的父亲，那件事刚好有这效果。昨天夜里，我为此做了一个非常可怕的噩梦。

凯蒂夫人：休吉要过来了。

阿诺德：有一本关于英式老家具的书，我正要去拿。书里有幅椅子的插图，跟这把椅子几乎一模一样。

（波蒂厄斯进来。）

波蒂厄斯：乔治，一家人可真齐全啊！

克莱夫：我刚刚正寻思，我们营造了一种英国典型家庭的愉快画面。

阿诺德：我五分钟后马上回来。波蒂厄斯勋爵，我有东西要拿给你看。（退场。）

克莱夫：休吉，想跟我玩皮克牌吗？

波蒂厄斯：不是很想。

克莱夫：你对皮克牌向来不内行，对吧？

波蒂厄斯：亲爱的克莱夫，在英格兰，你们这些人根本不懂什么是皮克牌。

克莱夫：那我们就玩玩吧。你可能会赢钱的。

波蒂厄斯：我不想跟你打牌。

凯蒂夫人：休吉，我不懂为什么不呢。

波蒂厄斯：让我跟你说吧，我不喜欢你的风度。

克莱夫：我对此很抱歉。我已经这把岁数，恐怕无法改变了。

波蒂厄斯：我不明白，你为什么老在这里晃悠啊？

克莱夫：自古以来，这里就是我家的附属产业。

波蒂厄斯：如果你懂点人情世故，那么我们在此逗留期间，你应该离得远远的。

克莱夫：亲爱的休吉，我实在无法理解你的态度。如果我都愿意不追究往事……让过去的一切都随风吧，为什么你要反对呢？

波蒂厄斯：去你妈的，根本不是往事啊。

克莱夫：说到底，我是受伤害的一方。

波蒂厄斯：活见鬼，你怎么成受害方了？

克莱夫：嗯，拐跑我老婆的人是你，对吗？

凯蒂夫人：哎呀，我们大家别翻陈年旧账了。我就不明白，为什么我们不能做朋友呢！？

波蒂厄斯：凯蒂，我求求你，别插话。

凯蒂夫人：我很喜欢克莱夫。

波蒂厄斯：你才不在乎克莱夫呢……他在你心中连两根灯草的价值都没有。你说这话，只是想刺激我。

凯蒂夫人：根本不是。我就不明白，他为什么不能过来跟我们一起住呢？

克莱夫：我很想去。我觉得春天的佛罗伦萨令人心旷神怡。你们有中央暖气吗？

波蒂厄斯：我以前就没有喜欢过你，我现在也不喜欢你，我将来绝对不会喜欢你。

克莱夫：真是太不幸了！因为我以前就喜欢你，我现在也喜欢你，而且我将来还要继续喜欢你。

凯蒂夫人：克莱夫，你真是太好了。

波蒂厄斯：如果你这样想，见鬼了，那当年你为什么离开他啊？

凯蒂夫人：因为我爱你，难道你要为此责备我吗？你真是、真是、真是太讨厌了！

克莱夫：算了，算了，你们两个别吵了。

凯蒂夫人：都是他的错。我是这世上最随和的人……跟我生活很轻松的。可说真的，碰上他这样的人，就算圣人的耐心也会被磨尽。

克莱夫：好了，好了，凯蒂，别生气了。两个人共同生活，多多少少……必须互相迁就。

波蒂厄斯：我不懂你在说什么鬼话。

克莱夫：你们之间有点拧巴……这点没躲过我的眼睛。很多夫妻都这样。我觉得挺遗憾的。

波蒂厄斯：你能不能行行好，别管闲事，就操心自己的事情，好吗？

凯蒂夫人：这是他的事情。他很自然想要我幸福。

克莱夫：我最怜惜凯蒂了。

波蒂厄斯：真见鬼，那你为什么不好好照顾她呢？

克莱夫：亲爱的休吉，你是我最好的朋友。我以前信任你……相信你能照顾好她。如今看来，我可能草率了。

波蒂厄斯：这无法原谅。

凯蒂夫人：休吉，我不懂你这话什么意思啊。

波蒂厄斯：凯蒂，别，别，千万别吓我。

凯蒂夫人：哦，我懂你的意思。

波蒂厄斯：那为什么鬼话连篇，说你不懂啊？

凯蒂夫人：当我想到自己为那个男人，牺牲了所有一切……我就不懂他的意思！还有，这三十年，我必须住在一座脏兮兮的大理石宫殿里——里面连卫生设施都没有。

克莱夫：你的意思不会是没有卫生间吧？

凯蒂夫人：我必须在浴桶里洗澡。

克莱夫：可怜的凯蒂，你都遭了多大罪啊！

波蒂厄斯：说真的，凯蒂，我实在受够了听你说自己的牺牲有多大了。我猜你觉得我没有牺牲吧。如果不是为你，我现在应该当上首相了。

凯蒂夫人：胡扯！

波蒂厄斯：你这话什么意思？那时候人人都说我会成为首相。克莱夫，我难道不应该成为首相吗？

克莱夫：那时，大家当然都这么认为。

波蒂厄斯：那时候，我前程似锦，是最有希望的年轻人。随后的选举中，我在内阁肯定会有一席之地。

凯蒂夫人：只是因为我看中你，所以他们才对你另眼相看。老说我毁了你的事业，我真听烦了。你从来没有什么事业可以毁灭的。首相！你没脑子。你没个性。

克莱夫：你知道的，没脑子、没个性不要紧……用厚颜无耻、死皮赖脸、能说会道来代替，就非常管用。

凯蒂夫人：而且，在政治上，起作用的不是男人，他们背后的女人才是关键。如果我想的话，我肯定已经将克莱夫塑造成内阁大臣了。

波蒂厄斯：克莱夫？

凯蒂夫人：用我的美貌、我的魅力、我的意志力、我的手腕，我做任何事都不在话下。

波蒂厄斯：当时的克莱夫只不过是我的政治秘书。如果我当上首相，我可能让他担任某个殖民地的总督。比如，西澳大利亚。如此安排，纯粹发善心罢了。

凯蒂夫人（眨巴着双眼说）：你觉得我会让西澳大利亚那样的地方埋没自己吗？以我的美貌？我的魅力？

波蒂厄斯：或者，有可能被派往巴巴多斯。

凯蒂夫人（火冒三丈）：巴巴多斯！巴巴多斯可以去——巴巴多斯。

波蒂厄斯：这是你最好的去处。

凯蒂夫人：胡扯！我要印度。

波蒂厄斯：我绝对不会把印度给你。

凯蒂夫人：你肯定要给我印度。

波蒂厄斯：我跟你说，我不给。

凯蒂夫人：国王肯定会把印度给我的。全国都会支持我。我肯定要成为总督夫人，否则免谈。

波蒂厄斯：我跟你讲，如果考虑到大英帝国的利益——去他的，我的牙齿都错位跑出来了！

（他匆忙离开屋子。）

凯蒂夫人：太过分了！我无法继续忍下去。我已经忍了他三十年，如今我已经到达极限。

克莱夫：亲爱的凯蒂，要冷静。

凯蒂夫人：我一个字都不要听。我已经下决心了。结束了，结束了，结束了。（语气陡然一变）当我听说自从我离开后，你就再也没住过这所房子……我真是太感动了。

克莱夫：这里的杜鹃[①]向来多得不像话。它们叫着“布谷，布谷”……很容易令人产生不好的联想，我必须说，我觉得自己受到很大的冒犯。

凯蒂夫人：当我看见你没有再婚，我忍不住觉得你还爱着我。

克莱夫：我认识几个人，他们能够吃一堑长一智……我就是其中之一。

凯蒂夫人：在教会眼里，我还是你的妻子。教会实在明智。它晓得，到头来，一个女人终究要回到最初爱人的身边。克莱夫，我愿意回到你身边。

克莱夫：亲爱的凯蒂，你这会儿正和休吉置气，我不能乘人之危，不能让你草率行事……我知道你将来肯定会后悔的。

凯蒂夫人：你已经等我很久了。为了阿诺德。

克莱夫：你觉得我们真有必要将阿诺德搅和进来吗？过去三十年，让他适应这种状况的时间已经足够了。

凯蒂夫人（带着一丝浅笑）**：**克莱夫，我觉得自己似乎到处留情了。

克莱夫：我以前不曾流连花丛中。凯蒂，我过去是一个好青年。

凯蒂夫人：我知道。

克莱夫：而且我很高兴，因为这样一来，我现在可以当一个邪恶的老家伙了。

凯蒂夫人：你说什么，我不明白。

（阿诺德拿着一本书进来了。）

阿诺德：我说，我已经找到那本自己一直寻觅的书。哦！波蒂厄斯勋爵不在这里吗？

凯蒂夫人：阿诺德，等一下再说。你父亲跟我现在有事情要谈。

---

① 在英语中，常用杜鹃鸟指称那种遭遇妻子背叛的丈夫。——译者注

阿诺德：我很抱歉。（*他退出，进了花园。*）

凯蒂夫人：克莱夫，你解释一下。

克莱夫：凯蒂，当年你离开我，我心里很痛苦，既恼火又凄惨。但压倒一切的感觉，就是我觉得自己是一个傻瓜。

凯蒂夫人：男人真不知所谓。

克莱夫：然而，我是学历史的学生，很快，我就意识到，差不多所有的伟人都跟我一样……经历过类似的不幸。

克莱夫：我自己就看过很多书。每当发觉自己与众不同，心里就很难受。

克莱夫：道理很简单。女人不喜欢动脑子，当她们发现自己的丈夫有脑子，就拿自己当武器来报复他们……报复的方式只有一种，就是塑造对方——嗯，你就塑造了我。

凯蒂夫人：这话很有机锋……可能是真的。

克莱夫：我觉得我对社会已经尽到责任了，然后我决心在生命余下的时间里，要尽情享受。一直以来，下议院令我觉得很没意思，因此闹出离婚的丑闻后，我便借机辞职了。我发现国家没有我，照样运转得非常好，简直完美无缺，心里着实松了一口气。

凯蒂夫人：可是爱情从来不曾进入你的生活啊。

克莱夫：凯蒂，坦率跟我讲，难道你不觉得对于爱情，人们实在过于小题大做、无事生非吗？

凯蒂夫人：爱情是世间最好的事情。

克莱夫：你委实不可救药。为爱情，你的牺牲如此之大，难道你真认为值得吗？

凯蒂夫人：亲爱的克莱夫，我不介意跟你说，如果时光倒流，一切能够重来，我应该还会红杏出墙，但我不会离开你。

克莱夫： 有几年，我的名气很大，大家私下为我难过……我成了他们同情心的猎物。可是，我发觉那些可人儿太急于安慰我，因此到最后，实在令人不堪重负、筋疲力尽。考虑到自己的健康状况，于是我不再光顾上流社交圈里那些人家的客厅了。

凯蒂夫人： 从什么时候开始的？

克莱夫： 从我资助别人开始……我允许自己从金钱上资助一些招人疼的小东西，从此以后，一个接一个，挺放肆的……她们多少算贫家女子吧，年龄介于二十到二十五岁之间。

凯蒂夫人： 我无法理解男人为什么如此醉心沉迷年轻的姑娘们。我觉得她们很无趣。

克莱夫： 这只是品位问题。我喜欢陈年葡萄酒、老朋友、旧书，但我喜欢年轻女子。等到她们二十五岁生日的那天，我送她们一个钻戒，然后跟她们说，她们不能再将如花似玉的青春年华浪费在一个像我这样的老废物身上了。我们营造出非常感人的场景……在这些场合中，我的技巧炉火纯青……随后，我另找一个，重新开始。

凯蒂夫人： 克莱夫，你真是一个邪恶的老男人。

克莱夫： 我跟你说过这话。但是，上帝啊！我是一个开心的男人。

凯蒂夫人： 眼下，我只有一条路可走了。

克莱夫： 什么路？

凯蒂夫人（*脸上闪过一丝微笑*）**：** 为晚餐去梳妆打扮。

克莱夫： 对极了。我要跟随你的榜样。

（*凯蒂夫人退场。伊丽莎白上场。*）

伊丽莎白： 阿诺德在哪里？

克莱夫： 他在露台上。我去叫他。

伊丽莎白：不用麻烦了。

克莱夫：我刚好要回小别墅一趟……为晚饭，我得换外套。（*他一边出去，一边叫道*）阿诺德。

（*克莱夫·尚皮翁–切尼退场。*）

阿诺德：喂！（*他进屋*）哦，伊丽莎白，我已经在这书里找到一幅椅子的插画，跟我买的椅子简直一模一样。记录的时间是1750年。瞧！

伊丽莎白：非常有意思。

阿诺德：我想给波蒂厄斯瞧瞧。（*有一张椅子的位置摆错了，于是他重新摆正*）你知道，如果别人乱动我的东西，我真的很恼火。有人动了某样东西的位置，我肯定要把它放回去。

伊丽莎白：你真令人抓狂。

阿诺德：是的。你是最令我着急上火的人。我就想不通，我将这屋子布置得如此文雅精致，你居然毫无自豪之情。别忘了，在本郡，这可是最值得目睹的地方之一。

伊丽莎白：我恐怕你察觉到了——我非常配不上这里。

阿诺德（*和气地说*）：我没有这样想。只是我人生的两个主题——政治和装饰。这两件事在你心里连两根灯草的价值都没有……你根本不在乎，如果我看不出这点，那我就是成色十足的傻瓜了。

伊丽莎白：阿诺德，我们的共同语言不是很多，对吗？

阿诺德：我觉得你不能因此责备我。

伊丽莎白：我没有。我丝毫没有怪你的意思。我在你身上挑不出毛病来。

阿诺德（*她郑重其事的语气令他吃惊*）：天哪！这一切到底是什么意思啊？

伊丽莎白：嗯，我觉得没必要拐弯抹角，打开天窗说亮话吧。我要你让我走。

阿诺德：走？去哪里啊？

伊丽莎白：离开。永远地。

阿诺德：亲爱的小姑娘，你在说什么啊？

伊丽莎白：我想要自由。

阿诺德（被逗乐了，而不是担心慌乱）：宝贝，别无理取闹。我猜你的日子太闷了，想换换环境。如果你喜欢，我带你去巴黎待上两星期。

伊丽莎白：如果我没有下定决心，我不会跟你开口的。我们结婚已经三年了，我觉得这场婚姻并不美满。你要我过的这种生活，我觉得实在无趣。

阿诺德：好吧，如果你允许我说话，那我得说错在于你。我们过的这种名流生活对社会有巨大贡献。我们认识很多非常好的人。

伊丽莎白：错在于我，我非常认同这点。可是，我的认同根本无助于改善现状啊？我才二十五岁。如果我错了，我还有时间来纠正。

阿诺德：我无法勉强自己拿你的话当真啊。

伊丽莎白：你瞧，我不爱你。

阿诺德：嗯，我很难过。但是，当初你并非被迫嫁给我。嫁鸡随鸡嫁狗随狗……你已经铺好床，我恐怕你必须躺在上面了。

伊丽莎白：英语中，这句话是最大错特错的俗语之一。自己铺好的床，如果不想躺了，那为什么还要躺上面呢？地板一直就在那里啊。

阿诺德：看在老天的分上，伊丽莎白，别闹笑话。

伊丽莎白：阿诺德，我已经下定决心离开你了。

阿诺德：得了，得了，伊丽莎白，你肯定神经过敏。你要离开我，真是毫无理由。

伊丽莎白：如果一个女人想要自由，你为什么非得将她绑在你身边呢？

阿诺德：很凑巧，我爱你。

伊丽莎白：你以前应该说这话。

阿诺德：我原以为你肯定知道的。结婚三年了，你不能指望男人还老说情意绵绵的话。我很忙。我很多精力都集中在政治上，而且为了将这所房子布置得美妙雅致，我累得像条狗。归根到底，男人结婚是为了有一个家，但也因为他不想继续为男女之事烦心。我第一次见你，就爱上你了……一见钟情吧，从那以后，我就一直爱着你。

伊丽莎白：我很难过，可是如果一个女人不爱一个男人，那么这个男人的爱情对她来说，意义并不大。

阿诺德：这话太没良心了。在这世上，我所做的一切都是为你。

伊丽莎白：你一直待我很好。可是，你要我过一种我不喜欢的生活，而且我根本不适合过这种生活。令你痛苦，我很难过，可是现在，你必须放我走。

阿诺德：胡说八道！我比你年长不少，而且我觉得自己更理智一些。为你考虑，也为我考虑，我不会同意这类事情。

伊丽莎白（微笑道）：你如何能拦住我呢？你又不能把我锁起来。

阿诺德：别用这种口气跟我说话，好像我是一个傻头傻脑的孩子。你是我妻子，而且还将继续做我的妻子。

伊丽莎白：那你觉得我们的生活会怎么样呢？你觉得在那样的生活中，你比我能获得更多的幸福吗？

阿诺德：可是说白了，你到底有什么想法啊？

伊丽莎白：嗯，我要你同意离婚……我是过错方。

阿诺德（瞠目结舌）：我同意？太谢谢你了。为你一时兴起，你觉得我会同意牺牲自己的事业吗？

伊丽莎白：怎么就牺牲你的事业了？

阿诺德：我如今的位置并非很牢靠。如果我背上“离婚”的名号，你觉得我还能保住职位吗？即使跟如今很多离婚案件一样……都是为某种利益的假离婚，那也会要我老命的。

伊丽莎白：离婚的女人面临更苛刻的情况。

阿诺德（心念电转，疑心陡起）：你这话什么意思？你爱上别人了？

伊丽莎白：是的。

阿诺德：谁？

伊丽莎白：特迪·鲁顿。

阿诺德（稍稍愣了一下，然后纵声大笑道）：可怜的孩子，你怎能如此荒唐？哎呀，毫无根基的爱情！他是一个普通得不能再普通的年轻人。就算我对你发火，都显得愚不可及。

伊丽莎白：阿诺德，我已经无可救药地坠入爱河……爱上他了。

阿诺德：好吧，你最好无可救药地爬出爱河。

伊丽莎白：他想我嫁给他。

阿诺德：我猜他是想的。他可以下地狱了。

伊丽莎白：这样说话于事无补。

阿诺德：他是你的情人吗？

伊丽莎白：不，当然不是。

阿诺德：现在看来他根本就是龌龊的讨厌鬼……利用我的好客慷慨，然后勾引你。

伊丽莎白：他甚至从未吻过我。

阿诺德：如果我是你，我会试着把这话跟树洞讲……你骗鬼吧！

伊丽莎白：因为我想将一切向你和盘托出……在此之前，我不会做有伤风化的事情。

阿诺德：这事情，你想了多久了？

伊丽莎白：自从我认识特迪后，我就爱上他了。

阿诺德：我猜想，你根本没有考虑到我。

伊丽莎白：哦，有的，我考虑过。我很痛苦。但是我无法控制自己。我希望自己爱你，可是我不爱。

阿诺德：我建议你，无论要干什么傻事，事先都要考虑仔细。

伊丽莎白：我已经非常仔细地考虑过了。

阿诺德：上帝啊！我不知道为什么自己不狠狠揍你一顿！我怀疑要想让你恢复理智，对你饱以老拳未尝不是好办法。

伊丽莎白：哦，阿诺德，不要胡思乱想了。

阿诺德：那你要我如何想呢？你心平气和地朝我走来，然后说，“我受够你了。我们已经结婚三年，现在我想嫁给其他人。我能拆散你的家吗？你很烦！你介意我跟你离婚吗？这会毁掉你的前程，是吗？真遗憾！”哦，不可以，我的姑娘，我可能是傻瓜，但还没傻到天打雷劈的程度。

伊丽莎白：明天，特迪要搭第一班火车离开这里。我警告你，一旦他做好必要的安排，我一定就会去找他的。

阿诺德：现在，他在哪里？

伊丽莎白：我不知道。我想他在自己的房间吧。

阿诺德（走到门边，叫道）**：**乔治！

（有一会儿，他不耐烦地在屋子里走来走去。伊丽莎白看着他。

仆人进屋。）

仆人：是的，先生。

阿诺德：叫鲁顿先生马上到这里来。

伊丽莎白：问问鲁顿先生，他是否介意花点时间来这里一趟。

仆人：明白了，夫人。（仆人退场。）

伊丽莎白：你打算跟他说什么呢？

阿诺德：这是我的事情。

伊丽莎白：如果我是你，我就不会嚷嚷……丢人现眼的。

阿诺德：我没打算丢人现眼。（他们一言不发地等待。过了片刻，阿诺德说）你为什么坚持要请我母亲来这里？

伊丽莎白：我觉得自己似乎太蠢了，现在说这事，好像是受她的传染……刚好她……

阿诺德（打断她的话）：早不表态晚不表态，刚好这个时候你提这事。好啊，如今你见到她了，你觉得她怎么样？你觉得她过得好吗？男人想让自己的母亲变成这种女人吗？

伊丽莎白：我一直觉得羞愧。我一直很难过。一切似乎都很惊悚可怕。今天早上，我碰巧留意到花园里的一朵玫瑰花。它的花期已过，变得蔫头耷脑，就像一个涂脂抹粉的老女人。于是我想起来，一两天前，我曾经赏过这朵花。那时候，它娇艳鲜嫩……怒放的鲜花散发着清香。如今它或许显得面目可憎，但这不能否定它曾经的美艳。那时候，它真真切切地有过美丽的时辰啊！

阿诺德：真够诗意的，上帝啊！好像现在是诗兴大发的时候啊！

（特迪进来。他已经换上晚餐的正装。）

特迪（对伊丽莎白说）：你找我？

阿诺德：我派人叫你来的。（特迪看看阿诺德，又瞧瞧伊丽莎白。他看出这里发生某些事情了）你什么时候方便离开这所房子啊？

特迪：我原本想说明天早上走的。不过，如果你喜欢的话，我可以马上走。

阿诺德：我喜欢。

特迪：很好。你还有其他事情想跟我说吗？

阿诺德：你来这里做客，然后勾引我妻子，你觉得这样很光彩吗？

特迪：不，我没觉得光彩。为这事，我心里一直不是很舒服。我想离开的原因就是这个。

阿诺德：确实，你的脑子很清醒。

特迪：我恐怕，说很抱歉之类的话完全无济于事。你懂这种情况的。

阿诺德：你要娶伊丽莎白，这是真的吗？

特迪：是的。只要我办得到，我想马上和她结婚。

阿诺德：你有一丝一毫想到我吗？你就这样毁掉我的家庭，摧毁我的幸福，心里就没有一丁点的波澜吗？

特迪：如果伊丽莎白不在乎你，我看不出来你还能有多少幸福可言啊。

阿诺德：让我跟你说吧，一个仅靠兜里几个钢镚到处投机冒险的家伙……他利用一个愚蠢女人，试图毁掉我的家庭——我是不会让他得逞的。我不会同意离婚。如果我妻子下定决心要当一个遭雷劈的蠢货——要跟你跑，那我也拦不住，但是我把话放这里——无论发生什么事情，我都不会跟她离婚。

伊丽莎白：阿诺德，这太荒诞，太不近情理了。

特迪：我们会强迫你同意的。

阿诺德：如何强迫？

特迪：如果我们明目张胆地一起离开，那么你就必须采取行动。

阿诺德：在你们离开这所房子二十四小时后，我就找一个歌舞团的姑娘，然后带着去布莱顿。不管你还是我，都不能离婚。这个家的离婚事件已经够多了。现在，你们都出去，出去，出去！

（特迪没把握地看看伊丽莎白。）

伊丽莎白（带着一丝浅笑说）：别担心我。我没事。

阿诺德：出去！出去！

第三幕

场景：与前两幕相同。

时间：紧接第二幕的深夜。

（舞台上出现克莱夫·尚皮翁-切尼和阿诺德，他们都穿着晚餐的正装。克莱夫坐着。阿诺德不安地在屋子里踱步。）

克莱夫：我觉得对那封信，如果你听从我的建议，你可能玩得转。

阿诺德：我不喜欢，你知道的。那违背我的原则。

克莱夫：亲爱的阿诺德，我们都希望你在政坛能大放异彩。“原则”最有用的地方就是为了利益，它随时可以被牺牲掉——你要学会这点还需要一段时间，无法一蹴而就。

阿诺德：可是想想看，如果不管用，那该怎么办呢？女人很善变，无法预测。

克莱夫：胡扯！浪漫多情的是男人。可是，如果你给女人机会，她永远会牺牲自己。女人最喜欢的放纵形式就是自我牺牲。

阿诺德：父亲，我一直弄不清楚，你到底是富有幽默感，还是愤世嫉俗。

克莱夫：亲爱的儿子，两者都不是。我只是一个非常注重真相的人。只是世人太不适应真相，以至于将“真相”和玩笑、嘲弄搞混了。

阿诺德（焦躁不安地说）：这样的事情发生在我身上，似乎太不公平了。

克莱夫：儿子，打起精神来，照我跟你说的做。

（凯蒂夫人和伊丽莎白进屋。凯蒂夫人穿着非常华美的晚宴装。）

伊丽莎白：波蒂厄斯勋爵在哪里？

克莱夫：他在露台上。他正在抽雪茄。（走到窗边）休吉！

（波蒂厄斯进屋。）

波蒂厄斯（嘟囔一声）：有事吗？申斯通夫人在哪儿？

伊丽莎白：哦，她头疼。她已经睡觉去了。

（凯蒂夫人梳着非常嚣张的冲天髻。波蒂厄斯进来的时候，她抿紧双唇，拿起一张画报。波蒂厄斯怒气冲冲地看了她一眼，拿起另一张画报，坐到屋子的另一头。他们没打算说话。）

克莱夫：阿诺德和我刚刚去了一趟我的小别墅。

伊丽莎白：我本来还奇怪你们去哪儿了。

克莱夫：今天下午，我凑巧找到一本老相册。我原本打算带过来，晚餐的时候，大家看看，但偏巧给忘了，于是我们一起去拿了。

伊丽莎白：哦，一定得让我瞧瞧！我喜欢老照片。

（他将相册递给她。她坐下，把相册放在膝盖上，开始一页页地翻看。他站在她身边。凯蒂夫人和波蒂厄斯鬼鬼祟祟地偷瞄对方。）

克莱夫：我原先想着，让你瞧瞧以前的漂亮女人是什么样子……比如三十五年前的，你说不定会觉得很好玩。那真是群芳斗艳的时光啊。

伊丽莎白：你觉得那时候的美女比现在的更美吗？

克莱夫：哦，美多了。如今你能看到很多漂亮的小尤物，但很少有倾国倾城的女人。

伊丽莎白：她们的衣服难道不滑稽吗？

克莱夫（指着一张照片说）：这是兰特里夫人。

伊丽莎白：她的鼻子很可爱。

克莱夫：她是人间绝色了。以前，每当她步入客厅的时候，就有蓬荜生辉的感觉……那些有地位的富孀全都跳上椅子，只为好好一睹芳容。有一次，我跟她一起骑马。当她骑上马背后，那风采……马厩的门，我们根本不能打开，因为围观的人太多了。

伊丽莎白（指着照片问）：那是谁？

克莱夫：朗斯代尔夫人。那个是达德利夫人。

伊丽莎白：这位是女演员，对吗？

克莱夫：是的，真是演员。爱伦·黛丽。天啊！我太爱这女人了！

伊丽莎白（微笑道）：亲爱的爱伦·黛丽！

克莱夫：还有布瓦斯。他是我这辈子见过的最精明的人。这是奥利弗·蒙塔古。这个戴眼镜的是亨利·曼那斯。

伊丽莎白：他挺好看的，是吗？……这是谁？

克莱夫：这是玛丽·安德森。我真希望你看过她在《冬日童话》里的表演。她美得令人窒息。喏，瞧！这是伦道夫夫人。这是伯纳尔·奥斯本——在我认识的人当中，数他最诙谐机智。

伊丽莎白：我觉得风格太甜美了。我喜爱这种傻呵呵的闹腾喧嚣，也喜爱他们绷得紧紧的袖子。

克莱夫：她们那时候的身材多好啊！当年，女人可不流行瘦成竹竿的纸片人。

伊丽莎白：哦，可是她们难道不束腰吗？她们怎么受得了啊？

克莱夫：你知道的，她们不会去打高尔夫……否则就太荒唐了。她们打猎，戴着高高的帽子，穿着黑色的长衣服。在乡下的穷人眼里，她们简直就是仙女下凡，而且仁慈善良。

伊丽莎白：穷人喜欢这样吗？

克莱夫：即使穷人不喜欢，他们也没多少闲暇去不喜欢。这些女士们在伦敦的时候，每天下午都坐马车去公园，接着是晚宴……要上十道菜，宴席上，人人都认识，从来不会遇见陌生人。还有，帕蒂……也就是阿尔瓦尼女士要是上台歌唱，她们在剧院里有自己的包厢，都会去捧场。

伊丽莎白：哦，这娇小玲珑的人儿太可爱了！她到底是谁啊？

克莱夫：你说这个？

伊丽莎白：她看上去如此娇柔纤细，就像精致的瓷器，穿着厚厚的皮草，还把脸贴在暖手筒上……周围白雪飘飘。

克莱夫：是的，当时大雪纷飞，简直就像人工伪造的暴风雪，根本不像大自然正常的雪花。

伊丽莎白：她的微笑好甜美啊，娇俏纯真，落落大方！哦，我真希望自己也有这样的笑容！告诉我吧，她是谁！？

克莱夫：你不认识她吗？

伊丽莎白：不认识呀。

克莱夫：哎呀——是凯蒂。

伊丽莎白：凯蒂夫人（对凯蒂夫人说）哦，亲爱的，快来瞧！真是粉妆玉琢啊！（她拿着相册，心情激动地跑到她身边）你为什么不跟我说，你以前是这样的啊？肯定人人都爱你。

（凯蒂夫人接过相册，瞧着照片。随即，相册从她手中滑落，她双手掩面。她哭了。）

伊丽莎白（惊愕地说）：亲爱的，怎么了？哦，我都做什么了？我真的很抱歉。

凯蒂夫人：别，别跟我说话。别管我。我太傻了。

（伊丽莎白不知所措地看了她一会儿，然后转身。她挽着克莱夫·尚皮翁-切尼，带他朝露台走去。）

伊丽莎白（边走边低声说）：你故意的？

（波蒂厄斯起身，朝凯蒂夫人走来。他将一只手按在她的肩上。他们这样的姿势保持了一小会儿。）

波蒂厄斯：凯蒂，晚餐前，我恐怕自己对你的态度太粗暴了。

凯蒂夫人（握住他按着自己肩头的手）**：**没关系。我很清楚自己够气人的……很容易令人暴跳如雷。

波蒂厄斯：你知道，我说话是无心的。

凯蒂夫人：我也是无心的。

波蒂厄斯：我当然知道自己永远也当不上首相。

凯蒂夫人：休吉，你怎么能这样胡说呢？如果你一直待在政界，别人根本没机会。

波蒂厄斯：我的性格不适合。

凯蒂夫人：我见过的人当中，你是最适合的。

波蒂厄斯：况且，我觉得自己也不是很想当首相。

凯蒂夫人：哦，不过我应该会很为你自豪的。你当然会当首相的。

波蒂厄斯：你知道，我已经把印度给你了。我觉得这应该是很受欢迎的任命。

凯蒂夫人：我一点都不在乎印度……连两便士都不值。我应该很满意西澳大利亚的差事了。

波蒂厄斯：亲爱的，你不会觉得我真让你去西澳大利亚吧……在那里，让你红颜空老吗？

凯蒂夫人：或者巴巴多斯也不错。

波蒂厄斯：绝不。这地名听起来像治疗平足的药方。我应该会将你留在伦敦的。

（他捡起相册，正要瞧瞧凯蒂夫人的照片。她用手遮住相片。）

凯蒂夫人：别，别看。

波蒂厄斯（挪开她的手）：别傻了。

凯蒂夫人：衰老真是一件可憎的事情，对吗？

波蒂厄斯：你知道，你的变化向来不是很大。

凯蒂夫人（心花怒放地说）：哦，休吉，你怎能如此胡说啊？

波蒂厄斯：当然，你现在稍稍变得更成熟一些，但仅此而已。一个女人越成熟越好。

凯蒂夫人：你真的这样想吗？

波蒂厄斯：我发誓，这是真心话。

凯蒂夫人：你不会仅仅为逗我开心，才说这样的话吧？

波蒂厄斯：不，不是的。

凯蒂夫人：让我再看看照片。（她拿过相册，洋洋得意地看着照片）事实上，如果骨骼长得好，年龄还真不是问题。就能永保美貌了。

波蒂厄斯（带着一丝浅笑，这神情几乎就像跟孩子说话似的）：你刚才哭哭啼啼的，可真傻了。

凯蒂夫人：我的睫毛没有弄花，对吗？

波蒂厄斯：一点都没花。

凯蒂夫人：我现在使用的东西非常好。而且，它们不会黏在一起。

波蒂厄斯：对了，凯蒂，你打算在这里还要待多久呢？

凯蒂夫人：哦，如果你想离开，我随时可以走。

波蒂厄斯：克莱夫弄得我神经紧张。我不喜欢他老围着你打转。

凯蒂夫人（既吃惊又好笑，而且非常开心）：休吉，你不会是说你嫉妒可怜的克莱夫吧？

波蒂厄斯：我当然没有嫉妒他，可是他看你的样子，我忍不住觉得非常讨厌。

凯蒂夫人：休吉，你就是嫉妒……不管你如何否认，把我踢下楼梯也好，拽着我的头发满屋子跑也好——我不管，你就是嫉妒。我永远不会变老！

波蒂厄斯：去你的，那男人以前是你的丈夫。

凯蒂夫人：亲爱的休吉，他从来没有你的风范。怎么说呢，当初你走进屋里，所有人都看着你，然后说："见鬼了，这是谁啊？"

波蒂厄斯：什么？你想到那时候的事情，对吗？好吧，我想你说的话另有含义。当年，那些遭雷劈的激进分子爱说什么就说什么吧，可是，看在上帝的分上，凯蒂！——当一个男人是绅士的时候——嗯，去他的，你知道我是什么意思。

凯蒂夫人：我觉得自从我们离开克莱夫之后，他堕落得很厉害。

波蒂厄斯：你觉得我们抄近路去意大利，然后再去圣米迦勒怎么样？

凯蒂夫人：哦，休吉！我们已经好多年没去那里了。

波蒂厄斯：你不想再瞧瞧那里——就再瞧一次？

凯蒂夫人：你还记得我们第一次去那里的情景吗？那是我见过的最像天堂的地方。那时候，我们离开英格兰也就一个月的时间，我还说我愿意余生都在那里度过。

波蒂厄斯：我当然记得。有两个星期，那里的一切完全属于你。

凯蒂夫人：休吉，我们在那里过得好开心啊。

波蒂厄斯：我们再去一次吧。

凯蒂夫人：我不敢。看到那里的人，所有的往事肯定都会重新浮现在眼前，像幽灵一样挥之不去。曾经享受过幸福的地方，人们都不该旧地重游。那会令我心碎。

波蒂厄斯：过去，我们常常坐在一座古堡的露台上，眺望着亚得里亚海，你还记得吗？凯蒂，那时，整个世界似乎只有我们两个人，就你和我。

凯蒂夫人（黯然神伤地说）：曾经，我们以为我们的爱情能天长地久。

（克莱夫·尚皮翁-切尼进屋。）

波蒂厄斯：今晚能不能打桥牌？

克莱夫：我觉得没法凑齐四个人。

波蒂厄斯：那个小男生就这样跑了，真讨厌！他打得不错。

克莱夫：你说特迪·鲁顿吗？

凯蒂夫人：他跟谁都没有道别，就这样离开——我觉得真的很滑稽。

克莱夫：如今的年轻人都很随意。

波蒂厄斯：我原以为晚上没有火车的。

克莱夫：是没有。最后一列火车五点四十五离开的。

波蒂厄斯：那他怎么离开啊？

克莱夫：他走路。

波蒂厄斯：我得说这样自私自利的人真该遭雷劈。

凯蒂夫人（来了兴致）：克莱夫，他为什么离开啊？

（克莱夫·尚皮翁-切尼若有所思地看了她一会儿。）

克莱夫：我有件非常严肃的事情要跟你们说。伊丽莎白想离开阿诺德。

凯蒂夫人：克莱夫！究竟为何要离开啊？

克莱夫：她爱上特迪·鲁顿了。他因为这个离开的。说真的，我们家的男人真是倒霉催的。

波蒂厄斯：她想跟他私奔吗？

凯蒂夫人（瞠目结舌地说）：我的上帝，现在该怎么办呢？

克莱夫：我觉得这事很大程度上要靠你了。

凯蒂夫人：我？什么意思？

克莱夫：告诉她，告诉她这一切意味着什么。

（他目不转睛地盯着她。她直愣愣地看着他。）

凯蒂夫人：不，不，不！

克莱夫：她还是一个孩子。不是为阿诺德。为了她，你必须说。

凯蒂夫人：你不懂自己提出的请求是什么意思。

克莱夫：不，我懂。

凯蒂夫人：休吉，我该怎么做？

波蒂厄斯：你想怎么做都可以。我从来不会为任何事情责备你。

（仆人端着托盘进来，盘子上有一封信。他发觉伊丽莎白不在屋里，神情显得犹豫。）

克莱夫：有什么事吗？

仆人：先生，我找尚皮翁-切尼夫人的。

克莱夫：她不在这里……那是信吗？

仆人：是的，先生。刚刚从"尚皮翁纹章"那里送过来。

克莱夫：放下吧。等下，我来交给切尼夫人。

仆人：好的，先生。（他将托盘递向克莱夫，后者拿了信。仆人退场。）

波蒂厄斯："尚皮翁纹章"是本地的酒馆吗？

克莱夫（看着信）：凑巧是一家旅馆，可我不知道有谁过来要住那里啊。

凯蒂夫人：如果没有火车，我猜他必须住旅馆了。

克莱夫：非常有道理。我不知道他有什么东西非写信不可！（他走到通往花园的门边）伊丽莎白！

伊丽莎白（她的声音从外面传来）：我在这。

克莱夫：有你的一封信。

（大家都不作声了。他们等伊丽莎白进来。她上场。）

伊丽莎白：今夜的花园真是太可爱了。

克莱夫：有人刚刚把这个从"尚皮翁纹章"送来。

伊丽莎白：谢谢。

（她毫不尴尬地拆信。当她读信的时候，他们都盯着她。一共有三页纸。读完后，她将其放入手袋。）

凯蒂夫人：休吉，我想你帮我拿下披肩吧。我想去花园散散步……在意大利待了三十年，我如今发觉英国的夏天凉飕飕的。（波蒂厄斯一言不发地离开。伊丽莎白陷入了深思）克莱夫，我想跟伊丽莎白谈谈。

克莱夫：我听你的。（退场。）

凯蒂夫人：他说什么了？

伊丽莎白：谁？

凯蒂夫人：鲁顿先生。

伊丽莎白（微微吃惊。然后，她看着凯蒂夫人）：他们都跟你讲了？

凯蒂夫人：是的。而且对此事的轻重，他们使我觉得自己了如指掌。

伊丽莎白：我不指望你对我有多大的同情。阿诺德是你的儿子。

凯蒂夫人：很遗憾，确实很少。

伊丽莎白：我不适合这种生活。阿诺德想要我接受所谓的“社会地位”。哦，伦敦的各种聚会宴会，我真是厌烦透顶啊！……涂脂抹粉的中年女人，穿着漂亮鲜艳的衣服，整日价地跟一把年纪的未婚夫出没于大户人家的宴会厅。还有那些没完没了的午餐，她们一个劲地嚼舌根……谁跟谁好上了之类的桃色新闻。

凯蒂夫人：你很爱鲁顿先生吗？

伊丽莎白：我全心全意地爱着他。

凯蒂夫人：他呢？

伊丽莎白：除我之外，他从来没有喜欢过别人。以后也不会有。

凯蒂夫人：阿诺德同意你离婚吗？

伊丽莎白：不，他听都不要听。实际上，他拒绝离婚。

凯蒂夫人：为什么？

伊丽莎白：他觉得新丑闻会令所有的陈年流言沉渣泛起。

凯蒂夫人：哦，可怜的孩子！

伊丽莎白：这根本于事无补。我愿意承担一切后果。

凯蒂夫人：男人仅仅出于荣誉感……不想背负始乱终弃的骂名，才被你牢牢地拴在身边——你根本不懂这种情况。如果已婚夫妇过不下去，他们可以分开；但若非婚姻关系，那是无法分手的。只有死亡才能解开这个束缚。

伊丽莎白：如果特迪不再喜欢我，我就不要他跟我再多待五分钟。

凯蒂夫人：一个女人如果对一个男人的爱情有信心，她会说这样的话，但是如果她不再有信心——哦，情况就大不同了。一旦落到那种境地，她会拼命地抓牢男人的爱情。她唯一剩下的东西就是这个了。

伊丽莎白：我是人。我可以自立。

凯蒂夫人：你自己有钱吗？

伊丽莎白：没有。

凯蒂夫人：那你如何自立啊？你觉得我是一个轻佻无聊的傻女人，但是我在一所“苦痛学校”学到了一些东西。男人可以根据自己的喜好制定法律……他们可以给我们选举权，但是当你身无分文的时候，拿钱的男人就是大爷了。女人想要跟男人平等，唯一的方式就是像他一样挣钱过日子。

伊丽莎白（微笑道）：你说这样的话，听着好滑稽啊。

凯蒂夫人：一个厨娘嫁给一个男管家，前者可以对后者颐指气使，因为她跟他挣得一样多。但是，如你我这样社会地位的女人，就只能永远依附养她们的男人。

伊丽莎白：我不要奢侈的生活。你不明白，对这些高档华丽的家具，我有多厌倦！这装饰得美轮美奂的房子犹如监狱，我都无法呼吸了。当我穿着高档连衣裙坐在劳斯莱斯里面的时候，看到身着简单外套和半身裙的女售货员跳到公交车的尾板上，心里别提多嫉妒了。

凯蒂夫人：你的意思是说如果有需要，你可以自己赚钱?

伊丽莎白：是的。

凯蒂夫人：怎么可能呢?当护士，还是做打字员?真胡说。奢侈的生活令女人沉迷……消磨她的斗志。而且，一旦她尝过奢华的滋味，就无法自拔——奢侈品成了必需品。

伊丽莎白：那得看是哪种女人。

凯蒂夫人：年轻的时候，我们都觉得自己与众不同，但是等到年龄稍长，我们终究会发现大家都半斤八两……没有谁比谁更特殊。

伊丽莎白：你如此为我操心，真是太体贴和善了。

凯蒂夫人：我一想到你要重蹈覆辙，重复可怜的错误，心都要碎了。

伊丽莎白：哦，别说那是错误，不要，别说。

凯蒂夫人：伊丽莎白，看看我，看看休吉。你觉得成功吗?如果时光能倒流，你觉得我还会这么做吗?你觉得他还会这么做吗?

伊丽莎白：你瞧，你不懂我有多爱特迪。

凯蒂夫人：难道你觉得我不曾爱过休吉吗?难道你觉得他不曾爱过我吗?

伊丽莎白：我肯定他爱过。

凯蒂夫人：哦，当然，刚开始的时候，宛如置身天堂。我们觉得自己好勇敢，好有冒险精神，而且我们徜徉在爱河中，如痴如醉。头两年，一切都灿若春花，真美好啊!你知道的，人们将我排斥在社交圈外，可是我不在乎。我以为爱情就是一切。不过，当你偶遇旧友，然后兴冲冲地朝她走去，满心欢喜地跟她见面，结果收获对方冰冷的目光，这时候还是有点不舒服的。

伊丽莎白：你觉得这样的朋友还值得继续交往吗？

凯蒂夫人：或许，他们对自己的心理不是很有把握。或许，他们真的被吓到了。如果可以避免，还是别让自己的朋友经受这样的考验吧。等你发现能通过这样考验的朋友实在少之又少，那滋味着实苦涩。

伊丽莎白：但还是有几个这样的朋友。

凯蒂夫人：是的，当他们非常肯定周围没有反对意见的时候，他们会邀请你去做客的。否则，他们会跟你说："亲爱的，你知道我对你很忠心，而且我根本不介意，只是我的女儿长大了——我肯定你能理解的……如果我不邀请你来做客，你不会觉得我不厚道吧？"

伊丽莎白（微笑道）：对我来说，这不是什么大不了的事情。

凯蒂夫人：刚开始，我真觉得轻松不少，因为这样一来，休吉和我在一起的时间就更多了。可是你知道的，男人都非常有意思……即使他们坠入情网的时候，也不是一直处于恋爱的状态。他们需要变化和消遣。

伊丽莎白：我不想因此责备他们，可怜的人儿！

凯蒂夫人：然后，我们在佛罗伦萨安顿下来。而且，由于我们不能进入原先熟悉的社交圈，所以无论哪种社交圈，就不能太挑剔……只要进得去，随后我们就渐渐混熟那些圈子了。水性杨花的女人，浪荡放肆的男人。势利小人自以为捏住了别人的把柄，借此到处充好人。来路不明的意大利王子们都喜欢找休吉借上几个法郎，声名狼藉的伯爵夫人们都喜欢跟我一起坐豪车。再然后，休吉开始怀念自己的昔日生活。他想参加大型的狩猎活动，但是我不敢让他去。我担心他一去不复返。

伊丽莎白：可是你知道他爱你。

凯蒂夫人：哦，亲爱的，婚姻真是天赐的好制度——给女人的礼物，她们搞得一团糟，真是愚不可及！教会真是太明智了，在协……协……的问题上，立场坚定。

伊丽莎白：调解婚姻——

凯蒂夫人：经营婚姻的能力。相信我，等你必须靠一己之力才能保住一个男人，你就明白我不是说笑了。我永远不能变老……我负担不起衰老的代价。亲爱的，我跟你讲一个秘密，你千万不要告诉别人哦。

伊丽莎白：什么秘密？

凯蒂夫人：我的头发并非自然的颜色。

伊丽莎白：真的吗？

凯蒂夫人：我染过的。你绝对猜不出来，对吗？

伊丽莎白：绝对不行。

凯蒂夫人：没人猜得到。亲爱的，头发白了，当然是少白头，但就是白了。我一直觉得头发是我生命的象征。你对象征主义有兴趣吗？我觉得象征主义真是太棒了。

伊丽莎白：我觉得自己对这方面不是很懂。

凯蒂夫人：我必须一直保持光彩照人、快活欢乐的状态，我真的很累。我一直很留意，只让休吉看到我微笑的双眼，不让他瞧见我疼痛不堪的内心。

伊丽莎白（被她逗笑了，同时也挺感动）：你真是一个亲爱的小可怜。

凯蒂夫人：另外，当我看到他被别人吸引住的时候，我的心就被恐惧和嫉妒牢牢地攫住了！你瞧，如果我是已婚妇女，大可以哭哭闹闹，根本不用害怕——但现实让我必须视而不见，假装没注意。

伊丽莎白（大吃一惊）：不过，你的意思不是说他爱上别人了吧？

凯蒂夫人：最后，他当然移情别恋了。

伊丽莎白（几乎语塞）：你肯定非常痛苦。

凯蒂夫人：哦，我很痛苦，痛不欲生。那时候，休吉跟我说他要去俱乐部里打牌，而我很清楚他事实上是去找那个讨厌的女人，于是我夜夜哭泣，哭得肝肠寸断。当然，这话并非说我身边没有围着很多忧心忡忡的男人……他们只想好好安慰我。你知道，我向来很吸引男人。

伊丽莎白：哦，当然，我非常理解这点。

凯蒂夫人：可是我要考虑自尊问题。我觉得，无论休吉干了什么，我不能做令自己将来后悔的事情。

伊丽莎白：你做到这点，如今肯定非常开心了。

凯蒂夫人：哦，是的。虽然我老是乱发脾气，但是在精神上，我一直对休吉绝对忠诚。

伊丽莎白：我觉得自己不是很明白你的意思。

凯蒂夫人：嗯，有一个可怜的意大利男生……年轻的卡斯特尔·乔瓦尼伯爵，他爱上我了，爱得无法自拔，以至于他母亲来求我，要我别太冷酷。她担心他会变花痴。我能怎么办呢？然后……哦，几年后，就是安东尼·梅利塔。他说自己要饮弹自尽，如果我不——嗯，你懂的，我不能让那个可怜的男生拿枪把自己给崩了啊。

伊丽莎白：你觉得他真会拿枪自杀吗？

凯蒂夫人：哦，你懂的，没人能知道。那些意大利人都很冲动。他可真温顺啊，像羔羊一样。他的一双眼睛漂亮极了。

（伊丽莎白注视着她，就这样过了好一会儿。伊丽莎白面对这个风流放荡、搽脂抹粉的老女人，内心陡然被一阵惊恐占据了。）

伊丽莎白（声音嘶哑地说）：哦，可是我觉得这太——可怕了。

凯蒂夫人：你被吓到了？为爱情，某人牺牲了自己的生活，然后这人发现爱情无法天长地久。爱情的悲剧不是生离死别。有一样东西比死亡或者分离更厉害。爱情的悲剧是冷漠。

（阿诺德上场。）

阿诺德：伊丽莎白，我能跟你说几句吗？

伊丽莎白：当然。

阿诺德：我们能去花园散散步吗？

伊丽莎白：如果你想，我们就去。

凯蒂夫人：别，你们留这里。我反正要出去了。（凯蒂夫人退场。）

阿诺德：伊丽莎白，我要你听我讲几句话。你开头跟我说的那些话，真把我吓到了，因此我脑子乱了。我实在太蠢了，我请求你的原谅。我说了一些自己后悔的话。

伊丽莎白：哦，不要责备自己。是我让你落到口不择言的境地，我很抱歉。

阿诺德：我想问问你，你是否已经下定决心要离开了。

伊丽莎白：是的。

阿诺德：刚才，我本无意说的那些话，我似乎都说了，而那些我想说的话，却一句都没讲。我真够傻的，外加笨嘴笨舌。我从来没有跟你说过……我爱你有多深。

伊丽莎白：哦，阿诺德！

阿诺德：请让我把话说完。真的很难开口。如果我原先沉湎政治事务和装饰房子，或者诸如此类的事情，似乎显得我对你漠不关心，那我实在抱歉。我想当然地以为你会明白我对你的万般爱意……这样的想法或许太傻了。

伊丽莎白：可是，阿诺德，我并没有责备你的意思啊。

阿诺德：我在自责。我一直就是不开窍的榆木脑袋，浑浑噩噩地过日子。只是，我请求你一定要相信，我表现得如此差劲，并非因为我不爱你。你能宽恕我吗？

伊丽莎白：我觉得说不上宽恕不宽恕的。

阿诺德：直到今天，当你说要离我远去的时候，我才意识到自己爱你有多深……爱得不可自拔。

伊丽莎白：结婚三年后，你才意识到？

阿诺德：我深深以你为荣。我如此钦慕你。在宴会上，当我看着你……如此鲜妍明媚，人人都感到惊艳，我多少有点小小的激动，因为你是我的，而且宴会结束后，我要带你回家。

伊丽莎白：哦，阿诺德，你太夸张了。

阿诺德：我无法想象这所房子里没有你，会是何种情景！突然之间，生活变得一片虚无，毫无意义。哦，伊丽莎白，难道你一点都不爱我吗？

伊丽莎白：最好还是说实话吧。不爱。

阿诺德：我的爱情对你来说毫无意义吗？

伊丽莎白：我很感谢你。令你痛苦，我很抱歉。如果我留在你的身边，却每时每刻都生活在痛苦中，这样有何益处呢？

阿诺德：你对那个男人的爱真有如此浓烈吗？难道我以后过着郁郁寡欢的日子，你丝毫没有受影响吗？

伊丽莎白：当然会受影响。那令我心碎。你瞧，我从来不知道自己对你如此重要。我非常感动。而且，我真的很难过，阿诺德，真的难过。可是我无法控制自己啊。

阿诺德：可怜的孩子，我折磨你——我太残酷了。

伊丽莎白：哦，阿诺德，相信我，我已经尽量做到最好了。我曾经试着爱你……可是我做不到。毕竟，人要么爱，要么不爱。“尝试”根本于事无补。而且，现在已经是箭在弦上。我无法控制这样的后果——我整个人都在渴求某样东西，我必须听从心的呼唤。

阿诺德：可怜的孩子，我真担心你将来会痛苦。我真担心你将来会后悔。

伊丽莎白：你必须让我自己承担命运。我希望你会忘了我，忘了我给你带来的种种痛苦。

阿诺德（*两人都沉默一小会儿。然后，阿诺德若有所思地在房间里踱来踱去。他停下脚步，面朝她*）：如果你爱这个男人，想跟他走，我不会拦你。我唯一的愿望就是为你做最好的打算。

伊丽莎白：阿诺德，你真是太善良了。如果我亏待你，那至少我要让你知道，你待我如此好——这一切的好，我很感激。

阿诺德：不过，我想让你帮我一个忙。可以吗？

伊丽莎白：哦，阿诺德，当然可以，只要我能，我愿意做任何事情。

阿诺德：特迪没多少钱。一直以来，你已经过惯某种奢华生活，我一想到你以后不再拥有已经拥有的一切，就觉得于心不忍。想到你要忍受艰难困苦，简直跟杀了我一样难受。

伊丽莎白：哦，可是特迪赚的钱够我们花啊。说到底，我们不需要很多钱。

阿诺德：我恐怕我母亲的生活并非很轻松，但显而易见，他们还能走下去的唯一原因就是波蒂厄斯很有钱。我想让你同意接受我每年给你两千英镑的津贴。

伊丽莎白：哦，不，我想都没想过这个。太荒谬了。

阿诺德：我乞求你接受。你不懂这笔钱会带来怎样的天壤之别。

伊丽莎白：阿诺德，你真是太善良了。这样谈钱真令我无地自容。无论如何，我都不会从你那里拿走一便士的。

阿诺德：嗯，我要去银行，以你的名字开户头——你拦不住我的。每个季度，钱都会到账，不管你取不取……况且，还能以防万一，如果你凑巧急需用钱，它就会在那里静静地等着你。

伊丽莎白：阿诺德，你让我不堪负担。我只需要你为我做一件事。如果你能尽快跟我离婚，那我就感激不尽。

阿诺德：不，我不会这么做的。但是我会给你离婚的理由……我是过错方。

伊丽莎白：你！

阿诺德：是的。不过，接下来一段时间，你当然也得非常小心。我会尽快办妥一切……只是我恐怕最少也得半年，你才能自由。

伊丽莎白：可是，阿诺德，想想你的职位，还有你的政治生涯！

阿诺德：哦，好吧，在类似的情况下，我父亲放弃了职位。生活中没有政治，他也过得非常惬意。

伊丽莎白：可这些是你全部的生活啊！

阿诺德：归根结底，针无两头利。人不能同时侍奉上帝和玛门。如果想做高尚的事情，就必须做好受苦的准备。

伊丽莎白：但是我不要你因此受苦。

阿诺德：刚开始，对这样的丑闻，我心里还是挺踌躇的。不过，我猜这是自己唯一的弱点了。在这种情况下，如果可以的话，我应该想避开离婚法庭。

伊丽莎白：阿诺德，你让我彻底无地自容。

阿诺德：晚餐前，你说的那些话真是对极了。在离婚案件中，是否属于过错方对男人来说无关紧要，但对女人来说，就有天壤之别。自然而然，我必须首先为你考虑。

伊丽莎白：太荒谬了。别再说了。无论有何代价，都必须由我来承担。

阿诺德：伊丽莎白，我的要求并不是很高。

伊丽莎白：不管怎样的要求，我都会答应。

阿诺德：我唯一的要求就是刚才说的。我已经决定了。我绝不会因为你有过错而离婚……我会成为过错方，那样你就可以跟我离婚了。

伊丽莎白：哦，阿诺德，如此慷慨大度，简直就是残忍啊。

阿诺德：这跟慷慨大度毫无关系。这是我唯一表达爱的方式——表明我对你的爱……情深义重、炽热浓烈、真诚诚挚。（此时两人都沉默了。然后，他伸出一只手）晚安吧。睡觉之前，我还有很多事情要处理。

伊丽莎白：晚安。

阿诺德：你介意我亲亲你吗？

伊丽莎白（心如刀绞地说）：哦，阿诺德！

（他神情严肃地吻吻她的额头，随后离开。伊丽莎白茫然无措地站着。她真是身心俱悴。凯蒂夫人和波蒂厄斯进来。凯蒂夫人披着斗篷。）

凯蒂夫人：伊丽莎白，就你一个人？

伊丽莎白：凯蒂夫人，你起先问我的那张字条……是特迪写来的……

凯蒂夫人：是吗？然后呢？

伊丽莎白：他想在离开之前跟我谈谈。网球场旁边有间夏天用的小屋，他在那里等我。波蒂厄斯勋爵能不能去一趟那边，叫他过来呀？

波蒂厄斯：当然可以。当然。

伊丽莎白：原谅我如此麻烦你。但这事很重要。

波蒂厄斯：一点都不麻烦。（离开。）

凯蒂夫人：休吉和我都走吧……不烦你了。

伊丽莎白：可是我不想一个人待着。我要你留下。

凯蒂夫人：你打算跟他说什么呢？

伊丽莎白（绝望地说）：请不要向我提问。我太痛苦了。

凯蒂夫人：可怜的孩子！

伊丽莎白：哦，生活难道真的如此泥泞吗？如果有人快乐，就会令其他人痛苦……为什么不能人人都幸福呢？

凯蒂夫人：我希望自己懂得如何帮你。坦白说，我真喜欢你。（她努力在脑子里搜索，试图找一些事情做/说）你喜欢我的唇膏吗？

伊丽莎白（含泪微笑道）：谢谢。我从来没用过。

凯蒂夫人：哦，不过就试试看。如果心情不好，唇膏会是很大的慰藉。（波蒂厄斯和特迪上场。）

波蒂厄斯：我把他带来了。他说自己如果来这里，那会遭雷劈的。

凯蒂夫人：当一位女士派人叫他来，他还说这样的话？如今年轻男人都是这样的做派吗？

特迪：如果你被义正词严地扫地出门，那么在一切尚未改观之前，我觉得重新上门似乎太唐突无礼了。

伊丽莎白：特迪，我要你严肃正经起来。

特迪：亲爱的，我在那家酒馆里刚刚吃了一顿难以下咽的晚饭。如果你还要我严肃正经，那我真的哭了。

伊丽莎白：特迪，别颠三倒四的。（她语带犹豫地说）我实在太凄惨了。

特迪（严肃地看了她一会儿）：怎么了？

伊丽莎白：特迪，我不能跟你走。

特迪：为什么不能？

伊丽莎白（尴尬地移开视线）：我不够爱你。

特迪：瞎扯淡！

伊丽莎白（脸上闪过一丝怒色）：别跟我说“瞎扯淡”。

特迪：我想跟你说什么话，我就说什么。

伊丽莎白：我不要受欺负。

特迪：伊丽莎白，看这，你很清楚我爱你，我也很清楚你爱我。那你为什么说这些不着调的话呢？

伊丽莎白（哽咽地说）：你要是冲我发火，那我没法说话了。

特迪（深情款款地微笑道）：傻瓜，我没有冲你发火。

伊丽莎白：你若像一只猫头鹰那样盯着我，那就更难开口了。

特迪（轻笑道）：如果我觉得你太难伺候了，会不会是想错了？

伊丽莎白：哦，太可怕了。我本来打算一鼓作气，不管不顾地去做任何事情，可是如今，你令我完全泄气了。我感觉自己就像一个巨大无比的气球，然后被人拿一根长针就给戳破了。（突兀地看着他）你故意这么做的？

特迪：我发誓，我根本不知道你在说什么啊。

伊丽莎白：我怀疑，你是否真比我想象的更聪明。

特迪（握住她的双手，让她坐下）：现在，跟我打开天窗说亮话吧。顺便说一句，你想凯蒂夫人和波蒂厄斯勋爵都留在这里吗？

伊丽莎白：是的。

凯蒂夫人：伊丽莎白请求我们留下。

特迪：哦，上帝保佑你，我不在乎。我只是觉得你可能会感觉太那个了……

凯蒂夫人（*硬邦邦地说*）：女绅士绝不会感觉太那个，鲁顿先生。

特迪：你为什么不叫我特迪？你知道的，大家都叫我特迪。

（*凯蒂夫人想狠狠地瞪他一眼，但她发觉自己实在忍俊不禁，太难忍住笑意了。特迪轻抚伊丽莎白的双手，但被她甩开了。*）

伊丽莎白：别，别这样。特迪，当我跟你说我不爱你的时候，那并非真心话。我当然爱你。可是阿诺德也爱我。我原先根本不知道他的深深爱意。

特迪：他刚才跟你说什么了？

伊丽莎白：他待我太好了，太善良了。我都不知道他能善良到如此地步。他提出由他作为离婚的过错方。

特迪：他真的非常有风度。

伊丽莎白：可是难道你没看出来，如此一来，我就束手无策了。我怎能接受他做这么大的牺牲呢？如果我利用了他的慷慨大度，那么我一辈子都无法原谅自己。

特迪：若是有一个男人和我同时饿得死去活来，而我们只有一块羊排，此时他说："你吃吧。"那么我不会浪费很多时间来推辞。在他改主意之前，我会狼吞虎咽地吃光。

伊丽莎白：别说这样的话。这一切都快逼疯我了。我努力想做正确的事情。

特迪：你不爱阿诺德。你爱我。如果因为这缕伤感情绪而断送自己的生活，那真是愚蠢荒谬。

伊丽莎白：别忘了，我跟他结婚了。

特迪：嗯，你犯了错。一场没有爱情的婚姻，根本算不上婚姻。

伊丽莎白：我犯了错。为什么他要为此受罪？如果有人必须痛苦，唯一正确的人选就是我。

特迪：你跟他生活，你想过将来会怎样吗？一对夫妻中，一方过得痛苦，而另一方过得开心——这几乎不可能。

伊丽莎白：我不能利用他的慷慨大度。

特迪：我猜想，他从这种自我牺牲中也得到了很大的满足。

伊丽莎白：你太刻薄，特迪。他只是为人厚道罢了。我从来不知道他如此仁义。他真高尚。

特迪：伊丽莎白，你满嘴胡话啊！

伊丽莎白：我不知道你是否能有这样的表现。

特迪：什么样的表现？

伊丽莎白：如果我和你结婚，然后我跟你说我爱上别人，要离开你，你会怎么做呢？

特迪：伊丽莎白，你有一双非常漂亮的蓝眼睛。我会先揍黑一只眼睛，接着揍黑另一只。然后嘛，我们走着瞧。

伊丽莎白：你个遭雷劈的野蛮人！

特迪：我经常觉得自己并非很绅士。你有没有被我的野蛮打动过？

（两人对视一会儿。）

伊丽莎白：你知道，你正在利用我，这不公平。我感到自己满心信任地朝你走去，而你趁我不注意，就狠狠踹我的小腿。

特迪：难道你觉得我们不能好好相处吗？

波蒂厄斯：伊丽莎白如果不牢牢抓住自己的丈夫，那她就是傻瓜。对男人来说，婚外恋已经够糟了，但对女人来说——就是遭天谴的事情。我并不赞同阿诺德的做法，但他手段确实厉害。他打桥牌的时候，像一个十足的小人。凯蒂，别甩脸子，恕我直言，我觉得他道貌岸然得可以啊！

凯蒂夫人：亲爱的小可怜，他这个年纪就有他父亲的城府了。我敢说他青出于蓝而胜于蓝。

波蒂厄斯：伊丽莎白，你得留在阿诺德身边，抓牢他！男人是群居的动物。我们是兽群中的成员。如果我们破坏了兽群的规矩，那么就得吃苦头。而且，我们遭罪得很厉害。

凯蒂夫人：哦，伊丽莎白，亲爱的孩子，不要走。这不值得。这不值得。我跟你说不值得，况且，我已经为爱情牺牲了一切。

（众人停顿一下。）

伊丽莎白：我害怕。

特迪（低语道）**：**伊丽莎白。

伊丽莎白：我无法面对这一切。我承受不起。特迪，我们互道再见吧。这是唯一要做的事情。可怜可怜我吧。我正在放弃希望……我不再希望幸福了。

特迪（朝她走来，深深地看着她的双眼）**：**可是我并没有答应给你幸福。我不认为自己的这种爱情会走向幸福。我并非很好相处的男人。我经常暴跳如雷，外加敏感焦躁。有时候，我会对你厌烦透顶，而你也一样。我敢说，将来我们像住在一起的阿猫阿狗，打架打得不可开交；而且，我们有时候会互相憎恨。你常常凄凄惨惨、百无聊赖、孤独寂寞，还有你会时常想家，心中翻腾着思乡情，然后对于自己失去的一切，你会后悔。那些愚蠢的女人会粗暴地待你，因为我们是私奔的一对。而且她们中的有些人会排斥你。我给你带来的不是平静和安宁。我给你带来颠沛不安和焦虑忧心。我给你带来的不是幸福。我带给你爱情。

伊丽莎白（伸出双臂）：你个讨厌的东西，我打心眼里爱慕你啊！

（他拥她入怀，热烈地亲吻她的双唇。）

凯蒂夫人：刚才他说要揍得她的眼睛乌青，我还以为他们肯定玩完了。

波蒂厄斯（愉快地说）：凯蒂，你是一个傻瓜。

凯蒂夫人：我知道自己傻，可就是控制不住。

特迪：我们赶快逃走吧。

伊丽莎白：我们逃走吗？

特迪：此时此刻就逃。

波蒂厄斯：你们两个——你们都是天杀的傻瓜，天杀的傻瓜！如果你们愿意，可以坐我的车。

特迪：你真是太好了。事实上，我已经把车开出车库了。正停在车道上。

波蒂厄斯（恼火道）：你已经把车开出车库……你这话什么意思？

特迪：嗯，我原本觉得会很麻烦，因此在我看来……你知道的，伊丽莎白和我最好的对策似乎就是未雨绸缪，省得跑路的时候没有交通工具，站在路上干瞪眼。“想做就做”——对于商人来说，这真是至理名言啊。

波蒂厄斯：你的意思是打算偷我的车？

特迪：并不尽然。打个比方，我只是像布尔什维克那样征用了你的车。

波蒂厄斯：我无话可说。我彻底无语了。

特迪：岂有此理，我总不能背着伊丽莎白一路走着去伦敦吧。她重得要人老命啊！

伊丽莎白：你这条肮脏的狗！

波蒂厄斯（扑哧笑道）：好了，好了，好了……（无可奈何地说）凯蒂，我喜欢他，我没法假装不喜欢。我喜欢他。

特迪：伊丽莎白，明月皎洁。在夜色中，我们开车远去吧。

波蒂厄斯：他们最好去圣米迦勒。我去打电报，让那边准备好等他们。

凯蒂夫人：那里是当年休吉和我……（*声音变调*）哦，亲爱的小东西们，我真嫉妒你们啊！

波蒂厄斯（*揉揉眼睛*）：凯蒂，你现在别哭。你真讨厌，不许哭。

特迪：来吧，亲爱的。

伊丽莎白：可是我不能就这样走啊。

特迪：胡说！凯蒂夫人会把她的斗篷借给你的。不是吗？

凯蒂夫人（*脱下斗篷*）：你本事真大，我都舍不得脱下，你居然能让我借给你。

特迪（*将斗篷披到伊丽莎白的身上*）：等到早上，我们到伦敦再给你买牙刷。

凯蒂夫人：她必须给阿诺德写一张字条。我会将它别在她的针垫上的。

特迪：去他的针垫！来吧，亲爱的。我们一路开车……走过黎明，走过日暮。

伊丽莎白（*跟凯蒂夫人和波蒂厄斯吻别*）：再见。再见。

（*特迪伸出一只手，她握住了。他们手牵手走入夜色中。*）

凯蒂夫人：哦，休吉，在我的眼里，所有往事都重现了！我们受过的罪，他们还会受吗？还有，我们是否白白吃了那么多苦啊？

波蒂厄斯：亲爱的，在生活中，人的行为和人的性格——到底哪个起的作用更大，我真的不知道。一个人无法从另一个人的人生经验中学到东西，因为环境因素不一样。如果我们把事情弄得一团糟，那可能因为我们本身就是纠缠细枝末节的人。如果你准备好承担任何后果，那么在这世上，你就能干任何事情；至于后果如何，那取决于人的性格。

（*克莱夫·尚皮翁-切尼上场。他搓着双手。他很开心，一副得意扬扬的神情。）

凯蒂夫人：哦！

克莱夫：做主人的早上必须很早起床，才能将卑微的仆人制得服服帖帖。

（传来汽车发动的声音。）

凯蒂夫人：那是什么？

克莱夫：听起来像汽车声。我认为你的司机正载着某位女士去兜风。

波蒂厄斯：你到底在胡咧咧什么啊？

克莱夫：亲爱的休吉，我说的是爱德华·鲁顿先生。我明确告诉阿诺德该怎么做，而且他照做了。监狱由什么建成的呢？栏杆和螺栓。如果挪走这一切，那么囚犯就不会想逃离了。太聪明了，我要好好夸夸自己。

波蒂厄斯：克莱夫，你向来聪明，可是你现在说的话让人糊涂。

克莱夫：我告诉阿诺德，要他去找伊丽莎白，跟她讲，她可以自由。我告诉他要处处牺牲自己。我知道女人是怎么回事。当她要和爱德华·鲁顿结婚的时候，如果所有的障碍都不复存在，那曾经令人小鹿乱撞的诱惑力也就消失一半了。

凯蒂夫人：阿诺德照做了？

克莱夫：他按我的指导去对付那封信……我刚刚才见过他。她动摇了。我跟你赌五百英镑，她不会跑。温文尔雅的老鸟，呃？关键词是温文尔雅。温文尔雅。（他开始笑了。他们也笑了。很快，三人都纵声大笑。）

（落幕）

（全剧终）

多特太太

登场人物和场景

沃斯利太太：女主角，全名弗朗西斯·安娜黛尔·沃斯利，即多特太太，多特为昵称，啤酒酒庄的老板娘

弗雷德·帕金斯：弗雷德是弗莱德瑞克的昵称，他是沃斯利太太的外甥兼秘书

伊莉莎·麦格雷戈：沃斯利太太的姑妈，五十多岁的未婚女子，剧中的称呼为伊莉莎姑妈或者麦格雷戈小姐

吉罗德·哈斯泰

詹姆斯·布雷金索普：有时候的昵称是吉米

塞伦杰夫人

内丽：塞伦杰夫人的女儿，全名爱丽诺·塞伦杰，有时候的称呼是塞伦杰小姐

查尔斯：吉罗德的仆人

梅森：沃斯利太太的管家

莱特先生：裁缝

里克森先生：吉罗德的律师

乔治：布雷金索普的男仆

时间：现在

地点：第一幕——格拉夫顿街，吉罗德家

第二幕和第三幕——沃斯利太太的河景房

第一幕

场景：格拉夫顿街，吉罗德家。一间男士风格的屋子，家具样式轻松休闲，放置着几把非常舒适的扶手椅，墙上挂着几幅画。书籍和烟具都闲闲地散落着。

（吉罗德·哈斯泰的仆人查尔斯打开房门。莱特先生进来。他是一个衣冠楚楚的年轻人，个头短小精悍。）

查尔斯：看吧，你自己来瞧瞧，哈斯泰先生真不在家。

莱特：很好，那我就等着。

查尔斯：那你有的等了，得等到半夜，因为我觉得不到那个时间点，他是不会回来的。

莱特：我上次来，你说他半小时后回来，等我再过来的时候，你又说他刚出去。你这次不能再耍我了。

查尔斯：莱特先生，我家大人不会姑息大不敬的行为，你冲他如此催债，他会觉得受到很大的冒犯。

莱特：我不懂什么是大不敬，但是如果不把我的账目立刻清了，那他一定会收到法院传票的。

（传来门铃声。）

查尔斯（夹枪带棒地说）：别见外，就像在自己家一样自便吧，行了吧？

莱特：谢谢，我会的。

（查尔斯走出此屋，房门敞开，因此大家都能听到他和里克森律师的对话。）

里克森（站在屋外）：哈斯泰先生在家吗？

查尔斯：不在家，先生。他去俱乐部了。

里克森：好吧，我给他打电话。我有非常要紧的事情，必须见到他。你们装电话了，对吗？

查尔斯：是的，先生。不过还有一个人等着见他。

里克森（进屋）：哦，没关系。

（里克森身材短小，肤色红润，白胡须，精力充沛。）

莱特（朝他走去）：里克森先生。（里克森看着他，没认出他是谁）先生，你不记得我了？我是安德鲁&莱特商行的小合伙人。

里克森：我当然记得。前几天，我还跟你父亲谈生意呢。（对查尔斯说）电话簿在哪里啊？

查尔斯：先生，我马上去拿。哈斯泰先生把电话簿借给楼上的那位绅士了。

里克森：用最快的速度去拿吧。

（查尔斯退场。）

里克森（对莱特说）：你在这里干什么啊？

莱特：嗯，实情是我们和哈斯泰之间有一笔很大的账，我听说他如今在钱财上碰到麻烦了。我想赶在事情不可收拾之前，先把钱要回来。

里克森：钱财上的麻烦？这家伙刚弄到一笔七千英镑的进项。

莱特：什么！

里克森：我到处找他，就是为这事。你知道他跟霍灵顿家族沾亲带故。半小时前，我刚见过那家的夫人——就是那位老贵妇人，你知道的——过去一百年，他们整个家族的业务都是我家律师行打理的。嗯，作战部传来消息，说夫人的孙子，就是如今那位爵爷在印度被杀害了；前脚消息一到，我后脚就到她家了。然后，等我一脱身，立刻直奔这里。哈斯泰先生就是下一位继承人，因此他一年将得到七千英镑，外加继承爵位。

莱特：我的天啊，真是太走运了。

里克森：我不怕跟你讲，他的霉运很快就要到头了。你的钱有着落了，因为他会付清所有的欠款，不过他最后剩下的钱应该也不多了。

莱特：眼下，他对此事一定还毫不知情吧？

里克森：一点都不知道。他只知道自己要破产了，一文不名了。我到这里就想给他打电话，跟他讲——他要变成贵族了，还会得到一大笔收入。

（查尔斯拿着电话簿进来。）

查尔斯：先生，谢拉特7869号。

里克森：谢谢。（他拨打接线员的电话，并报上要接通的地址）请接谢拉特7869号，小姐……什么？真讨厌，居然占线……我必须叫出租车去俱乐部找他。莱特，我觉得你现在不会想再继续等下去吧？

莱特：不等了，先生。我要回店里。

查尔斯：先生，希望你一切顺利。（查尔斯将他们送走，然后回来）这些买卖人来找绅士们要账，我不知道他们什么时候才能如愿呢。

（他坐到屋里最舒适的椅子上，将双脚搁在桌子上。他背朝门。报纸在他的身旁。他闭目养神。）

（吉罗德悄无声息地进屋，布雷金索普和弗雷德·帕金斯跟在后面。吉罗德二十七八岁，相貌英俊，气质单纯朴实，衣着考究但不张扬。弗雷德二十二岁，活泼好动。布雷金索普是一个四十五岁的老单身汉，保养得很好，对自己的外表非常上心，打扮得非常时髦。）

（他们一声不吭地盯着查尔斯看了一会儿；后者突然惊醒，迷迷糊糊地惊跳起来。）

查尔斯：对不起，先生。我没有听见你们回来的声音。

吉罗德（他向来用一种冷嘲热讽的彬彬有礼的态度跟查尔斯说话）：千万别让我们打扰到你啊。我若是一想到自己扰了你的清梦，就永远无法饶恕自己。

查尔斯：先生，我可以接过你的帽子吗？

吉罗德：你真是太和善了。我真不想打扰你啊。

弗雷德（坐下）：天哪，这椅子太舒服了！难怪查尔斯刚才会睡着呢。

查尔斯：里克森先生刚来过，先生。他往俱乐部去了。

吉罗德（笑道）：没见到他，我可不难受。律师很少给自己的雇主捎来好消息。

查尔斯：先生，你想喝加苏打水的威士忌吗？

吉拉德：如果不会令你太麻烦，就拿一些吧。

（查尔斯退场。吉罗德将烟盒递给布雷金索普和弗雷德。）

吉罗德：坐吧，詹姆斯，别见外，怎么舒服怎么来。

布雷金索普：在世路上，我想过一种轻松自如、毫无风险的生活，因此“怎么舒服怎么来”是我坚决秉持的几项原则之一。

（查尔斯上场，端着托盘，盘子上有几个玻璃杯，还有威士忌酒和苏打水。）

查尔斯：先生，你还需要其他东西吗？

吉罗德：如果你能够拨冗出宝贵的几分钟，我想跟你讲讲我的几点发现。

弗雷德：查尔斯，打起精神来，好好听听哈斯泰先生咳珠唾玉——接受他给予的智慧吧。

查尔斯：先生，证券市场的情况非常不妙。

吉罗德：查尔斯，你坐在我的扶手椅上，把脚搁在我的桌子上——这些我都不介意。你抽我的雪茄，喝我的威士忌——我愿意视而不见。

詹姆斯（轻啜一口）：查尔斯，你品酒的水平很高。这威士忌是极品。

查尔斯（泰然自若地说）：先生，用立式蒸馏法酿造。这瓶酒已经陈十五年了。

吉罗德：甚至你拆我的信，对此，我同样能够容忍。因为大部分信都无聊沉闷得要命，而且这些信唯一能告诉你的就是——上流社会的教育纯属垃圾。但是我必须坚持一点……只有等我看完报纸后，你才能看。

查尔斯：先生，我很抱歉。我原以为你不反对这点。

吉罗德：报纸、衣服、葡萄酒——对这三样东西，我更喜欢……更喜欢……

查尔斯：先生，你更喜欢做第一个经手人。

吉罗德：查尔斯，谢谢。你说得非常正确，我找不出更恰当的用词了。

弗雷德（大笑道）：查尔斯，看你这么狼狈……最好喝一杯吧。

查尔斯：先生，请允许我喝吧。（他将威士忌和苏打水兑在一起。）

吉罗德：当请你自便的时候，你倒威士忌酒就没必要这么大方了。谢谢。

查尔斯：先生，你买的矿业股票跌得很厉害。

吉罗德：它们是跌得厉害。

查尔斯：先生，如果你记得，当时你买的时候，我全都反对的。

詹姆斯：查尔斯，你真是如珠如玉啊……除了照顾主人的日常起居，你还向他提供金融交易的建议。

吉罗德：如果我没弄错的话，查尔斯曾经强烈建议我拿钱去投资酒吧。

查尔斯：无论太平盛世还是战争岁月，人们都经常光顾酒吧，而且还不受“秘密消除条例”的影响——不会被没收充公。太平日子，大家为庆祝幸福生活而喝酒；战争时期，人们借酒浇愁。

吉罗德（微笑道）**：**查尔斯，你是一位哲人，这令我心中刺痛，因为我觉得必须剥夺自己享受与你畅谈的权利。

查尔斯（大惊失色道）**：**对不起，先生，我没听懂你的意思？

吉罗德：为了不伤害你敏感的心灵，我尽量婉转地通知你关于解雇的事情。

查尔斯：先生，解雇我？如果我的服务不能令你满意，我很抱歉。

吉罗德：刚好相反，你的服务令人非常满意。既有将靴子擦得锃亮的本事，也有机敏的口才——这样的仆人，我不是一直有机会碰上的……得靠运气。你打理我的衣橱，而且给我机会——鼓励我努力磨炼自己的幽默才能，对于这一切，我很感激。我从来不曾见你被某次指责弄得心烦意乱，也不曾见你被我的坏脾气弄得心灰意冷。事实上，你的优点占据绝大多数，可是我恐怕必须请你另谋高就了。

詹姆斯：吉罗德，你真的没必要如此生硬唐突。瞧瞧他，你这样突然袭击，他都站不稳了。

查尔斯：先生，我在这里过得非常舒心。你这样决定，就不告诉我理由吗？

吉罗德：查尔斯，你刚才自己就说了。以你不偏不倚的目光所见，矿业股票跌得非常厉害。你看过给我的那些信，因此你应该能充分知悉——我的债主们步调一致，已经从抗议阶段齐步走向愤怒阶段了。

詹姆斯：我得说，老兄，听到这话真令人难过。

查尔斯：如果仅仅是工钱问题，先生，我很乐意等着，等你哪天手头宽裕了，再付钱给我吧。

吉罗德（带着一丝谢意的微笑）**：**查尔斯，我为此非常感激你。但是说实话，你觉得对我来说，即便采取折中办法，以后还有转机吗？

查尔斯：嗯，先生，到目前为止，就我所了解的你的处境……

吉罗德：得了，得了，你谦虚过头就招人嫌了。这屋子里的账单，或者律师的来函——有哪样，你没有立刻了解吗？

查尔斯：嗯，先生，如果你要我实话实说——情况很糟糕。

弗雷德：我说，别打哑谜了，真的很讨厌。这一切到底是什么活见鬼的意思啊？

吉罗德：我正用这种方法向你们传递某条有趣的信息，而你对该办法持有异议——我对此深表歉意。你能从我头上拽下一把头发来吗？

詹姆斯：这场面肯定别有风采，但是会很疼的。

弗雷德：你真破产了？

吉罗德：够瞧了，时至今日，我得将房间分租出去。再过一个星期，查尔斯，我就要离开伦敦了——不带走这里的一丝尘土……我成了不列颠长子继承制的牺牲品。

查尔斯：是的，先生。

吉罗德：我的意思，你有一丁点明白吗？

查尔斯：一点都不明白，先生。

吉罗德：嗯，我觉得你有大把的闲暇时间，有时候会对我的服务非常开心——你瞄一眼《伯克年鉴》，然后发现我的名字在年鉴里……无足轻重。

查尔斯：对不起，先生，打断一下，在接受这个职位之前，我在《贵族爵位大全》中查到过你的名字。

吉罗德：你后来既然为我工作，那么你事先调查的结果肯定非常令人满意——得知这点，我的心情很是舒畅。

查尔斯：嗯，先生，我一直伺候有头衔的绅士，因此我觉得必须对自己负责，要小心谨慎。

吉罗德：查尔斯，你如此纡尊降贵，实在令我折服。我从来不曾想到，你应该具有主人品性……跟我一样，而我像你一样，具备仆人的特性。

查尔斯：就像主人想仆人具备某些优点，如果仆人指望有好主人——那么我有一个想法，就是很多绅士应该学会自己擦靴子。

吉罗德：查尔斯，你着实闪烁着智慧的光芒，但是我对你离题的表现予以谴责。

查尔斯：对不起，先生。你既然是某位贤人的次子，而且背景丰厚，社会关系极佳，所以我当时并不介意破例。或许我可以这样说，你的父亲差不多算是贵族了。

吉罗德：然而，结果就是我在长大成人的过程中，没有学到一丁点如何营生的知识。有一支庞大的队伍，其成员由非长子的儿子们组成。他们唯一的生计就是跟某位世袭贵族的亲戚关系，以及大自然母亲给予的天资禀赋。我就属于这支队伍。

（门铃响起。）

查尔斯：有人敲门，先生。你在不在家啊？——我该怎么说。

吉罗德：说我不在家，除非是两位女士。我估计过半小时后，她们会来喝茶，除了她们之外，谁也不许放进来。再过二十五分钟，在座的绅士们要被迫将我赶出他们的社交圈。

詹姆斯：不会有这样的事情，根本不会。

吉罗德：经过深思熟虑后，我坚定地重复道——这些绅士们因为事先安排好的日程，所以过二十五分钟之后，不得不离开我。

詹姆斯：话都说成这样了，我们要想自然而然地辞别，就显得非常困难，对吗？

（门铃再一次响起。）

吉罗德：不许放人进来。

查尔斯：非常明白，先生。（退场。）

詹姆斯：我说，老兄，听到这些坏消息，我真的很难过。我就不能帮你点什么吗？

吉罗德：不用，谢谢。

（门铃声一个劲地响个不停，显得非常不耐烦。）

弗雷德：天哪，不管来访者是谁，他可不喜欢等着。

多特夫人（声音从门外传来）：哈斯泰先生在家吗？

弗雷德（轻柔地说）：哎哟喂，是我姨母。

詹姆斯：多特太太。

吉罗德：嘘！

查尔斯：夫人，先生不在家。

多特太太（门外的声音）：胡扯。我有特别的事情要见他。

查尔斯：夫人，我非常抱歉。哈斯泰先生五分钟之前刚刚出去了。你居然没有和他在楼梯上碰见，我真的很奇怪。

多特太太：是的，这套把戏，我全懂。

（沃斯利太太进屋。她是一个娇小玲珑的漂亮女子，穿着非常华美的礼服。她性格坦率，没有城府，精力充沛，兴致勃勃。查尔斯跟着她进屋了。）

多特太太：哦！你们三个。查尔斯，你怎么能编出这类说辞啊？

查尔斯（非常严肃地说）**：**哈斯泰先生不在家，夫人。

吉罗德（朝前走来，握住她的手）**：**查尔斯被你的唐突无礼吓到了。

多特太太：快滚，查尔斯。而且，不要再这样干了……我猜，你觉得在豪门家族中，这样的做派还没有绝迹吗？

查尔斯（生硬地说）**：**没有绝迹，夫人。

多特太太：刚才在外面，我看到自家的某一辆货车，于是我寻思着得进来问问，不知道你喜欢不喜欢买一些。

查尔斯（冷若冰霜地说）**：**对不起，太太，我没听懂你的意思？

多特太太：啤酒，好家伙，啤酒！难道你不知道我是沃斯利家的人吗？

查尔斯：太太，我对此从无异议。

多特太太：沃斯利出品，必属佳酿——我家酿的麦芽酒非常好，只卖半克朗，要我说，定价不应该这么低。

吉罗德：查尔斯，你可以下去了。

（查尔斯一言不发，非常有尊严地退下。）

吉罗德（轻快地说）**：**真是走运了，我刚通知他另谋高就，如今他受到如此粗暴的羞辱，就绝对不会再留在这所房子里了。

多特太太：我喜欢吓唬查尔斯。他太斯文高雅了。我每次来这里，就看着他欲盖弥彰的样子——装作他根本不知道我是做买卖的。

詹姆斯：如今的世道太堕落了，只有在家里用人的身上，你才能找到对乡绅地主的几分尊敬，以及对做买卖嗤之以鼻的态度。

多特太太（对弗雷德说）**：**你是我的秘书，辛辛苦苦地工作，并没有因此毁掉健康，我很欣慰。

弗雷德：我刚才和布雷金索普一起吃的午饭。今天早上，我回复了五十来封求助信后，才出来的。

多特太太（对吉罗德说）：你还没说你很高兴见到我呢。

吉罗德：我不肯定自己见到你很高兴，非常不肯定。

多特太太（丝毫没有被他的话弄乱心绪）：那就说你喜欢我的连衣裙。

吉罗德：是的，非常好。

多特太太：非常好！我原本也觉得非常好。可是如今在伦敦，没人敢冒险穿得如此招摇……连一半嚣张的程度都没有。至于帽子……

詹姆斯：这帽子挺吓人的。不过我觉得眼下正流行。

多特太太：亲爱的詹姆斯，你在哪里接受教育的？

詹姆斯：伊顿公学。

多特太太：嗯，关于衣服的课题，他们一点都没教你。

詹姆斯：天然去雕饰就挺好的，我有时候希望良家女子不要打扮过火，太夸张的话，好像会令人产生不良印象。

多特太太：别这么傻不愣登的。女人忍受衣服带来的任何痛苦，那是因为她的理想就是在一定范围里……尽其所能地表现得像一个放荡轻佻的骚货。

（多特太太挑了房间里那把最舒服的椅子，然后坐下。）

吉罗德：我恐怕自己不能邀请你就坐。

多特太太：哦，不用麻烦。我可以自来熟，完全按照自己的节奏……如果你觉得自己在回答完一百五十个问题之前，我打算离开，那你就大错特错了。首先，我想知道上个星期，你为什么一直躲着我？其次，你为什么不让我踏足这个地方？最后，为什么我在这里的时候，你一个劲地想赶我走呢？

吉罗德：我没有见你，是因为我忙得不可开交。我刚才说自己不在家，那是因为我现在心情不好，简直可以说一点就炸。还有，我想赶你走，那是因为我正在等别人。

多特太太：我猜，但凡我是一个善于察言观色的人，那么我现在应该打铃，叫马车来接我，对吗？

吉罗德：我想你应该请我打铃叫车。

多特太太：嗯，我不会打铃，也不会请你打铃。首先，你的回答纯属胡扯，其次，我想知道谁要来？如果是我认识的人，那我就停下脚步跟对方说："你好吗？"如果是我不认识的人，那我想瞧瞧是何方神圣。

吉罗德：我觉得，你很明白我完全有办法用蛮力把你赶出去。

多特太太：如果你碰我，我就大声尖叫。

多特太太（她快速地看看弗雷德和布雷金索普，然后微笑道）：哦，弗雷德，我差点都忘了。今天下午，我出来的时候，发现了一大摞信函——有三个穷牧师没法支付账单；有五个老姑娘不知道该找谁求助，才能付得起房租；还有七位尊贵的夫人，后头各自跟着一个饥肠辘辘的丈夫，外加十六个孩子。

詹姆斯：太不成体统了！

多特太太：如果她们每人都有一个饥饿的孩子，外加十六个丈夫，那就更加不成体统了。

詹姆斯：我觉得你可能永远不曾想到——你这样毫无差别的慈善行为，造成的伤害要比益处多多了，对吗？

多特太太：别这么抱残守缺。如果把钱花出去，能给我带来一些好心情，那我为什么不去做呢？我敢说自己帮助的那些人——二十个当中有十九个根本就是废物，毫无价值，但是为他们所有人都做一些事情，只有用这种办法，我才有把握不会遗漏第二十个，就是那个值得帮助的人。

弗雷德：你要我马上给他们回信吗？

多特太太：一分钟也别耽搁。

弗雷德（微笑道）**：**可是你知道的，这样只能赶走我。布雷金索普还会留在这里的。

多特太太（冷静地说）**：**詹姆斯，你也去，盯着弗雷德，确保他写信写得漂亮。他只灰溜溜地上过牛津大学，而且他的拼写水平很不稳定。

詹姆斯（嘟囔道）**：**你想私下谈话，完全可以跟我们明说。

多特太太：弗雷德，别介意，我喜欢拐弯抹角。

（弗雷德和布雷金索普退场。）

吉罗德（大笑道）**：**多特太太，你真是一个厚脸皮的女人啊。

多特太太（语调一变）**：**吉罗德，怎么回事？

吉罗德（惊讶道）**：**我？有什么事吗？

多特太太：为什么你不告诉一个老朋友呢？

吉罗德（微微顿一下）**：**多特太太，你帮不了我。

多特太太：你能不能不说“太太”二字？这令我觉得自己都有三十五岁了。

吉罗德：你真是大好人，而且我们共同度过不少好时光。你今天能来，我很开心，因为我可以借此机会向你致谢，感谢你对我所有的好。

多特太太：亲爱的小伙子，你在说什么啊？

吉罗德：嗯，实情是……我最近有一大笔钱打水漂，如今差不多破产了。

多特太太：我真是太傻了！……一直以来，我都福星高照，因此我从来不曾想到，别人可能会经济拮据。我还让你为我花钱，给我买各种各样的东西——看戏、晚餐，天知道还有些什么。我肯定欠了你一大笔钱。

吉罗德：胡说！你连一便士都不欠我。

多特太太：那好吧，以后花钱，我坚持必须由我付账。我没打算放弃我们去萨沃伊享受小小美食的机会，还有晚宴，还有其他各种各样的节目。别傻了。你知道我有钱，我想花的钱跟我的财产比起来，简直可以忽略不计。

吉罗德：是的，我可以预见——你偷偷把你的钱包塞进我的手里，好让我给午餐买单，还有为了付出租车的钱，你递给我一先令。不，谢谢。

多特太太：那我们一起精打细算吧。这只意味着去戏院的时候，不再坐包厢了，我们坐到大厅后排。嗯，我更喜欢后排的位置。你看着所有的女人进来，然后对着她们后脑勺，大肆评论一番发型。还有，看戏的时候，你一直啜吸着可口的橘子汁……弄得我口水直流，非常想吃。另外，我们不再叫出租车，而是搭乘公交车。公交车安全多了，我喜欢坐在前排位置，还跟司机聊天。一直以来，公交司机都是一些美男子。

吉罗德：不是坐不坐公交的问题，而是要靠我一双平足走路。

多特太太：很好。你用你的平足走路，我用我的弓足陪着你走。

吉罗德：一路走来，每况愈下，到了某个关口，我要么当乞丐，要么当小偷，或者去做苦工。

多特太太：那就跟我详细说说，事情到底如何了。

吉罗德：那只会令你觉得无聊，况且，你未必能明白。

多特太太：我的朋友，你真是乱讲一通啊。你就是胡说八道。我要恭维自己——在这世上，很少有男人比我拥有更优秀的商业头脑。哎哟喂，自从我丈夫过世后，我几乎使我们的产业利润翻了一番。酒庄从未像如今这样兴旺发达。我用五万块广告牌，告诉不列颠的民众，要喝“沃斯利家族出品的麦芽酒，售价半克朗”……谢天谢地，不列颠民众照做了。

吉罗德：你这滑稽的小东西。

多特太太：嗯，现在将一切都告诉我吧，让我们一起看看能不能解开困局。

吉罗德：哦，亲爱的，我恐怕事情成一团乱麻了。我起步阶段的钱本来就不多，而且我还欠了债。于是，我想在证券市场上碰碰运气。可是自从我买了那些讨厌的股票后，它们就一直稳步下跌。

多特太太：每当傻瓜出手的时候，股票的表现就是如此。

吉罗德：不过我想自己还是能扛过这事的……只是我的一个朋友有麻烦，于是我给他签了一张担保书。

多特太太：你不会是真的这样干了吧？

吉罗德：我没办法啊。我不能一点事情都不做，让他两手空空就离开。

多特太太：你个蠢驴，百分之百的蠢驴！

吉罗德：他发誓他会还钱的。

多特太太：男人也好，女人也罢，当他们要钱的时候，不惜撒下弥天大谎——至于谎言后来得到兑现的事情，我这辈子还没见过呢。后来怎么样了？

吉罗德：嗯，结果就是从此以后，我必须给他的所有东西付账。如今，我还剩下五百英镑。我打算远赴美国，从此以后粗茶淡饭地过简单日子。

多特太太：请允许我问一句，你觉得有一张英俊的脸，善于寒暄，还有几分魅力——凭这些，你就能够赚到每天的口粮吗？

吉罗德（大笑道）：我不想跟个废物似的，可惜我虽然竭尽全力隐藏这点，但还是露馅了。然而，我想自己还有两三个特点，应该多少能派上点用场。

多特太太：说来说去，你完蛋了。

吉罗德：彻底完蛋了。

多特太太：听到这话，我挺开心的。

吉罗德：多特！

多特太太：我是开心。我忍不住开心啊。不过我觉得你想去美国的计划，纯属犯傻。

吉罗德：那我还能怎么办呢？所有的牌都打光了。

多特太太：你个小傻瓜。

吉罗德：对不起，我没听懂你的意思！

多特太太：有一个阶层，其主要的出路就是缔结有利可图的婚姻，以此来挥霍金钱——你就属于该阶层。该习俗已经深入人心，如果一个出身良好的男人宁可移民，也不愿意通过这种办法摆脱困境，那么就会激怒社会，周围的人会觉得他形迹可疑。

吉罗德：谢谢。我觉得如果为钱结婚，那么我就无法面对自己了。

多特太太：别冒傻气了。因为一个风姿绰约的寡妇一年有六万英镑的收入，所以“寻找真爱”的过程会变得更加艰难——我这辈子都没听说过这样的事情。

吉罗德：你什么意思呀？

多特太太：亲爱的小伙子，我并非完全的傻瓜。男人老觉得女人除非同时瞪大双眼，才能看见某些东西。难道你觉得女人的视线不能通过后脑勺，穿透石墙，看到另一面的情况吗？

吉罗德：那么你看到什么呢？

多特太太：我看到成百上千件事情。那时候，当我走进那个房间的时候，就看见你的两眼放光；当你以为我毫不知情的时候，我已经察觉到你盯着我的目光了。不管哪个傻乎乎的小年轻热情过火地恭维我，你都目露凶光。无论多么微不足道的小事，只要能为我效劳，你流露出来的快乐开心都一一落在我的眼里。戏剧落幕后，你一直找机会给我披上斗篷，我也都看到了。因此——我很抱歉——但是我得说结论了，你爱上我了。我猜你根本没留意到这点，那只有一个解释——就是男人着实愚蠢透顶。

吉罗德（*严肃地说*）**：**眼下这时候，你来笑话我——你觉得这样很厚道吗？

多特太太：可是我并没有笑话你啊，亲爱的。我很开心，非常受宠若惊，也非常感动。刚开始，我还以为自己是自作多情的傻瓜呢……我看到的那些事情，只是因为我想看到。当你的手触碰到我的手的时候，它微微颤抖，我还以为只有我的手在颤抖呢。到最后，当我肯定你爱我……那些表现不过说明你爱上我了，就像我爱你——爱的程度不分轩轾，我真是太开心了，以至于大哭了两小时。接着，我不得不用光了一整盒的脂粉，才让自己得以重新出来见人。

吉罗德（*冰冷地说*）**：**我担心你会觉得我是一个彻头彻尾的混账。很早以前，我就应该告诉你的，我已经订婚了。

多特太太：吉罗德！

吉罗德：我和内丽·塞伦杰已经订婚三年了。

多特太太：那你为什么不告诉我呢?

吉罗德：原先似乎没必要跟别人说这个。而且——我害怕失去你。哦，多特，多特，我全心全意地爱你啊。而且，我很高兴终于被迫向你表白了。

多特太太：可是我完全搞不清楚状况。

吉罗德：你知道的，内丽·塞伦杰是我的老朋友。

多特太太：是的，我第一次见到你，就是在塞伦杰家。

吉罗德：嗯，三年前在乡下，我们住在同一个地方，而我是一个年轻的傻瓜。

多特太太：你的意思是那里没有其他姑娘，于是你跟她打情骂俏。但是你没必要跟她求婚啊。

吉罗德（带着愧意说）：纯属意外。换言之，是我自己搞砸的。

多特太太：真的吗?

吉罗德：有一天，晚饭后，我们在花园里聊天，皎洁的月光——都是月亮惹的祸，求婚似乎是水到渠成的事情。

多特太太：她当然接受了。十八岁的姑娘永远会这么做的。

吉罗德：可是塞伦杰夫人不同意我和她女儿订婚，听都不听。她觉得我非常不靠谱。

多特太太：塞伦杰夫人是一位明智的女士。她做得很对。

吉罗德：我不是很肯定。如果她给予我们祝福，然后告诉我们喜欢做什么就去做，那么可能过三个星期后，我们自己就掰了。可是她反对得太厉害了，真的！她不许内丽见我，结果就是——我们在庞德街的茶馆吃东西的时候，永远得打一枪换一个地方，永远吃得匆匆忙忙。

多特太太：太可怕了！另外，这样吃东西，对肠胃消化功能非常有害。

吉罗德：前段时间，塞伦杰夫人发现我们互相写信，还有诸如此类的事情，于是她来找我，说她决定带内丽出国待上一年。她要我保证在这段时间里不与内丽联系，而且她答应如果等她们回来的时候，我和内丽心意依旧，那么她就不反对了，而且会让我们正式订婚。

多特太太："正式订婚"？指的是在《晨报》上刊登启事，以及相关事宜吧。

吉罗德：我想是的。

多特太太：那她们什么时候回来？

吉罗德：她们上个星期回来了。可是我还一直没找到机会跟内丽说上话。到今天，就满一年了，而且今天上午，我收到塞伦杰夫人派人送来的一张便条，问我她们是否可以过来喝茶。

多特太太：接下来你打算跟她怎么说呢？

吉罗德：老天爷啊！我能说什么啊？一年前，我已经够拮据了，可如今，我是身无分文。我肯定会要她们给我自由。

多特太太：既然如此，那你究竟为什么要将我弄得这样狼狈不堪呢？

吉罗德：你知道，我不想表现得像假正经，那很讨人嫌。可是，我觉得自己同样不想做下三烂的事情。如果内丽要我遵守诺言，那么我不会食言。

多特太太：哦，她不会要你遵守的。如果能摆脱你，她只会开心得不得了。

吉罗德：还有一些别的事情，我恐怕必须告诉你。

多特太太：还有？别跟我说你有非常不堪的过去，因为我连眼皮都不会眨一下。

吉罗德：不是，不是这样的。你晓得霍灵顿勋爵是我的亲戚。

多特太太：只有十五分之一血缘关系的堂兄，对吗？这关系太远，拿这个吹嘘就没意思了。

吉罗德：一年前，如果我要继承爵位，前面还隔着三个人。那时候看起来，我要弄到一些东西，似乎毫无指望了。

多特太太：然后呢？

吉罗德：可是去年冬天，我的堂兄乔治很不幸地在狩猎场把脖子摔断了，而且可怜他的父亲在此噩耗的打击下，也撒手人寰。如果我的堂兄查理再出什么事情，那么所有一切都将归我所有。

多特太太：那样一来，毫无疑问，塞伦杰夫人会收回反对态度——同意你们的婚事了？

吉罗德：她是一位非常善良的女人，但对于有利可图的机会，她是非常上心的。

多特太太：即使是她最好的朋友，要说她不唯利是图，恐怕也要犹豫。只是，霍灵顿勋爵为什么会出事情呢？他很年轻，对吧？就在前几天，我才在《晨报》上看到他的订婚公告。

吉罗德：眼下，他出国到印度去了。你知道的，他是军人。看样子，在西北战线上有一些麻烦，而他正是这次远征的指挥官。

多特太太：哦，可是他不会出什么事的。他会一直活着，活到八十岁。

吉罗德：我肯定自己希望他能那样活着。

多特太太：吉罗德，你再说一次你爱我。

吉罗德（微笑道）：我还不应该说。

多特太太：你知道的，你得跟我结婚。我坚持这点。归根结底，你一直玩弄我的感情，真是丢人！哦，吉罗德，我们将会非常幸福。还有，我们以后不会变老，我们永远都是现在的样子。你晓得的，我是非常好的人，真的。我说话经常很荒谬，可是我并没有恶意。对于我自己说的话，我很少去听的！我厌烦社交圈了。我想安顿下来，过居家日子。我会坐在家里，给你补袜子。然后我会讨厌自己补的袜子，然后我会很幸福。还有，如果你想独当一面，那么你可以在酒庄工作。我们需要一个头脑活络、精力充沛的男人带领我们跟上时代的浪潮。在剧院里，我们会有一个可爱的包厢。另外以后，你随时可以离开城里，抽身去打打猎。

（门铃响起。）

吉罗德：他们来了。

多特太太：天哪！我差点忘了，那两个可怜的家伙还在这里呢。（她打开客厅的房门）我不想打扰你，可是如果你们谈完了，那么等一会儿，你们应该乐意去我家喝杯茶的。

（詹姆斯和弗雷德进屋，走到壁炉前。）

詹姆斯：我留意观察，你真是爱说笑。

弗雷德：我都快冻僵了。

多特太太：你们不介意待在我家……被关在里面别出来，对吗?

詹姆斯：一点都不介意。我非常乐意坐在一间没有生火的冷冰冰的屋子里，有一扇孤零零的窗户，周围的墙壁光秃秃的，看着你的外甥呼朋唤友……上上个星期，我就是这么过的，唯一的消遣就是翻看《体育周刊》。

（查尔斯进来通报，说塞伦杰家的人来了，随即退下，然后端茶进屋。）

查尔斯：塞伦杰夫人和塞伦杰小姐到。

（塞伦杰夫人和内丽上场。塞伦杰夫人年届五旬，性格浮夸爱炫耀、个头敦实，神情警觉机灵。内丽貌美如花、端庄优雅，穿着时髦的礼服。她显然很受母亲的摆布。)

塞伦杰夫人：你好。啊，沃斯利太太！见到你真高兴啊！

吉罗德（跟她握手）：你好。我想你认识布雷金索普先生吧？

塞伦杰太太：当然。不过我对他有意见。

詹姆斯：为什么啊？

塞伦杰夫人：因为你愤世嫉俗，既是百万富翁，同时也是单身汉。男人没有权利同时拥有这三种特征。

多特太太：你觉得意大利怎么样呀？

塞伦杰夫人：名不副实，实在是一个被夸过头的地方。适婚年龄的姑娘们真多，而适合结婚的男人太少。

吉罗德（给客人们互相介绍）：塞伦杰夫人，这位是帕金斯先生——这位是塞伦杰小姐。

多特太太：他也是我的外甥兼秘书。

塞伦杰夫人：真的吗？好有趣啊！简直无巧不成书嘛。

弗雷德：你好。

塞伦杰夫人：亲爱的沃斯利太太，你的衣服太迷人了！你的穿衣风格一直都这么——彪悍。

多特太太：这能给啤酒打广告，难道你不晓得呀。

塞伦杰夫人：我真希望自己能喝啤酒，沃斯利太太，可是那东西太容易发胖了。你在自家桌子上一直放着啤酒，我能理解。

多特太太：我觉得自己至少能做到这点，因为毕竟多亏了啤酒，我才能拥有一张桌子。

内丽（对多特太太说）：我能给你倒杯茶吗？

多特太太（走到茶桌旁）：非常感谢。

（吉罗德端着一杯茶走到塞伦杰夫人身边。她接过茶。茶桌在屋子的后面，其他人都坐到桌边，只管自己一帮人说话，唯独塞伦杰夫人和吉罗德没有过来。）

塞伦杰夫人：吉罗德，过来跟我一起坐。我们从意大利回来后，我还一直没跟你说上话呢。

吉罗德（神情放松地说）：你打算跟我说什么呢？

塞伦杰夫人：我写便条来询问——问问我们是否今天可以来找你，你能猜猜理由吗？

吉罗德（起身）：好的，我来猜猜看。

塞伦杰夫人：你现在坐下吧。另外，你要装作——好像我们正在谈论天气状况。

吉罗德：如果讨论那件事要像没事人一样，还真有一点点困难啊。

塞伦杰夫人：亲爱的小伙子，要想让生活不变成一潭死水，那各种小困难还真不少。如果我们不操心自己的灵魂，不忧虑自己的社会地位，那么比起旷野里的野兽，我们着实也好不到哪里去。

吉罗德：我明白。

塞伦杰夫人（非常不耐烦地说）：亲爱的吉罗德，你为什么不帮帮我呢？直切主题呢？我不得不说的那些废话，真的非常令人不舒服。你知道的，一直以来，我都非常喜欢你，发自肺腑地喜欢。如果换作其他情况，你应该是当我女婿的最好人选了。

吉罗德：你说这样的话，真的太好了。

塞伦杰夫人：过去三年，我一直向你保证，单靠“爱情”就结婚，那真是傻透了！可是如今我要跟你说，根本无法缔结那样的婚姻。如果单论爱情，那是很不错的；可是“爱情”无法令郊区长出一所寒酸破旧的房子。

吉罗德：塞伦杰夫人，你真不是浪漫的人。

塞伦杰夫人：亲爱的，等你到了我这个岁数，就会同意我的观点——真正有意义的只有“面对现实”。“寒窑中的爱情”只是年轻时候的妄念。即使住在格罗夫纳广场那样的高档社区，有着合法的稳固婚姻，过上十年，婚姻也会变得举步维艰，麻烦够多了……更别说百事哀的贫贱夫妻。

吉罗德：塞伦杰夫人，你当年是因为爱情才结婚的啊！

塞伦杰夫人：正因为如此，我才非常担心自己的女儿，她不应该重蹈覆辙。现在，我们打开天窗说亮话吧……你肯定他们不会听见我们说话吗？

吉罗德（对其他人瞥了一眼说）：他们的注意力似乎都在自己的事情上。你最后的结论是什么呢？

塞伦杰夫人：嗯，吉罗德，我毫无唯利是图的想法。我知道金钱无法带来幸福。可是，我真觉得，除非你一年有两千英镑的进项，否则你没办法让我女儿过得安逸舒适。

吉罗德：我相信这金额非常合理。

塞伦杰夫人：不是寒窑中的爱情。不是宫殿里的爱情。这只是——住在翁斯洛花园社区的中产阶级婚姻生活。

吉罗德：我最好还是马上跟你说吧，我一直走背运。我本来想赚钱，结果赔得底儿掉。

塞伦杰夫人：亲爱的吉罗德，我很难过。真的如此狼狈吗？

吉罗德：糟得不能再糟了，悖晦到顶点了。

塞伦杰夫人：天哪，真令人难过。当然这样一来，事情反而简单了，对不？

吉罗德：大大简单了。婚事彻底不用考虑，我如今只剩下一条路可走了。只要找到时机，我会尽快跟内丽说，让她放手吧。

塞伦杰夫人：你穷成这样，实在遗憾！你实在够讲原则。

吉罗德：可是内丽会怎么想呢？她会如何面对解除婚约的事情呢？

塞伦杰夫人：亲爱的小可怜，她素性高冷！她从来不吐露心声。不过，在伦敦过上三个社交季后，很多姑娘都学会笑看风云了……要得体地应对无可奈何之事。另外，霍灵顿勋爵怎么样了？

吉罗德：等他从印度一回来就马上结婚。

塞伦杰夫人：他叔叔和他的表兄在一年内都死了，这着实可怕。如果他出什么意外，那你的境遇跟现在相比，就有天壤之别了。不过，当然，如果要有那样的念头，那真是歹毒了。我希望你永远不要有那想法。

吉罗德：永远不会的。我相信他会活一百岁。

塞伦杰夫人：而且，我猜他会有十五个孩子。那些儒雅柔弱的男人经常做出……你为什么现在不去跟内丽说，就此了断呢？

吉罗德：现在吗？屋子里还有别人啊？

塞伦杰夫人：正因为如此，我不想给你们当中任何一个人有唏嘘伤感的机会。

吉罗德：你确实非常“面对现实”。

塞伦杰夫人：女人如果有一个等着嫁人的女儿，那是没法唏嘘伤感的——伤春悲秋的代价太大了……看在老天爷的分上，别把内丽弄哭，我们今晚要外出就餐。

吉罗德：我会尽量就事论事，不掺杂感情色彩。

塞伦杰夫人（提高嗓门）：布雷金索普先生，我要跟你好好理论一番！

詹姆斯（朝前走来）：你吓到我了，我的内心满是恐惧。

塞伦杰夫人：今天下午在帕尔摩街，你遇见我们，居然当我们不存在，连招呼都不打一声。

詹姆斯：我很抱歉，我没有看见你。那时候，我正要去作战部问问消息，看看出征印度的战友们有没有消息。哈斯泰，顺便问一句，霍灵顿是你的亲戚吗？

吉罗德：是的，怎么了？

詹姆斯：你还没看到报纸上的新闻吗？

吉罗德：没有啊。

詹姆斯：哦，怪不得。肯定有议会发布的某些消息。

（詹姆斯拿起报纸。）

吉罗德：那是旧报纸。

（门外隐约传来“号外”的卖报吆喝声。）

弗雷德：听，最新的报纸出炉了。

塞伦杰夫人：不过，布雷金索普先生，是什么消息啊？

詹姆斯：当地有些土著在丛林中打游击，挺令人头疼的，于是有一支小型部队奉命前去镇压，然后就音信全无了……现在都不知道情况好歹。大家觉得可能他们遇上麻烦，都送命了。

多特太太：可是这跟霍灵顿勋爵有什么关系呢？

詹姆斯：他是指挥官。

吉罗德：上帝啊！

詹姆斯：几个小时前，我去过作战部，还一点消息都没有。

吉罗德：可是刚才你为什么不跟我说啊？

詹姆斯：我还以为你知道呢。有那么一会儿，我都忘了你跟霍灵顿沾亲带故。他跟你的关系很淡，对吧？

吉罗德：是的，我几乎都不认识他。

塞伦杰夫人：可是，万一他出了什么意外……

（门外传来“号外、号外”的吆喝声。）

多特太太：你为什么不买一份报纸呢？弗雷德，你跑去买一份，好吗？

吉罗德：不用，查尔斯可以去一趟。

（他打铃，查尔斯立刻进屋。）

吉罗德：哦，查尔斯，马上去买一份报纸。赶紧的！

查尔斯：好的，先生。

（他退场。门外传来“印度发生惊天灾难”的吆喝声。）

吉罗德：上帝啊，你们听到了吗？

（“号外，号外”的吆喝声。）

塞伦杰夫人：他为什么不快点啊？

吉罗德：胡说。这新闻和霍灵顿一点关系都没有。

多特太太（一只手搭在他的胳膊上，神情紧张地说）：吉罗德。

（弗雷德·帕金斯从窗口向外张望。）

弗雷德：那是查尔斯。上帝啊，他还是慢腾腾的，没加快多少速度啊。

吉罗德：他找到报童了吗？

弗雷德：是的。活见鬼，他在干什么啊？

吉罗德（走到窗边）：主啊，他正在看报纸。

塞伦杰夫人：等消息真令人心焦。

弗雷德：街上跑来另一个报童了。

（“号外、号外”的吆喝声。）

吉罗德：感谢上帝，他终于上楼来了。我简直想踹他几脚。（“印度发生惊天灾难。”“霍灵顿勋爵殒命沙场。”）上帝啊！（众人全都沉默了，全都错愕不已。查尔斯拿着报纸进来）快点，伙计！活见鬼，你都干什么了？（吉罗德把报纸从查尔斯手里拽了过来。）

查尔斯（带着高贵体面的神态说）：大人，我已经尽量抓紧了。

（吉罗德停下来，翻看报纸找信息，听到“大人”一词，便瞪着他。）

吉罗德：你说什么鬼话啊？

（他看着报纸上的内容，接着报纸从他手中滑落。）

多特太太：吉罗德，消息是真的吗？

（他看着她，点点头。）

吉罗德：可怜的人。他还正打算结婚来着呀。

查尔斯：大人，要我给你拿帽子和大衣吗？

吉罗德：你到底在说什么啊？

查尔斯：我还以为大人您想去作战部呢。

吉罗德：闭嘴！

（查尔斯退场。）

塞伦杰夫人：亲爱的小伙子，我全心全意地祝贺你。

吉罗德：哦，别，还没到提醒我这个的时候。

塞伦杰夫人：我很理解，你现在有点伤心，可说到底，他只是你非常疏远的一个亲戚罢了。

詹姆斯：我不明白这一切是什么意思啊。

吉罗德：刚才，你没听到某个仆人说的蠢话吗？他脑子里冒出来的第一个念头就是此事。

多特太太：终于轮到吉罗德继承爵位了！

吉罗德：是的。

多特太太：难道你不想一个人待会儿吗？我肯定你想稍稍理出一点头绪的，对吗？

塞伦杰夫人：内丽，走吧！

吉罗德：我很抱歉要打发大家走了。再见。内丽，我本来有话要跟你说的。

内丽：我们还一直没找到单独说话的机会呢。

塞伦杰夫人（腻腻歪歪地说）**：**真是太走运了。如今，你们要谈的事情可就开心多了。

（他不明所以地瞠视着她。）

塞伦杰夫人：吉罗德，如今的情况大不相同。时机恰到好处，对吗？

内丽：再见。

（塞伦杰夫人和内丽退场。）

詹姆斯：老兄，再见。你的堂兄遭此不测，死于非命，我很难过。只是归根到底，我们大家都不认识他，可我们都认识你。我很高兴，你所有的难题终于都迎刃而解——这种喜悦之情，我都无法言表了。

吉罗德：如果能让霍灵顿死而复生，就算要我的右手，我也愿意。

詹姆斯：再见。（退场。）

多特太太：弗雷德，你先走吧。我有话跟吉罗德说。

弗雷德：再见，老兄。我说，塞伦杰小姐真是一个好姑娘！

吉罗德：再见。

（弗雷德退场。）

多特太太：怎么样？

吉罗德：这消息实在早到了一小时。我现在的手脚都被捆住了，真是一筹莫展。

多特太太：你这话什么意思？

吉罗德：我穷得叮当响的时候，内丽接受了我。如今我发财了，我不能走到她面前说："我改主意了，我不想跟你结婚。"

多特太太：你说发财了，这话什么意思呢？

吉罗德：我觉得自己一年会有六七千英镑的进项。

多特太太：可是你无法靠这笔钱生活啊。太蠢了。

吉罗德（*微笑道*）：你知道的，收入远远达不到这水平的人们，也照样生活啊。

多特太太：再说，她心里根本没有你。我瞧一眼就全明白了。

吉罗德：怎么说？

多特太太：如果姑娘爱你，就不会穿那种式样的裙子。

吉罗德：多特，我现在无法毁约。你肯定明白我做不到。

多特太太：如果你在意我，你会很容易找到摆脱困境的办法。

吉罗德：多特，我必须开诚布公……我不想表现得像势利眼，只是我如今有了一个古老的姓氏，而且是非常尊贵的姓氏。我将会成为家族的族长。我不想像无赖痞子那样行事。

多特太太：你知道的，我比内丽好多了。我更风趣，我的穿戴更好，而且我有五辆汽车。是的，她比我年轻，这是事实，可是我的心态从来没有超过十七岁。（*稍稍看看他*）另外，但凡你还讲点体面，这时候，你应该说，“我看出来了。”就在刚才，你说你爱我。再说一次，吉罗德。听到这话，感觉真好啊！

吉罗德：我真不知道我们该如何控制自己啊。

多特太太（*开始发脾气*）：我猜你只想结束一场尴尬的谈话吧？我不想让你心烦。你为什么不去作战部呢？

吉罗德：你肯定能明白这不是我的错。如果我们必须分手，那就让我们分手依旧是朋友吧。

多特太太：现在，我宣布某人要煽情了。你已经使我痛彻心扉，难道还不够吗？你想要我说“没关系”，就像你朝我泼了一杯茶水，根本无关紧要，是吗？难道你觉得我喜欢变得如此哀怨凄惨，像条可怜虫吗？

吉罗德：看在老天的分上，别说这样的话。你把我的心都撕碎了。

多特太太：你的心？我都把这东西砸到地板上，然后狠狠地踩上几脚。你肯定也要体会一些痛苦的滋味。你不能让我承受所有的苦。

吉罗德：我不想你受苦。

多特太太（愤然作色）：当你捉襟见肘，手头连六个便士都拿不出来的时候，你倒非常乐意跟我结婚。要是你的堂兄过一个星期再死，那你就会娶我……哈，那你可就背运了！

吉罗德：难道你觉得我向你求婚，是为了你的钱吗？

多特太太：是的。

吉罗德：真这样想？

多特太太：没有，当然不是真这样想。

吉罗德：谢谢。

多特太太：哦，你不用拿这当恭维话。我宁可跟聪明的恶棍打交道，也没多少耐心去对付一个诚实的笨蛋。

吉罗德：你说这话，横竖都感觉在骂我，你会否认吗？

多特太太：不否认。

吉罗德：我真的必须去作战部了。

多特太太：很好，你可以去。

吉罗德：难道你不跟我一起去吗？

多特太太：不去。

吉罗德：我恐怕你留在这里会很无聊的。（他打铃，于是查尔斯进屋。）

查尔斯：是的，大人。

吉罗德：我想要帽子和大衣。

（查尔斯退场。）

多特太太：你喜欢内丽·塞伦杰吗？

吉罗德：如果你不介意，我不想回答。除非她想要自由，否则我会跟她正式求婚的。

（查尔斯拿来帽子和大衣。他穿戴衣帽的时候，多特太太在一旁看着。）

吉罗德：再见。

（吉罗德退场。多特太太转头，面朝查尔斯。）

多特太太：查尔斯，你结过婚吗？

查尔斯：结过两次，太太。

多特太太：那么以你的人生经验来说，是否知道如果一个女人想要某样东西，一般来说，她都会如愿的？

查尔斯（叹气道）：是的，我已经懂得这点了，太太。

多特太太：这也是我的看法，查尔斯。

（她退场。查尔斯开始收拾茶具。）

（第一幕完）

第二幕

场景：多特太太的河景房，露台上。玫瑰树上朵朵鲜花竞相怒放，姹紫嫣红很是热闹。后面是内室，隔着帘纱。露台上摆放着午餐用的桌子，旁边有四把椅子。

（伊莉莎·麦格雷戈小姐坐在一把花园椅上，手里做着针线活。她已经上了年纪，性格安静，瘦瘦的，有点瘦骨嶙峋的意味，脾气挺好的，看着亲切和气。多特太太不耐烦地走来走去。）

伊莉莎姑妈：亲爱的，你干吗不坐下来歇会儿呢？你在露台上这样走来走去，我肯定你最少都走上十英里的路了。

多特太太：我心情不好。

伊莉莎姑妈：就算最笨的人也能看清楚这点。

多特太太：你看了今天的报纸吗？

伊莉莎姑妈：我想看来着的，可是整个上午，你花不少时间对着报纸连砸带扔的，我还没逮着机会看呢。

多特太太：那么我请求你听听这个。（拿起《晨报》，开始读道）“霍灵顿勋爵和爱丽诺的婚事已经安排妥当。女方是已故的罗伯特·塞伦杰将军阁下的独生女。”

（她气哼哼地合上报纸，扔到一旁。）

伊莉莎姑妈：这个公告，你已经对着我读了二十三次。我向你保证，这消息开始丧失新鲜感了。

多特太太：大清早的，你一拿起报纸就发现上面有一条正儿八经的官方通告，说你拿定主意要嫁的那个男人正打算娶别人，而且正有条不紊地进行着各项步骤——你没法否认这样的形势真让人抓狂。

伊莉莎：不过，你跟我说过你想嫁给他的原因了吗？

多特太太：一个人为什么想跟另一个人结婚呢？

伊莉莎姑妈：我活了五十五年，这个问题一直困扰着我——我根本无法找到一个答案。

多特太太：好吧，因为他聪明、英俊、风趣。

伊莉莎姑妈：你晓得，他并非真的聪明。

多特太太：他当然不聪明。他蠢得跟猫头鹰似的。我一直跟他讲这话，讲得我一点力气都没了。

伊莉莎姑妈：而且他也并非真的英俊，对吗？

多特太太：英俊？刚好相反，我觉得他长得很一般。

伊莉莎姑妈：我猜你发觉他很风趣？

多特太太：根本不是。我觉得他很无趣。

伊莉莎姑妈：那么，可能的话，你可以给我某些其他解释。

多特太太：好吧，我爱他爱得神魂颠倒。

伊莉莎姑妈：亲爱的，可是为什么呢？为什么？

多特太太：因为我就是爱啊。最可能的解释就是这个了。而且我已经下定决心要嫁给他了。另外，障碍越多，我越想嫁给他。

伊莉莎姑妈：想娶你，而且能娶你的人那么多，各种各样的都有，你就没有爱上其中某一位吗？——我真不明白为什么会这样。

多特太太：不过他是真想娶我的。他爱我爱得死去活来。

伊莉莎姑妈：为了表明对你的深切爱意，他跑去跟别人订婚了？——我觉得他完全可以用某种更好的方式来表达爱情。

多特太太：像所有的男人一样，他非常多愁善感。老天爷啊，如果正常女人没有“面对现实”的常识，那么世界会乱成什么样子啊！

伊莉莎姑妈：那你接下来打算怎么办呢？

多特太太：问题就在这。我连一丁点的头绪都没有。过半个小时后，他们就会到这里，可是我心里一点主意都没有。我整夜无法入睡，各种念头在脑子里翻腾，一直折磨着我，现在我没法思考任何问题。

伊莉莎姑妈：那你为什么邀请他们来这里呢?

多特太太：我原本寻思着，如果他们待在我的眼皮子底下，我或许能想出办法来。吉罗德本来就答应过我，要陪我过圣灵降临节的，因此他没法推脱，另外，我也请了塞伦杰母女。塞伦杰夫人只会很开心，因为这个星期能省下嚼吃等各方面的用度了。（传来汽车停车的声音）吉米·布雷金索普来了。他会准时赶来吃午餐的，我跟你说过吧?（布雷金索普和弗雷德上场。弗雷德穿着一套颜色鲜亮的花呢套装）吉米!

詹姆斯：你好。（他分别跟多特太太、伊莉莎姑妈握手。）

多特太太：我们现在就用午餐吧。你肯定饿坏了。

詹姆斯：你肯定要我先洗手的。

多特太太：不用，我们都太饿了，不用洗手了。弗雷德可以为你去洗手，你就不用亲力亲为了。

（桌上有一个小铃，她匆匆地按了五六下。）

弗雷德：就一分钟，我马上回来。（退场。）

多特太太：坐吧。我实在饿极了。

（管家和仆人端上午餐。接下来的情节中，众人边吃边说话。）

伊莉莎姑妈：我觉得，虽然你的心中激情澎湃、柔情似水，但是你的胃口丝毫不受影响啊。

多特太太：哦，亲爱的詹姆斯，我太痛苦了。

詹姆斯：看得出来。

多特太太：顺便问问，我看起来怎么样？

詹姆斯：还行。你换厨子了。

多特太太：解雇原先的厨子了。

詹姆斯：如果我是你，我就不会这么做。她很棒的。

多特太太：你当然要喝我家酿的麦芽酒吧？

詹姆斯：我当然不会做这样的事情。

多特太太：你知道的，我的原则之一就是餐桌上有这酒。

詹姆斯：我知道，但是我的原则之一就是不去喝它。我隐约记得你有一些上好的白葡萄酒。

多特太太：吉米，你从来不曾坠入爱河吧？

詹姆斯：从来没有，感谢上帝。

多特太太：我不信。每个人都恋爱。我现在就恋爱了。

詹姆斯：不是爱上我，我确信这点。

多特太太：你这个十足的白痴。

詹姆斯：才不是呢。我觉得爱上我才是很自然的事情呢。

多特太太：詹姆斯，你干吗还不结婚？我挺好奇的。

詹姆斯：因为我天生口才机敏。早些年，我就发现男人求婚不是因为他们想结婚，而是在某些场合，他们完全找不到聊天的话题……于是没话找话，只好求婚了。

伊莉莎姑妈（微笑道）：这真是重大的发现。

詹姆斯：我察觉到这点后，立刻着手增强自己闲扯的功力。不管对方的注意力多么转瞬即逝，只要我准备好得体的话题，那么我觉得自己就有机会不去求婚——这也是我唯一的机会。因此，我在牛津读书的最后一年，花了很多精力去研究那些赫赫有名的大人物。

多特太太：我以前从来没注意到你如此才高八斗。

詹姆斯：我不是为增加才华而用功。我用功是为了安全。我得夸夸自己——只要有需要，我提供闲聊话题的能力就源源不断、永不枯竭。在集市上，我遇见过清纯可人的十七岁少女，便稍稍对她多留意几分；与此同时，三十岁的女人面对更高一级的人生道理，无论多么简短扼要，她们都徒劳无功地想反抗……只是再挣扎，也只是困兽犹斗吧。某个年龄飘忽不定的轻佻寡妇跟一个专门创作王政复辟时代题材的剧作家好上了，可是在真正交往之前，她手忙脚乱地退缩了。还有，我和一本正经的老姑娘接触过，然后我用自己的宗教知识令她彻底投降——因为在中非，关于努力传教导致的后果，我非常了解。曾经有一个上了年纪的贵妇人想打探我的意图，于是我背诵了《大英百科全书》中某一完整篇章，把她唬得一愣一愣的。这些还都算是我干的正经事。有时候，我说了一句俏皮话，于是就有人朝我抛媚眼，我赶紧躲开；有时候，我恰到好处地引用某个诗人的某句诗歌，于是周围传来一声轻叹，我甩都不甩——我没必要跟你讲出现这类情况的频率有多高。

多特太太：你说的话，我一个字都不信。我觉得你还没结婚的理由很简单，就是还没人能抓住你。

詹姆斯：你得待我公平啊，我只是一个刚刚认识你才十天的男人啊！我还没有被你夸张的收入诱惑，因此尚未向你伸出手、献出心。

多特太太：我相信自己的收入与此毫无关系。我将其完全归功于自己善解人意的个人魅力。

伊莉莎姑妈：弗雷德来了，终于来了。他都干什么去了？

（弗雷德进屋，已经换了一套法兰绒套装。）

多特太太：你到底为什么老换衣服啊？

弗雷德（*在桌边坐下*）：作为你的秘书，我觉得打扮得漂漂亮亮是我的部分职责。

多特太太：我觉得你有必要一天换七套衣服？——我还真不知道自己有这个想法。

弗雷德：我觉得下午茶之前，塞伦杰小姐可能想去河边走走。

伊莉莎姑妈：就算她想去，她更可能跟霍灵顿勋爵一起去，而不是找你陪着啊。

弗雷德：哦，那可不一定。吉罗德人很好，可是他并非那种非常讨女孩子喜欢的家伙。

多特太太：你这样想，真的？

弗雷德：嗯，你还不明白自己已经爱上他了，对吗？

多特太太：没有，没有的事情。

伊莉莎姑妈：那么非常讨女孩子喜欢的男人是哪种类型呢？

弗雷德：哦，我不知道。（*拿起一个汤匙，看着镜面中的自己，捻捻短得不能再短的胡子*）我觉得自己应该比吉罗德稍微年轻一点。

多特太太（*轻声尖叫道*）：你！

弗雷德：你不用这么惊讶。你知道的，别人还可能说出更难听的话。

多特太太（*轻蔑地用手指指着弗雷德，对伊莉莎姑妈说*）：你觉得有人可能会爱上这东西吗？

伊莉莎姑妈：当然不可能。

弗雷德：我说，够了。这话有点过分。

多特太太（*对詹姆斯说*）：如果你是一个年轻美貌的少女，你会爱上弗雷德吗？

詹姆斯（*狐疑地瞅瞅弗雷德说*）：嗯，你这样直截了当地问我，那我想自己应该不会爱上他的。

弗雷德：你们这些自高自大的家伙，太狂傲了。

多特太太：他根本没掂量清楚自己的斤两，对吗？

詹姆斯：没有掂量清楚。

弗雷德：瞧好了，你闭嘴。我敢打赌，不管你说哪个姑娘，我都能抢过来。

詹姆斯：扯淡！

多特太太：我想，他或许跟别人一样，在女人的耳朵边轻声倾诉连篇废话。

伊莉莎姑妈：野蛮人天生都会干这事。

詹姆斯：噗！我才不浪费时间去细声细语地说甜言蜜语呢。我只派一个邮差送上自己的银行存折。

弗雷德：好吧，我得恭维自己，塞伦杰小姐到这里，最开心的事情就是见到我，而不是其他人。

詹姆斯：你才见过她一次。

弗雷德：我可以告诉你，她是一个俏丽活泼的姑娘。

詹姆斯（讥讽道）：我猜上次道别的时候，她捏你的手了？

弗雷德：嗯，是这样，她捏了。

詹姆斯：你没必要想入非非，因为她也捏我的手了。显而易见，这只是某个习惯动作。

弗雷德：你的手！胡说八道！

（多特太太一直盯着他，双肘都搁在桌子上。一个仆人端着咖啡托盘站在她的身边。）

伊莉莎姑妈：亲爱的，汤普森正给你上咖啡呢。

多特太太（心不在焉地说）：不用了，拿走吧。

弗雷德：你老盯着我，究竟在看什么呢？我的领结歪了吗？

多特太太：你当然长得非常俊俏。我原先一直没有留意到这点。

弗雷德：你知道，这话不得体。你是我的姨妈，而且按教会祈祷书的说法，你不能嫁给我。

多特太太：我现在想到了……我寻思着你已经长大成人，如今伊顿公学的人都不认识你了。

弗雷德：我不懂你到底在说什么啊。

多特太太：我觉得或许某个姑娘很容易就会爱上你。我以前可从来没想到过这个。

詹姆斯：这话的意思是说你要给他找一个妻子，而且不管他喜欢不喜欢，你都要他跟某人结婚。

多特太太（突兀地说）：弗雷德。

弗雷德：哎呦！

多特太太：你出去玩吧。

弗雷德：岂有此理，我要喝咖啡。

多特太太：你去花园，捏一个泥巴饼吧。那才乖呢。

（传来响亮的门铃声。）

伊莉莎姑妈：他们来了！

多特太太：快快！

（众人起身。多特太太和伊莉莎姑妈出去。弗雷德和布雷金索普点上香烟。）

弗雷德：我那贤良淑德的姨妈是怎么回事啊？

詹姆斯：亲爱的小伙子，你多大了？

弗雷德：二十二岁。怎么了？

詹姆斯：正是好年华啊，思维敏锐……尚有可能感知到无可救药的邪恶和缺德。不过你也够大了，应该懂得女人心海底针，她们的心思情绪说变就变。

弗雷德：哦，胡扯！任何女人，我只要看一眼就能读懂她的心思——还没遇见相反的情况呢。

詹姆斯（讥讽道）**：**真的吗?

弗雷德：你知道的，大家都说女人不可理喻，但这话纯属一派胡言。

詹姆斯：当你盯着一堵白墙的时候，难道就没想过墙的另一边会有截然不同的风景吗?

（多特太太、伊莉莎姑妈、塞伦杰夫人、内丽和霍灵顿勋爵一起进来。他们边走边说。）

塞伦杰夫人：这趟旅程非常愉快。哦，你家的花园真美啊！好浪漫啊。我喜欢浪漫的情调。

詹姆斯：只要收入足够支撑浪漫，当然喜欢了。

塞伦杰夫人：你好。你这个愤世嫉俗的家伙。

詹姆斯：我才不属于愤世嫉俗的类型呢。只是我偶尔会说实话。

塞伦杰夫人：你是伦敦最愤世嫉俗的人，而且我怕你怕得要死。

詹姆斯：这世道最喜爱现成的、能让人终生依赖的男人。要是能给这样的男人写出详细的规格说明，那再好不过，然后面对未来，大家能躲开所有的麻烦，因为一切都由这种男人来扛。当我初出茅庐的时候，某人觉得我愤世嫉俗，从那以后，这标签就跟上我了。原先我一直没说自己对人对事的看法，都放在心里嘀咕——那段未曾被人侧目的时光，尚未被视作“愤世嫉俗”的日子，多美好啊！

塞伦杰夫人：亲爱的布雷金索普，众口铄金，人人都说的话永远都是正确的。这是形成社会的基石之一。

詹姆斯：当年，有一个身无分文的小伙子要娶一个非常有钱的女人，后者的年龄大得足够做他的母亲——我对此事稍加评论，觉得他可能真心实意爱上她了，随后便赢得“愤世嫉俗”的名号。

塞伦杰夫人：我觉得你的观察力非常“愤世嫉俗”。

多特太太（对塞伦杰夫人说）：你认识我的外甥，对吗?

塞伦杰夫人：你好。我想一两个星期前，我们在吉罗德家里见过面。

弗雷德（跟她握手）：你好。（对内丽说）你是不是差点不记得我了?

内丽：才没有呢!

弗雷德：今天真是好日子，不是吗?

内丽：好到不可开交。

（内丽和弗雷德握手的时候，多特太太在一旁留心观察二人。）

伊莉莎姑妈（对塞伦杰夫人说）：我带你看看房间，你想看吗?

塞伦杰夫人：谢谢，太感谢了。

多特太太：弗雷德，吉罗德的房间准备好了吗?

弗雷德：是的，我想准备好了。我马上去看看。

（他退场。）

多特太太：我看到今天早上的报纸公告了，我真是太高兴了。我给你们送上最诚挚的祝福。

内丽：谢谢，非常感谢。

多特太太：我认识吉罗德很久了。看到他即将过上如此幸福的婚姻生活，我真的很开心。你是他最好的订婚对象，我可想象不出来谁会比你更好呢。

塞伦杰夫人：实在够浪漫，对吗？某个愤世嫉俗的家伙——比如詹姆斯，看到“真爱”一路情投意合地走下去，应该会觉得这是最好的回答吧。

多特太太（对吉罗德说）：我也给你送上最美好的祝福。我觉得你真是太走运了。

吉罗德（硬邦邦地说）：谢谢，非常感谢。我想我还会住平时用的那间屋子吧？

多特太太：是的。

（他进屋。塞伦杰夫人和内丽跟伊莉莎姑妈离开。现在只剩下多特太太和布雷金索普。）

多特太太：詹姆斯！

詹姆斯：啊哈！

多特太太：你爱我吗？

詹姆斯：爱得火热。

多特太太（跺脚道）：别这么傻头傻脑的。

詹姆斯：你不能指望我说不爱啊！——那也太没教养了。

多特太太：可我是认真的。

詹姆斯：上帝啊，说真的吗？那事情就不同了。如果那样的话，答案就是否定的。

多特太太：是否还有那么一丁点可能——你会爱上我呢？

詹姆斯：只要我的神志保持清醒，就绝无可能。

多特太太：你想跟我结婚吗？

詹姆斯：你真打算让我如此尴尬啊！

多特太太：别回避问题。

詹姆斯：用求婚的方式给别人的脑门来上一记闷棍，这多少会令人惊慌失措吧。

多特太太：白痴，我不是向你求婚。

詹姆斯：这样说来，我真的非常想知道你在干什么啊！

多特太太：我只是问你一个非常简单的普通问题。

詹姆斯：感谢上帝，女人经常发问的问题好在不是这个。

多特太太：想从你的嘴里得到一个直接的回答，怎么就这么难啊！——我还从来没见过这么麻烦的人呢。

詹姆斯：我如此烦乱抓狂，也是情有可原的——你必须给对方留有余地啊。

多特太太：詹姆斯，你想跟我结婚吗?

詹姆斯：不想，上帝保佑你!

多特太太：你肯定吗?

詹姆斯：说对了，肯定不想。

多特太太：就没有什么能诱使你跟我结婚吗?

詹姆斯：没有。

多特太太（松了口气，轻叹道）：那你可以吻我的手了。

詹姆斯（照她的吩咐，亲吻她的手）：你不难过吗?

多特太太：我很是松了一口气。

詹姆斯：还有弗雷德，那个亲爱的小伙子，说自己只要瞄一眼女人，就能明白对方的心思——他也松了一口气。

多特太太：现在仔细听我说。我要你为我做一些事情。

詹姆斯（神经兮兮地说）：我们已经不再考虑结婚这个议题，对吗?

多特太太：当然不考虑。

詹姆斯（慷慨大度地说）：其他任何事情，你都可以向我开口。

多特太太：我想请你允许我对你情意绵绵。

詹姆斯：亲爱的朋友，这太令人吃惊了。

多特太太：乐意接受该提议的人有的是。

詹姆斯：要多久?

多特太太：只要一星期。

詹姆斯：你真不是在说笑？

多特太太：真不是说笑。

詹姆斯：那么，我该做什么呢？

多特太太：嗯，你得表现出很享受的样子。

詹姆斯（忧郁地说）：当然，听起来很轻松欢快。

多特太太：你必须摆出很享受我给予的绵绵情意，你知道的，否则我什么都做不了。

詹姆斯：你要我对你情意绵绵吗？

多特太太：要是这样要求你，我怕有点过分了。

詹姆斯：一点都不过分。根本不过分。不过我希望你能跟我讲明白——你到底在玩什么小把戏。

多特太太：啊，伊莉莎姑妈来了。我正需要你呢。（伊莉莎姑妈从屋里出来，走到露台上，风风火火的样子）伊莉莎姑妈，你是一个无与伦比的大好人，对吗？你能为我做点事情吗？……某件很烦的事情。

伊莉莎姑妈：亲爱的，你究竟为何如此激动呢？只要是为你，我愿意做任何合理的事情。

多特太太：可是这事不合理呀。

伊莉莎姑妈：好吧，我照做不误。

多特太太：我要你坐上汽车，直奔伦敦，去弄一份特许结婚状。

伊莉莎姑妈：一份特许结婚状！？

詹姆斯：一份特许结婚状！

多特太太（捕捉到他脸上的表情）：弄两份特许结婚状。对一个家庭来说，它们永远都会派上用场的。

伊莉莎姑妈：可是必须要有当事人的名字，才能弄到特许结婚状啊。

多特太太：必须要有名字吗？真够荒谬的！那好吧，其中一张是弄来给弗莱德瑞克·帕金斯和爱丽诺·塞伦杰。

伊莉莎姑妈：亲爱的孩子，你肯定疯了。

多特太太：别跟我争辩，只要按我吩咐的去做。两个年轻的小东西只要被扔在一起，再加上一定程度的技巧，那么他们总会结婚的。

伊莉莎姑妈：可是他们几乎毫不了解对方啊。

多特太太：如果都等着了解对方后，人们再结婚，那么这世间的人口就会大幅锐减，根本不会像如今这样人口爆炸。

伊莉莎姑妈：你实在疯得很厉害。

多特太太：不，我没疯。我绝不会让吉罗德违背承诺。我唯一的机会就是内丽退出。

詹姆斯（*心神不宁地说*）：不过你刚才叫她去弄两份特许结婚状。

多特太太：第二份的名字就写詹姆斯·布雷金索普和弗朗西斯·安娜黛尔·沃斯利。

詹姆斯：我百分之百拒绝。

多特太太：可是你必须让我这么做。你不能突然之间抛下老朋友，置她于不顾。

詹姆斯：你想用“友情”来提要求，这非常好，但是花上三畿尼弄一份特许结婚状，这“友谊”也跑得太远了吧。

多特太太：亲爱的人儿，我没法把你拽上圣坛啊……所以你不用担心。

詹姆斯：我开始寻思你有本事干任何事情。

多特太太：可是你看不出来我想嫁给吉罗德·霍灵顿吗？你这傻瓜——还有，我现在简直就像挖着自己的心来啃呢……真是心如刀绞啊。

詹姆斯（*胡搅蛮缠地说*）：显而易见，“啃心”这种饮食习惯很适合你。你靠这食谱，正在慢慢变胖呢。

多特太太：别讨厌了。过去五年里，我连半磅的体重都没有增加。

伊莉莎姑妈：你到底会用什么手段，让弗雷德和内丽·塞伦杰用上结婚状呢？

多特太太：不用操心，一切都放着我来。你还是赶快去伦敦吧。

伊莉莎姑妈：很好，我马上去。

（伊莉莎姑妈正朝屋子走去的时候，塞伦杰夫人走进屋里，内丽跟在她身后。伊莉莎姑妈停下脚步，站在门口听到以下对话。）

多特太太：我希望你需要的东西都已经备齐了。你没发现什么缺漏吧？

塞伦杰夫人：哦，是的，谢谢。我很喜欢那间屋子外面的风景。

多特太太：来坐坐吧。我有一些非常严肃的事情要跟你谈谈。

塞伦杰夫人：亲爱的布雷金索普，带内丽去花园走走吧。

多特太太：哦，可是这话题跟内丽有关，我想她也来听听。

詹姆斯：塞伦杰夫人，我猜你可能觉得“严肃”肯定意味着“不正当”。

塞伦杰夫人：安静，你这个愤世嫉俗的家伙，太可怕了。

多特太太：嗯，出了一件很荒唐的事情，而且我需要内丽帮帮我。

内丽：我？

多特太太：亲爱的，太倒霉了，只是我的外甥爱上你了……爱得神魂颠倒。

内丽：胡说！

多特太太：我无法理解这事。说到底，他只见过你一次，而且你们的对话不会超过十句。

塞伦杰夫人：真烦人！

多特太太：事情太出乎意料了，因为他向来不是那种一见漂亮姑娘就爱得火热的人……那种爱情来得快，去得也快……他不是这种小男生。我觉得你是他的初恋，所以他会很认真地看待此事。

塞伦杰夫人：可怜的小男生，既然内丽跟吉罗德·霍灵顿已经稳稳妥妥地订婚了，所以我也能匀出一些同情心给他。

内丽：实在令人受宠若惊，难道不是吗？不过你究竟是如何知晓的呢？

多特太太：事无巨细，他都会告诉我的。你瞧，一直以来，我不但是他的姨母，而且努力地想成为他的朋友。他没有秘密瞒着我的。

詹姆斯：你接下来要告诉我们……这个在伊顿公学和牛津大学读过书的小男生，他的脑子还非常单纯天真。

多特太太（对内丽说）**：**亲爱的孩子，他只是钟情于你。自从你们相遇后，他就一直谈论着你，除此之外没有别的话题了。

塞伦杰夫人：可是，难道他不知道在本社交季季尾的时候，内丽就要结婚了吗？

多特太太：他当然知道。我一直在他耳边唠叨此事，可是他似乎根本不为所动。他是那种对爱情的障碍充耳不闻的人。他非常兴奋地对我倾诉自己对你如火如荼的爱情，听着那些话，我的心中实在悲凉。

内丽：他都说什么了啊？

多特太太：亲爱的，我想大概跟吉罗德和你说的那些话差不多吧。

内丽：要说吉罗德爱得如火如荼……还真没人能把这罪名安在他的头上。

多特太太：真的？

塞伦杰夫人：我很高兴他不是这样的人。他将要成为你的丈夫——再多的甜言蜜语也比不上他娶你……跟你结婚是最令人满意的事情。

内丽：我还真希望除了天气和皇家艺术院之类的话题，他能跟我说说其他的话。

塞伦杰夫人：亲爱的孩子，你在说什么啊？吉罗德很有个人魅力，而且非常讲原则。

詹姆斯（模仿她夸张炫耀的口气）：更别提他还有爵位，以及可观的收入。

多特太太：比起可怜的弗雷德，在各方面，他当然更胜一筹。弗雷德一无所长，而且口袋空空，一贫如洗。

内丽：我觉得他是一个很好的人。

多特太太：嗯，我正要说这话，你别老想着他人好。我本不应该跟你讲这些的——迷恋你到如痴如醉的程度，我只是想提醒你多加小心吧。

塞伦杰夫人：当然。这很自然。

内丽：那你想要我做什么呢？

多特太太：嗯，我想你行行好，发发善心，帮我治愈他的心病。我本可以将他打发走的，只是这样一来根本于事无补。我原来想着，如果他重新见到你，或许他能在你身上最少找到一两个缺点。结果，他现在觉得你太完美了……无法用言辞来形容的完美。

内丽：我才不完美呢，真的。

多特太太：我也没觉得你完美到这种程度。我要你答应我，你不会给他一丁点的鼓励。我要你疏远他，态度要冷若冰霜。

内丽：当然可以，要是能帮上忙，我只会打心底里开心。

多特太太：只要找到机会，你就对他肆意冷落，那你就是真正为他好。另外，你得尽可能地避开他。当然，你留在这里的时候，大部分时间会跟吉罗德待在一起的。

塞伦杰夫人：当然。这对相爱的人儿，他们已经有一年的时间没见面了，如今有说不尽的话题要讨论呢。

多特太太：让我可怜的弗雷德知道自己只是一个一厢情愿的大傻瓜……对你来说，这事情易如反掌吧。

内丽：我为他感到难过。

多特太太：你会尽力而为，对吗？

内丽：我就开诚布公跟他讲——他不能喜欢我。

多特太太：那你要表现得你讨厌他喜欢你……你觉得他冒犯你了。

内丽：一有机会，我就马上说。

多特太太：我知道你是这世上最甜美可人的姑娘，只是你若真对他疾言厉色，那么就能马上治好他的痴病。

内丽：我要是疾言厉色，那样子肯定很可怕。

多特太太：我相信你能做到的。我现在完全依赖你，全靠你的聪慧机灵了。

塞伦杰夫人：现在，我觉得在下午茶之前，我们真该去花园逛一会儿。（她看着内丽，发觉女儿并没有陪她的意思，后者慢慢朝屋内走去）内丽，你想去哪里呀？

内丽（停下脚步说）**：**我刚想起来有封信必须要写了。五分钟后，我来找你。

塞伦杰夫人（对布雷金索普和多特太太说，他们正起身）**：**哦，别让我打扰到你们，我独自逛逛，赏赏鲜花……挺享受的。

（塞伦杰夫人退场。正当内丽进屋的时候，弗雷德走出来。她与他擦肩而过，她看了他一眼，丢下一朵玫瑰花。弗雷德捡起花朵，继续朝前走。）

多特太太：你个禽兽！

弗雷德：我怎么了？

多特太太：把花给我！

弗雷德：我才不给呢。我要把这朵花别在衣服的扣眼上。

多特太太：弗雷德，我得出结论了——你需要休假。我要你马上收拾东西，去布莱顿待上一个星期。你的脸色苍白，看上去筋疲力尽。我肯定一直以来，你工作太辛苦了。

弗雷德：哦，胡说！我好着呢……跟生蚝一样好。

多特太太：詹姆斯，你难道不同意我的看法吗？

詹姆斯：当然同意。我觉得显而易见，他需要换换环境。

弗雷德：可是，你邀请这些人来做客，我不能走啊。而且，谁来处理你的信函呢？

多特太太：亲爱的小伙子，你的健康是头等大事。如果你在担任我的秘书期间，健康受到丝毫的损害，那我永远也不会原谅自己。我自己处理信函好了。

詹姆斯：而且有我在，我会竭尽所能地帮你。

弗雷德：我不信自己脸色苍白。

多特太太：你只要看看镜子就知道了。（*她拿出随身携带的一枚小镜子，递给他。*）

詹姆斯：让我们看看你的舌头。（*弗雷德伸出舌头*）啧啧，啧啧，啧啧。

弗雷德：算了吧，你另有所图……我不知道具体目的而已。

詹姆斯：亲爱的小男生，你太聪明了。

弗雷德：我看穿你的小把戏了。多特姨母，你想赶我走。

多特太太：你怎能说出这样的蠢话呢？

弗雷德：哈，我只是猜不透你的理由。

多特太太：我们该告诉他真相吗？

詹姆斯：是的，或许最好跟他说了吧。他是一个很聪明的男孩子。

多特太太：好吧，实情是……弗雷德，出了一件很可怕的事情。可怜的内丽·塞伦杰疯狂地爱上你了。

弗雷德：为这缘故，我看不出来你为什么要赶我走。

詹姆斯：上帝啊，小老弟，别这么自鸣得意。难道你不吃惊吗？难道一个漂亮姑娘爱上你，你不觉得是晴天霹雳吗？

弗雷德：她扔下这朵玫瑰花的时候，我就觉得有点意思。

詹姆斯：我的守护星辰啊，保佑我吧！该笨蛋觉得这是理所当然的事情。

弗雷德：我觉得很荣幸……差不多就这样。

多特太太：但并非大吃一惊？

弗雷德：向一个小伙子提这样的问题，实在不地道。

詹姆斯：无论如何，接下来一段时间，我们将失去你，没法消受你的陪伴，你的魅力将从我们身边离开……你能明白这么做的必要性吧？

弗雷德：我现在身处险境——任何东西都别想引诱我放弃目前的位置。我要直面惨淡的现实。

詹姆斯：别跟犟脾气的毛驴似的。我们考虑的人不是你，是担心那个倒霉的姑娘。

弗雷德：我不明白你为什么觉得她倒霉。

多特太太：只是因为，亲爱的小伙子，她跟吉罗德·霍灵顿订婚了啊！难道你不明白整件事情的严重性吗？你唯一的出路就是一走了之。我们肯定会想方设法让她忘记你的。

弗雷德：我不想伤害任何人。不管怎么说，对那个怪人吉罗德，我不会做任何对他不利的事情。

詹姆斯：你必须跟我们齐心协力，将她从自己的心魔中解救出来。

多特太太：没有商量的余地，她必须嫁给吉罗德，此时此刻，就算她为你心碎，也于事无补啊。

弗雷德：老吉罗德真可怜！我就跟你说过，姑娘家是不可能爱他爱得死去活来的……他不是这种人。

詹姆斯：你有这么敏锐的观察力，得归功于你年纪尚轻。

弗雷德：还有，你知道的，我觉得要我一走了之并非上策。难道你不觉得这样太显眼了吗？另外，人们一直说，距离产生美……不在眼前的人儿更能唤醒温柔的情愫。

詹姆斯：炮制出这句话的是某个女人。这话大错特错。

多特太太：那你的建议是什么？必须要浇灭内丽心中的——爱火，否则事情就没完啊。

弗雷德：我的想法是一切照旧，我继续留在这里，装作一无所知的样子。我会留意，远远地疏远她。我尽量忽视她的存在。

多特太太：你保证能做到吗？

弗雷德：是的，保证。我会让她明白我真的非常招人厌……就像一条放纵浪荡的狗。

詹姆斯：别让她觉得你是淫蜂浪蝶，像女人堆里的花花公子，不然的话，这种印象会成为压垮骆驼的最后一根稻草……那就没法收拾了。如果说女人有喜欢的东西，那就是一个真正的坏男人……男不坏女不爱。她将会开始改造你，如此一来，事情就没法回头了。

多特太太：是不行，你必须看起来无聊沉闷、呆头呆脑。让她觉得你有点懦弱、有点胆小怕事。

（弗雷德满腹狐疑地看着他们。）

弗雷德：瞧好了，你们没有拿我寻开心，对吧？

多特太太：亲爱的，我永远不会做那样的事情。

弗雷德：你跟我讲的话，我一个字都不信。她为什么喜欢我呢？你只是哄得我分不清左右罢了。

（多特太太稍稍愣一下，不过随即就看见塞伦杰夫人和吉罗德从花园的另一头走来。）

多特太太：塞伦杰夫人来了。你总不能说她也打算糊弄你吧。（塞伦杰夫人和吉罗德上场）我刚刚正在跟弗雷德谈关于——关于你女儿的事情。

塞伦杰夫人：哦，是啊。（对弗雷德说）可怜的小伙子，你眼下的处境非常难受吧。

弗雷德：这么说来，你也都知道了？

塞伦杰夫人：我真的很明白你的感受。你需要很圆滑的技巧和很大的勇气，才能面对这一切。可是你必须承担起自己的人生责任。

（她走到布雷金索普身边。）

多特太太（压低嗓子跟弗雷德说）：我现在还是拿你取乐吗？

弗雷德：可怜的姑娘！（他进屋。）

塞伦杰夫人（看着他离开的背影）：爱情多美妙啊！真令人心动啊！

詹姆斯：塞伦杰夫人，你得小心了。你变得多愁善感了。

塞伦杰夫人：可是我向来多愁善感啊，从内心深处来说，我永远都像一个女学生。不过，只要内丽一天没找到归宿，我就必须强撑，展示自己刚硬的一面。

多特太太：当然，吉米会发笑，因为他根本不懂什么是爱情。

塞伦杰夫人：布雷金索普先生，你难道从来不曾恋爱过吗？

詹姆斯：我爱过的，可是我发现爱情这东西实在太费钱了……心疼啊。

吉罗德：我恐怕布雷金索普没有为"温柔的女性"准备很多的物资储备。

詹姆斯：你不能说女性温柔。她们比男人强悍多了。

多特太太：快叫他别说了！否则他还会说出一连串狠话，太吓人了。

詹姆斯：为了挤上前往国会选区的公交车，那些"温柔的女性"连抓带挠、推搡争抢，你们见过这种架势吗？我向你保证，如果一个男人从喧嚣闹腾的女人堆里逃出来，发现自己的眼睛没被抠掉一只，没有磕掉半颗牙，那么他实在太走运了。在大甩卖的集市上，"温柔的女性"在争抢某件一文不值的破烂玩意的时候，那种粗暴狂怒，你们见过吗？还有，当她们讨价还价的时候，那样子有多泼辣蛮横，你们见过吗？有一天，我到陆海军军需处。刚好有两个女人站在楼梯上讨论着家中的女仆，于是大家全都没法上下楼了。我摘下帽子说："对不起，你们可以允许我过去吗？"她们各自就挪了两英寸，然后其中一个扯着大嗓门对另一个说："这男人真无礼。""温柔的女性"！昨天，我出城的时候，乘上一列拥挤的火车，我只能牢牢地抓着拉手，然后我看到一个脸色苍白的小职员——他自己都筋疲力尽的样子，可是他还给一个强壮活泼的姑娘让座。她坐下后，连一句谢谢都没有，因为她是女士，而他连绅士都算不上……所以用不着客气。接着，一个劳累不堪的老妇人上车，就站着，那姑娘根本没想到给她让座。"温柔的女性"！她们的心肠很软，连一只苍蝇都不忍心伤害。当一辆马车距离停靠点还有十码的时候，你是否见过一个女人提前下车，以此让那些可怜的马儿少停一趟呢？这样的女人不多。当某个上流社会的女人得知自己的女仆从凌晨四点起床后就一直忙个不停，于是便让她去休息——你见过这样的女人吗？不多见。女人面对那些地位比自己低微的同性，何曾有过和颜悦色？活生生地剥下海豹的皮，那些野兽只能无助地任人宰割——以此制成的皮衣，难道是男人穿的吗？用森林里美丽的小鸟来装点帽子的，难道是男人吗？“温柔的女性”！人们从小教育男孩子要有风度。他们见到姐妹要摘帽行礼，要给她们开门。人们教育男孩子要帮女人跑腿，一辈子都得把前排座位让给女人。可是女孩们受的教育是什么呢？人们教育女孩子要乖巧有规矩，于是——我猜——这种教育想当然地将女性视作温柔的性别，对现实情况根本视而不见。

塞伦杰夫人：人人都知道你愤世嫉俗，太吓人了，因此你说的话里面没有一个字是真的。

詹姆斯：证明完毕。

吉罗德：内丽来了。

（内丽进来。她换了一套衣服。她现在穿着一件非常漂亮的白色连衣裙，缀满了荷叶边和边饰条，还戴着一顶大大的白帽子。与此同时，弗雷德从另一边上场。他也换衣服了，一身白衣，毫无瑕疵。）

多特太太（笑出声，对着布雷金索普低语道）：他俩都换衣服了。

吉罗德：内丽，你想逛逛吗？

内丽：我太累了。你干吗不跟多特太太一起去呢？下午茶之前，我就留在这里休息好了。

（内丽坐下，其他人都要离开。）

塞伦杰夫人：从个人角度来说，我必须走走了。我因为怕变胖，牺牲了所有的爱好。我常常想，我们在尘世间没有尝到美味，那么上天堂后，是否能有美食的补偿。

詹姆斯：一般来讲，大家都觉得上天堂后只能得到甜品。

（内丽的头转来转去，看着众人离开。她瞧见弗雷德犹豫踌躇。她露出笑意，不动声色地转移视线。他朝前走来，倚靠着她的椅背。）

内丽：你不跟其他人一起出去吗？

弗雷德：我留下来陪你，你会介意吗？

内丽：我喜欢。

弗雷德：很开心，不是吗？

内丽：非常开心。

弗雷德：到现在为止，我还没有恭喜你订婚了呢。

内丽：我以为你不会恭喜的。

弗雷德：为什么呢？

内丽：哦，我不知道。

弗雷德：从我们第一次见面到现在，好像过了很久，对吧？

内丽：为什么呢？

弗雷德：因为我好像已经跟你非常熟稔了。

内丽：你很随和，不是吗？

弗雷德：我说，你看起来就像这花园里娇艳的玫瑰花。

内丽：我猜想，不管是哪个姑娘坐在这里，你都会跟她说这话吧？

弗雷德：除了你之外，我从来没有跟别人说过这话。

内丽：他们跟我说，你的心思很敏感……容易被周围的人和事感动。

弗雷德：他们撒谎。

内丽：我想我得摘掉帽子了。

弗雷德：好的，你摘吧。

（她开始摘帽子。她假装摘不下来。）

内丽：哦，我真是太笨手笨脚了！有东西卡住了。

弗雷德：我能帮忙吗?

内丽：我恐怕自己非常麻烦你了。

（他帮她摘帽子，然后她轻声尖叫起来。）

弗雷德：哦，我很抱歉。我弄疼你了吗?

内丽：没有，只是弄得我痒痒的。

（她拿下帽子。她的一只手继续被他握着。他们四目相对——这是他们第一次看着对方的眼睛，随即二人都微笑了。）

弗雷德：我说，你的手好漂亮啊！跟我的手一比较，显得真白呀，是不是?

（多特太太悄悄溜回来，躲到灌木丛后面，这样的话就不会被人发觉。）

内丽：我非常喜欢你的手。棕褐色的手掌如此强劲有力。

弗雷德：你瞧，你真的很容易相处。面对女人，我有时候非常羞怯，紧张得要命，可是在你身边，我想把自己所有的心里话都告诉你。

内丽：我认识你好像已经有一辈子那么长了。

弗雷德（感情充沛地说）：这难道不令人欢喜吗?

内丽：非常欢喜。

（他看看她。）

弗雷德：我想问你一些事情。你可不能生气，好吗?

内丽：不生气。

弗雷德：我可以吻你吗?

内丽：不可以。

弗雷德：你真无情。

内丽：你就不应该开口问的。

弗雷德：我不应该开口问吗？我想亲你，非常想。

内丽：有些事情不应该问，只要去做。

弗雷德：你可真贤惠。

（他吻了吻她。正在此时，霍灵顿进来，看到二人的情形。他大吃一惊，停下脚步，躲到一旁。）

弗雷德：我们去河边走走，好吗？

内丽：我刚跟吉罗德说自己太累了。

弗雷德：哦，去他的吉罗德！

内丽：我们可以去客厅弹弹钢琴。

弗雷德：我很喜欢音乐。你知道，那些步态舞，还有类似的东西。

（他们起身。此时，多特太太现身。）

多特太太：你们要离开吗？我还以为你累了呢。

内丽：我们只想去瞧瞧果菜园。

弗雷德：我刚跟塞伦杰小姐说，你种了一些非常棒的胡萝卜。

多特太太（看着二人进屋说）**：**你知道的，那不是去果菜园的路。

内丽（淡然自若地说）**：**我只是想去拿手绢。

多特太太：哦，我懂了。打扰到你，对不住了。

（他们离开。吉罗德现身。他的神情极为严肃冷峻。）

多特太太：他们营造的场面可真够瞧的，不是吗？我都无法向你描述自己有多喜欢内丽了。

吉罗德：你已经得出结论——觉得她今天穿的裙子裁剪得很好吗？

多特太太：啊，我在气头上的话，你不能老放心上呀。你晓得的，她待你如此深情款款，我真是太感动了。

吉罗德：你说这话，可真是太厚道了！

多特太太：两个相爱的人儿喁喁细语……看着这样的画面，着实令人赏心悦目啊。

吉罗德：我不会自作多情的——如果我觉得内丽对我钟情若此，那真是狂妄自大了——我不是这样的人。

多特太太：亲爱的小伙子，我刚刚弄到她对你钟情的证据了。

吉罗德：是吗？你知道的比我还多。

多特太太：你结婚后，亲爱的塞伦杰小姐会跟你一起生活吗？

吉罗德：多特，得了，这一切到底是什么意思啊？

多特太太（大为惊讶道）：什么一切呀？

吉罗德：你为什么请我们大家都来这里啊？

多特太太：因为我天性好客。难道你本来不想来的吗？那我就太抱歉了。

吉罗德：从我到这里后，你一直对我不理不睬，完全忽视我。

多特太太（讥诮道）：即便我非常乐意全心全意讨你的欢心，可是我真的必须牢记自己对其他客人也有相同的义务。

吉罗德：我真想抓住你的肩膀，好好给你一顿摇晃。

多特太太：我觉得你今天的脾气不是很好。

吉罗德（怒气冲冲地说）：不好意思，我已经尽量压制怒火，尽量好脾气了。

多特太太：接来下一个星期，你应该能跟自己的心肝宝贝好好谈情说爱……对此良辰美景，你当然得满怀憧憬。

吉罗德：我都搞不懂你了。自从上次见面后，你的变化好大。

多特太太：你瞧，上次见面的时候，我还以为自己跟你相爱呢。现在，我晓得自己并没有谈恋爱。

吉罗德（幽怨地说）：你这么快就翻篇了，我真替你高兴。

多特太太：说真的，不管一个年轻男子多么有魅力，可是他既然打算跟别人结婚，你就不能指望我为他肝肠寸断啊。

吉罗德：当然不能指望。

多特太太（戏谑嘲弄道）：嗯？

吉罗德：我原以为你的心里会不好受……我实在傻透了。

多特太太：你当时费尽九牛二虎之力要我相信，你对我毫不在乎……连两根稻草都不值。既然如此，你为什么还以为我会不好受呢？

吉罗德（急忙说）：我没有说不在乎你！

多特太太：你说了！

吉罗德：我没有！

多特太太：那么你在乎我吗？

吉罗德：我从来没说过这话。

多特太太：总之，不管你内心如何纠结，只要想到我深陷一场毫无希望的感情漩涡中，挣扎得筋疲力尽——你的自尊心应该会得到很大的满足吧。

吉罗德：你真冷酷，还拿我取乐。

多特太太：顺便问一句，如今还有没有丝毫可能，你会爱我呢？

吉罗德：你没有权力问我这个问题。

多特太太：亲爱的小伙子，你要跟内丽一起消磨下午时光，品尝田园风情——我可没拦你。这场谈话是你强加给我的。我向你保证，此番对话真的很讨厌。

吉罗德：我要是娶了你，我肯定会用粗棍子狠狠揍你一顿。

多特太太：你觉得我最突出的性格是什么？

吉罗德：我可以回答这个问题。你是我见过的最狡黠、最气人、最无理取闹的人。

多特太太：胡说！很明显，我的主要性格是甜美亲切和柔顺温婉。不过我们既然无法在该问题上达成一致，那么你就说说第二突出的性格是什么？

吉罗德：固执倔强。

多特太太：嗯，我更喜欢将其称作“意志坚强”。好吧，我承认自己曾经爱过你……一个月前。那时候你自带光环，我被迷住了。

吉罗德：哦，我真希望我们能回到过去。我的运气实在够背的。

多特太太：只是，当我看到自己一腔似水柔情很可能要浪费在荒漠中……落花有意流水无情，我便下定决心要摆脱失恋的痛楚。刚开始，我整整哭了两天。

吉罗德：多特。

多特太太：别，没必要同情我。我的脸色非常红润，每当我哭得梨花带雨，总能给自己平添几分姿色。哭完后，我定制了几条新礼服，还买了一条钻石项链。我想买这项链已经有段时间，现在总算到手了。

吉罗德：我想，这样真能完全抚慰你的心吗？

多特太太：有帮助的。然后，我得出结论，大海里依旧有好鱼，总会出现的。我就不再想你了。说到底，你真算不上英俊飘逸，对吧？

吉罗德：如果我曾经假装玉树临风，那么这事连我自己都不知道。

多特太太：而且，我肯定从来不会有人责备你太过风趣幽默。

吉罗德：我很清楚自己非常沉闷无趣。

多特太太：我不得不看明白，内丽比我更适合你。她傻头傻脑得恰到好处，令人心情舒服。普通的英国男人认为娶老婆，最要紧的条件就是这样傻头傻脑。

吉罗德：你这话说得真是风情万种。

多特太太：她有点无趣，不是吗？

吉罗德：我没有觉得。

多特太太：在你的手里，“时间”经常显得沉重呆滞，不是吗？很难找到谈话的话题，不是吗？

吉罗德：我没有发觉。

多特太太：啊——她有这感觉。

吉罗德：你大张旗鼓夸耀的“爱情”，也没撑多少时间……一个星期后，就彻底烟消云散了。

多特太太：为稳妥起见，还是说十天吧。

吉罗德：我恭喜你。

多特太太：你还没有摆脱这份情缘，真的吗？

吉罗德：当然摆脱了。

多特太太：无论世事如何沧海桑田，这都是顶好顶好的事情。

吉罗德（*暴跳如雷地说*）：我觉得你肯定全无心肝，真冷酷！

多特太太（*轻快地说*）：啊，你个菲律宾土人，一个月前，我跟你说过这话。

吉罗德：现在，或许，你想知道我对你的感觉吗？

多特太太：不，我对此漠不关心，谢谢！

吉罗德：嗯，尽管这样，我还是要告诉你。对你来说，一切都只是笑话罢了，你就只管笑吧！你这样无情的人，是能够笑出声的。

（*他朝她走去，然后非常突兀地停下脚步。*）

多特太太：怎么了？

吉罗德：没什么。

多特太太：哦！人家可怜的小心脏一阵乱跳。我还以为你打算吻我呢。

吉罗德：我恨你。我真希望自己从来不曾见过你。

（他转身，快步走出去。当他的身影一旦在视线中消失，多特太太立刻开始手舞足蹈。她在他身后，仪态尽失地上蹿下跳。）

多特太太：你个禽兽，我还是会嫁给你的，我还是会嫁给你的。

（詹姆斯进屋。）

詹姆斯：你现在抽什么风啊？

（从屋里传来步态舞的乐曲。）

多特太太：来吧。（她抓住他，然后开始跳舞。）

詹姆斯：你个女人，放开我！

多特太太：哦，亲爱的人啊，亲爱的人，你是我亲爱的人儿。

（她双手环抱着他的脖子，非常响亮地亲吻他。正在此时，吉罗德回来。）

吉罗德：对不起，打扰了。我刚才忘了拿帽子。

（他拿起帽子便离开，走路动作非常僵硬。多特太太纵声大笑，笑声尖亮。）

詹姆斯：这一切真是太好了。可是我的名声该怎么办呢？

（第二幕完）

第三幕

场景：沃斯利太太河景房的一间门厅。

（吉罗德和内丽各自坐在扶手椅上。她打了一个哈欠。然后，他也打哈欠。）

吉罗德：不好意思。

内丽（边打哈欠边说）：我见过人的当中，你是最能打哈欠的。

吉罗德（讥诮道）：我觉得你从来没有照照镜子，看看自己打哈欠有多厉害吧？

内丽：吉罗德，你的家人都非常长寿吗？

吉罗德（大为惊讶道）：难道你已经开始琢磨自己穿寡妇丧服的样子了吗？

内丽：你很可能再活四十年，不是吗？

吉罗德：我的外公一直活到九十七岁高龄才驾鹤西归……有生之年，他死命地折腾自己的子孙后代。

内丽：四十年有多少天？

吉罗德：我想大概是一万五千天吧。

内丽：我们可能要面对面坐着，吃上一万五千顿早餐、一万五千顿午餐，还有一万五千顿晚餐——你有没有想过这种情况？

吉罗德（郁郁寡欢地说）：是的，我想过。

内丽：你觉得未来这样的生活怎么样？

吉罗德（索然无味地说）：自然而然，我心中只有满意。

内丽（突兀地说）：我猜你非常爱我吧？

吉罗德：这都什么问题啊！？

内丽：我想除了某个特立独行的怪物之外，谁也不会说你是一个火热的情人。

吉罗德（冷冷地说）：我的风格不能令你满意，我很抱歉。

内丽：自从我们正式订婚以来，你就没有说过你喜欢我的话，你知道吗？

吉罗德（语带歉意地说）：是的，我应该说的，对吗？我猜自己原本觉得你当然会明白这点。

内丽：每个姑娘都喜欢给自己的爱情增添几分风流浪漫的色彩。

吉罗德：你母亲会告诉你，那准能嫁出去，才令人更满意。

内丽（漠然地说）：你应该会是一个很好的丈夫——对母亲来说。

吉罗德：不管我们想到什么话题，几乎都会滑到争吵的边缘……你注意到这点了吗？

内丽：我有时候觉得，一言不合就大吵一架，也好过一直相敬如宾，礼貌得令人绝望。

吉罗德：我恐怕自己的脾气非常好，不会吵架的。

内丽：母亲一直说你浑身都是优点。

吉罗德：我们一起去看素描画册吧？

内丽：我们一起看素描画册，已经看三次了。（跟随他的视线，她的视线也落在桌上的那些画页上）还有插画、地球仪和地图。

吉罗德：那你想干什么呢？

内丽：我想大喊大叫。

吉罗德：上帝啊，你想吗？我也想。

内丽：哦，吉罗德，让我们一起好好地大喊大叫吧。

（塞伦杰夫人和多特太太上场。）

塞伦杰夫人（淡淡地微笑道）：他们真是一对璧人啊！

多特太太（夹枪带棒地说）：两个年轻的小东西如痴如醉地相偎相

伴，这场景真动人啊。

塞伦杰夫人：喏，如此美丽的下午，你们真不能浪费时光。你们必须一起出去，好好散散步。

内丽：今天早上，我们已经好好散散步，走了很远的路。

多特太太（语调娇美地说）**：**那么你们为什么不去河边散步呢？你们可以带上茶点，在那里消磨整个下午的。

吉罗德：昨天，我们已经在河边消磨一个下午了，而且你非常好心地让我们带着茶点去的。

塞伦杰：内丽，这令我回想起自己当年的幸福时光……那是我跟你可怜的父亲订婚后的一段时间。我们那时候很像现在的你和吉罗德。我们一刻也不想对方离开自己的视线。现在，小乖乖，快跑去拿你的帽子吧。

内丽：哦，妈妈，我的头疼得厉害……一辈子都没这么疼过，我真的必须去躺着了。

塞伦杰夫人：胡说。今天下午，你跟吉罗德出去，呼吸呼吸新鲜空气，就什么毛病都没有了。

吉罗德：我很抱歉，可是我要写几封非常重要的信函。我得赶上邮差的时间。

多特太太（娇滴滴地说）**：**等你们逛完回来后，还有的是时间。吃过晚餐后，邮差才会过来呢。

塞伦杰夫人：如果你用这个当借口，可怜的内丽会觉得你已经厌烦她了。

吉罗德：如果这样的话，我只能非常高兴地去河边散步了。

多特太太：亲爱的，拿上我的遮阳伞。你用不着帽子的。

内丽（简直气疯了）**：**谢谢，亲爱的。

（内丽和吉罗德神情阴郁地离开。）

塞伦杰夫人：就像两只可爱的蜂鸟，不是吗？

多特太太：你是不是有可能说的是鸳鸯啊？

塞伦杰夫人：我向来对博物学不是很了解……亲爱的沃斯利太太，你太有心了，营造机会让吉罗德和内丽时时刻刻黏在一起，我为此真的必须感谢你。

多特太太：我可以好好夸夸自己，这个星期待在这里，他们一直过得非常开心。

（伊莉莎姑妈和布雷金索普一起进来。）

塞伦杰夫人（露出洞悉隐情的神情）：亲爱的布雷金索普，你这个愤世嫉俗的邪恶家伙、邪恶家伙。（话里有话地说）我想去躺会儿了。麦格雷戈小姐，你上楼吗？

伊莉莎姑妈：等下就上去。

塞伦杰夫人：我还想跟你聊几句呢。（这时布雷金索普给她开了门，她对他低语道）我够善解人意的，对不？

（塞伦杰夫人退场。）

詹姆斯：那个老女人说话怎么这样龌龊邪门啊？

多特太太：你个白痴！难道你看不出来她已经察觉到我们心中涌动的热情了吗？——在你雄赳赳的胸膛里，有一颗跃动的心；还有我小鹿乱撞的心，如此羞怯慌乱？——她想让我们单独待着。

詹姆斯：我开始觉得非常不自在。

多特太太（古灵精怪地说）：如果我真的爱上你，难道你不会觉得很荣幸吗？

詹姆斯（警觉地说）：多特，别说这些可怕的念头。你都让我起鸡皮疙瘩了。

多特太太：不过你向来冷酷，你都没给我机会呢。

詹姆斯：冷酷！我要给你任何鼓励，天知道还会出什么幺蛾子。每当发现你的目光死死地盯着我，好像看着一只在暴风雨中奄奄一息的鸭子！你露出那种含情脉脉的神情，我就只能眼睛朝下看着地。你撩拨我的时候，好像我是一个天鹅绒枕头或者一只波斯猫，除此之外，你好像远在天边，我都无法靠近你。如果你突发奇想，在桌子底下踢弄我的脚，那我就根本没法好好吃完一顿饭。

多特太太：如果我给你鼓励的话，你会怎么做呢？

詹姆斯（勃然大怒道）**：**我会大声尖叫的！还有，一想到那个特许结婚状，我的心就如堕冰窖。我不晓得事情最终会变成什么样子。麦格雷戈小姐，你给我做证，就是我不会娶她的，不管她如何步步相逼。

伊莉莎姑妈（微笑道）**：**我给你做证。

詹姆斯：她会让我变得患得患失。

（多特太太从写字台的抽屉里拿出一份结婚状。）

多特太太（盈盈含笑道）**：**弗朗西斯·安娜黛尔·沃斯利——詹姆斯·布雷金索普。

詹姆斯：我死了……我感觉似乎有人正踏着我的坟墓走来走去。

伊莉莎姑妈：要让内丽·塞伦杰和弗雷德用上另一份结婚状，你到底打算怎么做？

多特太太：等到时机成熟，我会把它直接放在他们的鼻子底下，我会同意他们选择这条路，无论怎样的后果……只要世上的女人能赚到老公，我的办法就能成功。我会抓住每个机会去冷落吉罗德，直到他怒不可遏，被怒火烧得几近失控。我让他和内丽一直待在一起，直到两人都变得厌倦不堪，差不多要号啕大哭。我时不时地在一旁盯着，不让内丽和弗雷德单独相处的时间超过两分钟，直到他们一看到我就要崩溃。另外，我坚持不懈地对你释放绵绵爱意，就算铁石心肠也要融化了。如果我没成功，那是你的错。

詹姆斯：可是你到底要我做什么呢？

多特太太：老天爷啊！你的举止得加上一点激情啊。看我的时候，要表现得好像你一辈子都没有见过如此勾魂摄魄的女子呀。当你牵我手的时候，要表现得你永远不会放开似的。

（她握住他的手。）

詹姆斯：记住，现在只有麦格雷戈小姐在场，没必要演戏啊。

多特太太（飞出温柔多情的眼风）**：**要这样看着我的眼睛。

詹姆斯：不要。你弄得我非常不舒服。

多特太太（焦躁不耐地说）**：**哦，你蠢透了。你跟顽石一样不懂风情。你个猫头鹰。你个白痴，笨得无可救药。

詹姆斯：平静，平静。

多特太太：因为你是十足的笨蛋，不懂如何跟女人谈情说爱，所以你会毁掉我的整个生活。

（她气冲冲地从他身边跑开，接着放声大哭。他来来回回走了一会儿，随后带着一丝笑意看着她。他朝麦格雷戈小姐示意一下，多特太太没看见他的动作。）

詹姆斯（换了口气说）**：**多特，玩这个小把戏的时间已经够长了。

多特太太（用手帕掩面，抽抽搭搭地说）**：**是的，是够长了。整件事情都让我烦得要死。

詹姆斯：你请我演戏，可是你不知道事情有可能弄假成真。

多特太太：胡说八道！

詹姆斯：我有一个秘密，我无法再对你保密了。

多特太太：嗯，我不听……你去跟马儿牛儿说去吧。

詹姆斯：多特，我爱你！

多特太太：哦，别说这样的蠢话。

詹姆斯：可是我要跟你讲，我没有开玩笑。

多特太太：为此要感谢上苍。你说的烂笑话，我都听烦了。

詹姆斯：开始的时候是一个烂笑话，可是到头来面目全非，变成了别的东西。我的心思起了很大变化，我对此感到羞愧。

多特太太（抬头说）**：**呃？

詹姆斯：难道你看不出来我心性大变了吗？多特，改变我的人是你呀。

多特太太：我非常肯定他正在慢慢开窍。

詹姆斯：如果我表现得羞怯尴尬，那是因为我不愿直面内心的感受。我不堪重负。我无法理解。

多特太太：这样好多了。现在你的声音里，真带着几丝感情色彩了。

詹姆斯：过去十来天，有些话涌到嘴边，我几乎要脱口而出，如今终于说出口了……这话感觉怎么样？

多特太太（愉快地说）**：**就是这个！我要的就是这样的语调。等晚餐的时候，你要我将芥末酱递给你，说话就用这样的颤音。

詹姆斯：夜深人静，我无法入睡，就躺在床上想你。只有当我想象着拥你入怀的时候，我才能入睡。

多特太太：太棒了。以前你为什么不说这些话呢？

詹姆斯：多特，多特，不要折磨我了。你难道不明白我的意思吗？

多特太太：什么！？

詹姆斯：我现在并不是打趣玩闹。我向上苍祈祷，我是说真的。

多特太太（强压笑意）**：**亲爱的詹姆斯，你演得实在有些过火。

詹姆斯：你肯定是疯了，或者瞎了。你难道感觉不到我爱你吗？

多特太太：别这样冒傻气了。你晓得的，你只是——只是拿我寻开心而已。

詹姆斯：我，我真是一个百分之百的笨蛋。我真不该答应掺和这讨厌的把戏。只要你能明白我承受的是何等折磨！

多特太太：伊莉莎姑妈，他不会是认真的吧？

伊莉莎姑妈（微笑道）**：**我用自己的灵魂起誓，他看上去很认真啊。

詹姆斯：你指望什么呢？你拨弄我的心弦，好像把玩某件没有感觉的乐器。你的声音千娇百媚，撩动抚摸着我的心。

多特太太（楚楚可怜地说）**：**当然，我很有风情。我无法抵赖。

詹姆斯：当你触碰我的手，我浑身的每个细胞都在战栗。

多特太太：你不会真爱上我了吧？

詹姆斯：爱得疯狂。

多特太太：詹姆斯·布雷金索普，你真荒唐。

詹姆斯：我是笨蛋。我玩火，我从来没想过我会把自己给烧了。

多特太太：可是你绝不能爱我。我不要听。

詹姆斯：现在说这话太迟了。我爱慕你。

多特太太：可你到底要干吗啊？

詹姆斯：你必须嫁给我。

多特太太：不管什么情况都不会诱使我做那样的事情。

詹姆斯（张开双臂朝她走去）**：**我的心中涌动着千重爱意万般柔情，我这样待你……你还无法理解！

多特太太：走开！不要靠近我。

詹姆斯：你为什么喜欢吉罗德呢？如果他爱你，他跟别人已经订婚算什么要紧的事情？那会成为拦路虎吗？——你是这样想的吗？

多特太太：事实就是永远不能相信男人。

詹姆斯：没有你，我无法活下去。我愿意用自己的一生来令你幸福。

多特太太：可是我爱吉罗德。我不爱你。我永远不会爱上你。

詹姆斯：你令我饱受煎熬，因此你对我有某些亏欠。多特，想想那张结婚状。当初缴费购买是出于恶作剧，不过坎特伯雷大主教可是认真的。

多特太太：亲爱的詹姆斯，看在老天的分上，你要讲理啊。你跟我一样清楚，你并非结婚过日子的男人。

詹姆斯：给我机会，你就会明白的。

多特太太：我肯定你不会喜欢我的。我真的很讨人厌。

詹姆斯：你知道你满身缺点，可是，上帝保佑你，我连你的缺点都爱。

多特太太：我脾气火爆。

詹姆斯：当你杏眼圆睁、眼冒怒火的时候，我真是爱不释手啊。

多特太太：我花钱大手大脚，而且一旦政府颁布禁酒令，我就彻底破产了。

詹姆斯：我有钱。花光我最后一个铜板，只为满足你小小的愿望——我会将此视作最大的幸福。

多特太太：我不要嫁给你。我不要嫁给你。我不要！

詹姆斯：多特，多特！

（他将她拽入怀中，然后吻她。此时，吉罗德进来，多特太太从詹姆斯的怀里挣脱出来。一时之间，气氛变得尴尬。）

多特太太（对吉罗德说）：我还以为你去河边了。

吉罗德：去他的河边！

（多特太太朝门走去，詹姆斯为她开门。她出去。伊莉莎姑妈跟在她身后。此时，詹姆斯压低声音对伊莉莎说话。）

詹姆斯：你很紧张吧。

伊莉莎姑妈：你个禽兽，你实在行啊。我的心都提到嗓子眼了……给你弄得太紧张了。（*她退场。*）

吉罗德：麦格雷戈小姐说什么了？

詹姆斯：没听清楚，模模糊糊说到重婚的问题……如果我没有理解错的话。

吉罗德（*生硬地说*）：我恐怕自己进来的不是时候。

詹姆斯：在不恰当的时候闯进来——这好像是你的小小娱乐方式之一吧。

吉罗德：在这所房子里，好像大家互相都亲来亲去的。

詹姆斯（*涎着脸说*）：你只要将塞伦杰夫人揽入怀里，那么画面就齐活了。

吉罗德：你能好好解释一下刚才的事情吗？

詹姆斯：如果你允许的话，我得说自己真看不出来这跟你有什么关系。

吉罗德（*慷慨急切地说*）：瞧好了，布雷金索普，你没有权力耍弄多特太太。她很容易激动，是一个轻率粗心的女人。她……

詹姆斯：怎么了？

吉罗德：哦，遭雷劈的你！

詹姆斯：不要遭雷劈，一点都不遭雷劈。

吉罗德（*怒火中烧地说*）：所有这些傻了吧唧的蠢事，究竟是什么见鬼的意思啊？

詹姆斯（*不温不火地说*）：我觉得你说话就不能稍稍文明点吗？

吉罗德：瞧，布雷金索普，你现在能做的最好事情就是说自己接到电报，要你立刻回城。

詹姆斯：非常感谢，可是我待在这里，觉得非常怡然自得。

吉罗德：如果我把你从窗子里扔出去，你会大惊失色的，是不是？

詹姆斯：我应该不仅仅吃惊，而且会将其视作令人厌烦的亲近熟稔。

吉罗德：你想知道我个人对你的看法吗？

詹姆斯：亲爱的小伙子，别弄得我脸红啊。别人当面夸奖我，我永远都觉得很尴尬。

吉罗德：你个傻兮兮的老笨蛋。

詹姆斯：我觉得你气急败坏了。

吉罗德：一点都没生气。你凭什么见鬼的理由，觉得会惹恼我呢？

詹姆斯：我现在真觉得——你肯定心潮澎湃。你的脸通红，你的衣服凌乱，还有你媚眼如丝。

吉罗德：亲爱的兄弟，如果我不是世上脾气最好的人，那么我肯定要踹你几脚。

詹姆斯：你最好躲远点，然后找个地方躺下吧。你只会说一些令自己将来后悔的话。

吉罗德：多特太太对你不怎么上心——我想你的脑子根本没看清楚这点。

詹姆斯：那我可能得问一句了，这跟你到底有什么一毛钱的关系啊？

吉罗德：多特太太是我的老朋友。我不想看到她被某个不可一世的呆子愚弄。

詹姆斯：顺便说一句，你是否忘了自己跟塞伦杰小姐已经订婚的事情？

吉罗德：上帝啊，没有忘！

詹姆斯：我敢说你希望自己忘了。

吉罗德：你说这话既混淆是非，又胡搅蛮缠。

詹姆斯：亲爱的兄弟，你是我见过的最不通情理的人。你和塞伦杰小姐——你们洁身自好的心灵中燃烧着温柔爱火，因此面对我和沃斯利太太……同样洁身自好的心灵中的温柔爱火，就应该大肆攻击！这当然算不上太异常的状况。

吉罗德：别说这样不着边的废话。

詹姆斯：如果我跟你讲，我刚刚跟多特太太求婚了，想让她成为我的妻子，那么我觉得你应该会大为惊讶吧。

吉罗德：她肯定笑得连声尖叫了。

詹姆斯：你刚才进来的时候，应该留意到她喜不自禁，根本无法掩饰内心的兴奋欢喜。

吉罗德（快步走到他面前）：你说的不是真的！

詹姆斯：男人只要活着，就无法摆脱女人的折磨；只有死了，才能逃脱她们的魔掌。而且即便进了坟墓，也有可能遭受雌性昆虫的猛烈攻击。

吉罗德：那么多特太太是——是如何回应你的情感？

詹姆斯：你真向我提了一个非常微妙的问题啊。

吉罗德：看在伟大圣徒的分上，这男人觉得她爱他啊……居然不直接回答问题。

詹姆斯（勃然大怒道）：那么请问，她爱我的程度，为什么不能像她爱你那样深呢？

吉罗德（捧腹大笑道）：哈哈哈。

詹姆斯：你究竟在笑什么啊？

吉罗德：哈哈哈！

詹姆斯：闭嘴，你个叽叽歪歪的白痴！

吉罗德（继续笑道）：她耍你玩呢。哈哈哈！（敛起笑容，正色道）你真觉得会有女人喜欢你吗？可怜的布雷金索普！我可怜的、可怜的布雷金索普！

詹姆斯：你个傲慢无礼的家伙，先生，你既厚颜无耻，又傲慢无礼。那么请问，为什么没有呢？

吉罗德（*大发雷霆地说*）：因为别人看到你就烦，因为跟你谈话实在无聊无趣……烦得令人无法描述。

詹姆斯：你说这话，可真风趣有魅力。

吉罗德：如果你想娶什么人的话，那就娶塞伦杰夫人吧。

詹姆斯：显而易见，你秉持这样的观念——如果一个女人没有嫁给你的福气，那么她最好的出路就是出家当修女。

吉罗德：你个愤世嫉俗的家伙，古怪难相处！你个呆头呆脑的驴子！

詹姆斯：你如此字斟句酌地表达你欣赏我的优点……我喜欢。

吉罗德：布雷金索普，听我说！你已经惹出大麻烦了，趁事情还没有继续恶化之前，赶紧走人吧，不然的话，多特太太真要你当她的新郎，嫁给你了。

詹姆斯：这就是她的梦想啊——难道你觉得这是天方夜谭吗？

吉罗德：不仅是天方夜谭，而且荒唐可笑。

（*詹姆斯走到放结婚状的抽屉旁，拿出结婚状。*）

詹姆斯：那么可能，你会有兴趣查看一下这份文件。

（*吉罗德接过结婚状，看了看，变得目瞪口呆。*）

吉罗德：这是特许结婚状。

詹姆斯：你知道的，比起教会的结婚预告，这还真不算什么。哈！

吉罗德：詹姆斯·布雷金索普。

詹姆斯：与弗朗西斯·安娜黛尔·沃斯利。

吉罗德：弄错了！所有这一切都弄错了，太荒唐离奇了！

詹姆斯：你瞧，坎特伯雷大主教称呼我是他“深深挚爱的兄弟”。这话很亲切，对不对？

（吉罗德将它撕成碎片，并都抛洒在地上。詹姆斯大大松了一口气。吉罗德大踏步地离开房间，到花园去了。詹姆斯走到门边，冲他的背影挥挥手。多特太太进屋。她已经回过神来了，明白詹姆斯一直在作弄自己。）

詹姆斯：他把你那份宝贵的证书给撕了。

多特太太（赶紧说）：哪一张？

詹姆斯：当然是我们的那张。亲爱的，三个畿尼就这样打水漂了。

多特太太（掰着手指数）：我要算算英国百姓得为我们喝多少瓶啤酒，才能让我们另外购买一份。

詹姆斯：不过你拒绝牵我的手，这就说明你会很开心地不再花这笔冤枉钱。因此英国百姓可以少喝一些酒了……也就是说朝禁酒的方向，我们又迈出了坚实的一步。

多特太太（摆出非常庄重的神情）：詹姆斯，你刚才说的话，我翻来覆去地想过，现在，我愿意嫁给你。

詹姆斯（后脊梁上陡然升起一阵寒意）：我发自肺腑地感谢你，可是我不能接受你做出这样的牺牲。

多特太太：当我想到自己能让你幸福，这就说不上牺牲。

詹姆斯：可是，你绝对不能考虑我。我们要顾虑的是你的幸福。不要让某个片刻冲动毁掉你的终生。

多特太太：我已经非常仔细地想过了。我无法抗拒你火热的哀求。

詹姆斯：我心胸豁达，不会为此烦扰的。你已经拒绝了我。我最终接受你的拒绝。

多特太太：我从来没有意识到你的本性如此伟岸，如此温柔。你说的每一个词都更加坚定我的决心——我决心为你的幸福，奉献自己的一生。

詹姆斯：亲爱的多特，虽然你的话情深意长，我非常感激，但是我必须承认自己永远不会娶一个不爱我的女人。

多特太太（表现得自己勉强克制住内心的激情，似乎马上就要抛开端庄的仪态）：我瞧明白了，你想强迫我表白……这太令人为难了。哦，你们男人！

詹姆斯：上帝啊，你难道是说你爱上我了吗？

多特太太（深情款款地说）：詹姆斯。这不是很美好吗？

詹姆斯：半个小时前，你还说无论如何都没法忍受我。

多特太太：说变就变是女人的特权。你求婚时，那样饱含热情，这完全改变了我。你挖出自己的心，砸在我的脚边……我被这样的浓情厚谊深深触动了。我挣扎过，但是我无法抗拒。抱紧我吧，詹姆斯，永远不要放开我。

詹姆斯：多特，我要向你忏悔。我开头说的话，并不是认真的。

多特太太：啊，詹姆斯，别开玩笑了。

詹姆斯：我向你保证，我绝对是说真的。你起先奚落我，说我不懂风情，就因为如此，我放纵自己，向你展示我懂这一套。我想这是一个愚蠢的玩笑，可这确实只是玩笑。

多特太太（不为所动地说）：詹姆斯，你说的每一个字都令我对你的崇拜之情益发高涨。我都无法弄清楚，为什么我原先对你的满腔柔情视而不见啊。

詹姆斯：可是，难道你没听见我的话吗？

多特太太：你觉得我会这么容易就被骗过去吗？

詹姆斯：你不相信我的话？

多特太太：一个字都不信。

詹姆斯（惶恐不安地说）：现在，听好了！我不爱你，我从来没有爱过你，而且以后，我也绝对不会爱上你。我没法把话讲得更直白了。

多特太太（欣喜若狂地说）：上帝啊，他多么崇拜我啊！

詹姆斯：我说，瞧好了，这有点太过分了。

多特太太：我知道的，因为你担心我会对你置若罔闻……远离你，所以你才会说这些残忍的话。

詹姆斯（暴跳如雷地说）：我还真不知道自己有这样的想法。

多特太太：你一想到我是出于怜悯而接受你，就忍无可忍。可是詹姆斯，事情不是这样的。你英俊潇洒、高贵轩昂、慷慨仁义。女人怎能不爱你呢？

詹姆斯：我再说一次，我不会回应你的热情。

多特太太：你无法用这种方式欺骗我，詹姆斯。我知道你爱我。我们女人心思灵敏，就有这样的直觉。

詹姆斯：你们一直都说这样的话。

多特太太：我看得出来，你心中那备受压制的感情，都令你瑟瑟发抖了。哦，詹姆斯，詹姆斯，你令我如此幸福。

（她扑到他的怀里，假装要号啕大哭了。）

詹姆斯：我说，注意点。别人要是看到我们这样……

多特太太：我想让全世界的人都看到我们在一起。

詹姆斯：可要你如此委曲求全，简直可怕。

多特太太：我愿意自我妥协。只有这样，我才能令你相信我的爱情。哦，想想未来的幸福岁月吧，我们将相依相偎地共度很多年，詹姆斯。

詹姆斯（从她的拥抱中挣脱开来）：为了唤醒你，我是不是还有什么话没有说？

多特太太：没有了！我是你的，一直到死。

詹姆斯：我以后永远不再释放自己的幽默感了。

多特太太（古灵精怪地说）**：**你介意我离开一小会儿吗？这一番闹腾后，我真的必须补补妆了。

詹姆斯（挖苦道）**：**请别让我耽误你。

多特太太：你得记住，我是你的，一直到死。

詹姆斯：你说这话，实在太好了。

（她退场。他不耐烦地打铃。管家上场。）

詹姆斯：跟我的仆人说，我要找他。

（管家退场。詹姆斯来回踱步，绞弄着双手。仆人上场。）

詹姆斯：乔治，马上收拾好我的行李，安排好车辆。没有时间耽搁了。

乔治：先生，你要离开吗?

詹姆斯（突然暴跳如雷地说）**：**你个叽叽歪歪的笨蛋，如果我还要留在这里，你觉得我会把行李都收拾好吗?我今晚就要出国。

乔治：是的，先生。

詹姆斯：你必须马上坐火车去一趟库克车站，买几张票。

乔治：是的，先生。要去哪里，先生?

詹姆斯：不要跟我争辩，先生，只要按我的吩咐去做。

乔治：我必须知道买去哪里的票啊，先生。

詹姆斯：哦，找一个笨蛋当仆人，真是够了！我提前一个月通知你。我解雇你。去哪里，先生?任何地方，先生?某个离这里远得见鬼的地方。南非！我要去乌干达捕猎狮子。如果没有马上去那里的船，那我就去美国，到落基山脉捕猎灰熊。

乔治：先生，那里的气候非常危险恶劣。

詹姆斯：气候危险恶劣，先生?我要让你明白，那里的危险连泰晤士河谷的一半都不到。

乔治：好的，先生。

（乔治退场。多特太太上场。詹姆斯一看到她，表情立刻冷静下来。）

多特太太：詹姆斯，亲爱的，我是不是听到你吩咐下人给你收拾行李了？

詹姆斯（镇定自若地说）：没有，亲爱的。你的脑瓜子里怎么能冒出这样的念头呢？

多特太太：亲爱的，你不会离开我吧？

詹姆斯：我的天使，无论什么事情都不能把我从你身边拽走。

多特太太：最最亲爱的人啊！

詹姆斯（尽量克制自己）：小东西！

（他去了花园。多特太太开始发笑。弗雷德进屋，手里拿几封信函。）

弗雷德：我说，我希望你看看这些信吧。

多特太太：哦，好的。我想跟你谈几句，弗雷德。（她拿出一封信读道）“我按照沃斯利太太的吩咐，恭喜你家添丁加口，但是我要替她向你说声抱歉，她无法同意你另增的要求。”弗雷德，你真够粗暴的！说都不用说，墨菲太太是老朋友了。

弗雷德：我在票据本里查过她的资料。六个月前，我们给她寄了十五英镑，因为她有九个孩子。现在她有十一个了。

多特太太：就这样，他们还抱怨出生率下降了呢。我觉得我们最好给她寄五英镑吧。

弗雷德：一个女人一年生两次双胞胎，与此同时，她丈夫不仅卧病在床，还是一个无可救药的疯子——你真的不应该鼓励这样的女人继续生孩子啊。

多特太太：她可能只是有点过于高产了。

弗雷德：这是我给麦克塔维什太太的回信，她为给亡夫下葬来向我们求助。

多特太太：可怜的东西！你最好给她寄十英镑吧。

弗雷德：我已经在回信里写道——“夫人，得悉在两年里，这已经是你第三次失去自己的丈夫，我对此深表难过。与你牵手的那些不幸绅士们的阵亡率实在太高了，因此我只能建议在未来的日子里，你保持寡妇身份为妥。你忠实的朋友，弗莱德瑞克·帕金斯。”

多特太太（他递给她一封信，她便开始阅读）：“沃斯利太太去年支付的那只大腿假肢，据说效果很好——我很高兴听到这个消息，但是我无法向她建议给你提供另一条假肢。在某次铁轨事故中，失去一条腿是意外，但又在一次煤矿爆炸事故中失去另一条腿，那只能表明此人粗心大意。”弗雷德，这话一点原创性都没有，太平淡普通。

弗雷德：我太难了，想不出来了，我只能成为别人的笑柄。

多特太太（狡黠多疑地看了他一眼）：弗雷德，过去这个星期，我对你的表现非常满意。我仔细观察过你，我很高兴看到——你使尽浑身解数，去浇灭可怜的内丽心中对你的爱火。

弗雷德（郑重其事地说）：我努力尽到自己的责任。

多特太太：我知道。为了表明我看到你的努力，我要你接受一个小小的礼物。我的支票本在哪里？

弗雷德（赶紧拿出支票本）：哦，不用，真的，我不想你做任何这类事情。（把支票本放在她眼前，然后递给她一支钢笔）我觉得，关于我为你所做的一切，你给的酬劳够高了。我真的不能再接受额外的金钱。

多特太太：我就怕你会提出异议。

（她写下金额，他在旁边仔细地盯着她的一举一动。）

弗雷德：五百英镑。哦，你个散财童子！可是你给我这笔钱，到底要我干什么呢？

多特太太：这可能对你有用。想象一下，比如，你冒出结婚的念头，如果那时候你的口袋里有这么一笔钱，凡事都会方便不少。

弗雷德：可是我并没有想结婚啊。

多特太太：你没有吗？我觉得当你想结婚的时候，你会知道的……我现在给你开出一年两千英镑的薪水。

弗雷德：我说，你真是太好了。

（他拿起支票，看得心花怒放。多特太太飞快地从抽屉里抽出一份特许结婚状，放到桌上。）

多特太太：现在，我要去花园转转。

弗雷德：你真是一个大好人。

（她退场。当他看着她的身影渐渐远离，于是吹响古怪的口哨声。此时，内丽进屋。）

内丽：我还以为你不打算吹口哨了呢。他们老要我去河边。能想出来的理由，我都已经拿来搪塞了，都快词穷了。

弗雷德：我不知道到底怎么回事，只是莫名其妙的，我们从来没法好好待上一分钟。

内丽：真抓狂。还是你的主意好——等他们都上床休息后，我们到公园里见面。

弗雷德：这是我的主意吗？我一直以为是你的想法啊！

内丽（自尊心受到伤害，嗔怒道）：我不可能提出这样的建议。

弗雷德：说得对，是不可能。

内丽：我完全乱套了。只有你知道那个男人……他真令人厌烦啊！

弗雷德：我都不明白你当初看上他哪一点。

内丽：我从来没有真正喜欢过他，你知道的。我接受他，只是因为他爱我爱得死去活来，而且我跟妈妈说我不爱他，她根本不听我解释。

弗雷德：你第一次明白自己喜欢我，是什么时候的事情？

内丽：哦，我不知道。我觉得，当我得知你爱我的时候，我就喜欢你了。

弗雷德（大惊失色道）：哦！？

内丽：你是什么时候开始爱上我的？

弗雷德：嗯，你知道的，当我得知你钟情于我的时候，我真是受宠若惊啊。

内丽：哦！？……（两人沉默了一会儿）我觉得自己没怎么弄明白。

弗雷德（张开双臂）：亲爱的！

内丽（蜷缩在他的臂膀中）：哦，这令我觉得堕落不道德，可又如此欢乐喜悦。我知道自己不该让你吻我的。我知道对可怜的吉罗德来说，这是背弃和不忠呀。

弗雷德：他配不上你。

内丽：坦白说，连我踏过的土地，他都崇拜。我完全成禽兽了。

弗雷德：我们真是太羞辱他了。

内丽：我永远不会宽恕自己。

弗雷德：可怜的吉罗德……他是一头蠢驴，不是吗？

内丽：哦，可怕的蠢驴。

（两人一起纵声大笑，笑声尖亮。）

内丽：小心！

（多特太太手捧鲜花进来。）

多特太太：我是不是把剪刀落这里了？弗雷德，你找找看，瞧瞧能不能找到。可能放到隔壁间了。（他离开）我不知道自己是不是把它放到写字台上了。

（内丽帮忙看了看，瞅见结婚状，大吃一惊，赶紧转身遮掩住。）

内丽（忐忑不安地说）：没有，什么东西都没有。

（弗雷德拿着剪刀进来。）

弗雷德：找到了。

多特太太：非常感谢。（她离开。）

内丽：弗雷德，你怎能如此不小心？多亏我脑子快，我才能藏好它。

弗雷德：你说什么啊？

内丽：你应该告诉我的。你都没有跟我说一句，就去申领证书……我觉得你这样不好。我觉得你太自作主张了。

弗雷德：证书？

内丽：你必须明白我不能嫁给你。任何事情都不能让我违背承诺——我已经答应嫁给吉罗德了。我对你很生气。

弗雷德：我一点都不明白你在说什么啊。

内丽：你怎能说出这样的话呢？

（她将结婚状递给他。他盯着它，完全目瞪口呆了。）

弗雷德：你从哪里找到这东西的？

内丽：就放在写字台上。我想你不会打算说自己对此一无所知吧？（他依然瞠视着结婚状）弗雷德，你真胆大鲁莽啊！可是你真的别指望我会同意跟你远走高飞……连这念头都不能有。哦，弗雷德，我真是受宠若惊啊。你肯定非常非常爱我吧！

弗雷德（心下暗自嘀咕）：一年两千英镑！（他从口袋里拿出支票，看了看。他突然灵光一闪。随即，他将支票和结婚状都放进口袋）很明显，结婚状不会自己跑到这里的。

内丽：到底是什么原因让你想到去申请它啊？

弗雷德（放肆无赖地说）：我觉得这是唯一赢得你的办法。

内丽：你拿到手很久了吗？

弗雷德：今天早上刚到的。瞧好了，我们为什么不能打破枷锁勇敢点呢？你一点都不喜欢吉罗德，你真心喜欢我。

内丽：这会令他心碎的。我不能，我不能！而且，我们打破枷锁后去哪里呢？我不敢。妈妈永远不会原谅我的。

弗雷德：你瞧，有了这个，不管到哪里，我们都可以结婚。让我们跳上汽车，去找我父亲……他住在牛津附近。晚餐之前，我们就会抵达，然后明天早上，他就给我们安排婚礼。

内丽：你的意思是说你的父亲是教会人员？

弗雷德：他当然是神职人员。在选择父母的问题上，我是非常小心谨慎的。

内丽：哦，有一个当教士的父亲！你真是太聪明了！弗雷德，所有的事情，你都考虑到了。

弗雷德：瞧着，没时间浪费了。你愿意冒险吗？

内丽：不，不，不！弗雷德，你怎能向我提出这样的要求呢……我得马上去戴帽子。

弗雷德：你真是活菩萨，我太崇拜你了。

（她跑出去。他兴奋地在屋里来回踱步。仆人们送上茶点。内丽戴着帽子回来了。）

弗雷德：赶快吧！

内丽：浪漫的爱情，不是吗？

（他们手牵着手，朝花园门走去。此时，他们跟塞伦杰夫人、吉罗德、詹姆斯和麦格雷戈小姐迎面碰上。）

塞伦杰夫人：你们这么匆匆忙忙，要往哪里去啊？

内丽（急忙说）：我们正打算叫你们大家都来喝茶呢。

（多特太太上场。）

多特太太：我刚安排好车辆，万一你们当中有谁想出去，就只管用吧。

（她走到写字台旁，查看结婚状是否被拿走。众人都坐下喝茶。）

塞伦杰夫人：内丽，我的心肝，我刚刚和吉罗德讨论了一件非常重要的事情。

多特太太（插话道）：我知道。你叫他选定日子。

塞伦杰夫人：年轻的小家伙们都缺少耐心，这非常自然——我觉得自己没有权力拖延他们的婚期。

内丽（倒抽一口凉气）：那吉罗德怎么说呢？

塞伦杰夫人：他希望一切都由你来拿主意。

内丽：我觉得他真是太客气了。

吉罗德：别误会，根本不是客气。

多特太太：当然，他非常急于结婚。

吉罗德（冷冷地说）：是的。

内丽：我宁可——让吉罗德根据他的安排，什么时候方便就选什么时候吧。

塞伦杰夫人：我觉得真不错，他们互相谦让，相敬如宾。

吉罗德：如果现在讨论这事，我们只会令多特太太觉得无聊。

塞伦杰夫人：我们这里都是老朋友了。我肯定多特太太会帮我们的，给我们提一些建议。

多特太太：我个人意见，就是在这类事情上，越快越好。

詹姆斯：如果你必须吃药，那么最好的办法就是想都别想，只管吞下去。

塞伦杰夫人：又是愤世嫉俗的奇谈怪论！你们说，从今天开始算，六个星期后怎么样？

内丽：我觉得非常好。

吉罗德：那就这样吧，没有别的什么要说了。

塞伦杰夫人：爱情真美好啊！

（*内丽起身。*）

内丽（*对弗雷德说*）：你来吗？

弗雷德：当然。

塞伦杰夫人（*吃惊地说*）：内丽，你们要去哪里啊？

内丽：帕金斯先生答应带我坐车去兜一会儿风。我觉得这是消除我头疼的唯一法子了。

塞伦杰夫人（*压低声音说*）：亲爱的，这么做合适吗？你得顾忌那个可怜年轻人的感受啊。

内丽（*同样压低声音*）：我还以为你喜欢能有机会跟吉罗德单独谈谈呢。

塞伦杰夫人：亲爱的，为什么啊？

内丽：亲爱的妈妈，各项准备工作啊。

塞伦杰夫人（*和蔼可亲地微笑道*）：真是一个甜美乖巧的孩子，这么讲求实际！等你到我的年纪，将会成为我的翻版。

内丽：那我可以走了吗？

塞伦杰夫人：去吧。不过别走太远了。

内丽（吻吻她）：再见，妈妈。

（她跟弗雷德一起出去。他们开车离开，传来汽车的喇叭声。）

塞伦杰夫人：这亲爱的孩子，她天性乖巧甜美，令人很放心。吉罗德，你也得吻吻我！

吉罗德：我真的很开心这么做。

（她朝他伸出面颊，他亲了亲。一个仆人拿着便条进屋。）

仆人：塞伦杰小姐要我马上将这个交给你，太太。

多特太太：哦。（她打开便条，随即大叫一声）老天爷啊！哦，卑鄙的家伙，骗人的家伙！塞伦杰夫人，我该如何跟你开口呢？是内丽写的。

塞伦杰夫人：内丽写的！

多特太太（读道）：“亲爱的多特太太——我离开只是为了嫁给弗雷德。请用婉转的方式，将这个消息告诉妈妈吧。”

塞伦杰夫人（惊跳起来）：不可能！拦下他们！拦下他们！他们在哪儿？

多特太太（读道）：“我不能嫁给吉罗德。他太——”接着是一个大写的单词。我向来读不惯大写字母。

（她将便条递给吉罗德。）

吉罗德：这是B.O.R.E，就是“无趣”。

多特太太（假装大吃一惊）：无趣！

詹姆斯（一副深得我心的表情）：无趣！

伊莉莎姑妈（若有所思）：无趣！

塞伦杰夫人：哦，荒谬啊！可怜的吉罗德，我该怎么办呢？

（吉罗德突然纵声大笑。他的笑声越来越响亮。）

塞伦杰夫人：吉罗德！吉罗德！别这样！你平复一下自己吧。可怜的孩子，他完全歇斯底里了。我的嗅盐在哪里？多特太太，看在老天爷的分上，让他平静下来吧。哦，我亲爱的！你绝对不能消沉啊。

詹姆斯：他看上去好像要挂了，对吗？

塞伦杰夫人：我们去追他们。趁现在还没有造成什么伤害。我们能抓住他们的。我向你保证，我们会抓住他们的。吉罗德，你会娶她的，即便我必须拽着她的头发，拉着她去教堂……我一定会让你们结婚的。

（此时，他的笑声戛然而止，惊慌失措地看着她。）

吉罗德：你打算干什么？

塞伦杰夫人：我们必须去追他们。你的汽车在哪里，布雷金索普？你不是跟我说过在英格兰，最快的交通工具就汽车了吗？

詹姆斯：我是说过类似的话。

塞伦杰夫人：我们会抓住他们的。吉罗德，你必须给我开车。我信不过别人，他们开得不够快。

多特太太：可是你都不知道他们走哪条路啊。

塞伦杰夫人：别傻不愣登的。他们当然去布莱顿。人们要是私奔，都会去布莱顿的。

（多特太太趁大家不注意，悄悄溜出了房间。）

吉罗德：如果我们追上他们，你要怎么做呢？你不能强迫他们回来啊。

塞伦杰夫人：要是女人无法强迫女儿嫁给自己挑选的女婿，那么我真不知道英格兰民族会变成什么样子。

吉罗德：我不能娶一个不愿意嫁给我的姑娘。

塞伦杰夫人：一派胡言！你当然会娶她。她都跟什么玩意儿私奔啊？带“帕”字的帕金斯。我从来没听过这么荒唐的事情。难道你觉得我女儿将成为帕金斯太太——带“帕”字的帕金斯吗？

詹姆斯：如果跟沃斯利太太一样，带“沃”字的话——沃金斯，你肯定没法好好读这个姓氏，对吗？

塞伦杰夫人：闭嘴，别放肆，先生！

吉罗德：现在，让我们放下此事，就此打住吧。我的爱情消失得比内丽更早，我打算娶她……那是因为我已经承诺了，而且当时就食言的话，看上去太没品了……

塞伦杰夫人：这男人疯了。这个打击令他脑子混乱了。

吉罗德：当我听到她挣脱枷锁，我都高兴得要跳起来了。我似乎摆脱了噩梦，终于醒了。无论如何，我都不打算去追赶她。

塞伦杰夫人：你个禽兽！你怎么敢如此玩弄我女儿的感情！你的意思不会是要袖手旁观，眼巴巴地看着她跟一个叫“帕金斯”的男人结婚吧？

吉罗德：就算她嫁给一个叫“滴答滴”的男人，我都不在乎。

塞伦杰夫人：很好，那个，司机，你给我开车。你个冷酷的野兽。带“帕”字的帕金斯。一文不名的帕金斯。

（她风一样地冲出房间，“砰”的一声关上房门。）

吉罗德：多特太太去哪里了？（他朝花园走去。）

詹姆斯：那女人将会成为多么有魅力的岳母啊！

（多特太太一手拿着一把很大的菜刀，一手拿着一根拨火棍。）

多特太太：我弄完了！

詹姆斯：弄完什么东西？

多特太太：塞伦杰夫人想着用你的车，可是她没法用了。

詹姆斯（吓了一大跳）：你对我的汽车干什么了？

多特太太：当她一开口说用车的时候，我就跑到厨房，抓起这把菜刀，抄起这根拨火棍。

詹姆斯：女人！

多特太太：我把所有的轮胎都给戳了，詹姆斯，它们真的全都瘪了。

詹姆斯：上帝啊！

多特太太：我不知道自己到底把方向盘给怎么了，但是我知道它再也无法工作了。哦，它的样子惨极了。

詹姆斯：可那是一辆全新的汽车啊。我刚花了一千八百英镑。

多特太太：为确保万无一失，我打开汽车的引擎盖，用拨火棍乱捅一气。我觉得自己已经把所有的东西都弄得稀巴烂了。

詹姆斯：哦！哦！

（他双手掩面。）

多特太太：那东西成一堆破铜烂铁了。你真该瞧瞧刚才轮胎放气的样子——“噗哈、噗哈、噗哈”。

詹姆斯：可是我打算下星期去参加赛车的啊。

多特太太：接下来一个月，它都没法动了。它就杵在那里了。

詹姆斯：一千八百英镑啊！

多特太太：我不知道修好它得花多少钱。詹姆斯，你不会介意的，对吗？

詹姆斯：非常介意！

多特太太：我不喜欢你跟我吹胡子瞪眼的样子。

詹姆斯（怒不可遏地说）：哦！

多特太太：你对我的深深爱意不会被此事困扰的，对吗？记住，你要娶我的。

詹姆斯：娶你！我宁可娶自己的厨娘。

（他愤然离开了屋子。）

多特太太（看着他的背影，天真无邪地说）：他生气了，是吧？人的一生中，要想取悦每个人，真是太难了。

伊莉莎姑妈：你实在无可救药。

多特太太：你能把这些厨具拿走吗？我真的好累。

伊莉莎姑妈：我猜摧毁汽车是一项很艰难的工作。

多特太太：而且几乎得不到别人的感谢。

（伊莉莎姑妈退场。多特太太深深地陷入扶手椅中，心情大为放松地吁了一口气。吉罗德进屋。她察觉到他在自己身后，但假装没注意到他。他脚步轻柔地走过来。）

吉罗德：多特！

多特太太（装作吓了一跳）：哦，真被你吓到了！你得记住我的神经很脆弱呀……我很容易紧张焦虑的。

吉罗德：起先，你问我一个问题。我现在可以回答了。

多特太太：我很抱歉，我记不大清楚是什么问题了。肯定是完全无关紧要的事情。

吉罗德：你问我是否爱你。

多特太太：好傻的问题！你爱吗？

吉罗德：用我的整颗心来爱你……第一次见到你的时候，我就疯狂地爱上你了。

多特太太：当中一天不落吗？

吉罗德：一天不落。我想每时每刻都向你倾吐心声，而且我本来不是这样黏人的无赖，如今却只想缠着你。

多特太太（挖苦道）：你能说这样的话，实在是大好人，我都无法形容自己有多荣幸啊！

吉罗德：多特！

多特太太：只是为时已晚。我已经答应跟詹姆斯·布雷金索普牵手，我要把自己的心奉献给他。

吉罗德：胡扯！

多特太太（抬抬眉毛说）：不好意思，我没听懂你的话？

吉罗德（语气坚决地说）：胡扯！

多特太太：因为事有凑巧，一个幸福的机会令你摆脱原先的婚约，于是你就自作多情地认为我将要抓住这机会，扑到你的怀里吗？

吉罗德：你知道的，女人都很野蛮。当某人不想拐弯抹角，多少要表现得像一个真正的白人男子汉，那些女人总有办法令你觉得自己像一头完全没开化的野兽。

多特太太：你知道内丽为什么甩了你吗？因为你是一个无聊的人。

吉罗德（微笑道）：我得说自己很愚蠢。我猜就是因为愚蠢，我才会如此深爱着你。

多特太太：亲爱的吉罗德，你因为内丽所受的情伤，花上一个月，肯定能治好。我毫不怀疑，只要在巴黎待上一个星期，你受伤的心灵就能复原。

吉罗德（心平气和地说）：那你无论如何都不要我了吗？

多特太太：你已经给打上——“受损货物”的标记了。

吉罗德（轻声嗫嚅道）：那么再见了！

多特太太：一路顺风。

（他转身慢慢走到门边。她抓起一个枕头朝他砸去，接着转过身子，背朝他。他停下脚步，捡起枕头，走过来，神情严肃地递给她。）

吉罗德：我想你掉东西了。

多特太太（严肃地说）：谢谢。

（他看着她，脸上带着笑意。她开始大笑。他突然抱住她。）

吉罗德：你个傻傻的小笨蛋。

（第三幕完）

（全剧终）

弗雷德里克夫人

登场人物和场景

弗雷德里克 · 柏柔思夫人： 闺名伊丽莎白，福德斯有时候用贝琪的昵称

吉罗德 · 奥玛拉爵士： 弗雷德里克夫人的弟弟

帕勒汀 · 福德斯先生

莫德 · 梅瑞诗顿老侯爵夫人： 福德斯的妹妹，丈夫已经去世[①]

梅瑞诗顿侯爵： 梅瑞诗顿老侯爵夫人的儿子，福德斯的外甥，剧中其他人物经常称呼他查理

卡莱尔海军上将： 剧中多简称为上将

露丝： 上将的女儿

蒙哥马利上校： 现役军官，同时是放债人

克劳德太太： 弗雷德里克夫人的女裁缝

艾伯特： 弗雷德里克夫人的男仆

安吉丽珂： 弗雷德里克夫人的女仆

汤普森： 福德斯的男仆

辉豪饭店某位仆人

时间： 现在

地点： 第一幕和第二幕——蒙特卡洛，辉豪饭店的某个大客厅

第三幕——蒙特卡洛，辉豪饭店，弗雷德里克夫人的化妆室

---

① 这位贵族遗孀的年纪并不大，应该比女主角大不了几岁，但为表明她和剧中的梅瑞诗顿侯爵是母子关系，在本译稿中统称为梅瑞诗顿老夫人——译者注

第一幕

场景：蒙特卡洛，辉豪饭店某个大客厅。房间宽敞，摆放着漂亮的家具，左右各有一扇门，法式落地窗对着门的方向，窗外是露台。现在正值夜晚，眺望远方，南方天空繁星点点。房间一边摆着一架钢琴，另一边是一张桌子，桌上的文件码放得整整齐齐。壁炉里生着火。

（梅瑞诗顿老夫人穿着晚礼服，非常大气有派头。她正在看报纸。她今年四十岁。她不耐烦地放下报纸，然后打铃。有仆人过来听使唤。他说话带着法国口音。）

梅瑞诗顿老夫人：帕勒汀·福德斯先生今晚来了吗？

仆人：是的，夫人。

梅瑞诗顿老夫人：他眼下在饭店里吗？

仆人：是的，夫人。

梅瑞诗顿老夫人：你能打发人去他的房间吗？跟他说我正等着见他呢。

仆人：对不起，夫人，可是那位绅士已经吩咐过，说绝不要去打扰他的。

梅瑞诗顿老夫人：胡说。福德斯先生是我兄弟。你必须马上去找他。

仆人：福德斯先生的贴身仆人正在大堂里。夫人您想跟他说话吗？

梅瑞诗顿老夫人：福德斯先生比内阁部长还难伺候。叫他的仆人来见我吧。

仆人：是，夫人。

（仆人退场，很快汤普森——福德斯的男仆就上场，进屋。）

汤普森：夫人您要见我吗？

梅瑞诗顿老夫人：晚上好，汤普森。我希望这一路的行程，你们都过得舒心。

汤普森：是的，夫人。福德斯先生的行程向来过得舒心。

梅瑞诗顿老夫人：渡海的时候，海面还平静吧？

汤普森：是的，夫人。如果海面不平静的话，福德斯先生会觉得那是对他的巨大冒犯。

梅瑞诗顿老夫人：你能去跟福德斯先生说，我想马上见到他吗？

汤普森（*看着手表说*）：夫人，对不起，可是福德斯先生说过，十点之前不能去打扰他。我若去找他，花不了五分钟，到时候肯定不到十点，因此我对此无能为力。

梅瑞诗顿老夫人：可是，他到底在干什么啊？

汤普森：夫人，我一无所知。

梅瑞诗顿老夫人：你服侍福德斯先生多久了？

汤普森：夫人，二十五年了。

梅瑞诗顿老夫人：因此，他每分钟在干什么，我原本以为你都一清二楚呢。

（帕勒汀进屋。他衣着考究，年龄四十出头的样子。他的气质既自律镇定、精明世故，又文质彬彬。他从来不会茫然无措，或者说不会露出难堪窘迫之色。他刚好听到梅瑞诗顿老夫人最后一两句话。）

福德斯：当初汤普森成为我的贴身男仆的时候，我就跟他说过——他必须学会睁一只眼闭一只眼，这是排在首位的工作技能，非常高难度。

梅瑞诗顿老夫人：亲爱的帕勒汀，为了见你，我刚刚都等两小时了。你可真讨厌。

福德斯：你可以亲亲我，莫德，不过别亲得太狠了。

梅瑞诗顿老夫人（*亲吻他的面颊*）：你个荒唐东西。说真的，你本应该马上来看我的。

福德斯：亲爱的，我风尘仆仆地长途奔波，非常疲倦，稍作休息，你真不该为此抱怨啊。我坐了二十七个小时的火车，实在累散架了，必须好好休整一番，才能出来见人啊。

梅瑞诗顿老夫人：别说这样的傻话。我肯定你永远不会被干散架的。

福德斯：累散架，亲爱的，累散架，不是被干散架。从伦敦到蒙特卡洛这样遥远的旅程，如果我说毫无心烦的感觉，那以我这个年龄来讲，我得说真够装的了。

梅瑞诗顿老夫人：我有义务让你好好吃一顿晚餐。

福德斯：汤普森，我究竟吃过没有？

汤普森（*不动声色，淡淡地说*）：喝过汤，先生。

福德斯：我记得自己盯着汤看过。

汤普森：吃过鱼，先生。

福德斯：我心不在焉地戳弄过一条油煎鳎目鱼。

汤普森：一些皇室小酥饼，先生。

福德斯：我对此毫无印象。

汤普森：豪华菲力牛排。

福德斯：汤普森，那东西实在太硬了。你必须发一封投诉信，说他们没掌握好火候。

汤普森：烤山鸡，先生。

福德斯：是的，你说起这个，我现在想起来山鸡了。

汤普森：巧克力冰激凌，先生。

福德斯：那个太冰了，汤普森。确实太冰了。

梅瑞诗顿老夫人：亲爱的帕勒汀，我觉得你吃得太丰盛，简直都不正常了。

福德斯：我如今这个年纪，面对一份真正烤得恰到好处的牛排，就会觉得爱情、抱负、财富全都黯然失色了。汤普森，现在没事了。

汤普森：是的，先生。（退下。）

梅瑞诗顿老夫人：帕勒汀，你真是太差劲了，居然只管自己大快朵颐，而我因为焦虑，心里沉甸甸的，什么东西都吃不下，简直只能"啃心"了。

福德斯："啃心"似乎很适合你。这些年来，我还从来没见你像现在这样好呢——看来"啃心"对你大有裨益。

梅瑞诗顿老夫人：看在老天的分上，正经点，听我说。

福德斯：我一接到你的电报就即刻动身启程。请跟我说说，我能为你做什么呢?

梅瑞诗顿老夫人：亲爱的帕勒汀，查理的脑子癫狂了——他恋爱了。

福德斯：对于一个二十二岁的年轻男子来说，这司空见惯啊。如果那位女士贤良淑德，那就让她嫁给他，然后专心当好贵妇人。如果她并非善类，那就拿五百英镑给她，接着送她去巴黎或伦敦，或者其他什么地方，然后她出于习惯，肯定会在别处施展魅力和风情。

梅瑞诗顿老夫人：我真希望自己能这样做。不过你猜猜是谁?

福德斯：亲爱的，我最讨厌的事情就是猜谜。一个年收入五万英镑的年轻侯爵——我可以想象出一大堆窈窕淑女对他巧笑嫣然、永不厌烦的表情。

梅瑞诗顿老夫人：是弗雷德里克·柏柔思夫人。

福德斯：我的上帝啊!

梅瑞诗顿老夫人：她比他大十五岁呢。

福德斯：如此说来，她还没有大到可以当他母亲的年纪，这真是一个显著优势。

梅瑞诗顿老夫人：她的头发都是染的。

福德斯：她染得好极了。

梅瑞诗顿老夫人：她脸上搽粉。

福德斯：比皇家院士搽得好看多了。

梅瑞诗顿老夫人：可怜的查理只是一时糊涂。上午，他跟她一起骑马；下午，他和她开车兜风；晚上，他同她一起外出玩耍厮混。我都没怎么见到他人了！

福德斯：可是，你为什么觉得弗雷德里克夫人会有几分在乎他呢？

梅瑞诗顿老夫人：帕勒汀，别说傻话了。人人都知道她穷得叮当响，还欠了不少债。

福德斯：人靠衣装，在这世上，人就得保持光鲜亮丽的外表。对于时髦女人来说，如今的生活既要花钱装饰自己，又要吸引有钱男人，真是两难啊……一边是破产银行的威吓声，另一边是——亲爱的弗朗西斯·热纳爵士。

梅瑞诗顿老夫人：我真希望知道她用什么办法打扮得那样美丽动人。当一个女人彻底声名狼藉的时候，穿衣服才能真正穿出味道——这是命运不公平的地方之一。

福德斯：亲爱的，你必须自我安慰一番——你要想着来世，她可能难看得嘎嘣脆。

梅瑞诗顿老夫人：帕勒汀，我希望自己没有邪恶的心思，可是来生就算身上缀满羽毛、戴上翅膀，也无法弥补今生的遗憾——我如今穿这毫无设计感的丧服长袍，看着实在邋遢。

福德斯：当我听说她买新车，就寻思着她快要破产了。你真的认为查理想跟她结婚吗？

梅瑞诗顿老夫人： 我非常肯定。

福德斯： 那你想要我做什么呢？

梅瑞诗顿老夫人： 老天爷，我要你拦下这事。别忘了，他现在已经有了显赫地位，而且事业上前程似锦，机会大把大把的。他没理由爬不上首相的位置——要是同意这小伙子娶一个那样的女人，那才叫不公平呢。

福德斯： 你肯定认识弗雷德里克夫人吧？你为什么不去说？

梅瑞诗顿老夫人： 亲爱的帕勒汀，我们是非常要好的朋友。我不打算当这个坏人，你可别指望我会跟她吵架。我觉得自己应该邀请她来吃午饭，就说跟你见见面。

福德斯： 在这类事情上，女人比男人有优势多了。她们不怕麻烦，毫无顾忌，而且就像乔治·华盛顿一样，撒谎的时候没有丝毫犹豫。①

梅瑞诗顿老夫人： 我将她视作浪货，而且我坦白跟你讲吧——不把我儿子从她的魔爪中救出来，我不会善罢甘休的。

福德斯： 只有非常贤德的女人才会如此气定神闲地宣称——为了得偿所愿，打算不择手段。

梅瑞诗顿老夫人（*看着他说*）：她这一辈子肯定有什么不大乐意见人的事情。如果我们能抓住……

福德斯（*温文尔雅地说*）：你觉得我能帮你做什么呢？

梅瑞诗顿老夫人： 洗心革面的盗贼永远是最好的侦探。

福德斯： 亲爱的，我希望你能明说，别这么拐弯抹角，尽说警世名言。

---

① 在美国的舆论宣传中，乔治·华盛顿一直是不撒谎的圣人代表，毛姆在此处调侃了这种神话宣传。——译者注

梅瑞诗顿老夫人：你把两笔财产都给挥霍光了，若真说种瓜得瓜种豆得豆，那么你如今应该饿肚子才对，不应该变得比从前更有钱。

福德斯：我的二表哥掐准时间，在最恰当的时候死去。

梅瑞诗顿老夫人：你个卑鄙的浪荡家伙，一辈子都令人讨厌，整天沉溺酒色。还有老天知道，跟你推心置腹的那些朋友，他们的名声有多坏。

福德斯：就我所知，现在毫不迟疑地认为我们得跟某个手无寸铁的女人斗一场的人——是你。

梅瑞诗顿老夫人（目光尖锐地看着他）**：**大家都传言，你有一段时间非常爱她。

福德斯：大家的传言都是屁话——他们的顺风耳只能听到自己放屁。

梅瑞诗顿老夫人：我不知道当年的纠葛有多深。如果你能将你们的关系告诉查理……

福德斯：我的好梅梅，我们没有关系——太不走运了。

梅瑞诗顿老夫人：那时候，可怜的乔治为了你们的事情，很是担忧。

福德斯：因为你的亡夫是非常严格、虔诚的教徒，所以对那些最没品的邻居说的话，他都深信不疑——这就讲得通了。[①]

梅瑞诗顿老夫人：帕勒汀，别这样说话。我知道你们互相没有好感，但你得记住我全心全意地爱他。我将永远无法彻底摆脱丧夫之痛。

福德斯：我亲爱的姑娘，你知道我并没有伤你心的意思。

梅瑞诗顿老夫人：归根到底，大部分都是你的错。他如此虔诚，作为

---

① 基督教教义中有不少关于如何与邻居相处的说法。毛姆此处用一本正经的口吻调侃众人传播流言蜚语的行为。——译者注

广教派[1]联合会主席，他自然无法赞同你的生活方式。

福德斯（做了一个夸张的涂油礼[2]动作）：感谢上帝，在那些岁月里，我一直是个悲惨可怜的罪人！所以才能过那样多姿多彩的生活。

梅瑞诗顿老夫人（笑道）：帕勒汀，你太不可救药了。不过你会帮我的。自从他父亲过世后，这孩子和我一直离群索居，很少跟人打交道。眼下我们实在一筹莫展。如果查理娶了那女人，真会伤透我的心。

福德斯：我尽力而为。我觉得自己能够答应你，不会出什么事情的。

（门开了，弗雷德里克夫人上场，好几个人跟着她进屋：年轻的梅瑞诗顿侯爵今年二十二岁，长得挺孩子气的；她的兄弟吉罗德·奥玛拉爵士，二十六岁，是一个英俊的小伙子；还有蒙哥马利海军上校，卡莱尔海军上将和他的女儿露丝。弗雷德里克夫人是爱尔兰人，有种潇洒健朗的气质，年龄介于三十到三十五岁之间，华服妍丽。她性格开朗活泼、无忧无虑。她跟所有的爱尔兰人一样，鲁莽轻率，不会为明天忧心忡忡。无论何时，只要她想跟谁套近乎，就会使出一口地道的爱尔兰土腔，而且她非常清楚，用这种带有异乡风情的口音说话，几乎无往不利。蒙哥马利上校三十五岁，举止彬彬有礼，非常斯文，将自己拾掇得清爽整洁、衣冠楚楚。上将表面上张牙舞爪，其实性格非常直接坦率。十九岁的天真少女露丝刚踏进社交界，她长得很漂亮。）

---

① 广教派：英国圣公会的一个教派，偏自由主义，反对神学中的固有解释。——译者注

② 涂油礼：基督教最为神圣的仪式之一，原本是信徒入教的基本礼仪，后来演变成少数人使用的特殊仪式，比如教皇给国王加冕等。另，现在很多教会会给临终的教徒行涂油礼，称为“终傅”，又名“临终圣体”，有求主赦免罪过、盼灵魂得以安息之意。——译者注

梅瑞诗顿老夫人：他们都来了。

弗雷德里克夫人（展开双臂，满腔热情地朝他走来）：帕勒汀！帕勒汀！帕勒汀！

梅瑞诗顿侯爵：哦，我这先知先觉的灵魂啊，我舅舅来了！

福德斯（跟弗雷德里克夫人握手）：我听说你刚刚在赌场玩耍来着。

弗雷德里克夫人：查理输光了，于是我把他拽出来。

梅瑞诗顿老夫人：我希望你别赌了，亲爱的查理。

梅瑞诗顿侯爵：亲爱的母亲，我只输了一万法郎。

弗雷德里克夫人（对帕勒汀·福德斯说）：我瞧你跟以前一样，很壮实很健康。

福德斯：你没必要当着我的面强调这点，说这样的话容易招惹脏东西。说不定明天，我就病得很严重了。

弗雷德里克夫人：你认识卡莱尔上将吗？这是我弟弟吉罗德。

福德斯（逐一握手，说）：你好。

弗雷德里克夫人（接着介绍）：这位是蒙哥马利上校。

蒙哥马利上校：我想我们以前见过。

福德斯：听到这话，我很高兴。你好。（对梅瑞诗顿侯爵说）查理，你在蒙特卡洛过得开心吗？

梅瑞诗顿侯爵：一级棒，谢谢。

福德斯：那你都干些什么了？

梅瑞诗顿侯爵：哦，你知道的，到处闲荡——这里随处都有赌桌。

福德斯：这就对了，我的孩子。作为一位继承祖辈贵族立法权的人，你为承担其中的各项责任，做好各种恰当的准备，包括赌博——我对此非常欣慰。

梅瑞诗顿侯爵（大笑道）：哦，帕勒汀舅舅，别说了。

福德斯：另外，我也挺高兴发现你已经一定程度上掌握了本地方言。

梅瑞诗顿侯爵：嗯，一个人如果能恫吓住伦敦出租车司机，以及有本事和酒吧女谈笑风生，那么在上议院里跟人相处应该不会太困难。

福德斯：不过还是让我给你提一个庄严的警告。亲爱的孩子，在财产和地位上，你的优势不少，因此进入议会的机会很大。我万分恳切地乞求你不要丧失这种机会——千万不要展现出丝毫才华。战场形势非常清楚，英国人民正等待一位领袖。不过，你要记住，英国人民喜欢自己的领导者都是一些呆板无趣之人。他们信不过才干卓越之人，他们无法忍受多才多艺之辈，至于睿智的人，更被他们深恶痛绝。瞧瞧可怜的帕纳比大人的命运。他斯文雅致，具有都市气质，借此得以登上首相的宝座，可他太锋芒毕露，因此被轰下台了。一个人说话直截了当、字字珠玑，同时脑子转得快、思维敏捷，能抓住要点，令人想起击剑比赛——当一个民族碰上这样的人，怎能保得国运安康？大家一致认为帕纳比大人为人轻浮、毛躁不稳重；我们怀疑他处事的原则，我们对他的道德水平怀有深深的疑虑。亲爱的孩子，接受警告，接受警告。在冗长的讲话中，绝对不能出现活泼俏皮的隽语；在谈话中也一样，绝不能口出妙语——就像绝不给烤牛肉撒盐一样。千万小心，你用的比喻要毫无想象力，要封存你的思维——如同你有见不得人的秘密。尤其重要的一点，如果你有幽默感，要彻底碾碎，一丝不留。彻底碾碎。

梅瑞诗顿侯爵：亲爱的舅舅，你深深触动了我。我肯定会表现得很蠢……像只猫头鹰。

福德斯：这才是勇敢的好孩子。

梅瑞诗顿侯爵：我会表现得严肃沉重、无聊乏味。

福德斯：我都已经能看到你未来的形象——衬衫的胸部装饰着嘉德缎带。记住，这“成功”的一切原因都跟遭雷劈的美德无关。

梅瑞诗顿侯爵：不管是谁，只要听到我演讲，全都会睡得死死的。

福德斯（握住侯爵的手）：首相宝座就在你触手可及的地方。

梅瑞诗顿老夫人：亲爱的帕勒汀，就寝之前，我们去露台走走吧。

福德斯：然后你会悄悄地在我耳边，轻言细语最新的江湖丑闻。

（他披上斗篷，然后他们一起离开。）

弗雷德里克夫人：上将，我能跟你说几句吗？

上将：当然，当然。我有什么能为你效劳吗？

（弗雷德里克夫人和上将谈话的时候，其他人慢慢陆续离开。谈话时，她用上了爱尔兰口音。）

弗雷德里克夫人：你的心情好吗？

上将：挺好，挺好。

弗雷德里克夫人：我很高兴听到这话，因为我想要你同意婚事。

上将：亲爱的弗雷德里克夫人，这太出乎意料了，我完全蒙了。

弗雷德里克夫人（笑道）：你知道的，不是说我自己。

上将：哦，我明白了。

弗雷德里克夫人：事情是这样的，我弟弟吉罗德已经向你的女儿求婚，而且她也接受了。

上将：弗雷德里克夫人，露丝太轻佻了，而且她还没到结婚的年纪。

弗雷德里克夫人：现在先别冒火。我们要心平气和地好好谈谈。

上将：我跟你说，我不要听这事。那小子一文不值。

弗雷德里克夫人：好在你有钱，这可真走运。

上将：呃？

弗雷德里克夫人：你们一直说要在爱尔兰买地皮。吉罗德有——沙砾土的地，那是最好的……除了这个，你肯定看不上别的，你知道的。还有，你自然青睐伊丽莎白女王时代的建筑风格。

上将：我受不了。

弗雷德里克夫人：这样说来，真幸运啊，那所房子在十八世纪被付之一炬，然后重建的时候，采用了最优秀的乔治王时代的风格。

上将：啊呸！

弗雷德里克夫人：要是有几个小孙子绕膝玩闹，你肯定非常开心。

上将：你怎么知道他们不会生女儿呢？

弗雷德里克夫人：哦，我们家族很少生女儿的……太不寻常了。

上将：我跟你讲，我不要听这事。

弗雷德里克夫人：你知道的，在乡村，拥有最古老的独一无二的从男爵爵位，还真不赖呢。

上将：我觉得自己不会让露丝离开英格兰远嫁他方。

弗雷德里克夫人：并且打碎她的心吗？

上将：女人的心就跟老瓷器一样，摔打一两次根本无关紧要。

弗雷德里克夫人：上将，你以前认识我丈夫吗？

上将：是的，我认识。

弗雷德里克夫人：我十七岁的时候就嫁给他了，因为我母亲觉得那会是一门好亲事，而我当时正跟另一个男人爱得死去活来。刚结婚两个星期，有一天，他喝得酩酊大醉回家，在那之前，我从来没见过喝醉酒的男人。接着，我发现他是一个实打实的酒鬼。我太没面子，太羞愧了。我跟他生活了十年，那是种怎样的日子，你想想就能知道。上帝啊，我私下里也干了很多蠢事，但我的生活真的很煎熬。

上将：是的，我知道，我知道。

弗雷德里克夫人：还有相信我，如果两个年轻的小东西爱上了对方，那么最好就是让他们结婚。在这世上，爱情真是凤毛麟角。如果爱情出现的时候，人们真该好好把握，尽可能地善待它。

上将：我很难过，不过我已经拿定主意了。

弗雷德里克夫人：啊，可你难道不会改主意吗？对露丝别太严厉了。她和吉罗德是真心相爱的。给他们一个机会，好吗？啊，就——行行好吧。

上将：我不想伤你的心，可是据我所知，吉罗德先生是最不合格的女婿人选。

弗雷德里克夫人（大获全胜地说）：瞧，我就知道我们的看法一致。今天早上，我跟他说过一模一样的话。

上将：我知道他的地产欠了一大笔抵押贷款。

弗雷德里克夫人：别人连一便士都不愿再借给他了。如果有人愿意放贷，吉罗德马上就会借钱。

上将：他除了干活赚工钱外，已经别无经济来源了。

弗雷德里克夫人：而他的品位又那么奢侈。

上将：他是一个赌棍。

弗雷德里克夫人：是的，不过他长得多好看啊。

上将：呃？

弗雷德里克夫人：我很高兴，关于他，我们的意见居然会如此统一。除了叫年轻人进屋来，现在没有别的事情了，让他们手牵手，然后我们给他们送上共同的祝福。

上将：夫人，在我同意这桩婚事之前，我得看到你弟弟——

弗雷德里克夫人：遭雷劈吗？

上将：是的，夫人，除非他遭雷劈，否则我不会答应。

弗雷德里克夫人：现在你安安静静地听我说，可以吗？

上将：弗雷德里克夫人，我得警告你——任何事情，只要我一旦拿定主意，就永远不会改变。

弗雷德里克夫人：我发自肺腑地欣赏这点。我喜欢有个性的男人。你知道的，你坚毅的力量一直令我印象深刻。

上将：我对此并不知情。不过我向来言出必行。

弗雷德里克夫人：是的，我知道。过五分钟，你就会说吉罗德可以娶你家漂亮的露丝了。

上将：不，不，不。

弗雷德里克夫人：瞧瞧，别这么犟头犟脑，你犯牛脾气的时候，我真不喜欢。

上将：我不是牛脾气。我是意志坚定。

弗雷德里克夫人：说到底，吉罗德有许多优点。他无非对你女儿一往情深罢了。他有点桀骜不驯，可是如果一个年轻人毫无野性，你也知道自己不会特别喜欢的。

上将（粗声粗气地说）**：**我可不想要一个娘娘腔女婿。

弗雷德里克夫人：一旦他结婚后，就会安定下来，做乡村的模范绅士。

上将：嗯，他是赌棍，我没法接受这个。

弗雷德里克夫人：难道他要向你发誓永远不再打牌了吗？喏，别这么讨厌了。你没打算把我弄成惨兮兮的可怜虫，对吧？

上将（勉勉强强地说）**：**好吧，我把自己的想法告诉你——如果一年之内，他没有赌博，那么他们可以结婚。

弗雷德里克夫人：哦，你个宝贝。（激动之下，她双臂环抱他的脖子，亲吻他。他很是被吓了一大跳）我得请求你原谅，我实在情不自禁。

上将：你知道的，我完全不反对。

弗雷德里克夫人：我发誓，在某些方面，你非常有魅力。

上将：你这样想吗？真的？

弗雷德里克夫人：我真这样想。

上将：我还真希望你为自己提出该项结婚建议呢。

弗雷德里克夫人：啊，亲爱的上将，对我来说，婚姻的经验碾压了结婚的希望……那场坏姻缘已经令我对婚姻心灰意冷了。我必须告诉孩子们。（*大声叫道*）吉罗德，到这里来。露丝也来。

（*吉罗德和露丝进屋。*）

弗雷德里克夫人：露丝，我向来都知道你父亲非常可爱，百分之百好说话。

露丝：哦，爸爸，你心肠好，是个大好人。

上将：亲爱的，我完全不同意这桩婚事，但是——很难对弗雷德里克夫人说“不”。

吉罗德：上将，你真是太好了，我会竭尽全力当个好丈夫，让露丝幸福。

上将：别急，年轻人，别急。有一个条件。

露丝：哦，父亲！

弗雷德里克夫人：接下来一年的时间里，吉罗德得规规矩矩，然后你们就可以结婚。

露丝：可是，如果吉罗德规规矩矩，难道他不会变成一个大闷蛋吗？

弗雷德里克夫人：我对此毫不怀疑。不过要想当一个好丈夫，“沉闷迟钝”是必不可少的首要品质。

上将：亲爱的，你现在必须上床睡觉了。我就寝前，打算抽个烟斗。

露丝（*亲吻弗雷德里克夫人*）：最最亲爱的，晚安。我永远不会忘记你的善良。

弗雷德里克夫人：你最好等过上几年婚姻生活后，再来谢我。

露丝（朝吉罗德伸出一只手）：晚安。

吉罗德（握住手，看着她）：晚安。

上将（硬邦邦地说）：你们背着我是如何道别的，当着我的面照样可以做。

露丝（抬起双唇）：晚安。

（他吻吻她，随后上将和露丝退场。）

弗雷德里克夫人：哦，主啊，我真希望自己还是十八岁。

（她跌坐到椅子上，脸上尽显疲色。）

吉罗德：我说，怎么了？

弗雷德里克夫人（回过神来）：我想你该走了。没事。

吉罗德：别这样，说出来吧。

弗雷德里克夫人：哦，可怜的孩子，如果你想知道，我就告诉你吧。我实在不知道该怎么办了，我为此非常忧心。

吉罗德：钱的事情吗？

弗雷德里克夫人：去年，我很郑重地下定决心要节约过日子。结果我给毁了。

吉罗德：亲爱的，怎么会这样？

弗雷德里克夫人：我没法搞明白。看上去太不公平了。我越想节约，不想那么铺张浪费，可我花得就越多。

吉罗德：你不能借钱吗？

弗雷德里克夫人（大笑道）：我已经借了。麻烦就在这里。

吉罗德：嗯，那就再借啊。

弗雷德里克夫人：我已经试过了。可是没人傻到那份上……还肯借钱给我。

吉罗德：你是说他们想让我也签字背书吗？

弗雷德里克夫人：我当时着实走投无路，于是我说不管什么文件，我们两个都会签字的。就是那个迪克·科恩。

吉罗德：哦，主啊，那他怎么说？

弗雷德里克夫人（模仿犹太人口音）**：**亲爱的夫人，何必糟蹋一张干净清爽的纸张呢？

吉罗德（纵声大笑道）**：**天哪，我还真不知道有这茬啊！

弗雷德里克夫人：看在老天的分上，别说我的事情了。一想起这些破事，我就抓狂，会歇斯底里的。

吉罗德：不过说正经的，你真实状况如何？

弗雷德里克夫人：嗯，如果你想知道——我欠那个女裁缝七百英镑，还有去年，我签了两张账单，一张一千五百英镑，另一张两千英镑。后天都要到期了，如果我无法弄到这笔钱，我就得上破产法庭了。

吉罗德：天哪，事态严重啊。

弗雷德里克夫人：事态太严重了，我都忍不住想着肯定要发生某些事情了。无论何时，我只要真的一筹莫展，觉得动弹不得的时候，总会柳暗花明……发生某些事情，然后我的手脚又能活动了。上次，伊丽莎白姨妈突然中风去世。不过，那次我当然没弄到很多钱，因为葬礼的费用死贵死贵的。

吉罗德：那你为什么不结婚呢？

弗雷德里克夫人：哦，亲爱的吉罗德，你晓得，我在婚姻游戏中的运气一直不好。

吉罗德：查理·梅瑞诗顿对你非常着迷啊。

弗雷德里克夫人：就算最笨的傻瓜应该也能看出来。

吉罗德：嗯，那你为什么不要他呢？

弗雷德里克夫人：老天爷，我年纪大得都够当他母亲了。

吉罗德：胡说。你只比他大十岁，况且如今，年轻男人若能自己做主，谁都不愿意娶比自己小的女人。

弗雷德里克夫人：他人非常好。我不能这样利用他——太龌龊了。

吉罗德：蒙哥马利怎么样？他看上去真的很有钱，而且人也不坏。

弗雷德里克夫人（惊讶道）**：**亲爱的孩子，我对他几乎一无所知。

吉罗德：嗯，我恐怕你只有两条路走了——要么结婚，要么破产。

弗雷德里克夫人：查理来了。你帮个忙，把他支走。我有话要跟帕勒汀说。

（帕勒汀·福德斯和梅瑞诗顿侯爵上场。）

福德斯：什么，弗雷德里克夫人，你还在这里？

弗雷德里克夫人：如假包换，我还在这里。

福德斯：我们已经在露台逛了一大圈。

弗雷德里克夫人（对梅瑞诗顿侯爵说）**：**查理，这个精明狡猾的舅舅有没有欺负你？

福德斯：呃，什么？

梅瑞诗顿侯爵：我觉得他没有太欺负我。

福德斯（和蔼可亲地说）**：**亲爱的孩子，我想知道的事情都弄清楚了。这世上最好懂、最透明的人，就是那种自认为深刻得不得了的家伙。顺便问一下，现在几点？

吉罗德：大概十一点，对吧？

福德斯：啊！查理，你多大了？

梅瑞诗顿侯爵：二十二岁。

福德斯：那么你早该上床睡觉了。

弗雷德里克夫人：如果我不叫他去睡觉，他是不会去的。对吗？

梅瑞诗顿侯爵：当然不会。

福德斯：我的朋友，难道你一点眼力见儿都没有吗？没察觉到我想跟弗雷德里克夫人说话吗？

梅瑞诗顿侯爵：根本没看出来。不过我没理由相信弗雷德里克夫人想跟你说话。

吉罗德：查理，我们走吧，去玩一局皮尔斯。

梅瑞诗顿侯爵（对弗雷德里克夫人说）**：**你想单独留下，跟这个老恶棍待着吗？

福德斯：年轻人，我都已经开始染发了——我是长辈，你居然毫无敬意。

弗雷德里克夫人：你知道的，我有好些年没有见到他了。

梅瑞诗顿侯爵：哦，那好吧。我说，你明天来兜风，对吗？

弗雷德里克夫人：当然。不过必须下午才行。

福德斯：我很抱歉，但是查理已经安排好了，下午开车送我去尼斯。

梅瑞诗顿侯爵（对弗雷德里克夫人说）**：**我完全没问题。我本来是有安排，不过那无关紧要。

弗雷德里克夫人：那就说定了。晚安。

梅瑞诗顿侯爵：晚安。

（侯爵和吉罗德退场。弗雷德里克夫人转身，神情愉快地打量着帕勒汀·福德斯。）

弗雷德里克夫人：怎么说？

福德斯：怎么说？

弗雷德里克夫人：帕勒汀，你的日子过得很不错。

福德斯：谢谢。

弗雷德里克夫人：你是如何办到的？

福德斯：起床很迟，绝不早睡，想吃就吃，渴了就喝，抽劲道大的雪茄，从来不锻炼，拒绝置身任何沉闷无聊的场合。

弗雷德里克夫人：我觉得很遗憾，你必须急匆匆地离开本城。你过得开心吗？

福德斯：我每年都去里维埃拉。

弗雷德里克夫人：我猜到了，不过这时节还太早。

福德斯：到目前为止，我绝不承认自己人到中年，我还年轻，还要养成新的生活习惯。

弗雷德里克夫人：亲爱的帕勒汀，前天，梅瑞诗顿老夫人非常魂不守舍。她去邮局，给你拍了这样一封电报："马上过来，急需你的帮助。查理被某个不怀好意的女人设计了。莫德。"我说得没错吧？

福德斯：从内心来讲，我向来认可衣着光鲜的女人是没问题的。

弗雷德里克夫人：于是你尽快动身，为保护你外甥，便纡尊降贵地前来，然后非常惊讶地发现所谓不怀好意的女人，只不过是你曾经卑微的仆人罢了。

福德斯：弗雷德里克夫人，若你不晓得自己如此聪慧，那你的魅力真令人毫无招架之力。

弗雷德里克夫人：现在，你打算怎么办呢？

福德斯：亲爱的夫人，我不是警察，只不过是一个人畜无害、毫无攻击力的老单身汉。

弗雷德里克夫人：这单身汉满脑子的鬼主意，胜过那些有一大堆女儿要出嫁的母亲，还得加上那种办公司的买卖人的精明细致。

福德斯：莫德似乎觉得我的日子有些太灯红酒绿了，因此我成了那种刚好能跟你打交道的男人。以毒攻毒，派小偷去抓贼，你难道不懂吗？她非常喜欢这些隽语。

弗雷德里克夫人：她更应该想到的是——棋逢对手，然后打得不可开交。我听闻一直以来，梅瑞诗顿老夫人说了不少关于我的顶级好话。

福德斯：啊，那是女人的错——她们心里藏不住事情，随时随地都跟人摊牌。我认识的女人当中，你是唯一的例外。

弗雷德里克夫人（带着爱尔兰口音说）**：**你花言巧语的本事已经够厉害了！你到爱尔兰，可千万别去巧言石[①]。

福德斯：瞧，你真想嫁给查理吗？

弗雷德里克夫人：我为什么要嫁他？

福德斯：因为他一年有五万英镑的收入，而你欠了一身的债。你马上就得弄到四千英镑左右，否则你就完蛋了。过去十年，你已经给自己惹上满身的流言蜚语，不过人们都还容忍你，那是因为你有很多钱。如果你破产，那么你就成了烫手的山芋，他们将全都避之唯恐不及。另外，我寻思着将“弗雷德里克·柏柔思夫人”改成“梅瑞诗顿夫人”应该不会麻烦。我妹妹一直试图令我相信成为侯爵夫人是一件相当不赖的事情。

弗雷德里克夫人：比不上公爵夫人，“侯爵夫人”不够嚣张惹眼。

福德斯：你刚才问我，为什么你有可能要嫁给一个比自己小上十岁到十五岁的男生——于是我告诉你答案了。

弗雷德里克夫人：那么现在，你或许可以告诉我——你凭什么搅和我

① 巧言石：爱尔兰布拉尼城堡的石头，据说吻过该石后，会变得非常会说话，口灿莲花。——译者注

的私事呢？

福德斯：嗯，你瞧，他的母亲碰巧是我妹妹，而且我非常喜欢这妹妹。不过，她丈夫是我这辈子见过的最道貌岸然的假正经，这也是事实。

弗雷德里克夫人：我对他印象挺深的。他是广教派联合会的主席，长着络腮胡子。

福德斯：无论碰上怎样的风风雨雨，她都坚定地站在我这边。我曾经有过非常狼狈的日子，很是举步维艰……只要我需要，她都会助我一臂之力。我认为如果查理娶了你，她肯定要心碎伤心。

弗雷德里克夫人：你说这话，真是谢谢了。

福德斯：你知道的，我不想冒犯别人，可我自己也觉得查理如果缔结这桩婚事，那就可惜了。况且，如果我不是错得太离谱，我私心也想小小地报复一下。

弗雷德里克夫人：你这样想吗？

福德斯：你的记性向来很好，应该不会忘记自己曾经拿我当傻瓜耍，满嘴唠唠叨叨着各种胡话。我发过誓，要找你讨回公道，真的，我真要这么做。

弗雷德里克夫人（大笑道）：如果我下定决心接受查理，那你打算如何阻止我呢？

福德斯：嗯，他还没有求婚，对吗？

弗雷德里克夫人：还没呢，不过我必须绞尽脑汁、使尽百宝，穷尽各种手段去阻止他。

福德斯：瞧好了，我打算玩这游戏……我要在牌桌上亮牌了。

弗雷德里克夫人：那我得提高警惕了。每当你假装坦率，永远都是最危险的时刻。

福德斯：你把我想得这么坏，我真的很难过。

弗雷德里克夫人：我没有。大自然母亲将某个阴险的耶稣会神父的灵魂，放进一位和蔼的约克郡绅士的身体里——这绝对是神来之笔。

福德斯：我不知道你到底夸我哪一点。你肯定很怕我吧。

（他们互相注视一会儿。）

弗雷德里克夫人：好吧，让我们看看这些牌。

福德斯：首先，你要的那笔钱有着落了。

弗雷德里克夫人：呃？

福德斯：这是我妹妹的建议。

弗雷德里克夫人：这意味着你不是很喜欢该建议。

福德斯：如果你拒绝那个小男生，抽身退出——我们给四万英镑。

弗雷德里克夫人：我想，如果我扇你几记耳光，你肯定会很惊讶。

福德斯：喏，瞧好了，现在就你我二人，这样虚张声势非常愚蠢，难道你不这样认为吗？你急需钱，另外如果你下半辈子，有个毛头小子整天围着你的裙子转——这场景，我觉得你不大能笑出声来。

弗雷德里克夫人：很好，接下来谁都不许虚张声势！你可以跟梅瑞诗顿老夫人说，我若真想要钱，那我明明只要开口，每年就可以从查理那里弄到五万英镑——如今反而只拿四万英镑就走人，那我这傻瓜当得真可以了。

福德斯：我跟她说过这话。

弗雷德里克夫人：你的洞察力真是惊天地泣鬼神。现在看看第二张牌。

福德斯：亲爱的，对她的话，你这样着急上火毫无益处。

弗雷德里克夫人：我这辈子，从来没像现在这样心平气和。

福德斯：你的脾气向来火爆。我猜在查理面前，你还从来没有发过飙吧？

弗雷德里克夫人（笑道）：还没呢。

福德斯：嗯，第二张牌就是你的名誉。

弗雷德里克夫人：可是我的好名声本来就没剩多少了。我原以为这是优势呢。

福德斯：你瞧，查理是年轻的傻瓜。他觉得你是完美的化身，具有所有的美德，他从来不会想到你曾经有过纸醉金迷的放纵日子。

弗雷德里克夫人：最令我欣慰的事情之一，就是一百马力的汽车跑起来都没有我放纵。

福德斯：另外还有，如果查理听闻了那事，肯定要目瞪口呆，就是自己满心怜惜的娇花——连碰都不敢碰，居然……

弗雷德里克夫人：居然当年差点跟他的亲舅舅私奔。不过你若跟他讲这事，那你在他眼里就更完美了——居然打算私奔！你不会告诉他的，因为你讨厌自己像头毫无瑕疵的驴子。

福德斯：夫人，重任在肩的时候，帕勒汀·福德斯会同意的——即使那样看起来傻透了。但我想到的是贝灵翰姆那件事。

弗雷德里克夫人：啊，当然，贝灵翰姆那件事。我都忘了。

福德斯：呃，讨厌的小事一桩？

弗雷德里克夫人：烦心。

福德斯：难道你不觉得那件事会听得他哑口无言吗？

弗雷德里克夫人：我觉得非常可能。

福德斯：好吧，你最好认输，莫非不是吗？

弗雷德里克夫人（打铃）：啊，可是你还没看看我的牌呢。（一个仆人上场）叫我的仆人把我放在写字台上的事务盒拿过来。

仆人：是，夫人。（退场。）

福德斯：现在怎样?

弗雷德里克夫人：嗯，四五年前，我住这家酒店的时候，布列塔尼的咪咪也在这里开了几个房间。

福德斯：我从来没听说过这位女士，不过她的名字表明那是一位非常温情的女性。

弗雷德里克夫人：她是女神游乐厅的小歌手，手里有些翡翠——是我见过的最可爱的货色。

福德斯：可你没见过莫德的翡翠，不然就不会这么说了。

弗雷德里克夫人：已故的梅瑞诗顿老侯爵对翡翠很是着迷。他一直以为那些纯粹就是石头罢了。

福德斯（急忙问道）**：**不好意思，我没明白。

弗雷德里克夫人：嗯，咪咪那时病得很厉害，身边没人照顾。住在酒店里的那些虔诚的英国女士谁都不愿意接近她——她们全都躲在方圆一英里以外，于是我出头，做了那些平常事，你知道的——就是照顾病人的那摊子事情。

（弗雷德里克夫人的仆人拿着一个小小的事务盒进屋，随即放在桌子上。他退场。弗雷德里克夫人一边说话，一边打开盒子。）

福德斯：感谢上帝，我是单身汉！因此我生病的时候，就特别想独自待着，这时身边就不会有某个救死扶伤的天使来打理我的枕头。

弗雷德里克夫人：她生的那场病，我算是从头到尾都照顾着。后来，她觉得自己那条小命是我给的。于是，她想给我一些价值不菲的翡翠，当我拒绝的时候，她伤心欲绝，然后我就说如果可以的话，我想要另一件东西。

福德斯：那是什么东西啊?

弗雷德里克夫人：一沓信。我看到信封背面的地址，就认出笔迹了。

我觉得它们在我手里更安全，而不是由她来保管。（她从盒子里拿出信，递给帕勒汀）就是这些信。

福德斯（看地址，急匆匆说道）：格罗夫纳广场89号。这是梅瑞诗顿老侯爵的笔迹。你不是说真的吧？什么！啊，啊，啊。（他纵声大笑道）这老罪人。老梅瑞诗顿不乐意我去他家，如果你想知道的话——因为我风流放荡，属于自由派。而他是广教派联合会的主席。主啊，他说："绅士们，在道德上，我立场坚定，英国人的家庭生活必须干净纯洁。"——这话，我听过多少遍了！哦，哦，哦。

弗雷德里克夫人：我经常留意到——那些虔诚的人在我们女性风情万种的魅力下，常常变得非常敏感脆弱。

福德斯：我可以看这封信吗？

弗雷德里克夫人：嗯，我拿不准。我想可以吧。

福德斯（读信）："春心荡漾"……然后他的签名是"你亲爱的乖宝宝"。这老流氓。

弗雷德里克夫人：那时候，她非常漂亮……一个娇小玲珑的尤物。

福德斯：我敢说，不过感谢上苍，我还残存几分廉耻之心，可这也太出乎我的意料——我脆弱的心灵饱受蹂躏啊，一个长着络腮胡子的男人居然管自己叫"乖宝宝"。

弗雷德里克夫人：如果永恒不灭的绵绵情意搭配上那些晶莹剔透的上等翡翠，那么别人对此大肆指责就永远非常有道理，毫无傻头傻脑的意味。

福德斯（敛起笑意，渐渐变得严肃起来）：那莫德怎么办？

弗雷德里克夫人：什么意思？

福德斯：可怜的姑娘，这真会令她心碎。二十年来，他坚持不懈地谆谆教导她，而她崇拜他——连他踏过的每一寸土地，她都崇拜。他去世的时候，她差不多也要心碎而死，只是她觉得自己有责任完成他未竟的事业，这才熬过来的。

弗雷德里克夫人：我知道。

福德斯：上帝啊，这张牌很好。你那时拒绝了翡翠，做得很对——这些信的价值要高上一倍。

弗雷德里克夫人：你想烧了它们？

福德斯：这主意好极了！

弗雷德里克夫人：壁炉在那边。把它们扔进去。

（他双手抓着信，跑到壁炉前。但是他停下脚步，然后将信拿回来，扔在沙发上。）

福德斯：不，我不能这么做。

弗雷德里克夫人：为什么不呢？

福德斯：你这样实在大方过头了。我跟你拼命无所谓，但你拥有如此优势，真不公平。我的双手被你铐住了。

弗雷德里克夫人：很好。你有过机会的。

福德斯：不过，上帝啊，你肯定手气极佳，才能随随便便扔掉这样一张牌。你手里有什么——同花顺？

弗雷德里克夫人：你晓得，我可能只是虚张声势。

福德斯：主啊，又能听到你用老式爱尔兰土腔婉转说话，我真是太开心了。

弗雷德里克夫人：信任，对吗？

福德斯：我觉得你只有征服对方的时候，才会披上“信任”的外衣。

弗雷德里克夫人（笑意盈盈地说）**：**老天，想征服你并非易事啊。

福德斯：主啊，我曾经爱过你，不是吗？

弗雷德里克夫人：就跟其他很多人一样地爱过我，并没有特别。

福德斯：可是你对我残酷无情。

弗雷德里克夫人：啊，当时大家都这么说。可你走过来了，过得挺不错。

福德斯：我没有。因为你的残忍粗暴，我的消化功能受到了永久性的伤害。

弗雷德里克夫人：后来你没去美国的落基山脉，而是去了卡尔斯巴德[1]，原因就是这个吗？

福德斯：你可以发笑，但我仅此一次陷入爱河，而且是跟你——事实如此，无法改变。

弗雷德里克夫人（她伸出双手，微笑地说）：晚安。

福德斯：我要拿出所有的身家，我要打败你。

弗雷德里克夫人：帕勒汀，我不会被你唬住的。

福德斯：晚安。

（福德斯离开的时候，蒙哥马利上校上场。）

弗雷德里克夫人（打着哈欠，伸着懒腰说）：哦，我太困了。

蒙哥马利上校：我很抱歉。我想跟你谈谈。

弗雷德里克夫人（微笑道）：我觉得自己可以再撑五分钟——保持清醒，你知道的——如果你给我一根烟，那就尤其管用了。

蒙哥马利上校：给。

（他将烟盒递给她，然后帮她点烟。）

弗雷德里克夫人（轻叹道）：哦，真舒服。

蒙哥马利上校：我想跟你说，今天早上我收到律师的来信，说他刚刚

---

① 卡尔斯巴德：美国新墨西哥州东南部城市。——译者注

代表我买下了克罗利城堡。

弗雷德里克夫人：真的啊！不过那地方很可爱。你一定得邀请我去住住。

蒙哥马利上校：我想你能无限期地待下去。

弗雷德里克夫人（飞快地看他一眼）：你这样说好有吸引力，但我永远不会长期离开伦敦。

蒙哥马利上校（微笑道）：我在伦敦的波特曼广场有一幢非常好的房子。

弗雷德里克夫人（惊讶道）：真的吗?

蒙哥马利上校：而且下次选举的时候，我打算进入议会呢。

弗雷德里克夫人：统治大不列颠这个国家，看起来是一份非常惬意的消遣活动，而且高贵有尊严，不用累死累活。

蒙哥马利上校：弗雷德里克夫人，虽然我还是军人，但我做买卖是一把好手，另外我讨厌拐弯抹角。我想请你嫁给我。

弗雷德里克夫人：你没在这事上显得一惊一乍，真的很好。我非常感激，但我恐怕自己不能答应。

蒙哥马利上校：为什么不呢?

弗雷德里克夫人：嗯，你瞧，我都不了解你。

蒙哥马利上校：那我们可以将新婚的时间段好好加以利用，就是让彼此熟悉对方。

弗雷德里克夫人：到时候，如果我们得出结论——实在无法忍受彼此出现在眼前，那就为时太晚了。

蒙哥马利上校：要不要把我银行的账册拿来给你看看？你就能知道我原先的经历都清清白白的，还有我现在的财务状况——借此来点燃爱的火苗?

弗雷德里克夫人：我毫不怀疑那会非常有趣——但对我来说，并非如此。

（她想离开。）

蒙哥马利上校：啊，先别走。难道你就不告诉我理由吗？

弗雷德里克夫人：如果你坚持要听，那我就说了。我一点都不爱你。

蒙哥马利上校：你觉得这很要紧吗？

弗雷德里克夫人：你是吉罗德的朋友，而且他说你是非常好的人。只是吉罗德非常喜欢的那些人，我实在没办法一一都嫁啊。

蒙哥马利上校：他说自己帮我说好话了。

弗雷德里克夫人：我若再婚的话，那只是为了令自己开心，而不是取悦我的弟弟。

蒙哥马利上校：我希望自己能够改变你的想法。

弗雷德里克夫人：我恐怕无法给你这方面的希望。

蒙哥马利上校：你知道的，如果我下决心做某事，一般来讲，我都会做成的。

弗雷德里克夫人：这听起来很像某种威胁啊。

蒙哥马利上校：你要是乐意，可以把这当成威胁。

弗雷德里克夫人：你下定决心要娶我吗？

蒙哥马利上校：决心很大。

弗雷德里克夫人：好吧，我已经决定了——你不会跟我结婚的。这样我们就势均力敌了。

蒙哥马利上校：你为什么不把这话告诉你弟弟呢？

弗雷德里克夫人：因为这不关他的事。

蒙哥马利上校：是吗？问问他吧！

弗雷德里克夫人：你这话什么意思？

蒙哥马利上校：问他不就知道了吗？晚安。

弗雷德里克夫人：晚安。（上校离开。弗雷德里克夫人走到落地窗边，冲着露台大声嚷道）吉罗德！吉罗德！喂！

（吉罗德现身，然后进屋。）

弗雷德里克夫人：蒙哥马利上校要跟我求婚的事情，你事先知道吗？

吉罗德：是的。

弗雷德里克夫人：我有理由嫁给他吗？

吉罗德：只因为我欠他九百英镑。

弗雷德里克夫人（大吃一惊说）：哦，你为什么不告诉我呢？

吉罗德：你的心事那么重，我无法说出口。哦，我可真是大傻瓜。我本想给露丝一个惊喜。

弗雷德里克夫人：是赌债吗？

吉罗德：是的。

弗雷德里克夫人（讥诮道）：就是他们所谓的“体面债务”吗？

吉罗德：我后天必须还债，一定要还的。

弗雷德里克夫人：可是同一天，我自己还有两份账单到期啊。如果你不还，那会怎样？

吉罗德：我就要交出自己的各种证件，得上法庭，而且我还会失去露丝。然后，我要给自己傻头傻脑的脑袋来一枪。

弗雷德里克夫人：那人是谁？

吉罗德：你是说放款人吧？是亚伦·莱文斯基。

弗雷德里克夫人（露出一半是滑稽一半是惊恐的神情）：哦，主啊！

（第一幕完）

第二幕

场景：同第一幕。卡莱尔上将窝在扶手椅里睡着了，脸上蒙着手帕。露丝坐在一把带扶手的靠背椅上，吉罗德站在椅背后面。

露丝：爸爸十足是个招人喜爱的监护人，难道不是吗？

吉罗德：十足的。

（两人顿一下。）

露丝：吉罗德，刚才过去的十五分钟，我已经找了十五个话题。

吉罗德（微笑道）：你有吗？

露丝：你一直附和我，于是话题就结束了。然后我又得开动脑筋。

吉罗德：你所说的一切都如此睿智有见地。我当然就同意了。

露丝：我怀疑过上十年，你是否还觉得我睿智有见地。

吉罗德：我非常肯定会的。

露丝：哎哟喂，那样说来，我恐怕我们没法妙语连珠，也没法挖掘出对话的闪耀光芒了。

吉罗德：甜美的小姑娘，要乖乖的，谁乐意聪明就让谁聪明去吧。

露丝：哦，别说这样的话。男人要是恋爱，立刻就会做一个高台，接着在上面刻上《十诫》，然后双手叉腰地站在高台上。如果女人坠入爱河，她才不在乎"汝应"或者"汝不应"之类规矩呢。

吉罗德：当女人恋爱的时候，她就有了万种心思——她会将自己的心脏挖出来放在显微镜下好好观察，看看心是如何跳动的。当男人恋爱的时候，你觉得他会在乎科学和哲学，还有其他各种各样的东西吗？！

露丝：当男人恋爱的时候，他只会撰写献给月亮的十四行诗。当女人恋爱的时候，她依然能够给他烧饭煮菜，以及修补自己的长袜。

吉罗德：我希望你别太吹捧我的观察力了。

（她仰起脸蛋，他吻吻她的双唇。）

露丝：你知道的，我开始觉得你是一个非常好的人了。

吉罗德：不管怎样，这令人安心。

露丝：不过没人能够指责你的谈吐妙趣横生。

吉罗德：你见过巴黎的那些恋人吗？——他们坐在椅子上，什么话都没说，就那样一小时一小时地坐着。

露丝：为什么说这个啊？

吉罗德：因为我原先一直以为他们肯定非常无聊沉闷，说不定就会号啕大哭起来。现在我知道了，他们只是非常幸福。

露丝：你当然是我的士兵，因此我觉得自己是你的保姆。

吉罗德：你知道的，当年我在都柏林的三一学院的时候——

露丝（插话道）：你在那里念书的？我还以为你去的是牛津大学。

吉罗德：不是，你为何这么想？

露丝：只因为我身边的人都去牛津大学的莫德林学院念书。

吉罗德：这倒是的。

露丝：于是我决定了，如果我将来有儿子，他也一定要去那里念书。

（上将开始起身，拿下了蒙在脸上的手帕。其他人都没有留意到他。他听到这段对话，心中大为惊骇。在上述对话后半段的时候，弗雷德里克夫人进屋，微笑地站着听他们谈话。）

吉罗德：亲爱的，你知道的，无论何事，我都讨厌跟你唱反调。不过我已经拿定主意，我的儿子要像我一样，也得去都柏林念书。

露丝：吉罗德，我非常抱歉，可是那男孩必须接受培养绅士的教育啊。

吉罗德：露丝，我对此非常赞同，但是无论如何，他首先是爱尔兰人，因此他应该在爱尔兰接受教育——这才是名正言顺的做法。

露丝：亲爱的吉罗德，在这些事情上，母爱自然而然是最保险的指引。

吉罗德：最最亲爱的露丝，父亲的睿智永远最可靠。

弗雷德里克夫人：对不起，我插句话，只是——你们现在说这个会不会有点太早啊？

上将（*暴跳如雷地说*）：两个还没结婚的小年轻居然谈论这个，你这辈子听说过这样的事情吗？

露丝：亲爱的爸爸，我们必须为所有事情做好准备。

上将：我年轻的时候，年轻的小姐们不会谈及这些事。

弗雷德里克夫人：嗯，她们现在具备自然学科的基础知识——我觉得这现象并非世风日下。从个人角度来说，我不知道“无知”是不是属于“美德”，而且我对于“女子无才便是德”的教育方式还挺拿不准的——因为姑娘们被养成了十足的笨蛋，那么她们有可能成为更好的妻子吗？

上将：弗雷德里克夫人，我是老派人。另外，我认为一个端庄少女听到有人谈及某些话题，就应该昏厥过去。昏厥，夫人，昏厥。我还是小伙子的时候，她们都是这样做的。

露丝：好吧，父亲，有时候我想要某些东西，而你又不肯给我，那样的时刻，我常常努力地想晕过去，可是我从来没有成功过。因此我很肯定自己无法昏厥。

上将：至于刚才那个荒诞可笑的问题，就是将来要送你的儿子去哪所大学读书？——你似乎忘了我有权提供参考意见。

吉罗德：亲爱的上将，我真瞧不出来此事为何可能要叨扰到你呢。

上将：在我们继续讨论之前，我觉得应该让你知道，自从露丝降生的那天起，我就下定决心，将来她的儿子要去剑桥大学读书。

露丝：亲爱的爸爸，他是吉罗德和我的儿子，因此无可置疑地，如何才是为他好，我们才是最好的评判者。

上将：那男孩必须工作，露丝。我不要一无是处的废物孙子。

吉罗德：非常正确。我决定要他去都柏林的原因就在于此。

露丝：重要的是他应该非常得体，非常有风度。在牛津大学，就算他们什么都不教，礼仪风度还是会传授的。

弗雷德里克夫人：嗯，难道你们不觉得最好等上二十年左右，再来讨论该话题吗？

上将：弗雷德里克夫人，有些事情必须现在马上解决。

弗雷德里克夫人：你知道的，现在的年轻人都非常独立。我不知道再过二十年，你孙子那一辈年轻人又是什么模样呀！？

吉罗德：那男孩首先要学的就是听话乖巧。

露丝：的确。悖逆不听话的孩子最招人讨厌。

上将：我无法想象自己的孙子胆敢违抗我的命令。

弗雷德里克夫人：那么你们大家达成一致了。事情都安排好了。我来是告诉大家，你们的马车已经准备妥当了。

上将：露丝，去戴上你的软帽。（对弗雷德里克夫人说）你跟我们一起走吗？

弗雷德里克夫人：我恐怕不行。再见吧。

上将：那就过会儿再见吧。

（上将和露丝离开。）

吉罗德：像露丝这样讨人喜欢的可人儿，你这辈子见过吗？

弗雷德里克夫人（笑道）**：**当我看镜子的时候，觉得镜中人最可爱，除此之外，她最好了。

吉罗德：亲爱的伊丽莎白，你真自负啊。

弗雷德里克夫人：亲爱的吉罗德，你非常开心。

吉罗德：克服完所有的困难，现在委实松了口气。我本以为永远都无法如愿了。伊丽莎白，你的心地真好。

弗雷德里克夫人：我真觉得自己非常好心肠。

吉罗德：你当时答应安排一切的时候，我就觉得非常心安。

弗雷德里克夫人：我只说自己会尽力的，不是吗？另外我告诉你别担心。

吉罗德（突然转身说）：难道事情还没妥当吗？

弗雷德里克夫人：没有，事情有可能糟糕到极点。我知道科恩待在这里，因此我本以为自己能拖延几天——让他过几天再来要账。

吉罗德：他不肯吗？

弗雷德里克夫人：账单已经不在他的手里了。

吉罗德（大惊失色道）：什么！

弗雷德里克夫人：它们都被转让了，而且他发誓自己根本不知道那些账单落到了谁的手里。我不知道接下来会怎样，这只是冰山一角。以前就已经够麻烦了。我知道科恩有哪些最坏的招数，可是如今……不可能是帕勒汀吧。

吉罗德：还有那个蒙哥马利。

弗雷德里克夫人：我今天得见见他。

吉罗德：你打算跟他说什么呢？

弗雷德里克夫人：我一点主意都没有。我非常怕他。

吉罗德：亲爱的，你知道的，如果事情糟到无法收拾……

弗雷德里克夫人：无论发生什么事情，你都会娶到露丝。我向你保证。

（帕勒汀·福德斯现身。）

福德斯：我能进来吗？

弗雷德里克夫人（*喜笑颜开地说*）：这是公共场合。我都不明白我们怎么可能阻止你呢。

吉罗德：我正想出去散散步。

弗雷德里克夫人：去吧。

（*吉罗德离开。*）

福德斯：呃？事情怎么样了？

弗雷德里克夫人：很好，谢谢。

福德斯：我让查理陪着他母亲。我希望你能放过他几个小时。

弗雷德里克夫人：我跟他说过的，今天下午，他必须陪她的。我不允许他忽视自己应尽的孝道。

福德斯：啊！……今天上午，我看见迪克·科恩了。

弗雷德里克夫人（*赶紧说道*）：你见到了？

福德斯：你似乎对此事有兴趣？

弗雷德里克夫人：根本没兴趣。我为什么要感兴趣？

福德斯（*微笑道*）：小个子的好男人，不是吗？

弗雷德里克夫人（*和颜悦色地说*）：我真希望自己手里能拿个什么东西，那样就能朝你砸过去了。

福德斯（*大笑道*）：好吧，我没有弄到那些令人鼻青脸肿的账单。我去得太晚了。

弗雷德里克夫人：你试过吗？

福德斯：哦——是的，我本想着查理会有兴趣知道，你必须嫁给他——此事有多迫在眉睫。

弗雷德里克夫人：那到底落到谁的手里了啊？

福德斯：我毫无头绪，不过那些账单肯定会弄得你非常不舒服。三千五百英镑，呃？

弗雷德里克夫人：别一上来就说总额。这听起来太多了。

福德斯：你不愿意将那些信交给梅瑞诗顿老夫人，换个七千英镑，对吧？

弗雷德里克夫人（笑道）**：**不愿意。

福德斯：啊……顺便问一句，如果我把你我所有——的瓜葛，全都告诉查理，你介意吗？

弗雷德里克夫人：我为什么要介意呢？看上去傻兮兮的那个人可不是我。

福德斯：我可以将其视作自己已经得到你的允许了。

弗雷德里克夫人：我寻思着你应该已经留意到——查理非常有幽默感。

福德斯：如果你打算跟我唱反调，那么我就得走了。（停下脚步）我说，没有其他跟你作对的事情会冒出来了——你肯定吗？

弗雷德里克夫人（笑道）**：**非常肯定，谢谢。

福德斯：今天，我姐姐的心情非常好。贝灵翰姆那件事怎么说？

弗雷德里克夫人：只是流言蜚语罢了，我的朋友。

福德斯：好的，那你多加小心吧。她是女人，因此她会毫无顾忌地不择手段。

弗雷德里克夫人：我就奇怪了，你为什么要提醒我呢？

福德斯：亲爱的，看在往日的情分上。

弗雷德里克夫人：帕勒汀，你变得多愁善感了。对于玩世不恭的人来说，当年岁日长的时候，若变得多愁善感，那就是神灵们给予的惩罚。

福德斯：有可能，但我这辈子就是无法忘记曾经——

弗雷德里克夫人（打断他道）**：**亲爱的朋友，不要重提我那令人断肠的伤感往事。

福德斯：我觉得自己这辈子再也不会遇上像你这样的人——能如此彻底地跟多愁善感绝缘。

弗雷德里克夫人：太阳底下所有的缺点，我一一具备……我们就此达成了一致意见，那么别再说了。

（一个仆人上场。）

仆人：克劳德太太想见夫人您。

弗雷德里克夫人：哦，我的女裁缝。

福德斯：另一张账单吗？

弗雷德里克夫人：蒙特卡洛最糟糕的就是这个。就像走在庞德街[①]上，一个人总能遇见很多债主。你就说我有事正忙。

仆人：克劳德太太说她会一直等到夫人有空。

福德斯：你搞错了。当某人付不起账单的时候，就得永远和颜悦色地对待别人。

弗雷德里克夫人：带她进来吧。

仆人：是，夫人。（退下。）

福德斯：是那张大额的？

弗雷德里克夫人：哦，不是……只是那张七百英镑的。

福德斯：我的天啊！

弗雷德里克夫人：亲爱的朋友，人必须有衣服穿。我总不能弄几片无花果叶子遮身体，然后到处跑吧。

福德斯：人可以穿得简单朴素。

弗雷德里克夫人：我是这样的。开销如此庞大，原因就在于此。

福德斯：你知道的，你着实太过奢靡浪费。

---

① 庞德街：英国伦敦著名时尚购物街，据说与纽约第五大道齐名。——译者注

弗雷德里克夫人：我没有。只要最简单的生活必需品，我就能心满意足。

福德斯：你有一个女仆。

弗雷德里克夫人：我当然有一个女仆。从来没人教会我该如何梳妆打扮。

福德斯：你还有一个男仆。

弗雷德里克夫人：我一直有男仆。还有，我母亲一直有男仆。要是没有他，我一天都活不了。

福德斯：他都为你干什么了？

弗雷德里克夫人：他激发那些商人的信心。

福德斯：而且，你在这饭店里还要了最贵的套房。

弗雷德里克夫人：我如今过得一团糟。如果我的房间不够豪华，我就该胡思乱想了。

福德斯：另外，如果这些还不够的话，你还在赌桌上散财。

弗雷德里克夫人：等你跟我一样穷的时候，就会明白多几个少几个路易[①]完全于事无补。

福德斯（笑道）：你实在无可救药。

弗雷德里克夫人：真不是我的错。我努力想节俭，可是钱就像水一样从我指缝间流走。我无法控制。

福德斯：你需要某个脑子清楚的男人来照顾你。

弗雷德里克夫人：我需要某个非常有钱的男人来照顾我。

福德斯：如果你是我妻子，那么我会在报纸上刊登启事，说我不负责你的债务。

---

① 路易：又称金路易，法国货币单位，1路易=24法郎。——译者注

弗雷德里克夫人：如果你是我丈夫，我会马上在你的启事下面广而告之，说我不负责你的礼貌问题。

福德斯：我不明白你为何如此鲁莽不谨慎。

弗雷德里克夫人：我丈夫还活着的时候，我过得压抑苦恼极了。后来他去世了，正当我期盼过上一点幸福生活的时候，我儿子死了。然后，我什么事情都不放在心上了。我竭尽一切可能麻醉自己。其他女人用吗啡，而我用金钱——事情就这样。

福德斯：还是我以前认识的那个亲爱的——丢三落四、好心肠的贝琪。

弗雷德里克夫人：如今，你是唯一叫我“贝琪”的人了。对于其他人，我只是伊丽莎白。

福德斯：瞧，你打算如何应付这个女裁缝呢？

弗雷德里克夫人：我不知道。我永远是事到临头，跟着感觉走。

福德斯：她会闹得鸡飞狗跳的，是不是？

弗雷德里克夫人：哦，不会的。我要非常和善地待她。

福德斯：不过，她难道不会咄咄逼人地对你吗？

弗雷德里克夫人：你不懂我应付那些债主的方式。

福德斯：我知道，反正就是不给钱的方式。

弗雷德里克夫人：不行吗？我跟你赌一百个路易——就算我给她钱，她也会拒收的。

福德斯：我同意。

弗雷德里克夫人：她来了。

（克劳德太太上场，仆人在前面引路。她身材矮胖，举止斯文，衣着非常华丽，说话带着伦敦腔。她俨乎其然的神情表明下决心要撕破脸了，摆出那种常见的酸冷面孔。）

仆人：克劳德太太来了。

（仆人退下。弗雷德里克夫人热情洋溢地朝她走去，然后握住她的双手。）

弗雷德里克夫人：最贤良的女人。见到你真令人惊喜啊。

克劳德太太（挺直身板说）：非常凑巧，我听说夫人您正待在蒙特卡洛呢。

弗雷德里克夫人：于是你马上来看我了。你真是太好了。你正是我原本就要见的人。

克劳德太太（意味深长地说）：夫人，坦白讲，我很高兴听你这么说。

弗雷德里克夫人：亲爱的人儿。蒙特卡洛的一个优势就是——在这里的人能遇见自己所有的朋友。你认识福德斯先生吗？亲爱的帕勒汀，这位是克劳德太太，她是一位艺术家，真正的艺术家。

克劳德太太（冷冷地说）：夫人您这样想，我很高兴。

福德斯：你好。

弗雷德里克夫人：喏，这件礼服。瞧，瞧，瞧。亲爱的，这裙子真是天才的作品。这种垂坠方式完整地表达了我的个性。仔细看整体，这礼服展现出那些值得钦佩的美德，使我能给社会增添色彩，同时裙底的褶边只表明某些瑕疵——你很难说它们是缺点——给我的个性平添了几分优雅和风趣。还有这荷叶边。帕勒汀，我恳求你一定要仔细看看。我宁可要这样的荷叶边，也不要赢得滑铁卢战役的胜利。

克劳德太太：夫人您真是太过誉了。

弗雷德里克夫人：毫不过誉，一点都不过誉。你还记得那件玫瑰色雪纺绸吧。有一天，我穿着那衣服，然后那位亲爱的大公夫人朝我走来说道："亲爱的，亲爱的。"她如此激动，我还以为她要晕过去了。不过等她恢复正常后，她吻了吻我的双颊说："亲爱的，你的女裁缝太金贵了——人有多重，就值多重的黄金。"帕勒汀，你听到她说这话的，不是吗？

福德斯：你忘了我昨晚刚到这里。

弗雷德里克夫人：当然。我真是太傻了。她要是听说你在蒙特卡洛，肯定会非常开心的。只是我必须非常婉转地将此消息告诉她。

克劳德太太（*无动于衷地说*）**：**麻烦到夫人您，我很抱歉。

弗雷德里克夫人：那你们会谈什么呢？如果你没来看我，那我永远都不会原谅你的哦。

克劳德太太：我有些话要跟夫人您说。

弗雷德里克夫人：哦，不过我希望我们能好好谈谈的。你是开车过来的吗？

克劳德太太：是的。

弗雷德里克夫人：这就太好了。你每天都能带我兜风了。我希望你在这里能待上一段时间。

克劳德太太：弗雷德里克夫人，这得看情况。我在这里有些小买卖。

弗雷德里克夫人：那就让我提醒你一下——不要赌博。

克劳德太太：哦，不会的，夫人。我在生意上下的赌本已经够大了。我从来不知道自己的顾客们什么时候会付账——或者打算付账。

弗雷德里克夫人（*微微吃惊道*）**：**哈，哈，哈。

福德斯（*沉着嗓子狂笑道*）**：**嚯，嚯，嚯。

弗雷德里克夫人：她难道不聪明吗？我必须把这话告诉大公夫人。她会非常开怀的。哈哈哈哈。亲爱的大公夫人，你知道她喜欢开开玩笑。你真的必须见见她。你明天来吃午饭吗？我知道你们一定合得来。

克劳德太太（*态度稍稍缓和道*）：要这样的话，夫人您真是太好了。

弗雷德里克夫人：亲爱的，你非常清楚一直以来，我都将你视作最好的朋友之一。接下来还有谁呢？你和我，还有大公夫人。然后，我问问梅瑞诗顿大人。

克劳德太太：弗雷德里克夫人，你说的是梅瑞诗顿侯爵？

弗雷德里克夫人：是的。这位福德斯先生是他的舅舅。

克劳德太太：对不起，你是帕勒汀·福德斯先生吗？

福德斯（*鞠躬道*）：太太，愿意为你效劳。

克劳德太太：福德斯先生，我很高兴认识你。（*嬉皮笑脸地说*）我向来听闻你是一个很坏的男人。

福德斯：太太，我被你的话完全弄糊涂了。

克劳德太太：福德斯先生，相信我，那些嫁给圣人的女士们才不会在服装上绞尽脑汁……嫁给坏男人的女人才需要动这个脑筋。

弗雷德里克夫人：现在我们需要第三个男人。我们能问问我弟弟——你知道的，就是吉罗德·奥玛拉爵士，可以吗？或者我们去问问多尼亚尼亲王吧？是的，我觉得我们应该去找亲王。我肯定你会喜欢他的。多英俊的男人啊！这样一来，我们就有六个人了。

克劳德太太：弗雷德里克夫人，你真是太客气了，可是——嗯，你知道的，我只是一个做买卖的女人。

弗雷德里克夫人：做买卖的女人？你怎么能这样胡说呢。你是一位艺术家——真正的艺术家，亲爱的。艺术家适合见国王。

克劳德太太：嗯，我的顾客们穿着我制作的衣服，然后找人作画，接着他们的画像被挂在皇家艺术学院——我不否认看到这种情况，我觉得非常体面。

弗雷德里克夫人：那么就说定了，克劳德夫人，是不是呀？——哦，我可以叫你艾达吗？

克劳德太太：哦，弗雷德里克夫人，我着实受宠若惊啊。不过你怎么知道我的名字呢？

弗雷德里克夫人：前几天你给我寄来一封信……对了，你干吗写那封信啊？

克劳德太太：我写过吗？

弗雷德里克夫人：而且还是一封怒气冲冲的信函。

克劳德太太（带着歉意辩解道）**：**哦，弗雷德里克夫人，那只是做生意的方式罢了。我都记不清自己在信里都写些什么了……

弗雷德里克夫人（打断她的话，好像突然恍然大悟似的）**：**艾达！我知道了，你今天来这里，是找我要账的。

克劳德太太：哦，不是的，夫人，我向你保证。

弗雷德里克夫人：你是的，我就知道你是的。从你的脸上，我能看出这点。你这样真是太不厚道了。我原本想着你是以朋友身份来的呢。

克劳德太太：弗雷德里克夫人，我是作为朋友来的。

弗雷德里克夫人：不是的，你打算跟我催债的。我对你好失望。我本来认为，我都从你那里买了那么多东西，你应该不会如此待我的。

克劳德太太：可是我向夫人您保证……

弗雷德里克夫人：一个字都别说了。你来要支票的。你可以拿去。

克劳德太太：不，弗雷德里克夫人，我不会拿的。

弗雷德里克夫人：克劳德太太，确切的金额是多少来着？

克劳德太太：我——我不记得了。

弗雷德里克夫人：七百五十英镑，十七先令加九便士。你瞧，我记得的。你来拿支票，那就拿去吧。

（她坐下，拿起一支钢笔。）

克劳德太太：哎呀，弗雷德里克夫人，我会将这视作非常刻薄的事情。你待我像对付低人一等的贱人似的。

弗雷德里克夫人：我很抱歉，不过你事先应该想到的。我现在手头没有支票——真讨厌！

克劳德太太：哦，没关系的，弗雷德里克夫人。我向你保证，我从来没想到过支票的事情。

弗雷德里克夫人：我该怎么办呢？

福德斯：你知道的，你可以写在某张白纸上的。

弗雷德里克夫人（斜睨了他一眼，轻声说）：禽兽！（随后大声说道）我当然可以。我居然没想到这个。（她拿出一张纸）不过我到底该去哪里搞一个印泥呢？

福德斯（乐不可支地说）：我碰巧带着一个。

弗雷德里克夫人：我就不明白了，你到底干吗要在蒙特卡洛带着英国印泥啊？

福德斯（递给她一个印泥说）：有时候，一便士买的印泥能给人省下一百路易呢——刚才的赌局，我可能不会输。

弗雷德里克夫人（讥诮道）：非常感谢。我要在最上方写上自己银行的名称，对吗？给付克劳德太太……

克劳德太太：哎哟，真差劲，弗雷德里克夫人，我不会拿的。毕竟我还得考虑自己的自尊心啊。

弗雷德里克夫人：现在太迟了。

克劳德太太（微微吸口气说）：不，别这样，弗雷德里克夫人。别对我太苛刻了。作为一位女士向另一位女士乞求……我恳求你宽恕我。我来这里是为了收账，可是——嗯，我不想要这钱了。

弗雷德里克夫人（神情柔和地抬起头说）：好吧，好吧。（她看着“支票”。）那就如你所愿吧。（她撕了“支票”。）

克劳德太太：哦，谢谢，弗雷德里克夫人。我将这视作真正的赏赐。现在说真的，我必须走了。

弗雷德里克夫人：你必须走吗？好吧，那再见了。帕勒汀，送克劳德太太去自己的车上吧。再见，艾达！（她吻吻对方的面颊。）

克劳德太太（边走边说）：我很高兴见到你。

（帕勒汀伸出胳膊，然后同克劳德太太一起离开。弗雷德里克夫人走到窗边，站上一把椅子，挥舞着手绢。正在此时，蒙哥马利上校进来了。）

蒙哥马利上校：你好！

弗雷德里克夫人（爬下椅子）：你来了，真是太好了！我原本就想见你的。

蒙哥马利上校：我可以坐下吗？

弗雷德里克夫人：当然。有一两件事情，我想跟你谈谈。

蒙哥马利上校：什么事？

弗雷德里克夫人：首先，你待吉罗德那么和善，我必须谢谢你。昨晚，我不知道他欠了你一大笔钱。

蒙哥马利上校：小事一桩。

弗雷德里克夫人：你肯定非常有钱，才能管九百英镑叫“小事一桩”吧？

蒙哥马利上校：我是非常有钱。

弗雷德里克夫人（笑道）：同样，你给他很宽裕的时间，这也非常善良。

蒙哥马利上校：我跟吉罗德说过，明天之前都可以。

弗雷德里克夫人：显而易见，只要他有办法，肯定要跟你清账的。

蒙哥马利上校（心平气和地说）：我常常想不清楚，为什么人们称赌债是“荣誉的债务”呢？

弗雷德里克夫人（专注地看着他说）：当然，我明白如果你逼债，而吉罗德又无法偿还——那么他就得把自己的证件寄出去，得准备上法庭了。

蒙哥马利上校（细声细语地说）：你或许非常清楚，我本无意将事情闹到不可收拾的地步。顺便问一句，我们昨晚闲聊的话题，你仔细考虑过吗？

弗雷德里克夫人：没有。

蒙哥马利上校：你若是明智，就应该好好考虑。

弗雷德里克夫人：亲爱的蒙哥马利上校，说真的，你不应该想要我嫁给你的，因为我有一个弟弟，居然蠢到输钱输得超出自己的能力。

蒙哥马利上校：你是否听说过我父亲是放债人？

弗雷德里克夫人：我相信这行当利润可观。

蒙哥马利上校：他发现确实如此。他是波兰犹太人，名叫“亚伦·莱文斯基”。他来到这个国家的时候，口袋里有三个先令。他把半克朗[①]借给一个朋友，条件是三天后，对方得还他七先令六便士。

弗雷德里克夫人：我对数字不内行，不过听起来利息相当高啊。

蒙哥马利上校：是很高。这是我父亲的专长之一。他事业的起点非常惨淡卑微，慢慢有了现在的规模。他去世前，有本事给我弄到蒙哥马利这个伟大家族的称号和徽章，另外还有一百多万的财富。

弗雷德里克夫人：节俭、勤勉和好运——三者相加的成果。

---

① 半克朗：两个半先令。七先令六便士是七个半先令，即三个半克朗。——译者注

蒙哥马利上校：除了一样，我父亲所有其他野心都如愿了。他想进入上等社会——他饱受这种渴望的煎熬，而且他永远无法达成此心愿。他的临终愿望就是我应该生活在那些圈子里……他要了解那些圈子——只能通过……

弗雷德里克夫人：只能通过放债的柜台？

蒙哥马利上校：非常准确。只是我可怜的父亲对这些事情一知半解。对他来说，所有的勋爵都一样好。他认为侯爵和伯爵相比，前者更优秀；子爵好过男爵。他永远都搞不懂，比起很多披挂绶带的英格兰伯爵，一个身无分文的爱尔兰准男爵更有可能踏足更好的社交圈。

弗雷德里克夫人：你这话是想表达什么意思呢？

蒙哥马利上校：昨晚，我斗胆跟你求婚……我想同你解释一下其理由之一。

弗雷德里克夫人：可是你肯定认识一些非常不错的人。前几天，我看见你和城里某个爵士的遗孀吃午饭来着的。

蒙哥马利上校：很多卓越人士都非常喜欢跟我一起吃饭。不过我心里很清楚他们并非货真价实的东西。我跟那些宅邸的距离依旧那么遥远，而你一直能登门拜访那些家庭……对你来说，素来都是如此，都习以为常了。我不乐意接触那些差劲的伯爵，还有那些非常下三烂的贵族遗孀。

弗雷德里克夫人：请原谅我的坦率，可是——你这样难道不是势利眼吗？

蒙哥马利上校：我的父亲，亚伦·莱文斯基——他娶了一个英国女人，因此我具备所有英国人的美德。

弗雷德里克夫人：不过，即便你成了我丈夫，我也拿不准那些人会吃得消你。

蒙哥马利上校：他们的脸上会有不屑，但他们将很好地吃得消我。等我邀请他们去过英格兰最好的猎场之后，他们就会得出结论……我很好地融进他们的圈子，跟他们打成一片了。

弗雷德里克夫人（非常乐不可支地说）：你的求婚显得太公事公办……跟做生意似的，可你知道我并非做买卖的女人。这对我没有吸引力。

蒙哥马利上校：我只是请你履行妻子的责任，都是社会对妻子的一些普通要求。凭良心讲，要求并不多。我希望你热情招待各方宾朋，还有我的客人们；对我有礼貌，至少在外人面前；陪我前往各种场合，都是大家要去的地方。除此之外，我给你完全的自由。你会发现我非常慷慨，而且心思细密——对你所有的心愿，都非常关切。

弗雷德里克夫人：蒙哥马利上校，我不知道你刚才的话里面有几分是认真的。可是我兄弟欠了你一大笔钱，如果你在乎这笔钱，就可以令他完蛋。说实话，你选这个时候来求这样的婚，实在选得不怎么样。

蒙哥马利上校：为什么不选这时候呢？

弗雷德里克夫人：难道你的意思是说……

蒙哥马利上校：我就跟你打开天窗说亮话吧。如果我不曾想到你在感激涕零之下，会对我有所亏欠，那我绝不会允许吉罗德输掉那么一大笔钱……那是他根本不可能偿还的款项。

弗雷德里克夫人（突兀地说）：吉罗德明天会还你钱，一分不少。

蒙哥马利上校（温柔殷勤地说）：你觉得他能从哪里搞到钱呢？

弗雷德里克夫人：我毫不怀疑自己有本事处理某些状况。

蒙哥马利上校：今天上午你不是尝试过吗？彻底失败了吧。

弗雷德里克夫人（大为惊讶地说）**：**什么？

蒙哥马利上校：你自己明天还有杂七杂八的好几笔欠款要付账，你没有忘吧？

弗雷德里克夫人：你怎么知道这个的？

蒙哥马利上校：我跟你说过，当我掌控某件事的时候，就会坚持到底，一直到得偿所愿。你去找过迪克·科恩，他告诉你那些账单不在他手里了。难道你猜不出来唯一对此有一丁点兴趣……会接手这些账单的男人是谁吗？

弗雷德里克夫人：你？

蒙哥马利上校：是的。

弗雷德里克夫人：哦，上帝！

蒙哥马利上校：得了，得了，别担心。没什么值得大惊小怪的。我做事非常得体——如果你当时马上接受我，连那些账单在我手上的事情，你永远都不会知道。再想想吧。我肯定我们能相处得很好。你最想要的东西，金钱和自由——只要你乐意，就能有肆意挥霍金钱的自由；你可以给我确凿无疑、安稳坚固的社会地位——那是我父亲一心向往的东西。

弗雷德里克夫人：如果我不接受，那你就会让我破产，还要毁掉吉罗德吗？

蒙哥马利上校：我拒绝考虑这种非常令人不快的选项。

弗雷德里克夫人：哦！我做不到，我无法做到。

蒙哥马利上校（笑道）**：**可是你必须，你必须这么做。我什么时候来听你的回答呢？明天吗？我的口袋里会带着那些账单，还有吉罗德写下的欠条，到时候你就可以亲手烧掉它们了。再见。

（他亲吻她的手，然后离开。弗雷德里克夫人保持着茫然瞠视前方的动作。梅瑞诗顿侯爵进屋，梅瑞诗顿老夫人和帕勒汀跟在后面。）

梅瑞诗顿侯爵（火急火燎地走到她面前）：哎呀！我都不知道你怎么样了呢。

弗雷德里克夫人（笑道）：我把你从自己身边赶走，也就过了两小时吧。

梅瑞诗顿侯爵：我恐怕自己让你烦得要死。

弗雷德里克夫人：别傻了。你知道你不会的。

梅瑞诗顿侯爵：你现在要去哪里呀？

弗雷德里克夫人：我头疼得厉害。我得去躺下了。

梅瑞诗顿侯爵：我很抱歉。

（弗雷德里克夫人离开。梅瑞诗顿侯爵忧心忡忡地盯着她的背影，然后朝门迈出一步。）

梅瑞诗顿老夫人（声音尖利地说）：查理，你要去哪里？

梅瑞诗顿侯爵：我还没问过弗雷德里克夫人，是否有我能帮忙的地方？

梅瑞诗顿老夫人：老天爷啊，毫无疑问，饭店里有很多仆人，无论她要什么，都会有人拿给她的。

梅瑞诗顿侯爵：难道你不觉得带她去兜兜风，会有好处吗？

梅瑞诗顿老夫人（忍无可忍地失控道）：哦，我对你的耐心消失殆尽了。我这辈子绝对不要看到如此荒唐的事情……你真是鬼迷心窍啊。

福德斯：镇定，老妹，镇定。

梅瑞诗顿侯爵：母亲，你到底什么意思啊？

梅瑞诗顿老夫人：假设来说吧，你不打算否认你爱上那个女人。

梅瑞诗顿侯爵（*脸色变得苍白*）：提到她的时候，你介意称呼她“弗雷德里克夫人”吗？

梅瑞诗顿老夫人：查理，你一直在挑战我。请回答我的问题。

梅瑞诗顿侯爵：母亲，对你，我不想显得大不敬，可是我觉得你没有权力干涉我的私生活。

福德斯：如果你们打算好好谈论这话题，那么——要是你们双方都能克制住自己的脾气，就更有可能达成谅解。

梅瑞诗顿侯爵：我没想讨论任何事情。

梅瑞诗顿老夫人：查理，别犯傻了。早上、中午和晚上，你都和弗雷德里克夫人黏在一起。她连离这家饭店一码远的地方，都绝无可能走过去，可你还一个劲地跟在她身后飞。你这样寸步不离地关注，会令她心烦的。

福德斯（*温和亲切地说*）：人以群分，某人的人际关系永远都能反映他本身的情况——非常坦率，不会作假。就像盯着一面劣质镜子，他们永远能照出你的鼻子长歪了，还有一只眼睛是斜的。

梅瑞诗顿老夫人（*对梅瑞诗顿侯爵说*）：你这样的所作所为，到底什么意思？将来这事情要如何收场？——我当然有权利知道。

梅瑞诗顿侯爵：我不知道事情将来会怎样。

福德斯：令我们好奇心爆发的问题是——你打算向弗雷德里克夫人求婚吗？

梅瑞诗顿侯爵：我拒绝回答该问题。在我看来，这问题极度粗鲁。

福德斯：得了，得了，我的孩子，你还太年轻，不适合扮演正襟危坐的父亲角色。我们两人都是你的朋友。你最好一五一十地说出来，难道不是吗？别忘了，你母亲和我除了考虑你的幸福之外，对其他一切并没有兴趣。

梅瑞诗顿老夫人（语带哀求地说）：查理！

梅瑞诗顿侯爵：如果有那么一时半会儿，我觉得她会接受，我当然会向她求婚。可是我非常害怕——怕她会拒绝，若是那样，我可能永远都不会再见到她了。

梅瑞诗顿老夫人：这孩子魔怔了，真正发疯了。

梅瑞诗顿侯爵：我不知道，她若打发我走，不再搭理我，那我该怎么办。我宁可继续这样悬而未决——虽然很揪心，但总好过永远失去希望。

福德斯：天哪！我的孩子，你跑得太远了。在爱情中，大声表白的人要远甚缩手缩脚的人——后者差劲多了。

梅瑞诗顿老夫人（轻笑道）：我得说自己的弟弟和儿子都拜倒在弗雷德里克夫人的裙下……两人都围着她团团转。看到这情景，我委实觉得好笑。同样的激情，不同的年代——你们各自的激情被多年的时光隔开了。

梅瑞诗顿侯爵：弗雷德里克夫人已经把那件事告诉我了。

福德斯：通常女人都一样轻浮草率，她也如此。

梅瑞诗顿侯爵：看样子，她当年非常不开心，至于你——你的品位如此可疑奇怪，居然会向她求爱。

福德斯：亲爱的孩子，你尽量别跟我说教。你一讲大道理，我就想起你那位令人哀伤的亡父。

梅瑞诗顿侯爵：最后，她答应跟你走。你们打算在滑铁卢车站碰面的。

福德斯：车站通风状况良好——约会找这样的地点，就能拥有良好的通风。

梅瑞诗顿侯爵：你们要坐九点的火车，然后坐船去艾尔斯群岛。

福德斯：弗雷德里克夫人的记性真令人叹为观止。我记得自己曾希望海浪不要太大。

梅瑞诗顿侯爵：就在火车刚要启动的时候，她的视线落在大钟上。每当那个时间点，她的孩子就会下楼吃早餐，然后要找她。你来不及阻止她，她跳下了车厢。火车开动了，你没法下车，于是你独自一人被带到了韦茅斯港。

梅瑞诗顿老夫人：帕勒汀，你肯定感觉自己像一头超级大傻驴。

福德斯：我是这感觉，不过你没必要戳我痛处、揭我伤疤。

梅瑞诗顿老夫人：查理，那水性杨花的女人爱得如此随便，难道还值得你一往情深吗？你难道就没想到这点吗？

梅瑞诗顿侯爵：可是，亲爱的母亲，你莫非觉得她真喜欢舅舅吗？

福德斯：你这话是什么鬼意思啊？

梅瑞诗顿侯爵：如果她爱你，那你觉得她还会犹豫跟你一起离开吗？你居然如此不了解她？她想到自己的孩子，只是因为她对你的情意非常寡淡而已。

福德斯（怒道）**：**你什么都不知道，你个放肆无礼的猴子。

梅瑞诗顿老夫人：亲爱的帕勒汀，弗雷德里克夫人是否曾经爱过你，有什么要紧的呢？

福德斯（冷静下来说）**：**当然一点都不要紧。

梅瑞诗顿老夫人：你混淆了“受伤的虚荣心”和“破碎的心灵”，我对此毫不怀疑。

福德斯（不悦地说）**：**亲爱的，你有时候说话真让人受不了。我也明白了——当年妹夫为什么放着家里火炉边的温暖位置不要，老跑到埃克塞特大厅的讲台上演讲。

梅瑞诗顿侯爵：对弗雷德里克夫人的经济难题，我一清二楚——你们大概会有兴趣知道这点。我知道明天她有两张账单到期。

福德斯：她是一个非常聪明的女人。

梅瑞诗顿侯爵：我向她提议，让我借给她这笔钱，结果她斩钉截铁地拒绝了。你瞧，她对我毫无保留。

梅瑞诗顿老夫人：亲爱的查理，承认无关紧要的事情，其目的是为了掩盖真正要紧的事情——这把戏非常古老了。

梅瑞诗顿侯爵：母亲，你这话什么意思啊？

梅瑞诗顿老夫人：弗雷德里克夫人没跟你讲过贝灵翰姆的那件事吧？

梅瑞诗顿侯爵：她为什么要跟我讲呢？

梅瑞诗顿老夫人：你多少有心娶这女人进门，因此你要是知道她当年差点没躲过离婚法庭[①]的制裁，肯定没有坏处的。

梅瑞诗顿侯爵：母亲，我不信。

福德斯：我的孩子，你要记得，你正在跟自己德高望重的家长说话呢。

梅瑞诗顿侯爵：我母亲会肆意污蔑抹黑我的——我最好的朋友，我对此非常难过。

梅瑞诗顿老夫人：你心里应该很清楚，我不会说一些无凭无据的话。

梅瑞诗顿侯爵：我不想再听到关于弗雷德里克夫人的任何坏话了。

梅瑞诗顿老夫人：可是你必须听。

梅瑞诗顿侯爵：你令我如此痛苦，难道你就这样无动于衷吗？

梅瑞诗顿老夫人：我不会允许你娶一个伤风败俗、无可救药的女人。

梅瑞诗顿侯爵：母亲，你怎么敢说这样的话啊？

福德斯：我不是很喜欢这种场面，可是你最好一次性听完所有的坏消

① 离婚法庭：一战前的英国，离婚极为困难。当时还是沿用1867年法案，只有存在“对方通奸”的情况下，受害方才能提出离婚申诉。老夫人说弗雷德里克夫人差点躲过离婚法庭，言外之意就是她可能存在通奸的情况。——译者注

息，难道不对吗？

梅瑞诗顿侯爵：很好。不过，如果我母亲坚持说些什么话，那么她必须当着弗雷德里克夫人的面讲出来。

梅瑞诗顿老夫人：正合我意。

梅瑞诗顿侯爵：好的。（*他打铃。一个仆人上场。*）

福德斯：莫德，你最好小心点。你要要弄弗雷德里克夫人的话——她是一个危险的女人。

梅瑞诗顿侯爵（*对仆人说*）**：**去弗雷德里克·柏柔思夫人那里，就说梅瑞诗顿大人非常抱歉要打扰到夫人，可她若是能到客厅待上两分钟，大人将万分感激。

仆人：好的，老爷。（*退场。*）

福德斯：莫德，你打算干什么啊？

梅瑞诗顿老夫人：我知道有一封信——是弗雷德里克夫人的笔迹，它能证明我说的关于她的所有事情。为了弄到这封信，我真是上天入地般费尽心思，今天早上总算到手了。

福德斯：别傻到这份上。你不会打算用那东西吧？

梅瑞诗顿老夫人：我真的要用。

福德斯：你的血要归到你自己头上——事情会反噬的。除非我大错特错，否则你自己会遭受最可怕的奇耻大辱。

梅瑞诗顿老夫人：蠢话。我没有什么好害怕的。

（*弗雷德里克夫人进屋。*）

梅瑞诗顿侯爵：我很抱歉叨扰你了。我希望你不会介怀吧？

弗雷德里克夫人：没有的事。我知道要不是有充分的理由，你不会用这种方式派人来找我的。

梅瑞诗顿侯爵：我恐怕你会觉得我无礼粗俗得过头了。

梅瑞诗顿老夫人：查理，你真没必要一个劲地道歉。

梅瑞诗顿侯爵：我母亲有些对你不利的话要说，而我觉得她应该当着你的面说——这样才公道。

弗雷德里克夫人：查理，你真是太厚道了——不过我承认自己更喜欢别人在我背后嚼舌根，谈论我那些吓人事情。尤其是他们说的刚好确有其事。

福德斯：瞧好了，我觉得这一切都太荒唐了。我们大部分人都有一些不堪的过往，都有不想重提的往事，因此我们最好放手，让过去的都过去吧。

弗雷德里克夫人：梅瑞诗顿老夫人，我正等着呢。

梅瑞诗顿老夫人：我只是觉得我儿子应该知道弗雷德里克夫人一直是罗杰·贝灵翰姆的情妇。（*弗雷德里克夫人猛然转过头，看着她，随即纵声狂笑。梅瑞诗顿老夫人怒气冲冲地跳起身来，塞给她一封信*）这是你的笔迹吗？

弗雷德里克夫人（*毫不在意地说*）**：**我的天，你怎么弄到这个的？

梅瑞诗顿老夫人：弗雷德里克夫人，你瞧见了，我有充分的证据。

弗雷德里克夫人（*将信递给梅瑞诗顿侯爵*）**：**你想看看吗？你很清楚我的笔迹，完全有能力回答梅瑞诗顿老夫人的问题。

（*他匆匆浏览一番，随即慌乱沮丧地看着她。*）

梅瑞诗顿侯爵：上帝啊！……这什么意思啊？

弗雷德里克夫人：请大声念出来吧。

梅瑞诗顿侯爵：我做不到。

弗雷德里克夫人：那就给我吧。（*她将信从他手里拿过来*）收信人是我的小叔子，彼得·柏柔思。信里说的那个“凯特”指他妻子。（*念信*）亲爱的彼得：为了罗杰·贝灵翰姆，你和凯特居然大吵一架，我对此非常抱歉。你的想法错得离谱。他们之间绝对没有任何事情。星期二晚上，我真不知道凯特在哪里，但我非常肯定她和罗杰远隔一百英里。我知道此事是因为……

梅瑞诗顿侯爵（打断道）：看在上帝的分上，别念了。

（弗雷德里克夫人看看他，耸耸肩。）

弗雷德里克夫人：落款是伊丽莎白·柏柔思。还有一句附言——你想如何使用这封信，请随便吧。

梅瑞诗顿侯爵：这什么意思？这什么意思啊？

梅瑞诗顿老夫人：难道还不清楚吗？你找不到比这个更明确的罪行忏悔书了。

弗雷德里克夫人：我曾经想尽可能说清楚的。

梅瑞诗顿老夫人：难道你不说些什么吗？我肯定你应该会有些辩白解释的。

弗雷德里克夫人：梅瑞诗顿老夫人，我不知道你是怎么搞到这封信的。我赞同你的看法，这信确实是权宜之计。不过凯特和彼得现在都去世了，我也没有什么好顾忌的，可以说实话了。

（帕勒汀·福德斯朝前走一步，盯着她看。）

弗雷德里克夫人：我那妯娌柔婉温顺、娇小玲珑，外表端庄娴雅极了，根本没人会有丝毫疑心——觉得她会放浪形骸、胡搞乱搞。嗯，有天早晨，她泪如雨下地来找我，向我坦白，说她和罗杰·贝灵翰姆之间（耸一下肩）有了蠢事。她丈夫有些疑心，于是大吵了一架。

福德斯（冷冰冰地说）：有些男人碰到一点鸡毛蒜皮的小事，就咋咋呼呼地闹腾起来。

弗雷德里克夫人：为求自保，她便随口撒谎——将脑子里第一个冒出来的念头说出口。她跟彼得说，罗杰·贝灵翰姆是我的情人——然后她哀求我，说就指望我发发慈悲了。她是一个可怜懦弱的小东西，若真闹出丑闻，那她一辈子就全毁了。对罗杰来说，只不过是露水情缘罢了，而她经过这么一惊吓，狂热消失了，脑子恢复正常了。从她内心深处来说，她依然爱着自己的丈夫。我那时非常不开心，心绪绝望，而且我也不是很在乎自己将来会成什么样子。她答应我要翻开生活新的一页，反正就是诸如此类的话。我觉得自己最好还是给她一次重回正轨的机会。我按她的要求做了。我写了那封信，承担了所有责难。后来，凯特在去世之前，她和她丈夫一直幸福地生活着。

梅瑞诗顿侯爵：这就是你。

梅瑞诗顿老夫人：可是彼得大人和他夫人都去世了？

弗雷德里克夫人：是的。

梅瑞诗顿老夫人：那罗杰·贝灵翰姆呢？

弗雷德里克夫人：他也去世了。

梅瑞诗顿老夫人：那么你如何才能证明自己对此事的说辞呢？

弗雷德里克夫人：我无法证明。

梅瑞诗顿老夫人：查理，这能说服你吗？

梅瑞诗顿侯爵：当然可以。

梅瑞诗顿老夫人（*焦躁地说*）**：**老天爷，这孩子脑子糊涂了。帕勒汀，看在上天的分上，说几句话吧。

福德斯：嗯，亲爱的，虽然我非常不想让你不高兴，但我恐怕自己赞同查理的看法。

梅瑞诗顿老夫人：你的意思不会是说你相信这个胡诌的荒唐故事吧？

福德斯：我相信。

梅瑞诗顿老夫人：为什么？

福德斯：嗯，你瞧，弗雷德里克夫人是非常聪明的女人。她绝不会编造出这么一个完全令人无法信服的故事，实在无法得以证明啊！如果她有罪，她应该已经准备好一打证据，以此来证明自己的无辜清白。

梅瑞诗顿老夫人：可这太荒唐了。

福德斯：而且，我认识弗雷德里克夫人很久了，她最少有上千个缺点。

弗雷德里克夫人（*双眸盈盈泛光地说*）：谢谢。

福德斯：但我还得为她说几句话。她不是撒谎的人。如果她跟我说一件事，我会毫不犹豫地相信。

弗雷德里克夫人：至于你们中的任何一位，相信还是不相信，那真无关紧要。查理，帮个忙，打铃吧。

梅瑞诗顿侯爵：好的。

（*他打铃，一个仆人立刻进屋。*）

弗雷德里克夫人：去告诉我的仆人，叫他马上到这里，还要带上我放在梳妆室的事务盒。

仆人：是的，夫人。（*退场。*）

福德斯（*赶紧说*）：我说，你要干什么啊？

弗雷德里克夫人：那绝对跟你没关系。

福德斯：镇定，贝琪，不要将那些信给她。

弗雷德里克夫人：我想自己已经受够这件事了。我打算彻底了结此事。

福德斯：注意脾气，注意脾气。

弗雷德里克夫人（*跺脚道*）：帕勒汀，别跟我说“注意脾气”。（*她怒气冲冲地走来走去。帕勒汀坐到钢琴旁边，用一根手指弹出《蓝色不列颠尼亚》的节奏。*）

梅瑞诗顿侯爵：别弹了。（他拿起一本书，把书打开，盖住自己脑袋。）

福德斯：先生，这招不错。

弗雷德里克夫人：我常常弄不明白，帕勒汀，你到底是如何搞到“智慧”的江湖美誉啊？

福德斯：当别人讲笑话的时候，要发自肺腑地大笑——要做得非常明显，这样很显“智慧”。

（男仆拿着事务盒上场。弗雷德里克夫人打开盒子。她拿出一沓信。）

福德斯：贝琪，贝琪，看在老天的分上，不要这么干！发发慈悲吧。

弗雷德里克夫人：别人对我有过慈悲吗？你说，艾伯特！

男仆：是，夫人。

弗雷德里克夫人：你去跟饭店老板说，我打算明天离开蒙特卡洛。

梅瑞诗顿侯爵（大惊失色道）**：**你要走吗？

男仆：是的，夫人。

弗雷德里克夫人：你挺擅长记住别人的面容吧？

男仆：是的，夫人。

弗雷德里克夫人：你不可能忘记梅瑞诗顿大人吧？

男仆：不会的，夫人。

弗雷德里克夫人：那么，如果在伦敦的时候，大人他来拜访我，你就跟他说我不在家。

梅瑞诗顿侯爵：弗雷德里克夫人！

弗雷德里克夫人（对男仆说）**：**去吧。

（男仆退场。）

梅瑞诗顿侯爵：你这是什么意思？我做什么了？

（弗雷德里克夫人没有回答，只拿起信。帕勒汀心急如焚地盯着她。她朝火炉走去，然后将信一封接一封地扔进去。）

梅瑞诗顿老夫人：她到底在干什么啊？

弗雷德里克夫人：我手里有些信——我认识某个毫无价值的女人，她的幸福会被这些信给毁了。我就这样烧掉它们，免得自己受不了诱惑——去使用它们。

福德斯：我从来没有见过这样夸张、具有戏剧感的场面。

弗雷德里克夫人：帕勒汀，闭上你的嘴。（转头对梅瑞诗顿侯爵说）亲爱的查理，我来蒙特卡洛本是散心的。你母亲一刻不停地找我的麻烦。你舅舅——的教养简直太好了，他跟我说话的时候，态度就像吩咐自己下人一样。这样那样的，我一直不堪其扰，惹得我血气都涌上来了，因为显而易见，他们担心你打算娶我。我烦透了，也没力气了。我不习惯被人如此对待；我的耐心差不多耗尽了。既然整件麻烦事是因你而起，那我有一个简单明了的对策。我不想再跟你有任何瓜葛了。如果以后我们在街上遇见的话，你不用麻烦朝我这边看，因为我会对你视而不见。

梅瑞诗顿老夫人（轻声嘟囔道）**：**感谢上帝。

梅瑞诗顿侯爵：母亲，母亲。（对弗雷德里克夫人说）我非常抱歉。我觉得你有权生气。为你遭受的所有折磨，我万分卑微地乞求你的原谅。对于我母亲说的话和做过的事情，我满是歉意——那些都太理亏了。

梅瑞诗顿老夫人：查理！

梅瑞诗顿侯爵：我代表她和自己，万分恳切地向你道歉。

弗雷德里克夫人（微笑道）**：**别太严肃了。真的没关系。只是我觉得我们以后不再见面，应该是更为明智的做法。

梅瑞诗顿侯爵：可是没有你，我活不下去。

梅瑞诗顿老夫人（倒抽一口凉气）：啊！

梅瑞诗顿侯爵：难道你不知道，我所有的幸福都取决于你吗？我用自己整个心、整个灵魂地爱着你。除了你，我再也无法爱任何人了。

福德斯（对梅瑞诗顿老夫人说）：你现在搞砸了。你非常干脆利落地搞砸了。

梅瑞诗顿侯爵：别把我想成是一个放肆冒昧的傻瓜。自从认识你之后，我一直想说这些话，可我不敢。你聪慧有才、可爱迷人、风姿绰约，可我不能给你任何东西。

弗雷德里克夫人（轻柔地说）：亲爱的查理。

梅瑞诗顿侯爵：可是如果你能忽视我的缺点，我想你会发现我是有点用处的。你愿意嫁给我吗？我会将其视作巨大的荣耀，而且我会永远爱你，直到生命的尽头。我会竭尽全力使自己配得上——能跟你相依相伴的满满幸福。

弗雷德里克夫人：查理，你真是谦虚过头了。我委实受宠若惊，也万分感激。你必须给我时间，让我好好考虑一下。

梅瑞诗顿老夫人：时间？

梅瑞诗顿侯爵：可是我等不了。难道你看不出来我有多爱你吗？你以后再也找不到像我这样爱你的人了。

弗雷德里克夫人：我觉得你可以稍微等等。明天早上十点过来看我吧，我会给你答复的。

梅瑞诗顿侯爵：很好，如果我必须这么做，那我就答应。

弗雷德里克夫人（微笑道）：我恐怕你必须这么做。

福德斯（对弗雷德里克夫人说）：我不明白你现在到底在玩什么鬼把戏。

（她露出大获全胜的微笑，然后朝他深深行了屈膝礼，饱含讥讽意味。）

弗雷德里克夫人：大人，我是您温顺卑微的仆人，对您非常感恩戴德。

（第二幕完）

第三幕

场景：弗雷德里克夫人的梳妆室。舞台后方是一个大过道，悬挂着帘子，帘子后面是卧室。舞台右边是门，门外是走廊；左边是窗户。窗户的百叶窗拉上了，窗前有一张梳妆台。弗雷德里克夫人的女仆正在屋里，她是一个非常整洁俏丽的法国女人。她说话稍稍带点口音。她打铃，男仆上场。

女仆：梅瑞诗顿侯爵一来，你马上带他进来。

男仆（吃惊道）：在这见面吗？

女仆：还能去别的什么地方吗？（男仆意味深长地眨眨眼睛。女仆带着尊严感地挺直身板，夸张地做了一个指门动作。）

女仆：退下吧。

（男仆离开。）

弗雷德里克夫人（人在卧室，说道）：安吉丽珂，你把百叶窗卷起来了吗？

女仆：我就去，夫人。（她卷起百叶窗，灿烂的阳光照在梳妆台上）可是夫人绝对受不了这个的。（她看了看镜子中的自己）哦，早晨的阳光！我都无法看着自己了。

弗雷德里克夫人（还跟刚才一样在卧室说话）：你没理由去——尤其是照我的镜子。

女仆：大人说要过来，夫人却一定要我卷起百叶窗。哦，不可能有这样的事情吧。

弗雷德里克夫人：按我吩咐的去做，别多嘴。

（男仆进来通报梅瑞诗顿侯爵到了。女仆离开。）

男仆：梅瑞诗顿大人到。

弗雷德里克夫人（跟刚才一样在卧室说话）：查理，是你吗？你非常准时。

梅瑞诗顿侯爵：我一直在外面散步，时间到了才进来的。

弗雷德里克夫人：我还没有梳妆好，你知道的。我刚洗过澡。

梅瑞诗顿侯爵：我必须离开吗？

弗雷德里克夫人：不用，当然不用。我打理的时候，你可以跟我说说话。

梅瑞诗顿侯爵：好的。今天早上，你感觉怎么样？

弗雷德里克夫人：我不知道。我还没照镜子呢。你的感觉呢？

梅瑞诗顿侯爵：一级棒，谢谢。

弗雷德里克夫人：你的脸色好吗？

梅瑞诗顿侯爵（走到镜前）：我希望脸色好。天哪，这光线太强了。你必须对自己的肤色有十足的把握，才能经受这种强光的考验。

弗雷德里克夫人（现身）：我是有十足的把握。

梅瑞诗顿侯爵（赶紧朝她走去）：啊。

（她穿过帘子走出来。她穿着一件和服式睡衣，头发蓬乱，就像脑袋上顶着一个松松垮垮的拖把头。她没有化妆，脸色既憔悴又蜡黄，还有皱纹。梅瑞诗顿侯爵看到她的时候，微微发出一声惊呼。她故意用自己最厉害的土腔口音说话。）

弗雷德里克夫人：早上好。

梅瑞诗顿侯爵（神情慌乱地瞠视着她）：早上好。

弗雷德里克夫人：嗯，你刚才跟我说什么来着？

梅瑞诗顿侯爵（尴尬地说）：我——呃——希望你睡得好。

弗雷德里克夫人（笑道）：你呢？

梅瑞诗顿侯爵：我忘了。

弗雷德里克夫人：查理，我相信你睡得非常沉。你本来应该夜不成寐，并且想着我。怎么回事？你的样子好像见鬼似的。

梅瑞诗顿侯爵：没有，没有，根本没有的事情。

弗雷德里克夫人：你不会已经觉得失望了吧？

梅瑞诗顿侯爵：没有，当然没有。只是——你头发没弄好的样子，显得跟平常太不一样了。

弗雷德里克夫人（轻呼一声道）**：**哦，我把这个全忘光了。安吉丽珂，过来帮我弄头发。

女仆（现身）**：**好的，夫人。

（弗雷德里克夫人坐到梳妆台前。）

弗雷德里克夫人：现在，安吉丽珂，你得尽心尽力帮我弄。我要表现出自己最好看的样子。安吉丽珂真是无价的珍宝啊。

女仆：夫人您真是太客气了。

弗雷德里克夫人：如果我心情愉悦，她就给我梳某种发型。如果我感觉忧郁，她就换一种发型。

女仆：哦，夫人，我原先学习的时候，那个假发师傅教我的——他说一个好的发型师可以表达出人心中任何一种情绪，以及每种热烈激情。

弗雷德里克夫人：老天爷啊，你的意思不会是说你可以办到这一切吧？

女仆：夫人，他曾经说我是他最优秀的学生。

弗雷德里克夫人：很好。那就表达——表达出我的生活中出现了重大危机。

女仆：夫人，这是世上最简单的事情了。我把你前额的头发梳得低低的，这就表明夫人她的生活中出现某种危机了。

弗雷德里克夫人：可是我前额刘海向来挺低的啊。

女仆：那么显而易见，夫人她的生活一直状况不断，时刻都有危机。

弗雷德里克夫人：确实如此。我还没想到这点呢。

梅瑞诗顿侯爵：弗雷德里克夫人，你的秀发真漂亮。

弗雷德里克夫人：说真的，你喜欢吗？

梅瑞诗顿侯爵：发色真美，毫无瑕疵。

弗雷德里克夫人：应该如此。价格贵得吓人啊。

梅瑞诗顿侯爵：你的意思不会说这是染的吧？

弗雷德里克夫人：哦，不是的。只是修饰一下。这跟染发根本不同。

梅瑞诗顿侯爵：是吗？

弗雷德里克夫人：这就像迷信，你知道的，就是别人都相信的事情。我的朋友们都染发，可我只是修饰一下。只是倒霉啊，价格就差不多。

梅瑞诗顿侯爵：另外，你的头发真丰盛啊。

弗雷德里克夫人：哦，一堆乱发。（*她打开抽屉，拿出一个长款假发*）给他拿去瞧瞧。

女仆：是的，夫人。（*她将假发递给他。*）

梅瑞诗顿侯爵：呃——是的。（*一时之间不知道该说什么*）手感好丝滑啊。

弗雷德里克夫人：可悲的东西，不过属于我自己的。至少，我付钱买的。顺便问一句，安吉丽珂，我付过钱吗？

女仆：还没呢，夫人。不过那人可以等的。

弗雷德里克夫人（*将假发从梅瑞诗顿侯爵手里拿过来*）：那还就是——可悲的东西了，不过是我发型师的可悲东西。我要戴上吗？

梅瑞诗顿侯爵：如果我是你，我就不会戴的。

女仆：如果夫人她预计将出现悲惨的场景，那我会冒险推荐她戴的。

真正令人伤心欲绝的场合，要是没有戴上一顶盘得高高的假发，那实在令人无法想象。

弗雷德里克夫人：哦，我知道。无论何时，当我想软化某位债主的铁石心肠的时候，我会启用自己能弄到的各种技巧。不过我觉得自己今天不想这么做。我跟你讲怎么弄吧……在太阳穴的位置弄个卷发就差不多了。

女仆：这样说来，夫人她倾向喜剧了。很好，我不再多说了。

（弗雷德里克夫人从抽屉里拿出两个适合太阳穴位置的卷发。）

弗雷德里克夫人：难道它们不可爱吗？

梅瑞诗顿侯爵：是的。

弗雷德里克夫人：查理，你常常对它们赞不绝口，不是吗？我猜你根本不知道每个得花上一畿尼吧？

梅瑞诗顿侯爵：我从来没想过它们都是假发。

弗雷德里克夫人：男人的心思真够粗枝大叶的。难道你母亲没跟你说吗？

梅瑞诗顿侯爵：我母亲跟我说过很多事情。

弗雷德里克夫人：我觉得她说的太多了。好了。弄好了。你觉得好看吗？

梅瑞诗顿侯爵：非常有魅力。

弗雷德里克夫人：安吉丽珂，大人他觉得满意。你可以退下了。

女仆：是，夫人。（退下。）

弗雷德里克夫人：现在，告诉我——你觉得我是你这辈子见过的最颠倒众生的尤物。

梅瑞诗顿侯爵：我经常跟你说这话。

弗雷德里克夫人（伸出双手）：你是一个好男生。你说过的那些话委实令人陶醉——就是你昨天说的话。我本应该那时那刻就拥抱你的。

梅瑞诗顿侯爵：你会吗？

弗雷德里克夫人：哦，亲爱的，别这么冷酷。

梅瑞诗顿侯爵：我很抱歉，我不是故意的。

弗雷德里克夫人：难道你现在就没什么情意绵绵的话跟我说吗？

梅瑞诗顿侯爵：我会说的情话，都已经说过上千次了——除此之外，我不知道自己还能说什么。

弗雷德里克夫人：告诉我——你整夜地想着我，在枕头上辗转反侧，根本无法入眠。

梅瑞诗顿侯爵：我确实极度渴望再见你的面。

弗雷德里克夫人：难道你就不曾有过惶恐不安——担心我没有你想象中那样好？现在，来吧，跟我说实话。

梅瑞诗顿侯爵：嗯，是的，我承认脑子里闪过这念头。

弗雷德里克夫人：那我现在呢？

梅瑞诗顿侯爵：当然跟我想象中一样好。

弗雷德里克夫人：你肯定自己没有失望吗？

梅瑞诗顿侯爵：非常肯定。

弗雷德里克夫人：真让人松了口气！你知道，我的内心非常煎熬……我一直自我折磨。我跟自己说："只要在他的想象中，我还是世间最美的女人，那他就会一直牵挂我，然后，等到他来这里，看到朴实无华的真相，那打击着实不小。"

梅瑞诗顿侯爵：真能胡说！你怎么能有这样的想法呢？

弗雷德里克夫人：到现在为止，你还没有流露出丝毫想吻我的念头——你没有意识到这点吗？

梅瑞诗顿侯爵：我还以为……以为你可能会不喜欢。

弗雷德里克夫人：再过一分钟就太迟了。

梅瑞诗顿侯爵：为什么啊？

弗雷德里克夫人：因为我马上要化妆了，你个傻男生。

梅瑞诗顿侯爵：这话怎么说？我不懂。

弗雷德里克夫人：你曾说过，我肯定对自己的肤色非常自信。我当然自信。就是现在这样。

（她的手指轻轻掠过一排小小的瓶瓶罐罐。）

梅瑞诗顿侯爵：哦，我懂了。我请求你的原谅。

弗雷德里克夫人：你的意思不会是说——你讲那话的时候，以为平时见到的是我天然的肤色吧？

梅瑞诗顿侯爵：我从来没想到过还有别的可能。

弗雷德里克夫人：真是太令人沮丧了。我这辈子，每天都要花一个小时涂脂抹粉，弄出在蒙特卡洛最好看的肤色，然而你觉得那是天然肤色。哎哟，我肯定跟十八岁的挤奶女工的脸色一样好。

梅瑞诗顿侯爵：我很抱歉。

弗雷德里克夫人：我宽恕你……你可以吻我的手。（他照做）你这亲爱的小男生。（看着镜子中的自己）哦，贝琪，看起来，你今天的状态并不是最好。（朝镜子晃晃手指）贝琪，亲爱的，这样不行。你的样子跟你的年龄差不多。（快速转身道）你觉得我看起来像四十岁吗？

梅瑞诗顿侯爵：我的内心从来不曾想过你的年龄。

弗雷德里克夫人：好吧，我不是四十岁，你知道的。而且，只要世上还有一盒胭脂和一个粉扑，那么我就不会是四十岁的女人。（她将油腻腻的脂粉涂满整张脸。）

弗雷德里克夫人：我真希望自己是一个女演员。她们的优势那么大。她们化妆只需要做到——在舞台角光的映衬中，显得有美感；可是我必须让自己暴露在极度耀眼的阳光中，根本无处可逃。

梅瑞诗顿侯爵（*手足无措地说*）：是的，当然。

弗雷德里克夫人：你母亲对你非常恼火吧？帕勒汀肯定气炸了。我下次见到他的时候，得管他叫“帕勒汀舅舅”了。那会令他结结实实有“人到中年”的感觉。查理，你不懂……你昨天的所作所为令我多么感激。你的表现像一个真正宅心仁厚的好人。

梅瑞诗顿侯爵：你这样讲，真是过誉了。

弗雷德里克夫人（*转身*）：我的样子很吓人吗？

梅瑞诗顿侯爵：哦，没有，一点都不会。

弗雷德里克夫人：我爱这款脂粉。它不会耍弄人。我曾经搽过一款新脂粉——我在巴黎买的，结果我被灯光一照，脸色居然变成浅亮紫。我真是气极了。你肯定不乐意顶着一张淡紫色的面容到处行走，对吗？

梅瑞诗顿侯爵：不乐意，一点都不乐意。

弗雷德里克夫人：幸运的是，我那时穿着一件绿色礼服。那年，淡紫色和绿色都非常流行。不过我宁可当时自己的脸上不要……那个。我觉得基调可以用那个。我已经开始有了重返青春的感觉。现在得想想年轻新郎的高雅温柔特质该如何表现了。你知道的，要将你的双颊涂成一模一样的色彩，真挺难的。（*转头对他说*）查理，你没有厌烦，对吗？

梅瑞诗顿侯爵：没有，没有。

弗雷德里克夫人：我一直觉得，如果我胭脂只搽一面脸颊的话，就会变得特别敏感，看事情有种奇怪的尖锐感。我记得有一次，我外出参加晚宴，等刚坐下的时候，我便渐渐察觉到自己的一边脸颊要比另一边更红。

梅瑞诗顿侯爵：天哪，那就尴尬了。

弗雷德里克夫人：查理，你是一个俊俏的男生。我以前从来没想过你长得如此英俊。而且你看上去那么年轻青葱，看着你就是莫大的享受。

梅瑞诗顿侯爵（*尴尬地笑道*）：你这样想吗？那时，当你发觉自己身陷困境，你怎么办呢？

弗雷德里克夫人：嗯，多亏上帝伸出仁慈的援手，坐在我右边的是一位外国的外交人员，他花枝招展的样子就像一朵玫瑰；我的左边是一位主教，白皙的肤色宛如百合花。整顿晚宴，外交人员一直跟我讲那些冒险故事，于是这边脸颊变得殷红赤丹就很自然了。同时，那位主教一直在我左耳低语伦敦东区贫民窟的悲惨细节，作为倾听者唯一体面的做法就是展示出苍白的脸色。（*她边说边在双颊涂抹胭脂*）查理，现在看仔细了，你将会看见我如何将自己的嘴巴变成爱神的利器——就像丘比特的弓箭。我喜欢双唇有着漂亮健康的肤色，难道你不这么想吗？

梅瑞诗顿侯爵：把这些东西全弄到嘴唇上，不会非常难受吗？

弗雷德里克夫人：啊，亲爱的小男生，在这世间，女人的宿命就是受苦。不过只要想到：一方面，人得屈从上帝的法令，另一方面，天增岁月的同时，人的魅力也与日俱增——那心里就舒坦不少。只是我得坦白，有时候，我真希望自己的鼻子能长得再好看些，那就不用如此费心打理了。笑一笑，查理。你知道的，我觉得你并非一个很火辣的情人。

梅瑞诗顿侯爵：我很抱歉。你想要我做什么呢？

弗雷德里克夫人：我想你跟我表白那些如火如荼的炽烈情话。

梅瑞诗顿侯爵：我恐怕它们都太庸俗陈旧了。

弗雷德里克夫人：别管了。很久以前，我就发现不管男人爱得如何缠绵深刻，他永远会用《家庭先锋》[①]上的说法来表达自己的心声。

梅瑞诗顿侯爵：你应该记得我实在没有多少情场经验。

弗雷德里克夫人：好吧，我这次就先放过你——因为我喜爱你的卷发。（*她妖媚地轻叹道*）现在得操心我这弯弯的柳叶眉了。如果没有它们，我都不知道自己该怎么办。说真的，那我就完全没有眉毛了……我眼睛下方深深的眼影，当我有什么表情的时候，它都能非常明确地强调出来——你留意到了吗？

梅瑞诗顿侯爵：是的，经常留意到这个。

弗雷德里克夫人（*拿出一支眉笔*）**：**嗯，就是它。啊，亲爱的小男生，用这眉笔，你可以随心所欲地表达——俏皮和疲倦、温柔和冷漠、愉快、热情、幽怨，你想要什么都可以。现在，你得非常安静地待一会儿。如果我画得过火，那我这一整天就要全毁了。你甚至不许呼吸。每当我画眉的时候，我就想着这些线条多么真实啊——“增之一分，那就是过火；减之一分，世界就远离。”好了！现在就剩一道粉扑的工序，然后整个世界都变温柔了。（*看着镜子中的自己，发出满意的轻叹*）啊！我感觉自己是十八岁。我觉得成功了，那么我将拥有幸福的一天。啊，贝琪，贝琪，我觉得你能行的。你知道的，你并非没有魅力，亲爱的。不是那种严格意义上的美貌，可能吧！不过，我也不喜欢那种俗丽的女人……打扮得跟巧克力糖果盒似的。我还得去换掉这件睡

---

① 《家庭先锋》：*Family Herald*，杂志，1843–1940，偏休闲娱乐风格的故事类周刊。——译者注

袍。（梅瑞诗顿起身）不，你别动。我去自己的卧室。我只用一会儿，很快就好。（弗雷德里克夫人边穿过帘子边叫女仆）安吉丽珂。

（女仆上场。）

女仆：来了，夫人。

弗雷德里克夫人：把梳妆台上的那些东西收好了。

女仆（按吩咐收拾）：是，夫人。

弗雷德里克夫人：查理，你可以抽根烟呀。

梅瑞诗顿侯爵：谢谢。今天早上，我的神经有点乱。

弗雷德里克夫人：哦，衣服卡住了！安吉丽珂，过来帮帮我。

女仆：是的，夫人。（她去卧室。）

弗雷德里克夫人：终于好了。（她重新进屋，已经换下和服式睡袍，穿上一件非常漂亮的丝绸加蕾丝礼服。）

弗雷德里克夫人：现在，你开心了吗？

梅瑞诗顿侯爵：我当然开心。

弗雷德里克夫人：那你可以跟我说情话了。

梅瑞诗顿侯爵：你说话的逻辑真让人摸不着头脑。

弗雷德里克夫人（笑道）：嗯，查理，过去两星期，你说起情话来毫无困难。你不会还打算假装自己忘记那些甜言蜜语吧？

梅瑞诗顿侯爵：我来这里的时候，本来有千言万语要跟你说，可是你把它们从我脑子里全赶跑了。难道你现在不给我一个答案吗？

弗雷德里克夫人：什么答案？

梅瑞诗顿侯爵：你已经忘记我跟你求过婚的事情了吗？

弗雷德里克夫人：没有忘，可当时你跟我求婚的时候，周围的氛围那么古怪。现在，我不知道你在头脑冷静的情况下，是否还会重复昨日的求婚呢？

梅瑞诗顿侯爵：当然还会重复。在你心里，我难道是那种说话不算话的流氓吗？！

弗雷德里克夫人：你肯定自己还想娶我——睡一觉后，还没改主意？

梅瑞诗顿侯爵：是的，没有改主意。

弗雷德里克夫人：你是好男生，而我待你如此残酷，我真是禽兽了。你委实是好人。

梅瑞诗顿侯爵：嗯，答案是什么呢？

弗雷德里克夫人：亲爱的，过去半小时，我一直给你答案啊。

梅瑞诗顿侯爵：怎么说？

弗雷德里克夫人：但凡我有几分想嫁你的念头，我还会让你进入自己的梳妆室，见识到如此吓人的情景……丧失所有的神秘感吗？难道你就没有丝毫想过这点吗？相信我，我多少还算有脑子，也善解人意。我会保持那种梦幻感，无论如何要撑到蜜月结束。

梅瑞诗顿侯爵：你打算拒绝我吗？

弗雷德里克夫人：难道你不是很开心吗？

梅瑞诗顿侯爵：不是的，没有，没有。

弗雷德里克夫人（*伸出一只手挽着他的胳膊*）**：**现在让我们明智地谈谈此事。你是一个非常好的男生，而且我真的非常喜欢你。但你才二十二岁，至于我的年龄，只有天知道。你瞧，给我洗礼的那间教堂在我出生的那年，就遭了火灾，被烧了，因此我不知道自己的年龄有多大。

梅瑞诗顿侯爵（*微笑道*）**：**被烧的地点在哪里？

弗雷德里克夫人：在爱尔兰。

梅瑞诗顿侯爵：我也这样想的。

弗雷德里克夫人：单就眼下来说，我靠着永无止境的辛勤努力，勉强可以打扮得足够光鲜亮丽。另外，我的手还灵活，一切还算得体，作为男人，用你尚且纯真懵懂的眼睛未必能发现在多大程度上，我得靠化妆艺术。但过上十年，你才三十二岁，到时候——如果我嫁给你的话，为了保持与你匹配的外表，我为挽留几缕青春，就得苦苦挣扎，这样的生活一直到我死才会停止。那些永远不向岁月投降的老巫婆，难道你没有见过吗？——她们浓妆艳抹，失去光彩的瘦削脸颊布满皱纹，涂着厚厚的脂粉，还用可怕的假发来掩盖秃顶。她们眼神那般扭曲，浑浊泛黄的眼白一成不变，你不会不知道的。她们荒诞可笑的优雅做派，你嘲笑过的，而且你觉得非常讨厌。哦，我为她们感到非常难过，可怜的家伙们。我应该也会变成那副样子，因为我永远没有勇气听任自己头发变白——与此同时，你还有着一头棕发。可是如果我没有嫁给你，我可以用非常轻快的心态看待白发。第一根白发，我会拔掉；第二根白发，我照样拔掉。然而，当第三根白发出现的时候，我就放弃了，而且我会将自己的胭脂香粉和眉笔通通扔进火炉。

梅瑞诗顿侯爵：可你认准了我会变心吗?

弗雷德里克夫人：亲爱的小男生，我对此非常肯定。难道你就不能想象一下，如果你被一个女人捆牢了——而她永远只能背朝光线坐着，那场面会如何呢？另外，你有时候可能想亲亲我的。

梅瑞诗顿侯爵：我想这非常可能。

弗雷德里克夫人：嗯，你不能亲的……万一你弄花了我的妆容，那就麻烦了。（梅瑞诗顿侯爵深深叹气）查理，别叹气。我得说自己让你爱上我，确实有失厚道，可我只是凡人，而且你爱我，真的令我觉得非常有面子，非常高兴。

梅瑞诗顿侯爵：就这些吗？

弗雷德里克夫人：还非常感动。这就是我拒绝你的原因——用这种方法熄灭你火热的爱情，治疗你的心病。

梅瑞诗顿侯爵：但你令我心碎。

弗雷德里克夫人：亲爱的，从我十五岁开始，男人就一直跟我说同样的话，可我从来不曾看到他们为此茶饭不思——用餐的时候，心情丝毫没有变差，照样狼吞虎咽。

梅瑞诗顿侯爵：我猜想，你觉得我对你……只是初生牛犊式的爱情，毫不成熟吧？

弗雷德里克夫人：我并非那种傻瓜——觉得小男生的爱情会亚于成熟男人的。我若真觉得你的情意荒谬无谓，那我也不会如此受宠若惊。

梅瑞诗顿侯爵：你快刀斩乱麻般拒绝我，由此造成的伤口照样很疼。干脆利落并不能减轻痛楚。

弗雷德里克夫人：但是它们会很快复原。你以后会爱上适龄的好姑娘，她的脸颊红扑扑是因为年轻，而不是胭脂；她的一双盈盈明眸是因为爱你，而不是精心营造的化妆效果。

梅瑞诗顿侯爵：只是我想帮你的。你现在如此一筹莫展，因此你若嫁给我，事情就解决了。

弗雷德里克夫人：哦，亲爱的，别想着“自我牺牲”。你必须将它留着给别的女人。她们利用别人的“自我牺牲”要顺手多了。

梅瑞诗顿侯爵：难道我就没什么可以帮你的吗？

弗雷德里克夫人：没有，亲爱的。我能摆脱这些烂摊子的，虽然方式会有些莫名其妙。我向来都这样。你真没必要替我操心。

梅瑞诗顿侯爵：你知道的，你真是好人。

弗雷德里克夫人：那事情都解决了，不是吗？你不会还要闷闷不乐吧？

梅瑞诗顿侯爵：我会尽量不闷闷不乐。

弗雷德里克夫人：我真想亲亲你的额头……用一个纯洁高雅的吻，可是我担心那会留下唇印。

（男仆上场，通报帕勒汀·福德斯来了。）

男仆：帕勒汀·福德斯先生到。（退下。）

福德斯：我打扰了吗？

弗雷德里克夫人：没有的事。我们刚谈完话。

福德斯：呃？

梅瑞诗顿侯爵：如果有谁想知道这世上最好的女人是谁，就让她来找我，我会告诉他们的。

弗雷德里克夫人（握住他的一只手说）**：**亲爱的你呀！再见吧。

梅瑞诗顿侯爵：再见。另外要谢谢你，待我如此仁厚。（他退场。）

福德斯：刚才站在我眼前的外甥，他是否如我意了？

弗雷德里克夫人：帕勒汀舅舅，你为何问这个呢？

福德斯：非常不可思议，我就是想知道。

弗雷德里克夫人：嗯，就这样了——你不知道啊。

福德斯：你拒绝他了吗？

弗雷德里克夫人：我拒绝了。

福德斯：那么你能告诉我，你弄得大家鸡飞狗跳——好像带着我们跳了一圈见鬼的舞蹈，所为何来？

弗雷德里克夫人：因为你掺和我的事情，而我不允许别人来烦我。

福德斯：哎哟喂，你真刁蛮。

弗雷德里克夫人：你不会真笨到那份上，觉得我会嫁给某个小男生——对方把我供在高台上，还发誓说自己根本不配吻我的裙边，对吗？

福德斯：为什么不呢？

弗雷德里克夫人：亲爱的帕勒汀，我不想用“了无生趣”的生活方式来自杀。比“坠入爱河”更令人忍无可忍的事情，这世上只有一件。

福德斯：请问，那是什么事情呢？

弗雷德里克夫人：哎哟喂，就是“与某人相爱”。

福德斯：我这辈子饱受此事的折磨。

弗雷德里克夫人：想想查理得到我，为了不辜负他想象中的理想画面，花上一星期，我用氯水将自己的头发漂成黄色，然后，如此完美，如此惹人怜爱——哦，真无趣！我一天到晚都必须戴着面具。我永远不能冒险“天然去雕饰”，以免吓到他。虽然我竭尽全力，但依然看到他曾经信以为真的种种幻象逐一轰然倒塌，终于他意识到我并非超然飘逸的女神，只是极为寻常的普通女人——不比别的女人更好，也不会更差。

福德斯：你的座右铭似乎是“要嫁给你喜欢的某人，但爱你的男人除外”。

弗雷德里克夫人：啊，不过你难道不觉得——我可能找到一个爱我的男人，即便他对我了如指掌，但依然爱我？我真的宁可他看到我的缺点，并且原谅它们，而不是将我视作完美的女人。

福德斯：可是，你怎么知道你已经永远打消了那小男生的念想呢？

弗雷德里克夫人：我妥善处理了。我想治愈他的心病。若有可能，我会将自己赤裸的灵魂展示给他看。然而我做不到，于是我让他看……

福德斯（打断她道）：什么！

弗雷德里克夫人（笑道）：不，不是你想的那样。我穿上睡袍，还拿了一些杂七杂八的东西。我只是没化好妆就让他进来，当我在面颊上涂抹脂粉的时候，他就坐在一旁。

福德斯：于是那个年轻的笨蛋以为你除了一张精雕细琢的面容外，就一无所有了？

弗雷德里克夫人：他对此的表现相当仁厚和善。不过我觉得当我拒绝他时，他着实松了口气。

（传来敲门声。）

吉罗德（站在门外）：我们可以进来吗？

弗雷德里克夫人：可以，进来吧。

（吉罗德、露丝和上将上场。）

吉罗德（兴高采烈地说）：我说，一切都好了。上将真是实打实的大好人啊。我把所有事都告诉他了。

弗雷德里克夫人：你什么意思呀？亲爱的上将，早上好。

上将：早上好。

吉罗德：我一五一十全说了。我跟露丝好好谈过。

露丝：然后我们一起去找爸爸。

吉罗德：然后告诉他说——我欠了蒙哥马利九百英镑。

露丝：原先我们以为爸爸会大闹起来呢。

吉罗德：就是上蹿下跳，你不知道吧。

露丝：可他一个字都没说。

吉罗德：他只是简单麻利地处理了。

弗雷德里克夫人（双手扶着双耳说）：哦，哦，哦。老天爷啊，我要保持镇定，要保持清醒。

吉罗德：亲爱的，你不懂我现在心里有多轻松啊。

露丝：我瞧着吉罗德实在太过焦心了，于是我旁敲侧击将一切都问出来。

吉罗德：终于放下心里的大石头，我真的非常开心。

露丝：从此以后，我们将永远幸福地生活下去。

（他们说话的时候，上将一直试图插话，但每次他正要开口，都会被旁边的某一位给打断。）

上将：安静！（他喘着粗气说）我这辈子都没见过这样的事情。

弗雷德里克夫人：上将，现在将一切都解释一下吧。这些傻头傻脑的小东西说的话，我听得一头雾水，一点头绪都没有。

上将：好吧，他们来告诉我说，蒙哥马利手里有一张吉罗德负债九百英镑的欠条，于是他用它来勒索你。

福德斯：真的？

弗雷德里克夫人：是的。

上将：那男人的面孔，我一直都不喜欢。接着，他们说他提出的条件就是你嫁给他，否则吉罗德就得去法院报到了，然后我便说……

福德斯：去他的，真是厚颜无耻的家伙。

上将：你怎么知道他厚颜无耻啊？

福德斯：因为这话是我说的。

吉罗德：上将随即像男子汉那样挺身而出。他为那笔钱开了一张支票给我，然后，我马上就派人给蒙哥马利送去了。

弗雷德里克夫人（握住上将的双手说）**：**你真是太好了，而且我向你保证，你永远不会后悔给了吉罗德一个机会。

上将：我能私下跟你谈几句吗？

弗雷德里克夫人：当然。（对其他人说）你们都先退下吧。

福德斯：我们去露台，可以吗？

上将：我很抱歉麻烦大家了，不过只需要三分钟。

（吉罗德、露丝和福德斯去了露台。）

弗雷德里克夫人（等他们离开后）：说吧。

上将：嗯，我想跟你说的话就是——我喜欢吉罗德，不过我觉得他需要有人引导。你愿意跟随我吗？

弗雷德里克夫人：我确信他以后永远都会听从你的建议。

上将：他渴望牵着某个女人的手。现在，如果你和我联手，那么我们就可以使他走正道，不至于行差踏错，对吗？

弗雷德里克夫人：哦，无论何时，只要你开口，我都会站在你一边的。我喜欢给别人提供好建议，即便与此同时我非常肯定没人愿意听从。

上将：我想到一个更加持久的安排方式。瞧，为什么你不嫁给我呢？

弗雷德里克夫人：亲爱的上将！

上将：我觉得像你这样一个风情万种的女人不应该独自生活。她一定得进入婚姻的围城。

弗雷德里克夫人：你真是太好了，可是……

上将：你不会觉得我太老了，对吗？

弗雷德里克夫人：当然不会。你正是年富力强的时候。

上将：我可以跟你说，即使变成老狗，生活照样能多姿多彩。

弗雷德里克夫人：我非常相信这点。我对此从来没有丝毫疑心。

上将：那么，那你拒绝我的原因是什么呢？

弗雷德里克弗恩：你不喜欢陷入多偶婚姻的陷阱，对吗？

上将：呃？

弗雷德里克夫人：你瞧，这不仅仅是你娶我的问题，同时你还要跟我的那些商家缔结婚姻。

上将：我还没有想到这点呢。

弗雷德里克夫人：况且，你是露丝的父亲，我是吉罗德的姐姐。如果我们结婚，我就成我弟弟的岳母了，而且我的继女将会成为我的弟媳。你女儿将成为你的弟妹，而且当你给自己女婿提供父亲般建议的时候，可吉罗德同时也是你的小舅子——他会跟你没大没小。

上将（头昏脑涨地说）**：**呃？

弗雷德里克夫人：我不知道祈祷书是否允许出现这样的事情，可是如果它许可的话，我觉得那真是太堕落，太不可救药了。

上将：好吧，那我应该告诉他们，我改主意了，他们不能结婚了？

弗雷德里克夫人：那样一来，吉罗德就不需要我们的引导，我们也就没理由——犯下"结婚"的罪行了，是吗？

上将：我还没想到这点。我觉得没理由了。

弗雷德里克夫人：你没有生我的气，对吗？我觉得非常荣幸，而且我打心底感谢你。

上将：不用客气，真不用客气。我只想着那样能解决麻烦。

弗雷德里克夫人（朝外叫道）**：**吉罗德。进来吧。（他们进屋）我们小小的谈话已经结束了。

吉罗德：一切都满意吗？

弗雷德里克夫人（深深地看了上将一眼）**：**非常满意。

上将（生硬地说）**：**非常满意。

（弗雷德里克夫人的男仆上场。）

男仆：蒙哥马利上校想求见夫人您，夫人同意吗？

弗雷德里克夫人：我把他全给忘了。

吉罗德：让我去对付他，好吗？

弗雷德里克夫人：不用，我不再怕他了。他不能对你怎么样了。若只牵涉到我，事情就没什么要紧的。

吉罗德：我会叫他见鬼去吧。

弗雷德里克夫人：别，我打算亲自跟他说这句话。（对男仆说）请蒙哥马利上校进来吧。

男仆：是，夫人。（退下。）

弗雷德里克夫人（怒气冲冲地来回踱步）：我打算亲自跟他说这句话。

福德斯：贝琪，现在保持镇静。

弗雷德里克夫人（故意一板一眼地说）：我偏不保持镇静。

福德斯：要记住，你是一位完美无缺的女士。

弗雷德里克夫人：别烦我。我昨天忍气吞声，结果一点都不好。

（男仆进屋通报蒙哥马利上校，上校跟在他后面。通报完后，男仆就立刻退场。）

男仆：蒙哥马利上校。

蒙哥马利上校：大家好。（他看到其他人的时候，明显吓了一跳。）

弗雷德里克夫人（愉快亲切地说）：我们这帮人还挺多的，对吗？

蒙哥马利上校：是的。（顿一下）我希望我这么早过来，你别介意。

弗雷德里克夫人：没有的事。你本来约的时间就是十点半。

蒙哥马利上校：我相信你有好消息要告诉我。

弗雷德里克夫人：蒙哥马利上校，这里所有人都知道你为何前来。

蒙哥马利上校：我原先还寻思着，为我们双方考虑，不要闹得众人皆知，应该更明智。

弗雷德里克夫人（满面春风地说）：我瞧不明白你为什么觉得不好意思，就因为你向我求过婚吗？

蒙哥马利上校：弗雷德里克夫人，我很难过，你觉得那是可笑的事情。

弗雷德里克夫人：我没有。我从来不会对“粗鲁无礼”的事情发笑。

蒙哥马利上校（大为惊骇地说）：对不起，我没听明白你的意思。

弗雷德里克夫人：我弟弟已经将信函寄出去了，拿到的回执足够回答你的问题。从此以后，你肯定会料到我绝无可能改变主意。

蒙哥马利上校：什么信函？我不懂。

吉罗德：今天早上，我给你寄去一封函件，里面有张支票，就是我欠你的那笔钱。

蒙哥马利上校：我没有收到。

吉罗德：如今，它肯定就在你下榻的饭店里等着呢。

（蒙哥马利上校不说话了，若有所思地看着眼前的这帮人。）

弗雷德里克夫人：我想自己没有什么事情需要继续耽搁你了。

蒙哥马利上校（微笑道）：我觉得自己尚未完全结束呢。难道你忘了——今天，你有两张账单到期吗？请允许我将它们拿出来。

（他将账单从小笔记本中拿出来。）

弗雷德里克夫人：我很抱歉自己没法付账——眼下付不出来。

蒙哥马利上校：我很难过自己不能等了。你必须付账。

弗雷德里克夫人：我跟你说，现在不可能。

蒙哥马利上校：那我得去弄一张告你的传票了。

弗雷德里克夫人：请便吧，你想怎样就怎样，开心就好。

蒙哥马利上校：你明白后果的。如果变成“未解除债务的破产人”，那场面可不是非常好看的。

弗雷德里克夫人：那也比嫁给某个卑鄙的放债人好很多。

福德斯：我能看看这些相关单据吗？

蒙哥马利上校：当然。（柔声柔气地说）我根本没想过要咄咄逼人的。

福德斯（接过单据）：真不幸，你无法如愿了。总共是三千五百英镑。为这么一笔小钱，你就如此咋咋呼呼，看起来根本不值啊。

蒙哥马利上校：我现在非常需要钱。

福德斯（讥诮道）：像你这样有钱的男人？

蒙哥马利上校：即使有钱人也有可能一时半会儿手头紧，处境尴尬。

福德斯：那你就当当好人，等一下。（他在桌边坐下，写了一张支票）看到一个百万富翁陷入经济困境——世上没有比这更爽的事情了。

弗雷德里克夫人：帕勒汀！

福德斯（将支票交给他）：现在，先生，我觉得事情解决了。你愿意拿那些账单换我的这张支票吗？

蒙哥马利上校：去你的，我忘了你这茬。

福德斯：现在有女士们在场，你可能没有意识到当着她们的面开腔赌咒，是非同小可的无理行径。

蒙哥马利上校（看着支票）：我想这样就可以了。

（帕勒汀走到门边，打开房门。）

福德斯：那边有窗户，这边是大门。你选哪个呢？

（蒙哥马利上校没有回答，就看看他，耸耸肩，然后离开。）

弗雷德里克夫人：哦，帕勒汀，你真是大好人。

吉罗德：我说，你好得够呛了。

福德斯：胡扯。我有强烈的直觉，这样做能产生非常强烈的戏剧效果，而且我向来喜欢营造夸张的戏剧场景。

弗雷德里克夫人：帕勒汀，我永远没法还你钱的呀。

福德斯：亲爱的，我并没有完全丧失理智，我脑子还是清楚的——我没想过你能还钱。

上将：好了，好了，我必须走了，要去散步了，锻炼锻炼身体。

弗雷德里克夫人：露丝和吉罗德必须陪在你身边照顾。午餐的时候，我们大家再见面吧。

上将：对，对，就这样。

（上将、露丝和吉罗德离开。弗雷德里克夫人朝帕勒汀走去，握住他的双手。）

弗雷德里克夫人：十分感谢。你真是好朋友。

福德斯：天哪，你的双眼居然晶莹发亮了！

弗雷德里克夫人：你知道，只是颠茄[①]的缘故。

福德斯：亲爱的，我可不是自己外甥那样的笨蛋。

弗雷德里克夫人：你为何那样做？

福德斯：你知道什么是“感恩戴德”吗？

弗雷德里克夫人：感谢别人过去的种种恩惠，并且真心给予对方某些好处的感觉。

福德斯：嗯，我妹妹昨天完全落在你手里。她对你步步紧逼，然而你还是烧掉了那堆乱糟糟的信函。

弗雷德里克夫人：亲爱的帕勒汀，我无法打败自己宽宏大量的好心肠。那么现在要什么好处呢？

福德斯：嗯，利息可能是整个金额的百分之五。

弗雷德里克夫人：我不懂你为什么要一直捏紧我的双手。

福德斯：但我要的不是这个。瞧好了，这样纸醉金迷的喧哗生活，难道你还没过腻吗？

弗雷德里克夫人：哦，亲爱的朋友，我腻得要死。我有几分念想，想

---

① 颠茄：地中海沿岸的一个古老美容方法，用颠茄提取物制成化妆品，具有扩大瞳孔的效果，使眼睛显得纯净迷人。——译者注

远离尘嚣，躲到偏远小屋里了此残生。

福德斯：我也有这想法，于是在花园长巷的诺福克小街，我长租了一所小房子……就是购买长期的租赁权。

弗雷德里克夫人：那正是适合隐居的地方——既时髦又不庸俗。

福德斯：而且我打算安安静静地生活在那里，另外只要有点晒干的草药，我就能活下来，你不知道吧。

弗雷德里克夫人：不过，难道不是靠某个非常出色的法国大厨来烹调吗？那味道就有天壤之别了。

福德斯：跟我一起吧——你对此有什么看法？

弗雷德里克夫人：我？

福德斯：你。

弗雷德里克夫人：哦，我今天真是大获成功啊。又来一个求婚的！

福德斯：听起来好多啊。

弗雷德里克夫人：今天早上，我已经有三个求婚者了。

福德斯：那么，我就想到——你已经说了足够多的“不”了，轮到我，该说“是”了。

弗雷德里克夫人：明天早上十点过来吧，到时候你将会看我化妆的。

福德斯：难道你觉得用这个可以浇灭我心中的热情吗？在这浓妆艳抹的假面妆容下，有一个名叫“贝琪”的可爱小女人，她的灵魂那样真诚，毫无矫揉造作的地方——难道你以为我不知道这点吗？

弗雷德里克夫人：哦，别这么煽情，不然我要放声大哭了。

福德斯：嗯，现在该如何呢？

弗雷德里克夫人（嗓音嘶哑地说）**：**帕勒汀，你还喜欢我吗？这么多年过去了，还喜欢吗？

福德斯：是的。（她看着他，她的双唇颤抖。他伸出双臂，而她再也无法抑制内心的冲击，将头深深埋进他的肩膀）贝琪，别这般傻头傻脑的……我知道你马上就会说——我是你唯一曾经爱过的男人。

弗雷德里克夫人（带着笑意抬头看他道）**：**我不会说这话的……可是你妹妹会怎么说啊？

福德斯：我就跟她说，我要将查理从你的魔爪中解救出来，这是唯一的办法。

弗雷德里克夫人：什么办法？

福德斯：我自己娶你。

弗雷德里克夫人（佯怒，嗔怪道）**：**禽兽。

（他吻上她的双唇。）

（全剧终）

凯撒的妻子

登场人物和场景

亚瑟·利特爵士：英国驻开罗领事馆官员

薇奥莱特·利特：亚瑟的妻子

安妮·埃瑟里奇太太：亚瑟的老友

罗纳德·帕里：昵称罗尼，安妮的弟弟

奥斯曼：埃及官员

克里斯蒂娜·普理查德太太：亚瑟的姐姐

亨利·普理查德：亚瑟的外甥、克里斯蒂娜的儿子

理查德·阿普比：议员，昵称乔治

芳妮·阿普比太太：阿普比先生的妻子

其他：英国管家、当地众仆人、一个阿拉伯园丁

地点：开罗的英国领事馆里，故事发生在这所房子和花园里。

第一幕

场景：开罗，领事人员的住所，起居室。窗户和拱门都是阿拉伯风格，但就其他方面而言，这是一间英式屋子，很是通风宽敞。家具采用齐本德尔款式，上了漆，光泽不错，椅子和沙发上都铺着冷色调的印花棉布，玻璃瓶里插着剪好的玫瑰花，花盆里种着生机勃勃的杜鹃花；不过随处可见某件东方古董，比如一顶头盔、一件甲胄，或者一样木制品——令人回想起当年伊斯兰教徒征服埃及的历史，他们在此过程中搜罗来的战利品，这些就是其中一部分。然而与此同时，还有一尊用斑岩刻制的古代神祇雕像，蓝色陶器上雕刻着各种形象，蓝色的碗——所有这些提醒着人们，有一个年代更为久远的文明依然存在。

（窗帘卷着，屋里没人，为了保持室内凉爽，百叶窗放下来，光线晦暗，透露着神秘的气息。一个仆人上场，他是本地人，在领事馆听差，皮肤黝黑，穿着红金两色相间的制服，很是威风堂皇。他将百叶窗拉起来。透过窗户可以看见花园，园子里有棕榈树、橘树和柠檬树，以及长着硕大叶子的热带植物；极目望去，天空清湛、霞光缕缕。远处传来一曲呜呜咽咽的阿拉伯歌谣，调子悲伤哀愁，带着浓重的喉音。一个穿着淡蓝工作服的园丁手挽篮子从窗外经过。）

仆人：Es-salâm 'al ê kum。（愿你平安。）

园丁：U'al ê kum es-Salâm warahmet Allâh wa barakâta。（愿你平安，神的仁慈和祝福与你同在。）

（仆人退场。园丁稍稍停了一会儿，将一株散漫凌乱的藤蔓固定好，然后离开。门打开。阿普比太太和安妮·埃瑟里奇进屋，薇奥莱特紧随其后。安妮是个四十岁的女人，不过依然秀美俏丽，性格非常讨人喜欢，极为善解人意；她深谙人情世故，机智圆滑，自制力很强。她穿戴着轻盈的夏季服饰。阿普比太太有些年纪了，姿色平平，打扮得平淡朴素，但并不廉价。她嫁给了一个英格兰北部的制造商，衣服看着极为低调寒酸，但实际上花了一大笔钱。薇奥莱特年方二十，是个极漂亮的年轻女子。她穿着细棉布连衣裙，看上去真是娇艳欲滴，很有英伦风采；而且她的仪态风姿整体上带着某种春天的气息，显得清新纯洁，至于她衣着的风格，如梦如幻，很有浪漫色彩，而不是那种赶时髦的架势。她宛如英国盖恩斯伯勒画像中走出来的窈窕淑女，而不是巴黎时尚画报上的女郎。大家刚刚用完午餐。女人们进屋的时候没有关门，因为男人们随后就到。）

阿普比太太：这里好凉快啊！午餐前，我们原本不是待在这屋子里啊？

安妮：不是这间屋。整个上午，他们都把窗户关着，并且放下百叶窗，因此有人进来的时候，就有美滋滋的凉爽感。

阿普比太太：我寻思着，等我们在这待上几天，就不会觉得这么热了。

安妮：哦，可是在埃及南部，除了炎热，你就一无所获了。

薇奥莱特（边进屋边说）**：**阿普比太太正抱怨炎热吗？我倒挺喜欢的。

安妮：亲爱的薇奥莱特，等到五六月份再说这话吧。那时候会热得让人了无生趣，你是没见识过那威力。

薇奥莱特：我正盼望着呢。我觉得在前世的某一段日子里，我肯定是头蜥蜴。

阿普比太太：我猜第一年，你是不会感觉到热的。我有个兄弟住在加拿大，他说从英格兰来的那些人——他们第一年对寒冷的感受远远比不上接下来的年岁。

安妮：我在这里度过很多个冬天，另外我离开的时刻，永远要留意——得在3月15日之前。

阿普比太太：哦，你要待那么久啊?

安妮：老天，才不会真的待满日子。你把利特夫人弄得消沉极了，我居然要打扰这么长时间！另外这话听着像下逐客令。

薇奥莱特：胡说，安妮，你知道我们想要你留下来，尽量多待一些时日，能多久就多久。

安妮：我以前在开罗有间公寓，不过已经退掉了；利特夫人邀请我过来住在领事馆里，趁这段时间，我可以安顿好一切。

阿普比太太：哦，说起来，亚瑟爵士结婚前，你就跟他认识吗?

安妮：哦，是的，他是我认识年头最长的朋友之一。我忍不住想，利特夫人的性格肯定极为温婉贤淑，否则她受不了我的。

薇奥莱特：亲爱的，你如此善解人意，真是奇迹。

阿普比太太：我相信，“善解人意”和“奇迹”两者兼而有之。

安妮：去年7月的某一天，亚瑟来看我，跟我说——他即将跟世间最优秀的姑娘结婚，我当然想着一切都要结束了……他是来说再见的。男人在单身阶段的友情，他自己觉得可以保持住，可是他永远做不到。

阿普比太太：通常而言，他妻子会确保他无法继续曾经的友情。

薇奥莱特：嗯，我认为这真是乱讲，尤其像亚瑟这样的男人——在我介入他的生活之前，他做单身汉的岁月可够长的，自然而然，生活中经历的人和事也很多。况且，我非常喜爱安妮。

安妮：你这样讲听着真舒心啊。

薇奥莱特：我在这里完全是个陌生人。而且归根到底，我的年纪不是很大，对吗?

阿普比太太：十九岁？

薇奥莱特：哦，不，我要超过这年龄。我差不多二十了。

阿普比太太（微笑道）：老天爷！

薇奥莱特：像亚瑟这样地位的男人——如果某人发现突然之间自己成了他的妻子，那感觉真的很惊悚。我的神经真的非常紧张，觉得自己上不了台面……我觉得所有人的目光都集中在我身上。在一个半东方半西方的国家里，真是动辄得咎——你们不懂“犯错”是多么容易的事情。

安妮：这还不算要跟半打列强政府的代表打交道——那可都是些神经过敏的家伙，动不动就有意见。

薇奥莱特：那个，你知道的，有种感觉，就是最微不足道的行差踏错，都会给亚瑟和他在这里的工作造成巨大的伤害。那时候，我刚刚离开学校教室，然后发现自己差不多成了政坛要员。要不是有安妮，我肯定会弄得一团糟。

安妮：哦，我不这样认为。你有两样资本，即便由于经验不足闹出很多纰漏，大家也会原谅你的——就是你优雅的风度和美丽的容颜。

薇奥莱特：安妮，你跟我讲这样的话真是太客气了。

阿普比太太：你的婚姻如此浪漫，我相信大家情不自禁就会对你心生极大的好感，我可没法想象相反的情况。

薇奥莱特：作为驻外人员的妻子，当她觉得在某场晚宴中，自己没有得到正确的位置——此时此刻，她满脑子都是这些东西，那么心中就没有多少空间留给“浪漫”了。

阿普比太太：婚姻带来的兴奋感，你居然毫无神魂颠倒之意——我记得多多少少，自己心里对此犯过嘀咕的。

薇奥莱特：你知道的，我也有兴奋的感觉。

阿普比太太：一直以来，人人都将亚瑟爵士视作坚定不移的单身汉。大家公认他除了工作，对别的事情都不上心。他在事业上向来平步青云，不是吗？

薇奥莱特：首相跟我说，在他接触过的人当中，亚瑟的能力是最强的。

安妮：我一直认为，不管哪个政府，如果有他效力，肯定能舒口气。无论何时，别人不管搞砸什么，只要派他去收拾烂摊子，就能将一切打理得井井有条。

薇奥莱特：嗯，他向来都是这样的。

阿普比太太：刚刚今天早上，阿普比先生还说——这世上最不可能仓促结婚的人就是他了。

薇奥莱特：让我们祈愿——他不要闲下来就后悔这门婚事。

安妮（微笑道）：薇奥莱特，阿普比太太非常想听听来龙去脉。

阿普比太太：利特夫人，我是上了年纪的女人……最热衷听这些故事了。

薇奥莱特（兴高采烈地说）：嗯，在一次周末聚会中，我遇见了亚瑟。他休假回国，所有重要人物都受邀来跟他见面。这辈子，我从来没有受过那样的惊吓。那些公爵夫人的头上全都戴着草莓冠饰[①]，视线朝下地用鼻孔看我。至于那些内阁大臣的妻子，她们全都咬牙切齿，鼻孔朝上地仰视我。

安妮：薇奥莱特，你都胡说些什么啊！

薇奥莱特：我原本以为自己在亚瑟面前会战战兢兢。说到底，我知道他是个大人物。可是你知道的，我一点都不害怕。刚开始，他很

---

① 公爵以八枚草莓叶为象征，因此用草莓冠饰代表其夫人或女公爵地位。——译者注

有如父如兄的感觉，于是我在他面前就没大没小了。

安妮：我可以想象他有多惊讶。有二十年了，没人跟他这样放肆。

薇奥莱特：等你足够了解亚瑟后，你就会发现——他想要什么就会毫不犹豫地开口。他跟我们的女主人说，晚宴的时候，他要我坐在他旁边。这根本不合她的心意，但她不想说“不”。不知道怎么回事，人们不大跟亚瑟说“不”的。那些内阁大臣的妻子看我的眼神，好像瞧着骆驼似的……古怪得无与伦比，到了那个周末的晚上，老天，公爵夫人们的草莓叶子开始打蔫，开始枯萎，发出了嘎啦嘎啦的碎裂声。

安妮：你那个可怜的女主人，我对她深表同情。给自己的宴会抓来了一头真正的狮子，本来挺有面子的，结果他毫不用心，拒绝跟任何人周旋应酬，除了一个冒失的黄毛丫头。我要对她说——你邀请她，本来只是为了凑凑人数啊！

阿普比太太：他就这样跟你一见钟情吗？

薇奥莱特：他现在是这样讲的。

阿普比太太：那时候你知道吗？

薇奥莱特：我觉得很像那么回事，你知道的，只是感觉太不可能。然后，有个女人给我发来邀请函，请我参加接下来那个周末的宴会——可我刚刚认识那女人啊，她还说亚瑟也会去的。接着，我的心真的开始扑通扑通乱跳了。我将信函拿进屋里，接着去找我姐姐，随即我坐在她的床上，我们翻来覆去地谈论着。“他打算跟我求婚吗？”我说，“或者他没这个想法吗？”我姐姐说：“我想不出来他看上你哪点了。他若是求婚，你会接受他吗？”她问了这问题。“哦，不，”我说，“老天爷，哎呀，他比我大二十岁呢！”不过当然，我一直乐意接受的。就算他一百岁，我都不在乎，我认识的男人当中，他是最优秀的。

阿普比太太：那个周末，他跟你求婚了吗？在那之前，他真的只见过你一次吗？

薇奥莱特：那天下午，我到的时候，他已经在那里了。我刚刚喝了一杯茶，他就说："出来散散步。"嗯，其实我真想再喝一杯的，不过我不想说"不"，于是就起身散步了。但是半小时后，我们在小屋里喝了第二杯茶……那时候，我们已经订婚了。

（阿普比先生和奥斯曼·帕夏进来。阿普比先生靠着自己一路奋斗，现在已经进入国会成了议员；他六十岁上下，髭须花白，个头相当矮壮，说话的时候带着某种口音，为人精明，性格简单，脾气温和。他穿着一套蓝色哔叽西装。奥斯曼·帕夏是东方人[①]，肤色黝黑，留着大胡子，体格肥胖，年纪挺大了，但很有威严；他给埃及总督当差，此时正穿着官制的大衣，戴着塔布什帽。）

阿普比：亚瑟先生马上就来。他正跟手下的某个秘书说话呢。

薇奥莱特：甚至在他满嘴塞满食物的时候，他们还缠着他，不让他消停，真是太坏了。

奥斯曼：Vous permettez que j'apporte ma cigarette, chère Madame.（亲爱的女士，你允许我抽烟吧。）

薇奥莱特：当然可以。帕夏，过来坐这边。

阿普比：在阁下的建议下，我居然在开罗发现了一所工学院。我正要跟阁下说自己对此很有兴趣，可惜我不会法语。

薇奥莱特：哦，可是阁下完全懂英语，我真心相信他说得跟我一样好，他只是不愿意说英语罢了。

---

① 东方人：这里指西亚人。需要留意一个文化背景，在欧美意识形态体系中，如果没有特别说明，"东方人"或者"亚裔"多泛指西亚、中亚一带的亚洲人。——译者注

奥斯曼：Madame, je ne comprends l'anglais que quand vous le parlez, et tout galant homme sait ce que dit une jolie femme.

安妮（为阿普比夫妇翻译）：他说只有利特夫人讲的英语，他才听得懂，况且当一个漂亮女人讲话的时候，任何一个好男人都会明白她的意思。

薇奥莱特：别人跟我说的奉承话都比不上你的娓娓动听。你知道我正在学阿拉伯语。

奥斯曼：C'est une bien belle langue, et vous, madame, vous avez autant d'intelligence que de beauté.（这语言非常美，至于你，夫人，真是才智和美貌兼备啊。）

薇奥莱特：我找了个科普特人，每天来给我上课。安妮，我还跟你弟弟偶尔练习练习。

安妮（对阿普比太太说）：我弟弟是亚瑟爵士的秘书之一。我寻思着这会儿来找亚瑟爵士的人就是他，阿普比先生才先行一步，没有等爵士了。

薇奥莱特：要是这样，那我要责备他了。他很清楚当亚瑟正身处家人温暖怀抱的时候，他没有权力来打扰亚瑟。不过大家都说他是一位精通阿拉伯语的学者。

奥斯曼：Vous parlez de M. Parry? Je n'ai jamais connu un Anglais qui avait une telle facilité.

安妮：他说在自己认识的英国人当中，没有谁的阿拉伯语说得比罗尼还好。

薇奥莱特：这门语言难得可怕。有时候，我的脑袋好像都打结了，根本没法动弹。

（两个仆人进屋，一个捧着托盘，上面搁着数只咖啡杯；另一个捧着一个小浅盘，上面放着一根银质小管，里面装着土耳其咖啡。他们走了一圈，将咖啡端给众人，然后一声不吭地等着。等到亚瑟爵士进屋后，他们给他端上咖啡，随即离开。）

安妮（对薇奥莱特说）：你能坚持下来，实在难得。

薇奥莱特：哦，你知道的，罗尼非常善于鼓励人。他说我真的有进步。我很想能够跟人谈谈话。那样一来，我在埃及就可以四处走走……我心中对这里有多大的热情，你无法想象的。我爱埃及。

奥斯曼：Pas plus que l'Égypte vous aime, Madame.（可是埃及不爱你啊，夫人。）

薇奥莱特：我们在亚历山大城靠岸，当时，我看见那样蓝的天，还有那些有着各式肤色的人群，他们都用手势比画着自己的意思，我的心就一阵狂跳。我知道自己将会过得很幸福。每过一天，我对埃及的爱就多一点。我爱它的各种历史遗迹，我爱沙漠，我爱开罗的大街小巷以及尼罗河沿岸那些小小的可爱村落。我从来不知道这世上会有如斯美景。我原以为只有书里才有的浪漫旖旎风光，居然真的存在；我原本并不知道有一个国度，那里长着棕榈树，树下有水井，坐在井边，宛如在家那样舒适惬意。

奥斯曼：Vous ê tes charmante, madame. C'est un bien beau pays. Il n'a besoin que d'une chose pour qu'on puisse y vivre.

安妮（翻译道）：这是一个美丽的国度。要想让其宜居，只需要一样东西。（问帕夏）阁下，那是什么呢?

奥斯曼：La liberté.（自由。）

阿普比：自由?

（薇奥莱特开头刚刚提到埃及的时候，亚瑟就进屋了。他面带宠溺的笑意听她热情洋溢地讲述内心的感受。等到帕夏开口评论后，他便朝前走来。亚瑟·利特四十五岁，机警，风度显年轻，很聪明，彬彬有礼，自信有主意，老练圆滑，作为资深外交官，很是足智多谋。什么东西都逃不开他的眼睛，但他常常不动声色，并不表露自己事事留心的缜密。）

亚瑟：阁下，埃及有“好好发展”的自由。难道它需要“搞砸”的自由吗？它需要“先搞得一团糟，然后心生悔意”的自由吗？

薇奥莱特（对阿普比太太说）：我希望你对土耳其咖啡不会有意见吧？

阿普比太太：哦，没有，我喜欢。

薇奥莱特：我真开心。我觉得它非常可口，真是完美。

亚瑟：帕夏，这国家有了一个热情的崇拜者，就是我的妻子。

奥斯曼：J'en suis ravi.（我很开心。）

亚瑟：我已经跟罗尼说了，要他进屋喝杯咖啡。（对安妮说）我想你肯定乐意跟他打个招呼的。

安妮：你们今天很忙吗？

亚瑟：我们一直很忙。阁下，不是吗？

奥斯曼：En effet, et je vous demanderai permission de me retirer. Mon bureau m'appelle.（是的，请允许我告辞。我的办公室还有一大堆事情等着我呢。）

（他起身跟薇奥莱特握手道别。）

薇奥莱特：你能来真的很有意思。

奥斯曼：Mon Dieu, madame, c'est moi qui vous remercie de m'avoir donné l'occasion de saluer votre grâce et votre beauté.（天哪，夫人，能给我一个机会致敬你的优雅风度和花容月貌，委实是我的荣幸。）

（他朝其他人鞠躬。亚瑟带他走到门边，他离开。）

安妮：薇奥莱特，你将所有恭维话全都照单全收，连头发丝都不曾动一下，真够波澜不惊的。

亚瑟（回转身来）：你知道，这老男人很不错。他非常有教养，风度如此高雅精致……让人很难意识到一点，就是明天，他是否会把我们全宰了。

阿普比：我记得，你当初推荐他担任这里的教育大臣，还在英格兰引发了某种不安和担忧。

亚瑟：在英格兰的那些人永远不明白本地的情况。奥斯曼是老派穆斯林。他恨透了英国人。这么多年来，他逐渐接受无可避免的现状，但是他并没有屈服。他一刻不停地盯着自己的目标，从来不曾移开过视线。

阿普比：那是什么目标？

亚瑟：哎呀，上帝保佑你，就是将英国人赶下海啊。不过他是个聪明的老流氓，因此他看明白了，首要的任务之一就是必须给埃及人提供教育。嗯，我们也要教育他们。所有的改革内容都在我的脑子里，只有在某个男人牵头之下——那些严肃严谨的伊斯兰教徒对他的爱国情操深信不疑，而且他的正统思想绝无可疑之处，他们才会接受我的改革，否则免谈。

安妮：难道你跟一个自己并不信任的人一起工作，就没有别扭的感觉吗？

亚瑟：我不相信他。我对他有某种程度的钦佩，加上在他内心深处，对我只有厌恶，因此我毫无怨言地忍受着他。

阿普比：我不明白他为什么要厌恶你呢。

亚瑟：我还很年轻的时候，曾经在埃及待了三年。那时候，我着实卑微如尘埃，可是我跟奥斯曼闹出了矛盾，于是他想毒死我。有两个月的时间，我病得非常厉害，然后我康复了——由于我重新活过来了，他一直不曾宽恕我。

阿普比：真是个卑鄙的恶棍！

亚瑟：他身处一个像我们这样的非正统社区，多少有点格格不入。在伊斯兰的黄金岁月中，他曾经将某个妻子活活打死，然后扔进了尼罗河。

阿普比：将这样性格的男人提拔到高位，是否妥当啊？

亚瑟：只不过是属于不同年代的做派和习俗罢了，跟我们的关系不大。

阿普比太太：不过他曾经想杀你。难道你心中对他毫无恶意吗？

亚瑟：我觉得并没有非常浓厚的友情，你知道的，不过别忘了，任何一个政治家都不能纠结私人感情——他承担不起。他的职责是给圆孔找到圆钉，然后把自己塞进去。

安妮：他为什么来这里呢？

亚瑟：他极为喜爱薇奥莱特，某种以礼相待的敬意。如果你乐意，可以让她跟他打趣开玩笑，而且那老男人怜惜她。面对英国占领自己国土的问题，他很是恼火，我觉得比起我们所有这些外交人员，她更能安抚他，她的工作成效更好。

阿普比太太（对薇奥莱特说）：像这样一个国家，你若是在此拥有权力，肯定非常有意思。

薇奥莱特：权力？哦，我没有拥有那东西。不过我终究能够发挥点作用，这让我很自豪。我只希望自己有机会能做得更多。自从我来到这里后，我变得非常爱国了。

（罗纳德·帕里进屋。他是个俊美的年轻男子，青春洋溢，性格讨人喜欢，举止间有某种莫名的魅力。）

亚瑟：啊，罗尼来了。

罗尼：我太迟了吗？连咖啡都喝不上了。

薇奥莱特：不会的，马上给你端来。

罗尼（跟薇奥莱特握手）：你好。

薇奥莱特：这位是帕里先生。这两位是阿普比先生和阿普比太太。

罗尼：你们好。

亚瑟：现在，罗尼，别摆出你那副外交人员的样子。阿普比先生和太太都是非常和善的人。

阿普比太太：亚瑟爵士，我很高兴你这样想。

亚瑟：嗯，那时候你们放下自己的名片，还附带一张外交部颁发的免费餐券——看到这些，我的心直往下沉。

阿普比（对阿普比太太说）：瞧瞧，亲爱的，我就跟你说过，他可不想我们去烦扰他。

亚瑟：你瞧，我本以为来的是对浮夸热络的夫妻，他们无所不知，而且关于如何统治埃及，他们将条理清楚地跟我阐述。只是可惜，一位来自母国的议员无法点燃一位忧心忡忡的当地官员的信心。

薇奥莱特：我不知道你是否意识到自己弄得阿普比先生和太太如坐针毡呢，亚瑟?

亚瑟：哦，可是我若非失望透顶，就不会说这话了……没想到来的是他们这对通情达理的夫妻。

阿普比太太：当年，阿普比先生常常要自己去厨房生火，而我呢，每个星期一的上午，都得做完一个星期的洗刷活——我永远不会忘记那段日子的。我想从那以后，我们都没怎么改变了，我们两个都没有。

亚瑟：我知道你们明白事理，而且我真心感谢外交部——事先帮你们寄来信函。

阿普比太太：我们能来看你，这就是巨大的款待。另外，见到利特夫人，我的感觉好极了。你要是不介意，我得说她犹如春日清晨那样鲜妍明媚，任何人只要看见她，就会心情大好，变得生机盎然了。

薇奥莱特：哦，别这样夸我！

亚瑟：任何对她有好感的人，我一定会产生很大的好感。无论如何，你得在埃及南部好好玩玩，等你回开罗后，千万记得跟我们说一声。

阿普比：这趟旅行，我希望能大长见识，能学到很多东西。

亚瑟：你可能会见识到很多吓你一跳的东西。你可能会见识到——在这世上有些种族似乎天生就是统治者，有些种族好像天生就是伺候人的；对付人类的各种劣根性，“民主”并非灵丹妙药，“民主”只是一种政府体制，类似其他体制而已，另外，“民主体制”还没有经过岁月的洗礼，尝试的时间并不够长，很难说最终结果是否会令人满意；至于“自由”，通常来说，其意思就是“强者压迫弱者的权力”，以及“聪明的政治家给众人营造出了某种幻象，但并不提供实在的物质”——简而言之，对一个秉持平衡理念的国会激进派议员来说，肯定会有很多极为烦心、令人不安的东西。

安妮：从另一方面说，你们会看见我们美丽的尼罗河和那些庙宇。

亚瑟：或许它们会向你揭示——无论走过多少岁月，这世界永远都洋溢着青春的活力，另外还有，人类在地球表面上营造出来的最恒久不变的东西，据说就是“理想”，偏偏它似乎最具备转瞬即逝的特点。

阿普比：芳妮，在我看来，我们这趟旅行好像啃下了一大块蛋糕，然后可以根据实际情况，慢慢咀嚼回味。

阿普比太太：哦，好吧，我们会尽力的。阴阳数不同……虽然我永远没法算来算去，但一直以来，我认为一个人或许可以不动声色地被拯救……游历一番，表面依旧，内心却脱胎换骨。再见，利特夫人，另外谢谢你招待我们。

薇奥莱特：再见。

（大家礼数周到地道别，随后阿普比夫妇朝门走去。罗尼给他们打开门。他们离开。）

罗尼：先生，我忘了跟你讲，普理查德太太刚刚打电话来，说她有件公事，是否可以来见见你呢。

亚瑟（面带冷冷的笑意）**：**说我今天很忙，外加说我万分抱歉，基本没法见她了。

罗尼（眼中闪过一丝促狭的神色）**：**她说自己马上过来。

亚瑟：她若是下定决心，无论如何都要见到我，那么她或许可以省省事，不用打电话来询问是否方便。

安妮：亚瑟，你姐姐真是个性格坚毅的人儿。

亚瑟：我知道。在这个国家的各种事务中，我多少有些权威，可是面对亲爱的克里斯蒂娜，我完全没辙。我不知道她想干什么。

薇奥莱特：让我们心怀最好的期望。

亚瑟：我已经留意到了，无论何时，只要有人十万火急地想见我，那绝不会是要给我什么好处。克里斯蒂娜十万火急地要见我，我唯一的安全对策就是立刻溜之大吉。

薇奥莱特：你必须好好待她，亚瑟。你要是不好好待她，她就会从我这里弄到自己想要的东西。

亚瑟：惊悚吓人，不是吗？

薇奥莱特：别忘了，有十年的时间，都是她为你打理这所房子的。提醒你一句，打理得井井有条，令人钦佩。

亚瑟：令人钦佩。在这所屋子里，她有种发号施令和收拾打理的天赋。所有东西都按部就班，跟钟表似的一板一眼。她连一毛钱都不曾浪费。她给我省下数百上千英镑。她把我的生活搞得惨兮兮的，我像条凄惶可怜的狗狗。我已经得出结论——这世上最让人讨厌的就是好管家了。

薇奥莱特：如此说来，你娶了我真是大大走运啊，我管家很糟糕！不过你不能指望她会看清楚这点。她不得不从这处极为舒适的公家住处搬走，心里自然很难受，因此她若跟你开口，偏偏你又不愿去做，她自然会归咎于我，认为你受了我的影响，才不让她如愿的。

安妮：对你来说，这位置肯定非常尴尬，待人处事很难吧。

薇奥莱特：我尽其所能地让她喜欢我。我真觉得自己像一个谋朝篡位的家伙，你知道的。我努力让她看到，我毫无耀武扬威的意图。

亚瑟：挺幸运的，她很好地接受了此事。当时她对我说，为了能陪在她儿子身边，她决定留在埃及——我扪心自问，那时候我多少有些紧张。

安妮：我觉得，谁要是不喜欢薇奥莱特，谁就是一个遭人厌的人。

亚瑟：遭人厌。我应该会毫不犹豫地下逐客令。

罗尼：我觉得自己最好还是回去工作吧。

安妮：哦，罗尼，那些收拾行李的活，你要不要我过去帮忙啊？

薇奥莱特（*对罗尼说*）：你要去别的地方吗？

罗尼：我要离开开罗了。

安妮：你还不知道吗？罗尼刚刚得到任命，要去巴黎了。

薇奥莱特：那他就不回埃及了吗？

（她被这消息吓了一大跳。她的手紧紧掐着椅子的扶手——亚瑟和安妮留意到了这个出于本能的小小动作。）

罗尼：我想是的。

薇奥莱特：可是为什么瞒着我呢？你们为什么一直对我保密呢？

亚瑟：宝贝，没人保密啊。我——我以为安妮已经跟你说了。

薇奥莱特：哦，这完全无关紧要，只是罗尼向来事无巨细都会跟我说，都会帮我安排。即将发生某个变动，他要是想告诉我，肯定是很方便的，可他居然什么都没说。

亚瑟：我很抱歉。此事是今天早上才定下来的。我收到外交部的一封电报。我觉得安妮会对此感兴趣，就打发罗尼直接去跟她说了。

薇奥莱特：我讨厌别人拿我当小孩子。

（稍稍一小会儿的尴尬时刻。）

安妮：我真是犯傻。我应该来跟你说的。我开心兴奋得忘乎所以，就忘讲了。

薇奥莱特：我不是很明白你为什么这样兴奋啊。

安妮：对我来说，以后能陪在罗尼附近，实在很不错。你瞧，我现在已经放弃了这里的公寓，因此我不会时常来埃及了。本来跟罗尼很难见上面了，现在好了，我可以常常跑到巴黎跟他相见。况且，在仕途上，这样算前进一步了，对不对？在我死之前，我想看到他成为大使。

薇奥莱特：他能像本地人一样说一口流利的阿拉伯语，如今却要去巴黎，我看不出来这对他有什么好处。

亚瑟：哦，嗯，外交办事机构遍布全球。外交部里最优秀的波斯语学者已经在华盛顿待上六年了。

罗尼：这事大大出乎我的意料。我原以为自己得永远待在埃及了。

薇奥莱特（恢复常色）：我希望你在巴黎会生活得非常愉快。你什么时候动身呢？

罗尼：后天有一班船。亚瑟爵士觉得我最好搭乘这趟船。

薇奥莱特（几近失态）：这样仓促！（随即恢复正常，用快活的口吻说）我们会非常思念你的。没有你，我都不知道自己该怎么办了。（对安妮说）自打我来这里后，他对我帮助良多，多得你都无法想象。

罗尼：你这样讲真是太客气了。

薇奥莱特：在应酬打点之类的事情上，他的价值无法评估。你瞧，宴席上，哪个人应该坐哪里，他都一清二楚。还有，刚开始的时候，他将各色人物的诸多细节一一向我讲述，我获益良多，因此我才不会说错话。

亚瑟：你若是说错话，那也会用优雅迷人的方式说出口，因此没人会怀恨在心。

薇奥莱特：我非常担心接替罗尼位置的人，以后会拒绝为我写那些邀请信。

亚瑟：从严格意义上讲，那并非我秘书的职责。

薇奥莱特：确实不是，可是我讨厌自己写邀请信。还有，罗尼能够模仿我的笔迹。

亚瑟：我确信，他写的字永远不会像你那样差劲。

薇奥莱特：哦，是的，他能写得那样差劲。是不是啊？

罗尼：我努力写得跟你差不多，让看信的人不会留意到其中的差别。

薇奥莱特：你知道的，现在还有三十二封邀请信没写呢。

安妮：你为什么不用邀请卡呢？

薇奥莱特：哦，我觉得信函有礼貌多了。还有，用第三人称写信，不知道怎么回事，我就不会觉得自己老得要邀请别人来参加宴席了。

罗尼：只要亚瑟爵士能放我走，我就马上去写这些邀请信。

亚瑟：在薇奥莱特出门之前，你最好全写好了。

薇奥莱特：那时间就紧了。埃及总督的母亲邀请我去看她，时间是三点半。我现在就去开列名单，可以吗？我觉得自己没打算等克里斯蒂娜。她如果有公事找你，我猜她宁可我不在这里。

亚瑟：很有道理。

薇奥莱特（对罗尼说）：等你做完工作，就来这里吗？

罗尼：当然。

（她离开。）

亚瑟：那份报告，你写完了吗？

罗尼：先生，还没呢。十分钟就能准备好。

亚瑟：写完后就放我桌上吧。

罗尼：好的，先生。

（罗尼退场。现在只剩亚瑟和安妮。他若有所思地看着她。）

亚瑟：薇奥莱特对任何事情都非常敏感，别人看着微不足道的细节，在她眼里就很重。

安妮：很自然，不是吗？她这样一个生机勃勃的姑娘。

亚瑟：她喜欢我把自己所有的安排都告诉她。在别人知晓之前，她已经得知消息——这让她有一丝举足轻重的感觉。

安妮：哦，当然了。我非常理解。我若是处在她的位置，也会这样的。

亚瑟：罗尼即将离开的事情，我本应该跟她说的，却给忘了。她有点慌乱失态，那是因为她觉得我做事居然背着她。

安妮：是的，我懂。某个跟她很亲近的人要离开了——突然得知这样的消息，她一时半会儿显得惊慌失措，那是自然而然的反应。

亚瑟（眼里闪过一丝深意）：我不知道自己是否必须指责你，说你弄得我损失了一位优秀的秘书。

安妮：我？

亚瑟：我不知道外交部为什么突然之间拿定主意，觉得巴黎需要你弟弟。你一直在打点此事吗？

安妮（微笑道）：你的性子可真够多疑的！

亚瑟：安妮，坦白承认吧。

安妮：我觉得罗尼渐渐陷在这里了。有段时间，他一直在做无用功……这里没有多少他的用武之地。你如果想要真相，我就告诉你吧——为了能让他调动，我真是上天入地，费尽所有手段。

亚瑟：你居然一个字都不曾说过，你瞒人的本事可真好啊！

安妮：我不想弄得他心神不宁。我知道去巴黎的话，他会高兴得发疯。我想着，在事情稳妥之前，什么都别说要好很多。

亚瑟：你觉得他去巴黎，会高兴得发疯吗？

安妮（带着防备的姿态面对他）：只要是年轻男人，就都会喜欢的。

亚瑟：如果我有别的安排，我不知道他的失望情绪是否会很浓烈……或许他巴不得我另有打算呢。

安妮：亚瑟，你是什么意思呢？我穷尽手段地让他离开，你不会出手阻拦吧。

亚瑟（突兀地问道）：你为什么如此火急火燎地要送他走呢？

（她沮丧慌乱地看了他一会儿。）

安妮：老天爷，跟我说话别这么冲。我刚刚对薇奥莱特说过的。我要他有更好的仕途前景。我觉得他若是待在一个像巴黎那样的地方，被人留意到的机会就要大很多。

亚瑟（面带一丝笑意）：啊，是的，你说过比起以前，你来埃及的次数变少了。为了吸引你回来，或许将罗尼留在这里还是挺值当的。

安妮：于我来说，埃及不再是曾经的埃及了。

亚瑟：我希望，我的婚姻不会给我们的友情带来任何改变，安妮。你知道我有多珍视这友情。

安妮：你以前常常来看我。你知道我性格谨慎，过去你心里有什么事情，都会和我详谈。我觉得开心，也很荣幸。你结婚后，我当然意识到我们那种舒畅惬意的谈话必须结束了。我今年冬天来这里，只是要收拾自己的家当。

亚瑟：你让我对你隐约有了负罪感。

安妮：你当然不是那种人。不过，我不想令薇奥莱特觉得我正试图——独霸你。在我眼里，她一直挺可爱的。我越了解她，越觉得她讨人喜欢。

亚瑟：你这样讲真是非常善良。

安妮：你知道，我向来对你极为敬慕。看到你跟一个配得上自己的姑娘结婚，我打心眼儿里高兴。

亚瑟：像我这样年龄的男人娶一个十九岁的姑娘，我觉得真是一场危险的实验。

安妮：我觉得旁人能够赞同这点。不过一直以来，你都是众神的宠儿。你的婚姻经营得很成功。

亚瑟：在婚姻中，做丈夫的需要无尽的圆滑融通、无穷的耐心和永远包容的心态。

安妮：你拥有巨大优势，就是薇奥莱特真心真意地爱着你。

亚瑟：我觉得只有笨头笨脑的蠢驴才会承认——某个美丽的姑娘爱着自己。

安妮：你让她非常幸福。

亚瑟：为了达到该目的，我愿意做任何事情。比起刚跟她结婚的那会儿，我如今对薇奥莱特的爱意更浓了，真是爱得要死要活的。

安妮：我很高兴。除了你过得幸福，我别无所求。

亚瑟：克里斯蒂娜来了。

（他说上句台词的时候，门开了，一个英国管家给普理查德太太引路。她是个高挑女人，身形瘦削，头发夹杂丝丝白发，容貌清丽，举止端方正派，每个动作都体现出她性格中的坚毅特质。不过，她虽然给人的感觉是专横跋扈，为达目的说一不二，但她诚实、直率、待人真诚，而且并非没有幽默感。她仪态万方地裹着长袍，其气度跟她的地位相得益彰，显示出她是个重要人物。）

管家：普理查德太太到。（退场。）

亚瑟：克里斯蒂娜，我就知道是你。我察觉到某种——“责任一肩挑”的——感觉朝着这所房子汹涌扑来。

克里斯蒂娜（亲吻他）：薇奥莱特怎么样？

亚瑟：可爱迷人。

克里斯蒂娜：我是询问她的健康状况。

亚瑟：她的健康状况完美无缺。

克里斯蒂娜：我想在她这个年纪，任谁都是健健康康的。（亲吻安妮）你好吗？还有我可怜的亚瑟，你好吗？

亚瑟：你问我的口吻好像我是个垂暮蹒跚的老绅士，被风湿病弄得行动不便。非常感谢你，我的健康情况好得不得了，以我的年龄来说，还很生龙活虎。（克里斯蒂娜看到桌上有朵从花盆上掉落的花儿，便将它捡起来，放回原先的位置）你为什么这样做啊？

克里斯蒂娜：我不喜欢邋遢不整洁的样子。

亚瑟：我喜欢。

（他将花儿重新拿出来，放在桌子上。）

克里斯蒂娜：我原本以为得去办公室找你。

亚瑟：你觉得我忽视自己的工作了吗？我还以为在这里等你，会更加合宜相称。

克里斯蒂娜：我是为了公事找你。

亚瑟：从你托人捎来的口信中，我明白了这层意思。我确信你打算将我放置在飞黄腾达的康庄大道上。

安妮：我先得告辞了，让你们单独谈谈，对吗？

克里斯蒂娜：哦，别走，千万别走。关于此事，你完全可以听听，一点瞒你的理由都没有。

亚瑟：你根本没打算让我飞黄腾达。你要我帮你办些事情。

克里斯蒂娜：你干吗这样想啊？

亚瑟：你要第三方人士在场，如果我拒绝的话，就有人做证我既粗暴残酷又自私自利。我了解你，克里斯蒂娜。

克里斯蒂娜（含笑道）：你太敏感了，以至于会拒绝某个完全合情合理的请托。

亚瑟：让我们听听吧。（她坐到沙发上。那些靠枕由于被众人乱坐一通，显得乱七八糟的，于是她将它们逐一抽出，还拍打一番，将其各就各位摆放得整整齐齐）我希望你可以别管那些家具家饰，克里斯蒂娜。

克里斯蒂娜：看着各种东西都不在自己应该待的地方，我实在不知道人们从这样的场面中能得到怎样的乐趣。

亚瑟：你这样拐弯抹角，绕得太远了。

克里斯蒂娜：我听说总督跟他的秘书吵架了。

亚瑟：你真是个出类拔萃的绝妙女人，克里斯蒂娜。后宫里所有的流言蜚语都会被你抓住。

克里斯蒂娜：真有这事，不是吗？

亚瑟：是的。不过午餐前，我自己才刚刚听闻该消息。它是怎么跑到你的耳朵里的？

克里斯蒂娜：那无关紧要，对吗？任何可能涉及我利益的事情，我都有打听的门路。

亚瑟：我恐怕自己非常愚钝，只是我看不出来——它跟你会有利益瓜葛？这话从何说起呢。

克里斯蒂娜（微笑道）**：**亲爱的亚瑟。总督已经开口请你给他推荐一位英国秘书了。

安妮：他真的开口了吗？这倒转性了。他以前从来没有用过英国秘书呢。

亚瑟：从来没有。

安妮：这机会真是一等一。

亚瑟：我们若有合适的人，他将成为有史以来最能帮上忙的角色。如果他八面玲珑、脑子活络，外加谦逊有礼，那么假以时日，他肯定会对总督产生巨大的影响力——没有理由做不到这点。要是我们真可以让总督老老实实、真心真意地跟我们合作，而不是暗地里各种使坏，弄得我们举步维艰，那么在这个国家，我们可以创造奇迹。

安妮：那个得到这份工作的男人，他可真是走大运了！

亚瑟：我想是的。他若秉性适合，那么他或许能得到任何东西。而且别忘了，若能为我们自己古老的故国做出这样伟大的贡献，那前程着实无可估量。

克里斯蒂娜：总督要找哪种类型的人，他有没有提出具体条件呢？

亚瑟：他自然要一个年轻人，同时善于体育运动。此人应该能说阿拉伯语，这点挺重要的。不过让总督满意的这些条件，跟让我满意的诸多细节比起来，前者根本不值一提。对英国利益而言，这人要是找错了，或许会造成无可弥补的损失。

克里斯蒂娜：你想过亨利能很好地胜任该工作吗？

亚瑟：克里斯蒂娜，我不能说自己考虑过他。

克里斯蒂娜：他年轻，非常善于运动。他能说阿拉伯语。

亚瑟：我相信，他说得很好。我觉得他非常适合他现有的位置。他刚刚在国内得到这份差事，要是用别的事情打扰他，那就太不像话了。

克里斯蒂娜：亚瑟，一份薪水极其寒酸的教育部工作，另一个是担任埃及总督的私人秘书，你不能将这两者相提并论。

亚瑟：某人最适合的工作，对他而言就是最好的工作。

克里斯蒂娜：你挑不出亨利的毛病。他是非常好的员工，他诚实正直、精力充沛，而且做事小心勤快。

亚瑟：你穿着某双靴子走路，没有不舒服的感觉，但你不会因此就对其大加夸奖；如果穿着不舒服，你就将它们甩得远远的。

克里斯蒂娜：你这话什么意思？

亚瑟：说真的，你提到的那些品质根本不配得到特别的回报。亨利要是没有这些优点，我会一刻都不耽误地解雇他。

克里斯蒂娜：你会欢迎这个机会，我对此毫不怀疑。可惜亨利凑巧是你的外甥，他这辈子可真是倒了大霉。

亚瑟：从另一方面讲，他是你的儿子——这样异乎寻常的好运抵消了他的霉运。

克里斯蒂娜：任何一个可能的机会，你都在拦他的道。

亚瑟（好脾气地说）：克里斯蒂娜，你知道这话是不对的。有一大堆莫名糟糕的工作，你原本死催活催地要我去办，我都拒绝跟你沆瀣一气。他跟别人一样有自己的机会。你是一个可敬的母亲。我若是听从你的意见，他现在应该已经成了总司令兼首相。

克里斯蒂娜：如果并非完全合情合理，那我绝不会开口要你为亨利办事的。

亚瑟：如此说来，显而易见，我们对于何为“合情合理”有着不同的意见。

克里斯蒂娜：安妮，我呼吁你发表看法——提议让亨利担任总督的私人秘书，你看有何不妥吗?

亚瑟：安妮，我知道她要你留下来的目的就是这个——我的脑袋固执得跟花岗岩似的，毫不通融，你要为此做证。

克里斯蒂娜：亚瑟，别这样荒乎其唐。我请安妮发表公平无偏见的看法。

亚瑟：安妮对自己一无所知的事情，不可能有任何有价值的看法。

安妮（一声轻笑）：这暗示非常直白明确，就是我能做的最好的事情就是闭嘴。克里斯蒂娜，我接受该暗示。

克里斯蒂娜：亚瑟，你真是太不通情理了。你听不得任何反对意见。

亚瑟：到目前为止，你唯一提出的意见就是“刚好有个好差事，亨利是你外甥，你把工作给他”。亲爱的，总督永远不会接受一个跟我血缘关系如此亲近的亲戚，难道你没看出这点吗?

克里斯蒂娜：我完全不同意你的看法。他请你推荐一位英国秘书，事实上就表明他想拉进跟你的距离。说到底，你可以给那个男孩一个机会的。

亚瑟：这机会不容闪失。成败只有一次机会。如果我挑选的人失败了，那么总督以后再也不会开口要我帮他办类似的事情了。我不能冒任何的风险。

克里斯蒂娜：你可以跟我说说，亨利缺少怎样的条件，以至于无法胜任该职位呢？

亚瑟：他能说阿拉伯语，这是事实，但是他不能理解本地人的思维。语法教不了你那东西，亲爱的，只有感同身受的同情心才可以。他的思维是公务员式的。我常常想，你在童年的时候肯定吞下过一整颗花岗岩，因此可怜的亨利天生内置条条框框。

克里斯蒂娜：亚瑟，我觉得这话一点都不好笑。

亚瑟：我毫不怀疑，随着时间的推移，他会成为一位非常能干的官员，但除此之外，他绝对成不了任何角色。他缺少想象力，然而这东西是政治家的必要条件，就像对小说家来说，丰富的想象力是不可或缺的本事。最后一点，他没有魅力。

克里斯蒂娜：你凭什么下这样的结论？你是他舅舅。你或许还会说我没有魅力吧。

亚瑟：你没有魅力。你是可敬的女人，贤良淑德，具备各种美德——对于你所属的女性群体来说，这让你成为某种装饰教会的点缀品，不过你没有魅力。

克里斯蒂娜（带着阴冷的笑意说道）**：**我若是指望你会恭维我几句，那可真成笨蛋了，不是吗？

亚瑟：有种女人无法通过经验学乖的，没办法，你就属于这种女性……明知故问，我是不会恭维你的。

克里斯蒂娜：还得说一句，我不同意你的看法。我觉得亨利有魅力。

亚瑟：为什么我们所有人都叫他“亨利”呢？为什么“亨利”这名字

跟他如此相称合宜呢？他要是有魅力，我们自然而然就叫他“哈利”了。

克里斯蒂娜： 亚瑟，说真的，一个身处你这样地位的男人，还会受这些荒谬怪诞的鸡零狗碎的影响，真令我大开眼界。太不公平了——某个男生有着一打实打实的美德，可是你居然拒绝举荐他，就因为他没有如你所想的魅力……没有诸如“魅力”这样轻佻无聊、空洞缥缈的优势。

亚瑟： “魅力”可能空洞缥缈，但肯定不是轻佻无聊。相信我，任何男人能够拥有的资本中，“魅力”的价值最高。有些人缺少脑子缺乏美德，可是“魅力”能够弥补这种缺憾，你是不是觉得这话听起来堕落没品啊？哎哟喂！凑巧这是事实。有脑子或许能让你得到权力，但“有魅力”使你能够保住权力。没有魅力的话，你永远无法领导众人。

克里斯蒂娜： 某个年轻的英国男子善于运动，是一位精通阿拉伯语的学者，另外他八面玲珑、有想象力、有同情心、聪明伶俐、文质彬彬，还有魅力——真是异想天开，你可能找到这样一个人吗？

安妮： 亚瑟，你若真能找到这样的人，我恐怕他也不会长期逗留于此，因为我得警告你，我会拿定主意，一定要嫁给他的。

亚瑟： 这听着不是很像话。我打算提议罗尼的。

克里斯蒂娜（骇然变色）**：** 罗纳德·帕里！你可能提议的人选，他是最出乎我意料的。

亚瑟（尖锐突兀地说）**：** 为什么？

安妮（失魂落魄地说）**：** 亚瑟，你不会真要这样做，对吗？

亚瑟： 为什么不呢？

克里斯蒂娜（对安妮说）**：** 你对此并不知情吧？

安妮：我脑子里最不可能冒出来的念头就是这个了。

克里斯蒂娜：我原以为你们已经安排好一切，要送他离开了呢。

亚瑟：我根本没有安排任何事情。我收到一封外交部的电报，说他已经被调到巴黎了。

安妮（稍稍顿一下）：你最好顺其自然，听从上头的安排，难道你不这样想吗？

亚瑟：不，我不这样想。我要给伦敦拍电报，解释现有的状况，并且提建议，说我觉得他非常适合这个——自己蹦出来的职位。

安妮（听到这消息，尽量做出云淡风轻的姿态）：我一路费劲，好不容易才给他弄到巴黎的差事，如今又有新变故，我觉得非常郁闷。

克里斯蒂娜（对安妮说）：哦，他欠你的，对吗？你本来想着他离开这里会更好，对吗？

亚瑟（字斟句酌地说）：克里斯蒂娜，我真搞不懂，你这样步步紧逼所为何来呢？

克里斯蒂娜（当面驳斥他道）：我想象不出还有谁比他更不适合该职位了。

亚瑟：这点该由我来判断，是不是啊？

安妮：或许，外交部会说他们看不出原计划需要改变的理由。

亚瑟：我不这样看。

安妮：你跟罗尼说过吗？

亚瑟：没有，总督是否愿意接受他——我觉得自己得先有个确信后，再跟他讲，在此之前没必要提的。

克里斯蒂娜：亚瑟，我真是大为惊讶。亨利跟我说，罗纳德·帕里即将离开，那时候，我忍不住想这真是天遂人愿。

亚瑟：为什么呢？

（她看着他，正要开口，随即犹豫了。她没这胆量，于是决定保持沉默。安妮过来解围。）

安妮：克里斯蒂娜知道我以后来埃及的机会很少了，而且她明白罗尼跟我很亲。自然而然，我们想尽量待得近一些。

克里斯蒂娜（轻笑道）：有一份好差事，因为你已经下定决心要将它给罗纳德·帕里，所以你拒绝了亨利——这样的事情着实令我乐不可支。

（亚瑟气定神闲地朝她走去，跟她面对面。）

亚瑟：如果你对他有什么微词，那么就说出来。

（他们一声不吭地互相瞪视了一会儿。）

克里斯蒂娜：如果你对他没意见，那我何必有看法呢。

亚瑟：我懂了。今天下午，我有一大堆事情要处理。你若是没有别的话要跟我说，那我想回去工作了。

克里斯蒂娜：很好，那我走了。

亚瑟：你不想逗留一下，看看薇奥莱特啊？

克里斯蒂娜：我没这想法，谢谢。

（她离开。他为她拉开门。）

安妮：你决定要罗尼留在开罗，那你刚才为什么不告诉我呢？

亚瑟：我原本想着，一切都尚未稳妥之前，没必要说的。其实跟你讲也无所谓，我应该料到你足够老道，能够保守秘密。

安妮：你真的考虑清楚要这样做了吗？

亚瑟：考虑清楚了。

（他们的视线坚定地注视着彼此。）

安妮：我想自己得回屋了。我还是老习惯，午餐后得眯一会儿。

亚瑟：我真希望我可以让薇奥莱特养成这习惯。

安妮：她还太年轻，她眼下感觉不到需要午睡的。

亚瑟：是的，她还太年轻。

（安妮退场。有一会儿，亚瑟陷入了泄气沮丧的情绪中。他觉得自己苍老了，感到累了。不过他听到楼梯上传来脚步声，便打起精神来。等到薇奥莱特进屋的时候，他又恢复自己惯常的样子——兴高采烈、仪表堂堂、妙趣横生。）

薇奥莱特：我看到克里斯蒂娜驱车离开了。她想要什么啊？

亚瑟：地球。

薇奥莱特：我真希望你能给她。

亚瑟：不，宝贝，我刚刚正打算给你摘下月亮，因此我想着，我若是将地球给了她，那真的会闹得宇宙过于不安生。

薇奥莱特：我觉得自己最好先处理这些邀请函，然后再梳妆打扮。

亚瑟：你打算换条连衣裙再出门跟总督的母亲喝茶，不会吧？你穿着的这件非常俏丽迷人啊。

薇奥莱特：我觉得有点太年轻了。上午穿正合适，喝下午茶就有点不稳重。

亚瑟：今天下午，你肯定会比上午老一点——这话非常正确。

薇奥莱特：你现在能放罗尼走吗？

亚瑟（稍稍错愕一下）：是的，我马上去叫他来找你。

薇奥莱特（当他正要离开时，她开口道）：去一趟总督母亲家后，我很快会回来的，给你端茶。

亚瑟：那就太好了。那么等下见吧。

（他退场。她陷入深思。当罗尼进来的时候，她微微有点惊愕。）

薇奥莱特：我希望自己没有将你从任何十万火急的要务中拽出来。

罗尼：我只是打字，打一份非常沉闷的报告。我刚刚做完了。

薇奥莱特：你知道的，如果不方便的话，你绝不可为我烦心。

罗尼：我的机会没剩多少了，对吗？

薇奥莱特：没……瞧，名单在这。

（她将一张名单递给他，上面涂写得很潦草。他看了看。）

罗尼：这宴席看着非常喧嚣无聊，腻得很，不是吗？我看你把我的名字给划掉了。

薇奥莱特：你都要离开这里了，还邀请你来参加晚宴，感觉假惺惺的。填补你空位的人选，你有谁好推荐的吗？

罗尼：我不知道。一想到有人会受邀坐我的位置，我就觉得讨厌。我要马上开工吗？

薇奥莱特：你若是不介意，就请马上开始吧。你知道的，我必须外出了。

（他在写字桌旁边坐下。）

罗尼：我就从那些我最不讨厌的人开始写吧。

薇奥莱特（轻笑道）**：**有一次，亚瑟说我必须邀请凡·施德兰斯一家，为了给他们写一封斯文的信函，我们忍着恶心，觉得讨厌极了，你还记得吗？

罗尼（边写边说）**：**亲爱的辛克莱夫人。

薇奥莱特：哦，她要我叫她“伊芙琳”。

罗尼：岂有此理！我必须重写了。

薇奥莱特：那些胖胖的老夫人要我用教名称呼她们，我永远都觉得浑身不舒服。

罗尼：落款的话，我就写“你情意绵绵的朋友”，对吗？

薇奥莱特：我猜你一想到要离开了，肯定非常兴奋，对吗？

罗尼：没有。

薇奥莱特：对你来讲，这是前进了一步，是不是呀？我……应该恭喜你的。

罗尼：你不会以为我是想走的，对吗？我讨厌离开这里。

薇奥莱特：为什么啊？

罗尼：我在这里过得很幸福。

薇奥莱特：你知道自己不会在这里待上一辈子的。

罗尼：为什么不呢？

薇奥莱特（*尽量克制自己*）：名单上接下来的是谁？

罗尼（*看着名单*）：说到底，你会思念我吗？

薇奥莱特：我想自己开头会思念的。

罗尼：这样讲话真的不是很客气。

薇奥莱特：不客气吗？罗尼，我并没有不客气的意思啊。

罗尼：哦，我真凄惨！

（*她轻呼一声，看着他。她将双手按在自己的胸口。*）

薇奥莱特：让我们继续对付这些信函吧。

（*他沉默无声地写信。她没有看他，只是茫然绝望地看着空气。她终究没法忍住，抽噎了一声。*）

罗尼：你哭了。

薇奥莱特：没有，我没哭。我没哭。我发誓我没哭。（*他起身朝她走去。他直视她的双眸*）消息来得太突然。我做梦都不曾想过你会有离开的一天。

罗尼：哦，薇奥莱特！

薇奥莱特：不要这样叫我。请不要这样称呼我。

罗尼：你可曾知道我爱你吗？

薇奥莱特：我如何会知道呢？哦，我太痛苦了。我做什么了，居然要遭这样的罪？

罗尼：我情不自禁就爱上你了。我若是现在跟你说这话，那已经是无所谓了。一切都结束了。我不想将你蒙在鼓里就离开。我爱你。我爱你。我爱你。

薇奥莱特：哦，罗尼！

罗尼：这几个月来，日子过得真叫舒服。我知道你是世上最好的人儿，谁都比不上你。你说的每件事都让我开心。我喜欢你走路的仪态，喜欢你巧笑嫣然的样子，还喜欢你说话的声音。

薇奥莱特：哦，别说了！

罗尼：只要能看到你、跟你说说话，知道你在这里，在我的附近——我就心满意足了。你让我过着异乎寻常的幸福生活。

薇奥莱特：我有吗？哦，我好开心啊。

罗尼：我情不自禁。我试过不去想你的。你不会生我的气吧？

薇奥莱特：我无法生气。哦，罗尼，我有过非常堕落的时刻。某些念头无声无息地潜入我的脑海中，我不知道发生什么事了。我以为自己只是对你有好感罢了。

罗尼：哦，我最亲爱的人儿啊！难道有可能……

薇奥莱特：当时我脑子里闪过那念头——哦，我真给吓住了。那念头太强烈了，我以为自己的脸上肯定都写出来了，而且每个人都能看见。我知道那是错误。我知道自己绝对不能那样。我情不自禁。

罗尼：哦，说出来，薇奥莱特。我要听你亲口说出“我爱你”。

薇奥莱特：我爱你。（他跪在她面前，用一通热吻覆盖她的双手）哦，别这样，别这样！

罗尼：最亲爱的人儿啊。我最亲爱的人儿。

薇奥莱特：我都干什么了呢？我下定过决心——别人永远不会知道此事的。我以为那样就万事大吉了。当我对亚瑟尽妻子责任的时候，那就不会产生障碍。我对他有感情，这份感情不会受到干扰。如果我将自己对你的爱意锁在心中，锁得牢牢的——这爱意让我如此幸福，那我实在看不出来它会伤害到谁呢。我沉湎其中，觉得很幸福。

罗尼：我一直不知道。你跟我说过的每个字，我都反复咀嚼琢磨。你从来不曾示意过我。

薇奥莱特：罗尼，我觉得自己对任何人的爱意——都不可能比得上我爱你之深。

罗尼：我的心肝宝贝！

薇奥莱特：哦，不要跟我说这样的话。这让我心碎。我本来永远不会告诉你的，只是因为你现在要走了，我太伤心了。一想到你即将离开……他们只要给我时间消化这消息，那我就不会……我不会把自己弄得这样傻头傻脑的。

罗尼：你的话给我带来一丝安慰，你不能因此怨恨我。

薇奥莱特：可是这消息来得如此突然——宣布你得走了，然后你动身离开。我觉得自己没法承受了。他们为什么不给我时间呢？

罗尼：别哭，最亲爱的人儿，这令我备受折磨。

薇奥莱特：罗尼，这是我们最后一次单独相处的机会了。我不会让你在离开之前还被蒙在鼓里……哦，上帝啊，我无法承受了。

罗尼：薇奥莱特，我们在一起的话，应该会过得非常幸福。我们为什么不早点相遇呢？我觉得我们是天生一对。

薇奥莱特：哦，不要这样讲。难道你以为我没有跟自己说过——“哦，但凡我能先遇见他，那该多好啊！”哦，罗尼，罗尼，罗尼！

罗尼：我从来不敢奢望你爱我。我必须走的事情真令人发疯啊。现在，一想到要离开你，我觉得可怕。

薇奥莱特：哦，这样更好。我们不能再继续这样下去。你得走了，我觉得高兴。这消息同时令我心碎。

罗尼：哦，薇奥莱特，你当时为什么不待字闺中地等着我呢？

薇奥莱特：我犯了一个错误。我必须为此付出代价。亚瑟如此善良和蔼。他全心全意地爱着我。哦，我那时真是蠢得可以啊！我不知道什么是爱情。罗尼，现在，我觉得自己的生活已经结束了，可我还这么年轻啊。

罗尼：你知道在这世上，无论什么事情，我都愿意为你去做。

薇奥莱特：我亲爱的人啊。（他们站着，面对面，既满眼渴慕又凄楚哀怨地看着彼此）罗尼，这没好处的，我们两个正将自己弄成十足的可怜虫。跟我说“再见”吧，然后让我们就此别过。（他将她拉向自己）不，不要吻我。我不要你吻我。（他展开双臂抱住她，热情澎湃地亲吻她）哦，罗尼，我真的好爱你。（终于，她从他的怀里挣脱出来。她跌坐在一把椅子上。他作势要朝她走来）不，现在不要靠近我。我好累。

（他稍稍看了她一会儿，随即重回桌边，坐下来写信。他们的目光缓缓地相遇了。）

罗尼：这样说来，就是再见了？

薇奥莱特：是，再见。

（她双手按着自己的胸口，好似心痛得不堪忍受。他用双手捧头。）

（第一幕完）

第二幕

场景：领事人员住所的花园。花园是东方风格，栽种着棕榈树、木兰，还有一簇簇绚烂盛开的杜鹃花。一边是一口古老的阿拉伯水井，镌刻着从《古兰经》上摘录的诗句；铁架子的上方爬满了黄色的攀缘蔷薇。玫瑰树上花朵尽情绽放。另一边是几把藤椅和一张桌子。花园的尽头距离奔腾不息的尼罗河很近，继续眺望过去，河岸是成排成排的棕榈树，举头望天，天空带着东方情调。夜幕即将降临，在本幕中，随着情节的发展，夕阳逐渐沉下来。

（桌上摆着喝茶的物件。安妮坐在那里看书。园丁穿着蓝色斜纹工作服，露着棕色的双腿，戴着埃及工人用的那种小小的圆帽，他正在浇花。克里斯蒂娜上场。）

安妮（抬头，含笑道）：啊，克里斯蒂娜！

克里斯蒂娜：别人跟说我，我可以在这里找到你。我原本是来看望薇奥莱特的，可我听闻她到现在还没回来呢。

安妮：她去拜访总督的母亲了。

克里斯蒂娜：我想自己可以等等她的。

安妮：你想喝茶吗？我一直等着薇奥莱特回来。我想着，老夫人肯定会弄得她身不由己地吃下所有甜品，到时候，她需要喝杯茶清清口，把嘴里的味道给弄掉。

克里斯蒂娜：不喝了，别给我倒茶……我作为这所房子的女主人有很多年了，如今却受到客人的待遇，我心里永远都没法过这个坎。（对园丁说）Imshi.（退下。）

园丁：Dêtak sa 'ideh.（祝您有一个愉快的夜晚。）

（他退场。）

安妮：克里斯蒂娜，你的阿拉伯语学得可真言简意赅，就抓住几个关键词。

克里斯蒂娜：我为何要烦扰自己去学那些奇奇怪怪的语言呢？——我永远都看不出理由。如果外国人要跟我讲话，那么他们可以对我说英语。

安妮：可是，当我们离开自己国家，到了其他国家，这时我们肯定就成外国人了啊。

克里斯蒂娜：荒谬，安妮，我们是英国人。我不明白亚瑟居然会同意薇奥莱特去学阿拉伯语。我忍不住想，这会给土著留下坏印象。我用五十个阿拉伯语词汇就将这所房子管得好好的。

安妮（微笑道）：如果有一百个词汇，你就会准备掌管这个国家——我对此深信不疑。

克里斯蒂娜：我觉得你无法否认我将这里打理得井井有条。

安妮：你管家是一把好手。

克里斯蒂娜：我有常识，还天生善于组织管理。（抿紧双唇）现在这里某些事情的做法，实在令我伤心。

安妮：你必须记住薇奥莱特还非常年轻。

克里斯蒂娜：太年轻了，实在没法给亚瑟做一个合适的妻子。

安妮：他好像满意极了，况且说到底，这跟他的关系最大。

克里斯蒂娜：我知道。他的迷恋是——盲目的，难道你不这么想吗?

安妮（淡然冷静地说）：看着两个人如此深深地爱着彼此，我觉得非常赏心悦目。

克里斯蒂娜：安妮，我当年对你嫉妒得要命，你知道吗?

安妮（忍俊不禁道）：我知道你从头到尾就没喜欢过我，克里斯蒂娜。你根本没有费心掩饰这点。

克里斯蒂娜：我一直担心亚瑟会跟你结婚。我不想被人从这所房子里给赶出去。我猜想你会觉得我很可怕。

安妮：不，我觉得这很自然。

克里斯蒂娜：我看不出来亚瑟为什么要结婚。居家生活的各种舒适细节，我都给他一一安排好了。另外，我觉得他的婚姻会干扰他的工作。当然，我知道他喜欢你。那时候，他常常悄悄溜出去跟你用餐，我真是难受死了。（*深吸一口气*）他说那样能让他放松精神。

安妮：或许是能让他放松。你是否为此冲他口出怨言呢？

克里斯蒂娜：我知道你曾经爱惨了他。

安妮：你有必要现在当面冲我说这话吗？说真的，我不应该受到这样的苛待。

克里斯蒂娜：亲爱的，我真希望他是和你结婚。他居然会娶一个比自己小二十岁的姑娘……我从来没有想到会发生这样的事。

安妮：一直以来，他只拿我当朋友，除此之外没有别的了。我觉得他的脑海中从来不曾闪过其他念头；他一点都没意识到我的感觉或许不一样。

克里斯蒂娜：我真是傻瓜。我应该暗示他的。

安妮（*含笑道*）：你小心翼翼不给出任何暗示，克里斯蒂娜。或许你清楚，只要有一丝暗示，事情就大不一样了。

克里斯蒂娜（*若有所思地说*）：我觉得他并没有善待你。

安妮：胡说八道。一个男人没有义务一定要娶某个女人，只因为这个女人爱他。爱某个人，于是就有权宣称自己占有对方——我不明白为什么会有这样的观点。

克里斯蒂娜：你会成为他的贤妻。

安妮：薇奥莱特也可以的。大部分男人都拥有自己配得上的妻子。

克里斯蒂娜：你待她那样好，真是大大出乎我的意料。你很宽容，很替她考虑，旁人绝对想象不出来她夺走了——你在这世上最想要的东西。

安妮：我若是对她有怨恨之意，给她的生活带来阴影，那我对自己可就真没多少敬意了。她的性格温婉甜美，样子迷人可爱，而且天真朴实……要喜欢她，真是一件轻而易举的事情。

克里斯蒂娜：我知道。我原本想讨厌她的。可说真的，我办不到。她具备的某种特质能令对方丢盔弃甲。

那你：难道这不是幸运吗？这位置很难。她那种令人无法抗拒的魅力会使得一切皆有可能。说到底，你和我一致同意——我们两人都想亚瑟能幸福。

克里斯蒂娜：我不知道这概率是否会很大。

安妮：克里斯蒂娜，今天下午你为什么来这里呢？

克里斯蒂娜（*带着一丝若有若无的笑意*）：你为什么如此大费周章地把你弟弟弄到巴黎去呢？

安妮：老天，我今天早上跟你说过的啊。

克里斯蒂娜：你觉得我们彼此有必要惺惺作态吗？

安妮：我觉得自己不是很明白。

克里斯蒂娜：你不明白吗？你要罗尼离开埃及，因为你知道他爱着薇奥莱特。

（*稍稍有一会儿，安妮微微有些惊讶，但很快就恢复常态。*）

安妮：他心很软，容易受感动。他一直都这样爱来爱去，然后失恋。我留意到他被吸引住了，而且我承认——我觉得更好的做法是送他离开，远离伤害。

克里斯蒂娜：安妮，你真够狡猾的！在你确信——跟你谈话的人已经知晓一切之前，对所有事情一概否认。你跟我一样清楚，薇奥莱特同样深深地爱着他。

安妮（*很是心烦意乱地说*）**：**克里斯蒂娜，你会怎么做呢？我如何才能做到“不知情”呢？你只要看见他们注视对方的眼神，就会一清二楚。他们已经深陷爱河无法自拔了。

克里斯蒂娜：亚瑟原先期盼什么呢？我从来不曾见过如此般配的一对璧人。

安妮：在你跟亚瑟说话之前……直到今天早上，我本以为除了我，没人知道此事。接着，我就清楚你肯定也知道了。我的心都提到嗓子眼了，我担心你会告诉他的。不过你没说，于是我寻思可能是自己搞错了。

克里斯蒂娜：安妮，你对我有成见，并没有很好地站在我的角度想问题。因为我的行为不像一个十足的恶棍，所以你觉得我肯定是一个百分之百的笨蛋。

安妮：我知道你为令郎百般操心。事关他的利益，我相信你一定会寸步不让。我很抱歉，克里斯蒂娜。

克里斯蒂娜：千万别道歉。我自己都搞不懂。话都到嘴边了，我几乎马上会跟亚瑟说了，可我就是做不到。我没法干出这样龌龊没品的事情。

安妮：哦，克里斯蒂娜，我们绝对不能让他知道此事，我们不能弄得他凄惨悲伤。这会令他心碎的。

克里斯蒂娜：好吧，那该怎么办呢？

安妮：老天知道。我已经绞尽脑汁了。我脑子里一片空白，没法想事情了。我原本将一切都安排得滴水不漏。可是现在，我绝望了。

我甚至想过要去找罗尼，求他拒绝任何——会将他羁绊在此处的工作。只是亚瑟非常看重此事。他会坚持要罗尼接受该职位，除非他离开的理由是——我该用什么词来表述呢？

克里斯蒂娜：难言的苦衷。看着很是难以置信，这样好的机会，我的儿子居然成了罗尼的手下败将。我相信就是因为他是你弟弟，不然的话，亚瑟会给亨利的。

安妮（圆滑练达地说）：别这么说，他很看重亨利的，我知道他对亨利的能力给予了最高的评价。

克里斯蒂娜：你不能指望我一动不动地坐着，眼睁睁地看着机会溜走。

安妮：亚瑟完全一无所知。他深爱着薇奥莱特，他以为她的爱同样深情。你要是透露丝毫蛛丝马迹，那真是太残酷了，你不能这样。

克里斯蒂娜：安妮，你对他真够一往情深！你可以放宽心。我不会跟亚瑟说一个字的。我打算跟薇奥莱特说说。

安妮（大吃一惊）：你打算说什么呢？

克里斯蒂娜：我打算要她竭尽所能地说服亚瑟将该工作交给亨利。然后，罗尼可以去巴黎。

安妮：你不会跟她说你知道的事情吧？

克里斯蒂娜（字斟句酌地说）：若是有必要，我会说的，她必须让罗尼拒绝这个任命。他必须编造出某个亚瑟会接受的理由。

安妮：不过这是敲诈了。

克里斯蒂娜：我不在乎这是什么东西。

（薇奥莱特上场。她穿着一件下午的礼服，花色款式雅致简单，不过对于她刚刚的外出拜访活动，又足够端庄典雅。她戴着一顶大大的帽子，随即就摘掉它。）

安妮：薇奥莱特来了。

薇奥莱特：哦，你们这些可怜人，难道都没有喝茶吗？

安妮：我想我们应该等你回来一起喝。现在可以马上端上来的。

薇奥莱特：克里斯蒂娜，你好。亨利好吗？（她们互相亲吻对方）我有日子没见到他了。

克里斯蒂娜：他等下会来接我的。

薇奥莱特：我得跟他讲——他忽视我了。这些姻亲中，我唯一毫不害怕的人就是他了。

克里斯蒂娜：他是一个好小伙。

薇奥莱特：他有一位好母亲。我以前觉得有一个比自己还要大好几岁的外甥，肯定非常好玩，可是他不愿意拿我当舅妈。他管我叫“薇奥莱特”。我跟他说，他应该更加尊敬长辈。

（与此同时，仆人们上茶了。）

克里斯蒂娜：今天下午，你都干什么了呢？

薇奥莱特：哦，我去看望总督的母亲。她给我吃了十七种不同的东西，我觉得自己简直就是大蟒蛇，给什么吞什么。（看看那些蛋糕和烤饼）我恐怕这茶点不是特别好。

克里斯蒂娜：我也察觉到了。

薇奥莱特（带着一丝笑意说）：我觉得自己没本事说服你来倒茶吧。

克里斯蒂娜（怡然自得地说）：如果你想要我倒，当然可以。

（她坐到茶壶前，将茶水一一倒入茶杯。亚瑟上场。）

亚瑟：喂，克里斯蒂娜，你在倒茶吗？

克里斯蒂娜：薇奥莱特要我倒的。

薇奥莱特：只要没有我，这里就很像以前的日子了。

亚瑟：薇奥莱特，我知道你想见我。

薇奥莱特：我，我希望你不是特意来这一趟的。我派人捎口信说等你方便的时候，我有话要跟你讲，可我不想催你。我原本准备去找你的。

亚瑟：口信听着十万火急。虽然有几封信正等着我签字，但我还是空出了几分钟。不过无论如何，我随时听候你的差遣。

薇奥莱特：总督的母亲要我跟你谈谈一个名叫“阿卜杜勒·赛义德”的男子。

亚瑟：哦！

薇奥莱特：她觉得我若是将情况都告知你……

亚瑟（打断道）**：**她跟他是什么关系啊？

薇奥莱特：她在尼罗河上游有一处房产，他受雇在那里做了很多年。他的母亲是她的女仆之一。看样子，那女仆当年出嫁的时候，她还送了她一份嫁妆。

亚瑟（微笑道）**：**我懂了。我集中各方面的消息，看得出来阿卜杜勒·赛义德有着某种强有力的背景。

克里斯蒂娜：亚瑟，这男人是谁啊？

亚瑟：他因为谋杀被判死刑了。案情非常清楚，不过存在一大堆伪证，我们在确认有罪的过程中遇到一些麻烦。老夫人请你做什么呢？

薇奥莱特：她将事情的来龙去脉跟我解释了一番，然后她问我——是不是不乐意向你求情。我答应尽己所能帮帮忙。

亚瑟：你不应该这样做的。老夫人很清楚这类事情和你毫无关系。我真希望你能这样跟她讲。

薇奥莱特：亚瑟，我能怎么办呢？他妻子在场，还有他母亲。你若是看到她们……我无法看着她们那样悲惨凄凉，自己却什么都不做。我说我相信——当你知道所有事实后，你会给那个男人缓刑的。

亚瑟：我无权做这种事。仁慈的特赦是总督的权力。

薇奥莱特：我知道，可是如果你建议他暂缓执行，他会同意的。他只是太紧张，以至于做不了这事，但有了你的建议，他就能放开手脚。

亚瑟：老夫人居然尝试用这种方式来利用你，真是恐怖。她给你布下了一个完美的陷阱。

安妮：那人到底做什么了？

亚瑟：是一桩很古怪的案子。阿卜杜勒·赛义德跟一个亚美尼亚商人起了争执，然后很快，他的独生子就染病死了。他的脑子里冒出一个念头，觉得肯定是那个亚美尼亚人用“邪恶之眼”投射过那孩子，于是他拿起枪，等待机会，随后开枪杀死了那个亚美尼亚人。这男人并非通常意义上的“罪犯”，只是我们无法开这样的特例，代价太大。我们要是网开一面，那么就会冒出一大堆凶手，推脱的借口全都一样。今天上午，我仔细看过案件，找不出理由去建议总督干涉司法进程。

薇奥莱特：今天上午？你来用午餐的时候，兴致很好，嘻嘻哈哈，还到处开玩笑，可是你刚刚判处一个男人死刑啊？这样的铁石心肠真是可怕！

亚瑟：你这样想，我觉得很难过。我处理每件事的时候，都是全力以赴，因此当我尽可能处理好之后，就将其抛诸脑后。我觉得若是让这类事情影响到我，就像某个医生听凭自己被病人的痛苦病情摆布，那真不明智。

薇奥莱特：你们屠杀那个男人，理由是他无知愚昧、头脑简单，在我看来，这着实可怕。难道你自己看不出这点吗？

亚瑟：我恐怕自己来这里，并非要感情用事地解读法律，而是要根据法律精神来运作。

薇奥莱特：不管怎样，当你没有任何感情的时候，这样讲话很轻松。这男人打心底相信那只是正义之举，于是他被判了死刑，难道你没有意识到其中的悲惨含义吗？我真希望你能瞧瞧那些可怜女人的悲伤哀痛。因为我答应帮她们，所以现在，她们多少开心点了。老夫人说我对你有影响力——但凡她知道实情，就不会这样讲了！

亚瑟：你永远不应该陷入这样的境地。真是太不公道了。以后，我要留意，绝不能再发生这样的事情。

薇奥莱特：你的意思是你什么都不会去做，对吗？你甚至不会重新考虑此事——带着一点点的同情心，对吗？

亚瑟：我没办法！

薇奥莱特：亚瑟，这是我第一次开口求你。

亚瑟：我知道。我必须拒绝你，我只能感到抱歉。

薇奥莱特：我们结婚后，这是发生在埃及的第一个死刑判决。我若是能想着自己拯救了某个人的生命，难道你不知道这对我意味着什么吗？总督正等着签发特赦令。只等你说句话。难道你不会说吗？我觉得那些可怜女人的感恩之心对我们来讲，或许就像福佑一般。

亚瑟：亲爱的，我想自己的职责清晰明确。我必须那样做。

薇奥莱特：对你来说，别人所有的悲恸都毫无意义，这点清晰明确。你是否在意某个男人——他被绞死了，而甚至你从来不曾见过他？某件事影响到你……如果它对你意味着悲伤或者幸福……我不知道你照样履行职责是否会觉得很容易。当一个人根本不在乎的时候，履行职责就轻而易举了。

亚瑟：你说得很对。这是试炼——某个人能胜任，就意味着他要舍弃自己在世上珍视的一切，舍弃自己视作如珍如宝的一切。

薇奥莱特：我希望你永远不要经受这样的试炼。

亚瑟（轻笑一声说）**：**亲爱的，你说这话的样子言不由衷，好像心中的期盼正好相反啊。

薇奥莱特：我必须给老夫人写信，说自己完全搞错了……即便跟一个入住谢菲尔德酒店的陌生旅行者相比，我对你的影响力都不会更大，是吗？

亚瑟：我宁可你一个字都不要写给她。我会释放一个信号，你大可以相信自己将来不会遭受任何羞辱，绝不会发生丢脸的事情。

薇奥莱特（冷若冰霜地说）**：**我恐怕你有一大堆公事要处理，你绝不能允许我拖着你。

（他含义颇深地看了她一会儿，随即离开。大家都没有说话，气氛尴尬。）

薇奥莱特：今天跟我们一起用餐的那些善良人曾经大肆恭维我的权力。他们若是看到实际情况，我居然毫无本事，肯定会乐不可支的。

克里斯蒂娜：亚瑟很少会拒绝你的。在这世上，为了取悦你，他几乎愿意去做任何事情。

薇奥莱特：距离我下次开口求他做事，将有一段漫长的时光。

克里斯蒂娜：薇奥莱特，不要说这样的话。因为我今天特意来这里，是要请你发挥你对他的影响力。

薇奥莱特：你都瞧见我的影响力有多大了吧。

克里斯蒂娜：那是原则问题。事关原则，男人向来很滑稽。你永远没办法让他们明白“不同的情况导致不同的案件”。

薇奥莱特：亚瑟拿我当孩子。归根结底，我比他年轻二十岁又不是我的错。

克里斯蒂娜：薇奥莱特，我急需你的帮助。而且你知道的，亚瑟刚刚拒绝为你做某事，这个事实只会变成理由——你现在跟他开口，不管什么事情，他都会急着去办。

薇奥莱特：我可不想遭受再一次的拒绝，那可真会弄得自己颜面扫地。

克里斯蒂娜：此事对我非常重要。亨利的未来或许就此完全不同。

薇奥莱特（*神情为之一变，用娇俏可爱的态度说道*）：哦！只要办得到，我乐意为亨利做任何事。

克里斯蒂娜：总督请亚瑟找一个英国秘书。在我看来，亨利具备了所有合适的条件；可是你知道亚瑟这个人，他很担心别人怀疑他给自己的亲朋好友输送利益，竭尽所能地避嫌。

薇奥莱特：亲爱的克里斯蒂娜，我能做什么呢？亚瑟只会跟我说，要我别管闲事。

克里斯蒂娜：他想将这位置给罗纳德·帕里……

薇奥莱特（*急忙说道*）：罗尼？可是罗尼要去巴黎。那已经敲定了。

克里斯蒂娜：是敲定了。不过亚瑟觉得他必须留在埃及。

薇奥莱特：安妮，你知道此事吗？

安妮：刚刚才知道。

薇奥莱特：罗尼知道吗？

安妮：我想他还不知道。

（*薇奥莱特一时心神大乱。她尽量掩饰自己慌乱的情绪。那两个女人盯着她看，克里斯蒂娜带着冷酷的好奇心，安妮则是尴尬。*）

薇奥莱特：我……我真是被吓一跳。刚刚一两个小时前，罗尼和我才进行了一场忧伤凄凉的道别仪式呢。

克里斯蒂娜：真的？可是要跟他道别，得等到后天啊，到时候大家才会给他饯行，讨论他离开的事情。你们这样倾诉离愁别绪太急匆匆了。

薇奥莱特：我觉得他肯定得忙于收拾行李，因此我或许找不到其他机会了。

克里斯蒂娜：你们很亲，我相信在火车启动前，他应该能抓到机会跟你和亚瑟道别的。

（薇奥莱特对她的这番话不是很明就里。她看了一眼克里斯蒂娜。安妮赶紧过来解围。）

安妮：从某种程度上讲，罗尼一直扮演着薇奥莱特的秘书角色。我想他们有着各种各样属于自己的小秘密——他们只想悄悄谈论的那些话题。

克里斯蒂娜：当然。非常自然。（很是热络亲密地说道）我若是觉得自己正夺走你身边一个不可或缺的人，那么就不会要你给亨利美言一两句了。可是我既然开口，自然有我的理由……如果罗纳德成了总督的秘书，他当然未必能继续帮你写信，给你付账，对吗？

薇奥莱特：我被吓住了。我刚刚让自己的脑袋适应罗尼要离开的事情。

克里斯蒂娜：我向你保证，你在帮助亨利的过程中，不会给罗纳德造成任何伤害。安妮急着要他离开埃及。难道不是吗？

安妮：多少有点。亨利打算在埃及度过他剩下来的仕途生涯。像这样的职位对他来说，当然更重要，在罗尼眼里的重要性就差点——

他就像候鸟一样，在这里歇息一下而已。

克里斯蒂娜：完全正确。罗尼在这里已经积累了资历。他要是继续留在这里，那只是浪费时间。自然而然，安妮想要他待在自己附近。我寻思她有点担忧，怕他在这里陷入不妥当的事情中。

安妮：克里斯蒂娜，我不知道有这样的事。

克里斯蒂娜：亲爱的，你知道他有多么地多愁善感。一直有某种可能性，他会爱上某个不该爱的人。

薇奥莱特：我头疼得厉害。

克里斯蒂娜：你为什么不吃点阿司匹林呢？我非常有把握，你如果下定决心，就能说服亚瑟将这位置给亨利。那样一来，所有问题都解决了。

薇奥莱特：我如果无法说服他呢？

克里斯蒂娜：那你必须将这任务塞给罗尼。

薇奥莱特：我？

克里斯蒂娜：你瞧，他若是拒绝该项任命，然后离开埃及，那么我确信亚瑟会接受亨利的。

薇奥莱特：我为什么要将该任务塞给罗尼呢？

克里斯蒂娜（*和颜悦色地说*）：你们非常要好，不是吗？如果你向他表明……他正挡在亨利的路上……

薇奥莱特：我觉得这样的事情应该是安妮去做的啊。

克里斯蒂娜：你的头脑可真简单啊！为了漂亮女人，男人常常愿意效犬马之劳，可是他不乐意为自己姐妹做这做那的。

薇奥莱特：你要我赶他走吗？

克里斯蒂娜：你扪心自问，难道这样安排不是最好的……对各方来说？

（薇奥莱特和克里斯蒂娜直愣愣地瞠视着对方。薇奥莱特垂下眼睛。她明白克里斯蒂娜已经知晓自己的爱情。她心下骇然。罗纳德上场。他的兴致好极了。）

罗尼：我被派出去喝了杯茶。亚瑟爵士等下就过来。我有新消息。我要留在埃及了。够精彩绝伦的，不是吗？

（薇奥莱特倒抽一口凉气。）

薇奥莱特：这样说来，事情真定了？

罗尼：你已经知道了？我还以为这会是一个惊喜呢。

薇奥莱特：不。我刚刚才听说的。

罗尼：够兴旺发达的，不是吗？

克里斯蒂娜：你真善变。仅仅几个月前，你还一个劲地跟亨利唠叨，说自己已经受够了这个国家。

罗尼：绝不会腻的。我爱它。我想一辈子都待在这里。

克里斯蒂娜：真想不到啊！

罗尼（对着薇奥莱特说话，好似在表白心声）**：**待在某个地方，你觉得非常幸福，居然想着要离开，那真是发疯，不是吗？在这里，我觉得如此生机勃勃。这国家美好优秀。生活在这里的每一天每一分钟，都是有滋有味的。

克里斯蒂娜：你真够热情洋溢的。别人差不多要以为你坠入爱河了呢。

薇奥莱特：罗尼天生热情。

罗尼（对克里斯蒂娜说）**：**我为什么就不能坠入爱河呢？

克里斯蒂娜：难道你会告诉我们——对方是谁吗？

罗尼（轻笑一声道）**：**我只是开开玩笑。在一个到处充满希望的国度里，我有了一份极好的工作，难道还不够吗？亚瑟爵士给了一个不可思议的好机会。我要是没有发挥出最大的本事，那就是我自己的错。

克里斯蒂娜（冷漠寡淡地说）：要我给你倒杯茶吗？

罗尼（打趣她说）：难道你以为我想冷静下来吗？我觉得自己本来像一个囚犯，正走在前往绞刑架的路上，结果就在刚才，我得到了特赦。我不想冷静下来。我要在自己的自由中尽情撒欢。

克里斯蒂娜：这一大堆话的意思，我懂了——你不想喝茶。

罗尼：试图给我浇冷水是没用的。我今天属于“无法浇灭热情的人”。安妮，你还没有恭喜我呢。

安妮：亲爱的，你吧嗒吧嗒地说个不停。我根本没有机会插一句话啊。

罗尼（对薇奥莱特说）：那场宴席，你会把我的名字重新加回去吗？要是错过晚宴，我真会心碎的。

薇奥莱特：你的官方职务变了，很多事情也不同了，不是吗？如今我再也不敢跟你开口，说只是请你凑凑数而已。

罗尼：哦，好吧，我正要将邀请函寄出去。我给自己写一封正式信函，解释解释情况，然后我猜自己肯定会接受邀请的。

克里斯蒂娜：亲爱的罗纳德，你或许只有十八岁。

（亚瑟和亨利·普理查德上场。后者是克里斯蒂娜的儿子，是个性格讨喜、清清爽爽的年轻男子，但毫无出类拔萃的过人之处。）

亚瑟：克里斯蒂娜，亨利跟我说他来接你回家。

克里斯蒂娜：因此你一刻都不耽搁就带他过来了。

亚瑟：说真的，克里斯蒂娜，你待我太不公道了。我是替你考虑……你跟自己的宝贝儿子分离的时间，只要稍稍超过必要的长度，我想想都觉得无法忍受。

亨利（跟薇奥莱特握手）：我的“一本正经舅妈”好吗？

薇奥莱特：快乐又活泼，谢谢。

亨利：你知道我的生日很快就要到了，是不是啊？

薇奥莱特：这话怎么讲？

亨利：我向来被灌输了一个观点，就是外甥生日的时候，舅妈得给他们十先令。

薇奥莱特：是吗？我很开心。只要你心甘情愿伸出手，我就乐意塞进去十先令。

亨利（跟罗尼打招呼）：啊呀呀，罗尼，你好啊。走运的魔鬼。我祝贺你。

罗尼：老兄，你真客气。

亚瑟：祝贺什么？克里斯蒂娜，你说的！

克里斯蒂娜：我告诉亨利的。我觉得无所谓，我想他最好知道此事。

亨利：我说，亚瑟舅舅，我恐怕母亲已经闹得你不得安生了。你知道的，这不是我的错。

亚瑟：什么不是你的错？

亨利：嗯，午饭的时候，母亲告诉我，说总督想找个英国秘书，托你帮忙，我就看到她两眼发光——我如果不能把这工作搞到手，她将给某人惹些不痛快。

克里斯蒂娜：说真的，亨利，我都不知道你是什么意思。

亨利：嗯，母亲，你是个亲爱的老……

克里斯蒂娜：另外，还不是很老。

亚瑟：当然不老，亨利。我们不想听你胡说了。

亨利（对母亲说）：可是你心里完全清楚，但凡你能给我弄到一份肥差，就算要你整天在我们耳边唠唠叨叨大英帝国的各种说教，你也会兴高采烈照办的。

亚瑟：从天真的黄口小儿嘴里……

克里斯蒂娜：亨利，你没有权利这样讲。如果不是你完全有权拥有的东西，我从来不曾为你开过口。

亨利：好吧，母亲，不要告诉别人，就你我私下里说说，我毫不介意跟你讲，就这个特定工作来说，罗尼远比我合适。只有百分之百的傻瓜才会难以取舍，而且为了家族的荣誉，我们不能疑心亚瑟舅舅是这种傻瓜。

亚瑟：克里斯蒂娜，你瞧，用正确的方式地养大一个男孩，这就是成果；尽管有悖自己的心愿，但你还是将他培养成了一个体面得体的小伙子。

克里斯蒂娜：你真是个没劲的家伙，亨利，但我还是依恋你。你可以亲亲我了。

亨利：得了，母亲。我不想在大庭广众下亲吻你。

克里斯蒂娜（起身道）：好吧，再见，薇奥莱特。别忘了我们小小的谈话，好吗？

薇奥莱特：再见。再见，亨利。

克里斯蒂娜（对安妮说）：你为什么不跟我们一起稍稍兜兜风呢？今晚的夜色很美。

安妮：你愿意带我吗？我想自己会喜欢的。我去戴帽子，花不了一分钟的。

（她起身。他们朝宅邸走去。）

克里斯蒂娜（扬起脸说）：再见，亚瑟。

亚瑟：哦，我正要跟着去，扶你上马车呢。由于你地位重要，我得这样礼数周到地应对，这样你就没有说我的理由了。

（他们慢悠悠地离开。只剩下薇奥莱特和罗尼了。）

薇奥莱特：亚瑟，你会回来的吧？

亚瑟：哦，是的，很快。（*退场。*）

罗尼（*沉着嗓子说*）：薇奥莱特。

薇奥莱特：安静，别说话。

罗尼：这难道不是要人命吗？我如此深爱着你，我几乎无法掩饰了，快被他们看出来了。

薇奥莱特：你是没有掩饰。克里斯蒂娜原先就怀疑，现在倒好，你算是明明白白地告诉她了。

罗尼（*眉飞色舞地说*）：只是你的胡思乱想罢了。你觉得因为你看着明白，所以别人也瞧得一清二楚。

薇奥莱特：从前，我向来没有需要藏着掖着的事情。你以为我喜欢现在的状况吗？

罗尼：况且，即便她知道，有什么关系呢？又没有给她造成伤害……另外，谁能克制住自己爱你的感觉呢？

薇奥莱特（*赶紧说*）：你说话小心点。

罗尼：没人听见的。看到我们，别人只会想着我们正在探讨政治形势。

薇奥莱特：罗尼，你真够狡猾的。

罗尼：我爱你。我爱你。我爱你。

薇奥莱特：看在上帝的分上，不要老说这话。我真是太羞愧了。

罗尼（*目瞪口呆地说*）：为什么感到羞愧？

薇奥莱特：就刚才，今天下午，我本来绝对不会说那些话的，只是因为我想到你要走了，才失态的。罗尼，我那时候根本不是我自己。我应该永远不……

罗尼：感谢上帝，你说了那番话。你给了我“幸福”，你不能反悔的。你现在无法从我手里拿走它了。我知道你爱我。我手里握着太阳月亮，外加天上所有的星辰。

薇奥莱特（万念俱灰地说）：我们接下来会如何呢？哦，生活对我真不公平。

罗尼：覆水难收，你无法收回说出口的话。每当我看着你的时候，我都会想起“你爱我”。我已经用双臂拥抱过你，并且亲吻过你的双唇。你永远无法将这记忆片段从我这里夺走。另外，我没必要离开了。以后，我会常常见到你。哦，我真幸福啊。

（她来回走了一会儿，试图平静下来，随即她拿定主意，停下脚步，面对着他。）

薇奥莱特：我要你离开，罗尼。我要你找个理由，然后拒绝这里的任命。

罗尼：不，我现在不能离开你。

薇奥莱特：我哀求你走吧。

罗尼：你真要我离开吗？

薇奥莱特：是的。

罗尼：那么，把你的手递给我。

薇奥莱特：为什么？

罗尼：把你的手给我。（她朝他伸出手，他握住）薇奥莱特，说你爱我。

薇奥莱特：不说。

罗尼：你的手好冷啊！

薇奥莱特：放开我。

罗尼：难道你真要我离开吗？

薇奥莱特：你知道我不想的。我爱慕你。你要是走了，那简直会要我的命。（他弯下身子，热情澎湃地亲吻她的手）罗尼，罗尼，别这样！你在干什么啊？（她拽回自己的手。由于情绪激动，她浑身发抖。他因为满腔的激情，结果弄得脸色一片煞白，神情冰冷冷清。他们一声不吭地面对面地坐了一会儿）好厉害的惩罚！今天下午，你跟我说——你爱我，我觉得那是自己这辈子最幸福的时刻……即便想到你必须离开，我着实心碎心痛，我觉得——哦，我不知道——尽管排山倒海般的快乐朝我扑来，但我心中丝毫没有想到其他事情。现在我真可怜，难受死了。

罗尼：可是为什么呢？宝贝！我的宝贝，我们曾经面临分别，现在我们将要在一起。除此之外，还有其他事情要操心吗？

薇奥莱特：一切都毫无希望了。

罗尼：没必要这样啊。

薇奥莱特：那怎么能算“其他事情”呢？

罗尼：薇奥莱特，我爱你不止一两天；我一直爱你。

薇奥莱特：无论发生什么，我都会努力对亚瑟尽到妻子的责任。

罗尼：我并没有试图阻拦你啊。我要求什么了呢？我只要看看你。我要知道自己跟你近在咫尺。我要触碰你的手。我要能想念你。这样会对你造成怎样的伤害呢？

薇奥莱特：我若能自己做主，那我就会哈哈大笑，让你随心所欲做自己想做的事情。可是我办不到，恨不相逢未嫁时。我的手脚都被你捆住了。这对我实在是种折磨。最糟糕的是，这些捆绑我的束缚，我深深地爱着。我并不希望摆脱它们。罗尼，我听凭你的摆布。我爱你。

罗尼：哦，可是对我来说，这就足够了。我向你发誓，我不会要你做某些——你将来会后悔的——事情。

薇奥莱特：我们只有放手，我才不会后悔。只有发生某些事情，我才不会后悔。

罗尼：能发生什么事情呢？

薇奥莱特：或许，总督会改主意。或许，外交部会说你必须去巴黎。

罗尼：那你会开心吗？薇奥莱特，我对你几无所求，就那一丁点东西。将它给我，如何会伤害到你呢？让我们给自己一个幸福快乐的机会吧。

薇奥莱特：我们永远都不会幸福的。永远不会。我们唯一可以做的事情就是分开，可是我无法让你离开。我办不到。我办不到。这样的要求超出了我的能力。

罗尼：我全心全意地爱你。我知道自己不可能——像爱你这般地去爱别人了。

（传来亚瑟自得其乐的欢快口哨声。）

薇奥莱特：亚瑟来了！

罗尼（赶紧说道）：要我离开吗？

薇奥莱特：是的。不。我们有必要躲躲藏藏吗？已经到那个地步了吗？哦，我讨厌自己。

（亚瑟上场。）

薇奥莱特（轻快活泼地说）：亚瑟，今天下午，你的心情很舒畅啊。大家不是常常能听到你的口哨声。

亚瑟：对我的年纪和我的威严来说，你觉得吹口哨有失体统吗？

薇奥莱特：要我给你倒杯茶吗？

亚瑟：跟你掏心掏肺说真话吧，我来这里的目的就是这个。

薇奥莱特：那我得自我恭维一句了——想喝茶是因为我有做伴，你才觉得开心。

亚瑟：罗尼，你去看看明天十一点，总督是不是方便见我，可以吗？

罗尼：好的，先生。

（他退场。）

薇奥莱特：你有什么事情非见总督不可——如果不是秘密的话？

亚瑟：根本不是。我只是打算将“罗尼”的名字摆在他面前。

薇奥莱特：如此说来，这事情尚未完全敲定啊？

亚瑟：从正式的层面上来讲，是没敲定。我给外交部拍的电报，到现在还没有收到回复呢，而且我给总督提出建议，他还没有点头首肯。

薇奥莱特：不过假设外交部说——无论如何，他们觉得他最好还是去巴黎，那怎么办呢？

亚瑟：我觉得这基本不可能。他们如今学乖了，身在现场的人才是判断形势的最好人选；另外，我已经让他们养成习惯，给我很大的自主权，能放开手脚干事。

薇奥莱特：你认为总督不会提出异议吗？

亚瑟：他有点认识罗尼，而且喜欢他。我想对于我挑的人，他挺高兴的。

（两人稍稍沉默一下。亚瑟喝茶。他意识到薇奥莱特心绪不宁，但完全不动声色。她被这样悬而不决的状况折磨得苦不堪言。）

薇奥莱特：亚瑟，刚才关于阿卜杜勒·赛义德，如果我发脾气的话，我很抱歉。对某些与我无关的事情，我贸然插手，我真是个傻瓜。

亚瑟：哦，亲爱的，不要这样讲。你想要的东西，我办不到，我觉得抱歉。

薇奥莱特：我着实无理取闹，弄得自己很讨厌。你会宽恕我吗？

亚瑟：宝贝，不要自责。你自责让我受不了。没什么需要宽恕的。

薇奥莱特：我对你亏欠良多。一想到自己那样面目可憎，我就讨厌。

亚瑟：你对我没有丝毫亏欠。另外，你没本事做到“面目可憎”的。

（他抓住她的双手，打算亲吻它们，此时，她唐突兀然地抽回双手。）

薇奥莱特：不，不要亲吻我的双手。

亚瑟：为什么不呢？

（他很吃惊。一瞬间，她大惊失色。他看着她的双手；她藏掖双手，好似几分钟前，罗尼烙上的那些热吻，亚瑟都能看见。）

薇奥莱特（带着一丝若隐若现的尴尬笑意说）：你若是想亲我，我更喜欢你亲我的面颊。

亚瑟：显而易见，面颊的用途天生如此。

（他没打算亲她的面颊。她飞快地瞄了他一眼，转开视线。）

薇奥莱特：亚瑟，我担心如果亨利没有得到这份工作，克里斯蒂娜会失望透顶的。

亚瑟：她要忍受失望，就像我需要同样的刚毅勇气忍受她的失望——让我们希望她能做到吧。

薇奥莱特：我想她并没有完全放弃希望——她觉得你会改主意的。

亚瑟（窃笑一声道）：我相信这点。在官方层面，此事没有彻底落实之前，我没指望有多少安生日子。我想要速战速决的原因就在于此。

薇奥莱特：你反对亨利的理由是什么呢？

亚瑟：我没什么反对他的理由。他不像罗纳德·帕里那样有本事，就这样。

薇奥莱特：上一次也有一份好差事的空缺，结果亨利还是失之交臂。

亚瑟：有种人——他们应征某个职位本来挺不错的，只是跟他们同时申请的人当中，永远会有某人比他们好上那么一点点——亨利就属于这种人。

薇奥莱特：克里斯蒂娜认为你这么急着不给他帮忙，因为他是你的外甥，所以从主观上讲，你对他就心怀成见。

亚瑟：克里斯蒂娜，她跟绝大多数女人一样，在寻找他人见不得光的动机上，眼光准确，不会犯丝毫错误。

薇奥莱特：由于你不肯帮亨利，她就怪我。我认为那是因为我嫉妒她。

亚瑟：分毫不差，这就是她！我这辈子见过的——最好的母亲兼最不可理喻的女人。

薇奥莱特（吞吞吐吐地说）：你若是能够改变想法，让亨利得到该职位，而不是罗纳德·帕里，我会非常高兴的。

亚瑟：哦，亲爱的，别要我做这样的事情啊。你知道的，我讨厌拒绝你的任何心愿。

薇奥莱特：安妮心中很是急迫，想罗尼去巴黎。他已经做好所有准备，你就权且放他走吧，难道你觉得不可以吗？

亚瑟：我恐怕自己不可以。我需要他留在这里。

薇奥莱特：我若是可以去跟克里斯蒂娜说，你已经同意了，那我真的非常开心。你瞧，对我来说，情况就会大为改观。我想要她喜欢我，而且我要是能帮她这样一个大忙，我知道她永远不会忘记的。哦，亚瑟，你不愿意吗？

亚瑟：宝贝，我恐怕没办法。

薇奥莱特：我保证——我以后再也不会开口跟你要任何东西了，只要你为我做了这件事，我这辈子都不会提要求了。此事对我意义重大。你根本不明白有多重大。

亚瑟：薇奥莱特，我没办法。

薇奥莱特：难道你不和安妮商量吗？

亚瑟：跟你说实话吧，我觉得这事跟她一点关系都没有。

薇奥莱特（犹豫不决地说）：难道不是她动用关系，才把罗纳德调到巴黎去了吗？

亚瑟：为什么要问她的意见？

薇奥莱特：我想知道。若是她打点关系才给他弄来调令，我猜想肯定有原因。他在这里过得很舒服。你要找一个跟你完全合拍的秘书并非易事，常常找不到这样的人……她肯定有苦衷的。

亚瑟：好吧，是的，是她干的。她跟我说，她不想像以前那样三天两头往埃及跑，加上想让弟弟跟自己更近一些。

薇奥莱特：如果她想常常见到自己的弟弟，那么她会让他选择一个不那么飞黄腾达的职位……我不明白她怎么没有跟你说真话。

亚瑟（飞快地回答道）：我相信她说了。我觉得她的解释非常自然。我不得不打乱她的计划，心里觉得抱歉。

薇奥莱特：她如此急切地要罗尼离开埃及的真正原因，我要是跟你说了的话，我相信她不会介意的。她认为他爱上了某个已婚女人，因此让他离开似乎是上策。她可能不想跟你说。我寻思她对这事觉得非常不安。

亚瑟：我敢说这只是一时冲动罢了。让我们希望他能很快过了这一关。我不能因为他刚好陷入某桩倒霉的恋情，就失去一位能干的公务员。

薇奥莱特：我恐怕自己没有把话讲得很清楚。罗尼爱得死去活来。要摆脱此事，唯一的办法就是一走了之。你必须让他走。归根到底，你非常喜欢他，他还是个小男孩的时候，你就认识他了；他虽然误入歧途，但他跟那些外交部派到你这里的年轻人不一样。你对他不能完全漠然视之。或许，他的前程都岌岌可危了。送他走，让他避免伤害——难道你不觉得更明智——只是出于好心——对吗？

亚瑟：亲爱的，你知道我——亚瑟·利特——为了让你高兴，愿意做任何事情，另外，我非常在乎安妮的幸福，以及罗纳德·帕里的前程福利。可是，你瞧，我也是一位官员——普通人很乐意做的那些事情，当官的不能都做。

薇奥莱特：你怎能将官员和普通人截然分开呢？当官的不能做那些——普通人不认可的事情。

亚瑟：啊！自从"国家"出现之后，大家一直在探讨该问题。私德对政治家有约束力吗？从理论上说，我们中的大部分都会说"是的"，要"公私兼顾"，可是实践中，几乎没有人会遵守该原则。宝贝，不过就这件事来说，几乎用不上该原则——我没有看出普通人和官员这两个身份存在冲突啊。

薇奥莱特：亚瑟，你觉得真的跟自己无关，对吗？

亚瑟：我没有这样讲。不过我没打算感情用事，不会让别人动情的哀求干扰我的判断。我想自己明白状况的。我不会考虑改变想法。我明天会向总督提交罗尼的名字。

薇奥莱特：亚瑟，你觉得我是一个大傻瓜吗？

亚瑟：无稽之谈，宝贝。只有聪慧的女人才能拥有你的美貌。

薇奥莱特：那么难道你就没有想到过——我如此强调要罗尼离开，肯定有某个非常充足的理由，对吗？

亚瑟（快速地看了她一眼）**：**宝贝，我们最好放开这个话题，难道不是吗？

薇奥莱特：我接下来要说的话，恐怕你会觉得既傻乎乎又虚荣自负，不过我觉得你应该知道——罗尼爱上我了。我要他离开的原因就是这个。

亚瑟：他爱上你是非常自然的事情。别人要是不爱你，我才觉得惊讶，感觉怪怪的。除非我带你住到撒哈拉沙漠的大漠深处，否则我找不到阻止别人爱你的办法。

薇奥莱特：亚瑟，不要这样轻描淡写。我跟你说此事，心里非常别扭，很不自在。

亚瑟：你希望我如何接受此事呢？我不能责备罗纳德。他素来绅士。我待他一直很好。他做事干练，即使一份糟糕工作，也能做出好成绩。

薇奥莱特：你的意思是说，我刚才说的事情对你毫无影响，是吗？

亚瑟：要想爬到位高权重的位置，秘书生涯是垫脚石。因为人之常情，他做了某些事情，诸如爱上埃及最娇俏迷人的女人，你就要我剥夺他的机会，是吗？在我的想象中，我所有的秘书都会爱上你的。可怜的恶魔们，我看不出来他们有任何躲过“情不自禁”的希望。

薇奥莱特：你把我逼疯了。这事很严肃，严肃得无与伦比，可你居然还有心思开着各种小玩笑。

亚瑟（正色凛然地说）：面对严肃的情境，最好的方式常常就是插科打诨，你想到过这点吗？有时候，某些事情严肃过头了，以至于不能用严肃的态度来对付。

薇奥莱特：你这话什么意思？

亚瑟：没有很丰富的意思。我只是给自己不合时宜的俏皮话找借口罢了。

薇奥莱特：你已经决定要留下罗尼了？

亚瑟：非常正确。（两人稍稍沉默一下。亚瑟起身，用一只手按在她的肩上）我觉得没有其他话要说了。你若是见谅，那我得回办公室了。

薇奥莱特：不要，先别走，亚瑟。我还有些话要跟你说。

亚瑟：你可以允许我建议你——不要说吗？真的很容易就会把话说过头了；惜字如金永远都是明智的做法。我恳求你——不要说一些我们两人都会后悔的话。

薇奥莱特：你觉得罗尼是否爱我根本无关痛痒，因为你打心底相信我。

亚瑟：打心底相信。

薇奥莱特：尽管违背我的初心，可是我或许会被他的爱情感染，你难道从来不曾想过这点吗？你觉得真有那么安全吗？

亚瑟：关于此事，我若是允许任何疑虑进入我的脑子，那么我肯定不值得你倾心了。

薇奥莱特：亚瑟，我不想有任何隐瞒你的秘密。

亚瑟（试图阻止她）：别这样，薇奥莱特。我不要你继续说下去。

薇奥莱特：我现在必须说。

亚瑟：哦，亲爱的，难道你不明白覆水难收吗？说出来的话就再也收不回去了。我们两人或许都知道某些……

薇奥莱特（打断他道）：你什么意思啊？

亚瑟：不过我们只要不跟对方说，那么我们就可以忽略它。若是某些话从我们的双唇中说出来，那么情势就完全不同了。

薇奥莱特：你吓唬我。

亚瑟：我没想吓唬你。只是你能跟我说的事情，没有我不知道的。不过你若真告诉我，可能会造成无法弥补的伤害。

薇奥莱特：你的意思是说你都知道了？哦，不可能。亚瑟，亚瑟，我不受自己控制。我必须告诉你。我的心犹如受到烈火的炙烤。我全身心地爱着罗尼。

（他们看着对方，一时半会儿都没有说话。）

亚瑟：你以为我不知道？

薇奥莱特：那你为什么还要给他提供这份工作呢？

亚瑟：我必须这样做。

薇奥莱特：你若是提议亨利，没人会责怪你的。

亚瑟：亲爱的，我的薪水极其优渥。我要是没有尽量发挥自己的能力，没有将工作做到最好，那肯定属于尸位素餐了。

薇奥莱特：我们三人幸福或者悲惨，或许就取决于你的决定。

亚瑟：我必须冒险。你瞧，罗尼天生就是坐这个特别位置的绝佳人选。将这工作给他只是出于实事求是的普通看法。

薇奥莱特：难道你不再爱我了吗？

亚瑟：薇奥莱特，不要问我这个问题。你知道我全心全意地爱你。

薇奥莱特：那我就不懂了。

亚瑟：你不会以为我想要他留下来，对吗？外交部发来那份电报，命令他前往巴黎，那时，我这颗中年人的心脏真是高兴得怦怦乱跳。你以为——我没有看出来他盖过我的各种优势，对吗？他奉献给你的东西似乎极为丰厚；可我的东西极其寒酸。

薇奥莱特：哦，亚瑟！

亚瑟：不过，他若是离开，我觉得你应该很快就会忘掉他的。我想我如果待你很好，非常宽容，还有我如果不奢求你给我更多的东西——除了你准备要给我的那些，假以时日，你对我可能没有爱情，但是会有柔情和温情。我能够希冀的就是这些，可是这已经令我非常幸福了。然后，总督要一个英国秘书，同时我知道罗尼是唯一适合的人选。你瞧，我做这份工作的时间太长了，我的“官员部分”几乎机械式地做出了决定。

薇奥莱特：假设这些决定撕裂了你的心——“普通人部分”的心，你会怎么做呢？

亚瑟（微笑道）：上帝用仁慈的方式插手人间事务，他放在我们所有人身上的担子，似乎刚刚好都在我们能够承受的范围内。

薇奥莱特：你这样想吗？

亚瑟：薇奥莱特，你跟我们这些人一样，没有特别古怪的地方。

薇奥莱特：我爱他的事情，你知道有多久了？

亚瑟：从一开始就知道。我想可能在你明白自己心意之前，我就已经明了了。

薇奥莱特：那你为什么不采取行动呢？

亚瑟：你可以告诉我——能够采取什么行动吗？

薇奥莱特：难道你不生我的气吗？

亚瑟：我要是生气，那可真成傻瓜了。在我看来，这很正常，正常得可怕。他年轻俊美，朝气蓬勃。现在对我来说，你爱上他似乎无可避免。你们可能真是天造地设的一对。

薇奥莱特：哦，你看出这点了？

亚瑟：这点也让你大为震惊，对吗？我觉得任何人只要费点心思想想，就能看得一清二楚——你和他很般配。（她没有回答）难道你没有满心希望自己先遇见他的吗？因为我娶了你，难道你没有讨厌我吗？（她转开视线）亲爱的孩子，我为你感到非常难过。过去这一个月或者两个月，你一直好好待我，我非常感激。我看得出来你很努力，想做到钟情于我，想充满柔情蜜意。我心里很焦急，只想告诉你别强迫自己，因为我懂，而且你绝对不能由于我的原因感到痛苦难受。可是我不知道该怎样表达。我只能尽量让自己不要遭人厌。

薇奥莱特：亚瑟，你一直待我非常好。

亚瑟：你有权指望我最低限度能做到这点。在娶你的过程中，我委实大大亏待你。我知道你不爱我。当时的环境弄得你犯迷糊了。你不知道何谓“婚姻”；而且婚姻中存在各种约束，只有存在“爱情”，这些约束才会显得比“自由”更甜美，否则的话，它们多么令人深恶痛绝——你也不懂这点。可是我钟爱你。我以为爱情会到来的。我全心全意地请你宽恕我。

薇奥莱特：哦，亚瑟，不要这样说。你知道的，我嫁给你，感到非常快乐。我觉得你优秀，我那样心潮澎湃、受宠若惊——我以为那就是爱情。我从来不知道爱情会这样降临。但凡我知道爱情的路数，我就可以抵挡，就可以与其搏斗。然而，不知不觉中，爱情就俘获我了。我从来没有逃脱的机会。亚瑟，这不是我的错。

亚瑟：我没有责备你，宝贝。

薇奥莱特：你如果责备我，我会觉得更好受一些。

亚瑟：只是运气不好。运气不好？我原本应该预料到这个的。

薇奥莱特：尽管如此，我跟你说了，我还是挺开心的。我讨厌跟你保守秘密。我们坦诚相待，这样更好。

亚瑟：只要对你有帮助，我也很开心你将这事告诉我。

薇奥莱特：接下来该怎么办呢？

亚瑟：没什么要办的事情。

薇奥莱特：亚瑟，今天之前，罗尼和我的对话都是正派体面的，没有什么话是别人不能听的。有他在身边，我觉得快乐，我知道他喜欢我，我对这点相当满足。不过，当我突然听到他要离开，于是所有事情都变了。我觉得让他走的话，自己无法忍受。哦，亚瑟，我真是太羞愧了。

亚瑟：亲爱的孩子！

薇奥莱特：我不知道怎么回事。他跟我说，他爱我。他不是故意的。亚瑟，不要觉得他对你不忠。我们两人都非常失落伤心。我的错跟他的一样多。我情不自禁就让他看出在我心中——他的分量有多重。我们以为今生不会再相见。他揽我入怀，拥抱着我。我既开心幸福又凄惨悲哀。我从来不知道生活会如此复杂。

亚瑟：那么刚才你们两个独处的时候，他亲吻了你的双手。

薇奥莱特：你怎么知道？

亚瑟：我想亲它们的时候，你缩回去了。你无法忍受我触碰你的双手。你依旧感觉到他双唇印在上面的压力。

薇奥莱特：我无法控制。他如今欣喜若狂，因为他不用离开了。亚瑟，我不想爱他的。我要爱你。我努力想爱你的，我拼尽全力了。

亚瑟：亲爱的，一个人要么爱，要么不爱。我恐怕“努力”发挥不了多大作用。

薇奥莱特：如果他继续留在这里，我就不得不时常见到他。我没有熄灭心中爱火的机会。哦，我办不到。我做不到。这令人不堪忍受。可怜可怜我吧。

亚瑟：我恐怕你会非常痛苦难受。可是你瞧，有些事情比你的幸福更重要，如今正岌岌可危。稍早一些，你说你想为自己的国家做更多的贡献。如果你现在可以多做贡献，你会心动吗？

薇奥莱特：我？

亚瑟：我们都想成就伟大的、充满英雄侠气的事业，可是通常情况下，我们只能做那些最平淡无奇的工作。你觉得我们应该撼动某些大事吗？

薇奥莱特：我不懂。

亚瑟：罗尼在这里具有无尽的价值。你无法克制自己对他的感情。我无法让自己开口责备你。不过，你是自己言辞行为的主人。我们要做什么呢？我在这里的工作还只做了一半，你肯定不会希望我辞职的。我们必须最大限度地利用该位置。你要记住——我们这里所有人拼尽全力为了共同的目标努力工作，而且以心中认可的榜样为奋斗标杆；与此同时，你的职责重过很多女人，因为你是我的妻子。不管付出怎样的代价，我们必须做出诚实、坦率的样子，另外不能互相指责。还有，一个人经过历练就会发现，“真的某样东西”远比“像某样东西”的麻烦要少。我们要想避免“指责”只有一个办法，就是做到“无可指责”。

薇奥莱特：你的意思是说，为了国家，罗尼和我应该留在这里，对吗？即便我饱受撕心裂肺之苦也无关紧要。我觉得为了求你让他离开，我已经做得够多了。难道你不知道我整颗心都想要他留下来吗？亚瑟，你懂我的感受吗？其他任何事情，我都无法思考了。我如饥似渴地渴望他，这种感觉将我淹没了。今天之前，我原本可以承受的。可是现在……我时时刻刻感觉到他的双臂环绕着我，还感觉到他亲吻我的双唇。你不懂——这种欢天喜地的感觉，这种备受折磨的煎熬，还有这种忘乎所以的癫狂，简直要将我耗尽。

亚瑟：哦，亲爱的，难道你以为我不懂何为爱情吗？

薇奥莱特：亚瑟，我想做正确的事情，可是不能强人所难。如果我必须拿他当普通朋友，那我无法再继续见他了。亚瑟，我办不到，我做不到！他若是必须留下来，那就让我走。

亚瑟：绝对不行！我想，即或此事并非不可通融，我如今也必须要他留下来。你和我都不是那种见到危险就逃跑的人。归根到底，我们并非一定要屈服于自己的狂热情感——如果需要，我们可以控制那些情感。为你自己考虑，你必须留下来，薇奥莱特。

薇奥莱特：如果我心碎、心碎啊，那该怎么办？

亚瑟：只有一文不值的人才会被痛苦碾碎。你若是有信仰、有勇气、有正直的心，那么痛苦只会让你更加硬朗强壮。

薇奥莱特：亚瑟，难道你没想过自己吗？当你看见他跟我在一起的时候，你的感受会怎样？当你在办公室上班，不知道我在哪里的时候，你会心生疑窦吗？

亚瑟：我知道你痛苦，因此我对你有着最温柔的同情。

薇奥莱特：你让我直面某种诱惑，要想抵抗它，我得用尽所有心力。有什么东西能让我依靠呢？只有那种——我必须对你尽到责任的想法。我的报酬是什么呢？只有那个——我或许为自己国家做了一点点事情的理念。

亚瑟：薇奥莱特，我将自己交到你的手里。我永远相信你不会做出任何出格的事情，另外我不会责备你，不会为了——我永远不会责备你——只是你或许会自责。

（一瞬间，两人都没有说话。）

薇奥莱特：稍早一会儿，我们谈论着阿卜杜勒·赛义德，我曾经问过若是某件事情影响到你——我说，无论痛苦或者幸福，你是否还会履行自己的职责。

亚瑟：亲爱的，“职责”是一个严厉冷峻的字眼。让我们这样讲吧——我要赢得自己的一份体面。

薇奥莱特：你肯定觉得我傻头傻脑。我说过，我希望你永远不要被卷入“受试炼”的地步，然而试炼已经来了，你却没有丝毫的犹豫。

亚瑟：你知道的，这很大程度上取决于习惯。

薇奥莱特：你能做的任何事情，我也能做到，亚瑟——如果你信任我。

亚瑟：我当然信任你。

薇奥莱特：那就让他留下。我会尽力。

（*罗尼上场。*）

罗尼：我打电话的时候，总督正好有事。不过我交代别人转达口讯，刚刚已经收到回复了。他很高兴见你，先生，时间就定在十一点钟。

亚瑟：一切都会利索顺当的。薇奥莱特，明天，罗尼一定得跟我们一起用午餐。为了庆祝他踏出平步青云的一步，我们得开一瓶酒庆祝庆祝！

（第二幕完）

第三幕

场景：一部分是花园，另一部分是领事馆的露台。到处都是彩灯。现在是夜晚，极目远眺是墨青色的天空，闪烁着点点星光。露台后方是宅邸的窗户，透出了明亮华丽的灯光。屋里有乐队在演奏舞曲，音乐声传出来。薇奥莱特正在跳舞。人人都盛装打扮。薇奥莱特将自己所有的珍珠和钻石都披挂上了。亚瑟的胸衣位置横系着一条宽幅的品级缎带。夜晚的活动将近尾声。好几个人都待在露台，享受凉爽的空气。他们是阿普比夫妇、克里斯蒂娜和亚瑟。

阿普比：嗯，亲爱的，我想时间差不多了，我得带你回饭店了。

亚瑟：哦，胡说！等那些人都走了，跳舞才真正变得有意思呢。

克里斯蒂娜：你要是对自己的客人说这话，那才叫动听入耳呢。

阿普比太太：像这样一直待着，直到那心酸的曲终人散，我真觉得很惭愧——年纪大了，还这样不识趣，不过我真心喜爱看着年轻人玩得兴高采烈。

亚瑟：啊！你已经学会如何最大限度地享受接下来的岁月了。老年人的慰藉就是乐于看着年轻人寻欢作乐——他们跟在我们后头，也要变老的。

克里斯蒂娜：我觉得你不是很有礼貌，亚瑟。

阿普比太太：你真贴心，上帝保佑你的心灵，我知道自己不像曾经那样年轻了。

亚瑟：你介意吗?

阿普比太太：我？我为什么要介意呢？我有过自己的花样年华，也尽情享受过。如今要给别人机会，那才公平。

克里斯蒂娜：我相信沿着尼罗河一路旅行，你们玩得很尽兴吧。

阿普比太太：哦，我们过得很开心。

亚瑟：阿普比先生，你得出什么样的结论呢？我记得你像寻乐子似的到处找说明和指示。

阿普比：我没有忘记你跟我说的话。我只是耳听八方，同时闭紧嘴巴。

亚瑟：你从事着一项重要的实践活动，可惜民主社会不是很青睐你这种方式。

阿普比：不过我得出一个非常清晰明确的结论，适用这里所有的一切。

亚瑟：什么结论呢?

阿普比：事实上，我得出两个结论。

亚瑟：不是特别令人满意——除非它们彼此矛盾。它们若是能做到彼此矛盾，那我就斗胆提出自己的看法——无论如何，你已经抓住埃及所有问题的基本要素了，这里的一切都“彼此矛盾”。

阿普比：第一，在这个正确的职位上，你是正确的人选。

亚瑟：克里斯蒂娜永远不会承认这点。多年以来，她向来明白——她能够比我更好地治理埃及。

克里斯蒂娜：我对此毫不怀疑，立刻同意。我觉得总体而言，女人比男人更冷静。她们不会受情感的摆布。她们更加讲究实际。她们知道——“原则”常常必须给“私利”让路，另外她们能够攫取私利好处，同时不用牺牲原则。

亚瑟：你弄得我头晕脑涨，克里斯蒂娜。

阿普比：我有机会见识三教九流、各种各样的人。我从来没听到有人对你提出有理有据的抱怨。他们中有些人从个人角度不喜欢你，但他们都仰视你，而且他们信赖你。我心里嘀咕，你是怎么做到的。

阿普比太太：我跟他说，因为你有人情味。

亚瑟：克里斯蒂娜觉得我听到别人说我好话，那对我有大大的坏处。

克里斯蒂娜：克里斯蒂娜不知道——如果自己的兄弟没有一位情深义重的姐姐用来戏谑嘲笑，那他该怎么办啊。

阿普比：年复一年，你看着这个国家日渐兴旺发达、民众安康，你肯定觉得非常满意。

亚瑟：你得出的第二个结论是什么呢?

阿普比：我正要说到这个。各种责任互相冲突，我们中的很多人在这种情况下都被折腾得七零八落。这个那个都是十万火急的事情，都得办好，然后，你若做对某件事，那么在处理另一件事的时候就会出纰漏。我们都想做到最好，可是何谓“最好”，我们的概念并不是很准确清晰。现在，你将自己的职责条理清楚地列出来，摆在自己面前，一一处理妥当，如果你接受我真正的意思——你还年轻。

亚瑟：年轻得够可以。

阿普比：你事业有成，生活美满。我们中并非所有人都可以说这话。我第二个结论就是——你肯定是世上最幸福的男人。

阿普比太太：他总算把这话喷出来了，我真高兴。过去十天，他一直在我耳边唠叨这个。六个星期前的那一天，他在这里跟利特夫人一起用过餐，我的印象就是他爱上了她。

亚瑟：我不打算为这个责怪他。人人都……以前有位智者曾经说过，你绝对不能笃定地相信——某个男人在他活着的时候一直过得很幸福。（*克里斯蒂娜看了他一眼，饱含感情地将手搭在他的胳膊*

上。他飞快地躲开）薇奥莱特来了。

（她挽着亨利·普理查德的胳膊进来，跌坐到椅子上。）

薇奥莱特：我真是彻底精疲力竭了。我觉得要是再多跳一分钟，我的双腿都要飞走了。

亚瑟：宝贝，得千万小心，双腿要是飞走的话，那形象就变得太难看了。

薇奥莱特：哦，我还得继续跳斯坦普斯呢。

亚瑟：你打算什么时候放那支倒霉乐队走人啊？

薇奥莱特：哦，我们必须再跳一场。别忘了，本社交季，今天是最后一场舞会。而且，既然现在人走得都差不多了，我就没必要继续端着庄严堂皇的样子了。只剩下亨利、安妮和罗尼了。亨利，我们刚刚跳了非常潇洒过瘾的一步舞，对不对啊？

亨利：潇洒过瘾。你真是一个绝代舞姬。

薇奥莱特：我的一项技艺。（传来乐队开始演奏华尔兹的声音）老天，他们已经重新开始了。那是安妮，我能肯定。她原先一直扮演英国女舍监的角色，管着姑娘们，如今她在找自己的乐子。

亚瑟：你们这些姑娘，你们永远长不大。

亨利：薇奥莱特，你准备好再跳一圈吗？

亚瑟：别再跳了，宝贝，你看上去累坏了。

薇奥莱特：亨利，假设你跟自己的母亲跳舞，不错吧？我都能看见她——那双套在黑缎便鞋里的脚——开始蠢蠢欲动了。

克里斯蒂娜：胡说！我已经十五年都没跳过舞了。

亨利：来吧，母亲。就让他们看看你懂如何跳舞的。

（他抓住她的手，将她拽起身来。）

克里斯蒂娜：我年轻那会儿，不会跳得比任何人差。

亚瑟：克里斯蒂娜说“不会比别人差”，那意思就是她的水平远超众人。

亨利：来吧，母亲，不然的话，我们还没开始，音乐就要结束了。

克里斯蒂娜：别对我粗声粗气的，亨利。

（母子俩进屋。）

阿普比：芳妮，曾经，我们也有过如梦似幻的岁月。亲爱的，试试我们还能做到的事情，你觉得怎么样？

阿普比太太：乔治，你就安静吧。想想就我这体形，还跳舞！

阿普比：我不否认你现在圆滚滚的，可是我向来都不喜欢皮包骨。或许这是我们最后一次跳舞的机会了。

阿普比太太：老家的人如果听说你跟我跳舞，他们会怎么说啊？说真的，乔治，你着实令我吃惊。

亚瑟（忍俊不禁地说）：我不会说出去的。

阿普比：芳妮，你知道自己想跳舞的。你只是担心他们会笑话。来吧，要不然我就独自翩翩起舞了。

阿普比太太（起身道）：我算是瞧明白了，你已经下定决心要拿自己开涮了。

（夫妻俩离开。亚瑟看着他们的身影，面露笑意。）

亚瑟：真是善良的人们！看着他们聚在一起，真是享受。

薇奥莱特：阿普比先生对你颇有好感。他刚刚跟我讲了自己在埃及南部的旅程。这趟游历给他留下的印象深刻极了。他说我应该会为你感到非常骄傲。

亚瑟：这话着实过犹不及——要让你讨厌我，我觉得这样的评价最具杀伤力了，实在想象不出还有比这更厉害的话。

（她长长地注视了他一会儿，随即移开视线。然后，她说话的时候，语气中带着尴尬。）

薇奥莱特：亚瑟，你对我还满意吧？

亚瑟：亲爱的，你这话什么意思呢？

薇奥莱特：自从那天下午，我告诉你……

亚瑟：是的，我知道。

薇奥莱特：我们再也没有谈过那事了。（将手递给他）你一直待我非常好，我想为此感谢你。

亚瑟：我恐怕你没有太多的事情要感谢我。我若是能帮得上忙，你就能更轻松地渡过这一关，可是我除了干坐着，外加旋弄自己的拇指，实在看不出来自己还能做什么。

薇奥莱特：我感觉到你对我的信任，这就帮到我了。那种表明情况有变的迹象，你向来没有丝毫的流露。以前有时候，你还会问问我白天做什么。近来，你甚至连这个都很少问了。

亚瑟：你的行动完全自由——我不想你对此有丝毫的怀疑。

薇奥莱特：我知道。没有谁能比你更体贴了。哦，亚瑟，我真的非常不开心。不管为了这世上的什么东西，我真不愿意再次经受过去六星期这样的煎熬。

亚瑟：看到你脸色如此苍白无血色，我的心都要被撕碎了。另外我常常看到你哭泣，那些时候，我觉得自己的脑子差不多一片空白。我不知道该怎么办。

薇奥莱特：亚瑟，我若是爱他，我就无法控制自己。我没有掌控那种心绪的力量。不过我能发挥力量的地方，我已经做尽一切了。某种程度上，我已经做到不和他单独相处。

亚瑟：难道你没有跟他做任何解释吗？

薇奥莱特：好像没有什么需要解释的。我应该告诉他——我不爱他，你是这样想的吗？亚瑟，我做不到。我做不到。

亚瑟：亲爱的！亲爱的！

薇奥莱特：他给我写了一两封信。我知道他会写信的，于是我拿定主意不去看信。可是当我收到信的时候，就忍不住了。我必须阅读它们。我真是太可怜了，“他爱我”对我来说意义重大。（出于本能，亚瑟做出了一个痛彻心扉的动作）我本来不打算说这个的。请宽恕我。

亚瑟：我想自己明白的。

薇奥莱特：我没有回信。

亚瑟：他只写过一两次吗？

薇奥莱特：就这么多。你瞧，他没法想明白。他觉得我待他太坏了。哦，待他坏——我想这是世上最难的事情。我看到他双眼中的凄楚痛苦。只是我无能为力。我没有告诉他的勇气。我很软弱。我软弱得可怕。当我和他单独相处的时候……哦，我弄得他痛苦不堪，与此同时他爱我，真是残忍。

亚瑟：我不知道该跟你说什么。要是说——你必须将希望放在时间上，时间会给予仁慈的效果——这样的安慰话显得冰冷寒冽。时间会缓解你和他的痛苦。或许最糟糕的阶段已经过去了。

薇奥莱特：我全心全意希望如此。亚瑟，我无法继续承受下去。我已经快要耗尽自己所有力气了。

亚瑟：心肝宝贝，你如今在体力上已经很累了。我们打发这些人离开吧，你必须睡觉去了。

薇奥莱特：是的。我累瘫了。不过我想和你说，亚瑟，我想你是对的。最糟糕的阶段已经过去。我不像以前那样焦心苦痛。我发现不去想他变得稍稍容易一点了。当我碰见他的时候，我可以做出开开心心、轻佻嘴碎和漠不关心的样子。亚瑟，我真的好高兴。

亚瑟：你很勇敢。我跟你说过，上苍加诸我们身上的负担，不会超过我们能够承受的范围——我们都足够强悍。

薇奥莱特：你绝不能将我想得太好。要不是意识到他对我的浓浓爱意，我根本做不到现有的一切。亚瑟，爱他，又折磨他——我是不是非常不忠实？

亚瑟（*严肃认真地说*）：不是的，宝贝。

薇奥莱特：你能够明白的，是不是啊？这对我很重要。世上最能帮助我的就是这个了。过去的这几个星期，唯一让日子能熬下去的原因就是你的体谅了。知道他爱我就让我心满意足了。我别无他求。

（*阿普比夫妇上场。亚瑟立刻换上一副打趣戏谑的模样。*）

亚瑟：哎哟，这算什么啊？你们不会已经放弃了吧？

阿普比：灵固然是愿意的，肉体却软弱了。

阿普比太太：我们可不想回家后被人嚼舌根，不过事实是，我们有点喘不上气来了。

薇奥莱特：嗯，过来坐一会儿吧，好好休息一下。

阿普比太太：你要是不介意，我们稍稍坐一下就走。

（*克里斯蒂娜和亨利一起上场。*）

亚瑟：可怜的克里斯蒂娜来了，她现在处于精神和身体两者彻底散架的状态。

克里斯蒂娜：别这么荒谬不讲理，亚瑟。

亚瑟：你们跳得怎么样？

亨利：一流水平。只是母亲放不开手脚。我一直跟她说，跳现代舞只需要做一件事情——放松你全身的骨头，剩下的都交给男士吧。

克里斯蒂娜（*窃笑一声道*）：我觉得现代舞是一项轻骨头的消遣活

动，该扔进垃圾堆。没有东西能诱使我放松全身的骨头。

亨利：母亲的舞蹈理想是“让她自己保持独立”。

克里斯蒂娜（*慈祥怜爱地看着他*）**：**你真是个鲁莽没规矩的男孩。

阿普比太太（*对薇奥莱特说*）**：**我真希望自己能瞧瞧你跟帕里先生跳舞的场景。他跳舞很厉害。

薇奥莱特：他跳得不错，是不是啊？

亨利：薇奥莱特，你今晚没有跟他跳舞吗？

薇奥莱特：没有。他来得很晚，约我跳舞的名单都满了。我答应额外跟他跳一场，可是有个古板的老外交官过来邀请我，于是我把罗尼的机会给他了。

阿普比太太：真是太糟了。要想看到你和帕里先生跳华尔兹，机会真是太少了。

薇奥莱特：你怎么知道他跳得好呢？

阿普比太太：上个星期，我们的饭店举办了两三场舞会，我们看见他了。

薇奥莱特：哦，我明白了。

阿普比（*轻笑一声道*）**：**我喜欢那个年轻人。他要是抓住某件好东西，就会一动不动地牢牢拽在手里。

薇奥莱特：哦？

阿普比：饭店里有一个年轻的美国姑娘，一位姓潘德的小姐。我不知道你是否认识她？

薇奥莱特：不，我觉得不认识的。那些冬天的游客，我们几乎都不认识。

阿普比太太：她长得如花似玉，跟一幅画似的。真是一个美丽袅娜的舞姬。

阿普比：昨天晚上，人人都盯着他们看。他们真是一对璧人。

薇奥莱特：亨利，你认识那位小姐吗?

亨利：是的，我碰见过两三次。她非常漂亮。

阿普比：我觉得别人站在她身边都要大大地黯然失色了。

亨利：嗯，你没必要对此觉得不舒服，有她就够了。

阿普比：无论何时，我只要看看，就能见到她跟帕里先生在跳舞……几乎一直都在跳吧。

阿普比太太：看到他们在一起真是赏心悦目啊。

薇奥莱特（带着一丝不确信的口吻说）**：**如果某人抓住了一个跟自己合拍的舞伴，我向来觉得黏牢他是上策。

阿普比太太：哦，我觉得不仅如此。她深深地爱上他了，情不自禁就表露出来。

亨利：我从来没见过像罗尼这样的家伙。当天地中有一丝丝好运在游走的时候，他总能捕获它。

薇奥莱特：那他也爱她吗?

阿普比：哦，没人能看出来。

阿普比太太：即便他现在不爱她，那很快也会爱的。她的绝色姿容，任何男人都无法长久地抵抗。

亚瑟（用轻快的口吻，对阿普比太太说）**：**你认识他们的，那帮恶棍男人，不是吗?

阿普比太太：上帝保佑他们的心灵，我没有责怪他们。漂亮姑娘除了让好男人幸福，还能做什么呢?我自己就曾经是一个漂亮姑娘。

亚瑟：阿普比先生是一位好男人吗?

阿普比（对阿普比太太说）**：**我觉得我肯定是的，亲爱的，因为毫无疑问，你让我过得很幸福。

阿普比太太：乔治，我希望你能把这话写下来。当你偶尔铁石心肠，让我觉得冷冰冰的时候，我喜欢身边有点像这样的小东西给自己慰藉。

阿普比：嗯哼，芳妮，我想你该睡觉了。跟夫人道晚安，我们走吧。

阿普比太太：利特夫人，晚安，同时非常感谢你邀请我们。我们过得非常愉快。

薇奥莱特：晚安。

阿普比：晚安。

亚瑟：我希望你们回家的旅程能一路顺风。幸运的人们啊，你们会看见英格兰的春天。等你们回家的时候，正是灌木丛变得郁郁葱葱的日子。

（阿普比夫妇退场。）

薇奥莱特：亨利，那个美国姑娘多大啊？

亨利：哦，我不知道，大概十九或者二十吧。

薇奥莱特：她有他们说的那样漂亮吗？

亨利：当然。

薇奥莱特：她风姿飘逸吗？

亨利：她有一头飘逸的秀发。

薇奥莱特：你从来没提过她。你觉得罗尼爱她吗？

亨利：哦，这个我就不知道了。她很风趣。而且你知道的，一个漂亮姑娘对你百般献媚向来都是让人受用的事情。

（稍稍有一会儿，大家都没有说话。薇奥莱特被这个刚刚听闻的消息弄得心神大乱。亚瑟意识到某种危机已经到了。）

克里斯蒂娜（用一种就事论事的口吻说道）：让我们期待这能有个结果。罗尼不结婚真是毫无理由。我觉得如今男人结婚都太迟了。

（安妮和罗尼上场。）

安妮：我绝对是无地自容了。我原本心里还有一半指望，想着会发现你们都去睡觉了……那就少丢一些脸了。

薇奥莱特（含笑道）：你跳舞跳得开心吗？

安妮：某人一想到有一支好乐队，外加整个舞池都归自己，那感觉就别提了！顺便说一句，薇奥莱特，乐队想知道他们是不是可以走了。

薇奥莱特：罗尼，我不得不砍掉跟你跳舞的机会，真是抱歉。

罗尼：运气糟糕罢了。不过我寻思着，在这类场合，像我这样的小角色必须忍受此类事情吧。

薇奥莱特：你要是喜欢，我们现在就可以跳一支舞，然后再打发乐队离开。

罗尼：我太喜欢这主意了。

（亚瑟微露惊讶之色，不明就里地看着薇奥莱特。安妮也被吓了一跳。）

克里斯蒂娜：你们如果打算重新开始跳舞，那我们就走了。亨利明天一大早就得赶到办公室呢。

薇奥莱特：那么，晚安吧。

克里斯蒂娜（亲吻她）：你的舞会着实大获成功。

薇奥莱特：你这样讲真是客气。

克里斯蒂娜（对亚瑟说）：晚安，亲爱的老东西。愿上帝保佑你，并且永远守护你。

亚瑟：亲爱的克里斯蒂娜，这样令人尴尬难堪的煽情从何说起呢？

克里斯蒂娜：如果你出了什么事，我都不知道我们该怎么办了。

亚瑟：亲爱的，别冒傻气了，我不会出任何事情的。

克里斯蒂娜（带着一丝笑意）：你觉得我是一个百分之百的傻瓜——我没法消除你脑子里的这个想法。

亚瑟：克里斯蒂娜，你快走吧。你要是继续这样东打听西打听，老是多管闲事，那我会把你从这里赶出去的。

薇奥莱特：她现在打听到什么事情了呢？

亚瑟：一件鸡毛蒜皮的小事，我们觉得如果公众对此一无所知，根本不会有什么坏处。

克里斯蒂娜（跟罗尼握手道别）：我不再怨恨你得到这份工作了。我们大家都亏欠你一份人情债。

罗尼：我有一点点运气，仅此而已。没什么好大惊小怪的。

亚瑟：宝贝，去跳你的舞吧。真的很晚了。

薇奥莱特（对罗尼说）：你准备好了吗？

罗尼：我们要让他们演奏什么呢？

（他们离开。）

克里斯蒂娜：安妮，晚安。

安妮（亲吻她）：亲爱的，晚安。（亨利跟安妮和亚瑟握手道别。他与母亲离开）我估计自己或许不应该问克里斯蒂娜指的是什么事情吧？

亚瑟：我不能阻止你发问。

安妮：不过你没有回答的意向。亚瑟，怎么回事啊？你的脸色如此煞白吓人。

亚瑟：没事。我累了。我白天忙了一天，现在又是舞会之类的。（传来华尔兹舞曲）哦，去他的音乐！

安妮：坐下来，放轻松。你为什么不抽根烟呢！（她的手抚上他的胳膊）亲爱的朋友。

亚瑟：看在上帝的分上，不要可怜我。

安妮：你不想跟我开诚布公吗？我或许能够帮助你。亚瑟，从前的日子，你常常跟我倾诉你的烦恼。

亚瑟：我告诉你，我只是累了。对于这样人力无能为力的事情，谈论有什么作用啊？

安妮：你必须明白，事关你幸福的很多事情，我都察觉到了。（转开视线）我如此大费周章地将罗尼弄到巴黎去，你觉得所为何来啊？

亚瑟：我有疑心。应该谢谢你？我真是心如刀割，而且颜面扫地，以至于什么话都说不出口。

安妮：你有没有听说过一位潘德小姐？她是个美国姑娘。

亚瑟：我当然听说了。任何发生在开罗的事情，职责所在，我都得知道。

安妮：难道你不觉得这或许是解决办法吗？

（亨利上场。）

亚瑟（生硬突兀地说）：你想要什么？

亨利：我恳求你原谅。母亲把扇子落在这里的。

（他从一把椅子上拿起扇子。）

亚瑟：我还以为你们五分钟前就走了呢。

亨利：哦，我们只是站了一会儿，看着罗尼和薇奥莱特跳舞。我发誓，那场景可真赏心悦目啊。

亚瑟：他们是非常般配的一对，不是吗？

亨利：我恐怕薇奥莱特累惨了。她一个字都没说，而且脸色苍白得跟白绫似的。

亚瑟：等他们跳完，我得立刻打发她去睡觉。

亨利：晚安。

亚瑟（微笑道）：晚安，我的孩子。

（亨利退场。）

安妮：有什么事情吗？

亚瑟：跟我说说那个美国姑娘。她爱上罗尼了，对不对？

安妮：是的，一清二楚。

亚瑟：那他呢？

安妮：你知道的，他很痛苦。

亚瑟（几近暴跳如雷地说）：他很痛苦——面对这样的灾难，我发现自己能够耐心地忍受。

安妮：那个，现在，他既惊讶又开心。我见过她。可怜的亲亲，因为罗尼是我的弟弟，所以任何能让我喜欢她的事情，她都一一做了。她漂亮极了。他还没有爱上她。不过我觉得他或许会爱的。他如今站在悬崖边，如果没有别的事情，那他就会坠入爱河。

亚瑟：我疑心的就是这个。你知道，安妮，我活得越久，越发觉人类是莫名其妙的生物。我原本一直觉得自己一路走来，是个非常体面正直的家伙。我从来不知道自己内心居然存在那样凶狠的兽性。我对你弟弟的恨意有多深，我委实无法向你描述。我面对他不得不笑脸相迎，必须做到和蔼可亲，可是老天，我想宰了他。

安妮：那你为什么不让他离开呢？将那份工作给他，你确信必须那样做吗？

亚瑟：他现在的价值已经无可估量了。

安妮：那么人只能希冀最好的情况。

（两人稍稍沉默一下。然后亚瑟先开口说话，其更像自言自语，而不是对安妮讲。）

亚瑟：过去这几个月，我经历过的一切，旁人根本无从知晓。我被嫉妒吞噬了，而且我知道，但凡我在薇奥莱特表现出一丝一毫的坏脾气，都会产生致命的效果。我一直跟自己说，她若是爱上罗尼，那并非她的错。（*戏谑滑稽地说*）事实是，某人对你毫不上心——对此要做到无怨无恨，真是太难了，宛如“牵鬼上剑”，你简直无法想象。

安妮（*轻笑一声道*）**：**哦，我明白的，我能想象。

亚瑟：过去这几个星期，我知道几乎所有一切都取决于我的做法，还有另外一件令人发疯的事情，就是我什么都不能做，只能一动不动地坐着，同时控制好自己。我看见她的痛楚哀伤，而且我知道她不想要我的慰藉。我渴望将她揽入怀中，同时我知道她会允许我这样做的，因为那是她的责任。那对阿普比夫妇，亲爱的善良傻瓜，刚刚还跟我说——他们觉得我肯定是世上最幸福的男人！一个星期又一个星期，我一方面痛彻心扉，另一方面还得强装笑颜，表现得风趣好玩。安妮，你觉得我风趣好玩吗？

安妮：有时候是的。

亚瑟：这场战斗实在不公平。所有的骰子都跟我作对。他每样条件都盖过我。不过到最后，我原以为自己会赢的。我以为薇奥莱特会变得更加顺服命运，不会那样执着了。她开头刚刚跟我说，最糟糕的阶段已经过去了。然后那些糊里糊涂的人们一定会过来把苹果车给掀翻了……搞砸一切。他们的眼力见儿可真是去他的！

安妮：怎么说？

亚瑟：阿普比夫妇把潘德小姐的事情告诉她了。那着实是人之常情。不要重复传播饭店里的流言蜚语——他们不知道这样做的理由。

安妮：她邀请罗尼跟她跳舞，缘由就是这个吗？

亚瑟：是的。事情到了重大关口。她原本觉得他爱自己，因此她有力量一直推开他。她现在会怎么做呢？

安妮：你听到亨利的话了。他们似乎没有交谈啊。

亚瑟：没有交谈。

安妮：你为什么让他们一起跳舞呢？你可以轻而易举地说——太晚了，乐队必须走了。

亚瑟：那有什么好处呢？不。我不会做任何阻止他们见面的事情。我给他们绝对的自由。

安妮：你觉得这样对薇奥莱特公平吗？你知道的，女人常常冲动行事。环境和情势会对她们产生巨大的影响。跳舞导致的兴奋，撩人夜色的魔力，还有星空下的孤寂寥落，你想想吧。你抱怨，说骰子都跟你作对，可是现在，你自己将作对的能量增加了一倍。

亚瑟：这让我备受折磨，可我必须给他们机会，让他们为自己搏斗，杀出一条路来。

安妮：可怜的孩子，她很年轻啊。

亚瑟：太年轻了。

安妮：别这样讲；听着好像你后悔娶她了。

亚瑟：自从她发现了爱情的真正模样，那种蹂躏她的悔意，难道你想象不出来吗？即使我全心全意地爱她，但是我现在明白自己错了。用绵延不绝的温柔、忠诚和善意，你就可以让别人爱上你，你是这样想的吗？

安妮：如果对方是男人，或许不行。但如果是女人，是的，是的，是的！

亚瑟：无论是谁都会对那个小可人一见钟情，对吗？我满心渴望能让她幸福，结果我只弄得她陷入彻头彻尾的悲伤中。而且没有摆脱的出路。要有一场突如其来的脑膜炎让我死掉，那才叫实用方便，可惜我壮得跟头骏马似的——真是遗憾。

安妮：你知道的，亚瑟，有一样东西可以弥补“爱情的痛楚”。一个人受尽爱情的折磨，觉得自己永远没法熬过去，但那个人还是闯过情关，然后那些痛楚消失了，甚至不会留下丝毫疤痕。一个人回首往事，回想起种种煎熬，心下很是诧异——人居然可以忍受那样的苦楚。

亚瑟：你说的好像自己有过这样的经历。

安妮：我有过的。

亚瑟：我向来把你看作一个非常镇定自若的人，有很强的自我克制力。

安妮：多年以来，我绝望地爱着一个男人。虽然我是自说自话，可是我应该能成为他的好妻子。不过他的脑子里从来不曾闪过那种——我的感觉超出友情范围的念头。最后，他娶了别人。

亚瑟：亲爱的朋友，一想到你不幸福，我就觉得不乐意。

安妮：我没有不幸福。我将这个悲伤故事告诉你的原因就在于此。我完全渡过情劫了，如今对他和他妻子，我的喜爱之情不分上下。

亚瑟：安妮，我曾经差点要开口请你嫁给我了，你知道吗？

安妮（*开心活泼地说*）：哦，真胡说八道！

亚瑟：我猜想还好我没有求婚。不然的话，我会失去自己这辈子最好的朋友。

安妮：从另一方面来说，我本来有机会拒绝我们年轻时候最卓越杰出的男人，可惜我丢失了这样的乐趣。你为什么不开口呢？

亚瑟：你是我的至交。我想我们要永远那样要好。

安妮：亚瑟，这不是理由。你没有跟我开口，那是因为你不爱我。你若是爱我，那么你会让“友谊”一边凉快去。（*看到他的注意力*

完全不在自己身上）怎么了？

亚瑟：音乐停了。

安妮（微微抿紧双唇）：我恐怕你对我的关怀不怎么在乎。我谈论那些事只是为了转移你的心思。

亚瑟：原谅我，只是我现在心如刀绞。安妮，等他们回到这里的时候，我要你跟我去花园散散步。

安妮：为什么啊？我累瘫了。我觉得自己该去睡觉了。

亚瑟：不要，安妮，为我做这事吧。我想给他们机会。对我们所有人来说，这或许是最后的机会。

安妮（微微叹息一声）：好吧，即使为了你，我也会做的。

亚瑟：你是一个好朋友，而我是一个自私的禽兽。

安妮：我希望你能有一个孩子，亚瑟。那也许能够解决所有问题。

亚瑟：那是我满心期盼的事情。我想她可能会爱上自己小宝宝的父亲。

安妮：然后，她会意识到只有你才能做到如此宽容，对她有无穷无尽的耐心。将来，等她回首来时路的时候，心里肯定充满感激之情。

（罗尼和薇奥莱特上场。）

薇奥莱特：我已经跟乐队说他们可以走了。

亚瑟：我猜想他们不需要你说第二次。你跳得开心吗？

薇奥莱特：我太累了。

罗尼：我拉着你跳了这么久的舞，我真是残酷。我得在主人家下逐客令之前道晚安了。

亚瑟：哦，你走之前，难道不坐下来抽根烟吗？安妮和我正要散散步，去花园的另一头看看尼罗河的景色。

薇奥莱特：哦。

安妮：我现在还心潮澎湃的，根本没法入睡。

（亚瑟和安妮离开。薇奥莱特和罗尼有一会儿没有说话。他们刚开始谈话的时候，话题很轻松。）

薇奥莱特：开头克里斯蒂娜说的话若有所指，是什么啊？你是不是卷入什么事情当中了啊？

罗尼：我觉得要是我跟你说的话，那就孟浪不妥了。如果亚瑟爵士认为你应该知道，我猜他宁可自己跟你讲。

薇奥莱特：当然，若是秘密，你绝不能跟我说。

罗尼：我差不多都忘记你是怎样的绝色舞姬啦。

薇奥莱特（含笑道）：这么快就忘了？

罗尼：过去几个星期，你没有给我很多机会跟你跳舞。

薇奥莱特：我听说“格莰蕾皇宫饭店”有个姑娘跳舞跳得好极了。潘德小姐，她是不是叫这个啊？

罗尼：是的，她跳得好。

薇奥莱特：别人跟我说她妩媚迷人。

罗尼：非常妩媚迷人。

薇奥莱特：我想见见她。我不知道自己认识的人当中，谁能牵这个线呢。

罗尼（说话的口气变了）：你为什么提她呢？

薇奥莱特：我为何不能提她？有什么理由吗？

罗尼：这六个星期，现在是我第一次跟你有独处的机会，你知道吗？

薇奥莱特（语气依旧轻快从容）：自从你不再担任亚瑟的私人秘书，无可避免地，我们见面的机会就要少很多的。

罗尼：我乐意接受自己的新工作，只是因为我觉得自己不想跟你天各一方。

薇奥莱特：我们见面不应该太频繁——难道你不觉得这样更好吗？

罗尼：薇奥莱特，我对你做什么了？你为什么老是这样对我？

薇奥莱特：我以前怎样对你，现在还是一样，我没有意识到自己的做法有所不同。

罗尼：你为什么不回复我的信函？

薇奥莱特（轻声说）：我没有什么要说的。

罗尼：我不知道你是否能想象出来我经历的一切……一天又一天，我望眼欲穿地渴望能收到你的信，只要一两个字就能让我满足，收到的每封信都让我心生焦急的希望，紧跟着就是绝望。

薇奥莱特：你不应该给我写信的。

罗尼：你以为我能够控制自己吗？那天——我们以为今生都不会再见面了，难道你忘了吗？你若是只要我停留在“朋友”的位置，那你为什么告诉我——你爱我呢？你为什么让我亲吻你，还将你抱入怀中呢？

薇奥莱特：你很清楚。我犯糊涂了。我是傻瓜。你——当时的一时冲动，你给它添加了过头的重要性。

罗尼：哦，薇奥莱特，你怎能这样说呢？那时，我知道你爱我。归根到底，往事无法回头。我爱你。我知道你爱我。我们没法倒转时间，没法回到我们仅仅是朋友的时光了。

薇奥莱特：你忘了亚瑟是我丈夫，而且在这世上，在所有事情上，你对他都有亏欠。我们两个都一样……在所有事情上，对他都有亏欠。

罗尼：没有，我一刻都没有忘记。别忘了，我们坦白磊落，我们俩都一样，我们都相信自己。除了允许我爱你，以及知道你爱我之外，我别无所求。

薇奥莱特：你还记得你——在写给我的第一封信里——那些话吗？

罗尼：哦，你不能为此指责我。我已经爱了你那么长时间，爱得如火如荼。我从来不敢奢望你在乎我。当我知道真相后，真是太兴奋了！我心里想说的话，连十分之一都没说出口。我回到家后，就将心中喷薄而出的绵绵浓情尽情倾诉到信笺上。我想要你知道——你带给我美妙幸福的感觉，我有多么感激，觉得自己好卑微好渺小。我想要你知道……我整个灵魂——即便是那些最隐蔽的角落——都永远完全属于你。

薇奥莱特：我能怎样回答呢？

罗尼：你没必要怕我，薇奥莱特。如果你觉得不悦，我甚至永远不会跟你说"我爱你"。我应该会将你珍藏在心中，犹如供奉着一尊有福童女[①]的雕像。我们在不同的场合遇见，当中隔着一千个人，而且我们永远不会交换只言片语，但我依旧知道世上只有我们两人，其他人是不存在的，另外莫名其妙地，用某种神神道道的古怪方式——我属于你，而你属于我。哦，薇奥莱特，我只需要一丁点的善意。这样要求很过分吗？

（薇奥莱特被感动得柔肠百结，心潮翻涌。她几乎要失控了，她忍受的痛楚似乎超出能承受的范围；她的喉咙发干，差点都说不出话来了。）

薇奥莱特：他们说潘德小姐爱你。是真的吗？

罗尼：男人要是觉得姑娘们爱上自己，通常来说，他就是一个犯迷糊的大蠢驴。

薇奥莱特：别想那个了。是真的吗？请诚实地面对我。

罗尼：可能是吧。

---

① 有福童女：即圣母玛利亚。——译者注

薇奥莱特：你如果向她求婚，她会嫁给你吗？

罗尼：我想是的。

薇奥莱特：她能够爱上你，肯定需要某些勇气。

罗尼：她擅长打网球，还非常喜欢跳舞。你知道的，我实在太可怜了。有时候，你看着我的样子好像你恨我。你好像尽量躲着我。我想忘记的。我不知道自己到底做什么了，以至于你待我如此残忍。有人似乎需要我，于是我跟她待在一起，那感觉很不错。无论我做什么，都能令她开心。她跟你很像。我和她在一起的时候，我的痛苦稍稍能减轻一些。当我发觉她爱上我，我受到了触动，外加感激涕零。

薇奥莱特：你肯定自己不爱她吗？

罗尼：是的，我很肯定。

薇奥莱特：可是你非常喜欢她，不是吗？

罗尼：是的，非常喜欢。

薇奥莱特：如若不是因为我的缘故，你应该会爱她的，难道你不这样想吗？

罗尼：我不知道。

薇奥莱特：我想要你跟我说实话。

罗尼（心不甘情不愿地说）**：**你不想要我的爱情。她性格甜美，温柔和气。

薇奥莱特：我想她会让你过得很幸福。

罗尼：谁知道呢？

（两人都沉默一下。薇奥莱特强迫自己进行斩断情丝的最后步骤。她努力用从容自若的口气说出下面这番话，与此同时，她的手指由于痉挛，断断续续地抽搐着。）

薇奥莱特：你无谓地浪费生命，似乎挺可惜的。我恐怕你会觉得我是个轻佻女人，全无心肝地卖弄风情。我说话的那会儿，说的都是我真实的感受。然而……我都不是很明白自己。我痴狂地迷恋上某人，脑子全乱了，可是不知道怎么回事，那感觉没有持续下来。我……我猜想任何需要耐力的激情，都不在我的能力范围。有这种人的，是不是啊？那情绪转瞬即逝，就像它突如其来地来临一样。当它消失的时候——嗯，就永远消失了。我无法明白——我到底看中那个男人哪一点呢？他弄得我心头小鹿乱撞。我令你如此痛苦，我真是万分抱歉。你太拿这当回事了，远超我的预期。至于以后，我不知道该怎么办。你必须——你一定要宽恕我啊。

（好一会儿，两人都没有说话。）

罗尼：你难道现在一点都不爱我了吗？

薇奥莱特：我跟你说真心话，这要好很多，不是吗？即使冒着伤害你感情的风险。我真是羞愧得无地自容。我恐怕你会觉得我十足是个水性杨花的女人。

罗尼：你为什么不直接说出来呢？

薇奥莱特：你想要我说吗？（她犹豫一下，随即鼓起勇气）亲爱的罗尼，我非常抱歉，我恐怕在那种意思上，自己对你毫无感觉。

罗尼：我很高兴知道这个。

薇奥莱特：你不会生我的气吧？

罗尼：哦，没有，亲爱的，你能有什么办法呢？上苍将我们塑造成什么样子，我们就是什么样子……我如果现在离开，你会介意吗？

薇奥莱特：难道你不停一会儿，跟安妮道晚安吗？

罗尼：不了，你若是不介意，我想赶快离开。

薇奥莱特：好吧。罗尼，尽量宽恕我啊。

罗尼：晚安。

（他接过她的手，他们注视着彼此的双眼。）

薇奥莱特：晚安。

（他离开。薇奥莱特双手交叉，紧紧按在胸口，宛如要缓解其痛楚。安妮和亚瑟回来。）

安妮：罗尼在哪儿啊？

薇奥莱特：他走了。太晚了。他要我跟你道晚安。

安妮：谢谢。肯定非常迟了。我也得说晚安了。（她弯腰吻了吻薇奥莱特）亚瑟，晚安吧。

亚瑟：晚安。（她离开。亚瑟坐下来。一个仆人上场，熄掉了几盏灯。远方传来一首如泣如诉的阿拉伯歌谣。亚瑟示意那个仆人）别管了。我自己熄灯吧。（仆人进了别的屋子，将里面的灯都熄了，只留下一个房间的灯光。现在只剩亚瑟和薇奥莱特的身边有残留的光线。那首阿拉伯歌谣犹如痛苦的哭泣）今天晚上，我们一直听着华尔兹和一步舞舞曲，如今听到这声音，感觉真古怪。

薇奥莱特：好像是从很远的地方传来的。

亚瑟：这哭声好像是穿过无尽的岁月，一直飘到现在。

薇奥莱特：它唱的内容是什么？

亚瑟：我不知道。肯定是某首古老的哀歌。

薇奥莱特：听得人心碎。

亚瑟：现在它停下来了。

薇奥莱特：花园如此静谧。好像它也在听。

亚瑟：薇奥莱特，你非常痛苦难受？

薇奥莱特：非常。

亚瑟：这令我心碎——在这世上，我应该为你做任何事情的，可是几乎没办法安慰你。

薇奥莱特：你可曾想过，罗尼不再在乎我了？

亚瑟：我怎么知道他心里想什么啊？

薇奥莱特：我从来没有想过他会变心。我对他的爱情如此十拿九稳。我从来没想过有人可以将他从我身边带走。

亚瑟：他跟你说，他不再在乎你了吗？

薇奥莱特：没有。

亚瑟：我想他并没有爱上潘德小姐。

薇奥莱特：我告诉他，他不再有意义了。我告诉他，我曾经痴心迷恋过，现在都消失了。我让他以为我是一个傻头傻脑的轻浮女子，善于调情罢了。他相信我的话了。他若真心爱我，真的爱，就像他以前那样，那么不管我说什么，他都应该知道纯属胡诌……可他居然相信了。哦，在我眼里，他变得廉价了，我应该不会相信他了。

亚瑟：可怜的孩子。

薇奥莱特：他还没有爱上她。我知道这点。他只是被奉承得开心得意。他生我的气。他如若生气，那说明他一定依然爱我。他几乎没有要求。他只需要我的只言片语，那他应该还会像以前那样深深地爱我。我都做什么了？我给你造成了怎样的伤害啊？我现在将他永远赶出了自己的生活。一切都过去了，都结束了。可我的心很疼。亚瑟，我该怎么办？

亚瑟：亲爱的，鼓起勇气。我恳求你鼓起勇气。

薇奥莱特：我想，我们爱上彼此本身就令人羞愧。可是我们有什么办法呢？我们是自己行动的主人，可是我们如何能掌控自己的感情呢？归根到底，我们的感情就是我们自身。亚瑟，我不知道接下来的路该怎么走。今夜之前，尚算不得很糟糕；我可以控制自己，我觉得心里的痛楚变少了……我整个灵魂都在渴望他，可是我必须让他走。哦，我恨他，我恨他。他若爱我，那他对我的忠心应该可以持续短短几个星期。他不应该给我带来如此残忍的苦痛。

亚瑟：薇奥莱特，不要待他不公道。我想他爱上你的时候，根本不懂发生在自己身上的事情。当他明白后，我觉得他像你一样为了仁义廉耻，也在竭力挣扎。你知道几乎没有什么能躲过我的眼睛。当他跟我待在一起的时候，我看出他流露出某种愧意，好像只要我出现，他就有点无地自容。我甚至为他感到难过，因为他觉得自己亏待我了，而且他无法控制自己。他跟你一样饱受折磨。那个姑娘爱上他，似乎提供了某种新希望，这并非很奇怪的情况。他痛苦难受，而她抚慰了他。安妮说她跟你很像。如若他爱她，可能他爱她的原因就是“她像你”。

薇奥莱特：你为什么和我讲这些呢？

亚瑟：你委实凄惨可怜。我现在不想有新的苦痛降临到你身上。你第一次品尝到爱情滋味，对方居然是一个不值得的人——你要是这样想的话，我真无法忍受。我想时间会治愈伤口……你现在觉得那都是无法愈合的伤口，不过等伤口愈合后，我希望你回望这段爱情的时候，只会将其视作一件美好的东西。

薇奥莱特：亚瑟，我真是禽兽。像你这样善待我的人，我真是配不上啊。

亚瑟：另外还有件事，我必须告诉你……看样子有批人，都是各路猛人，他们策划阴谋诡计打算让我滚蛋。

薇奥莱特（大惊失色道）：亚瑟！

亚瑟：今天早上，在前去再次审议英国秘书事宜的时候，我发现有人布下陷阱想谋杀我。

薇奥莱特：太可怕了！

亚瑟：哦，没必要大惊小怪。我们不动声色地解决了所有事情。我们的老朋友奥斯曼·帕夏为了自己的健康考虑，即将前往他的乡间别墅待上一段时间，还有五六个傻乎乎的年轻人被妥善地锁起来了。不过要不是有罗尼，他们可能会成功。救我的人是罗尼。

薇奥莱特：罗尼？哦，我真高兴。这稍微能弥补一点点了。

亚瑟：他做了一件漂亮事。他行事刚毅果断，表现得有勇有谋。

薇奥莱特：哦，我的丈夫！我亲爱的、亲爱的亚瑟！

亚瑟：你不难过了？

薇奥莱特：亚瑟，我为自己所做的一切感到高兴。有时候，我觉得你给了我这么多，可我给你的回报那么少。不过现在，我必须给你的一切，我终究还是尽到责任了。

亚瑟：不要以为这事无利可图。“履行自己的职责”听着冷冰冰，好似惨淡阴郁的工作，但不知道怎么回事，到最后，都会给人某种莫名其妙的报酬，令人满足。

薇奥莱特：要是失去你的话，那我该怎么办啊？这念头弄得我胆颤心惊，浑身寒意阵阵。

亚瑟（露出柔情似水的笑意）**：**我能逃脱，你会开心的——我想到过这点。

薇奥莱特：我忍受过的所有磨难都是有价值的。我为你做了一些事情，对不对呀？甚至还为英格兰做了事情……我真是太累了。

亚瑟：宝贝，你为什么还不去睡觉呢？

薇奥莱特：不，我还不想去睡。我累过头了，不想睡。让我在这里多待一会儿吧。

亚瑟：把你的脚抬起来，会舒服点的。

薇奥莱特：过来坐到我的身边，亚瑟。我需要慰藉。你待我真好，真和善，亚瑟。我拥有了你，感觉非常开心。你永远不会让我失望。

亚瑟：永远都不会。（她微微颤抖一下）怎么了？

薇奥莱特：我希望他赶快跟她结婚。我想要做你的好妻子。我需要你的爱。我非常渴望你的爱。

亚瑟：亲爱的人儿。

薇奥莱特：用你的双臂抱紧我。我太累了。

亚瑟：你都处于半睡半醒状态了……你睡着了吗？

（她闭上眼睛。他温柔地亲吻她。远方又传来歌声，那是一首贝都因的爱情歌谣，拖着悲悲戚戚的哭腔。）

（第三幕完）

（全剧终）